对酒当歌
和大唐诗人

赵斌 著

上海科学技术文献出版社
Shanghai Scientific and Technological Literature Press

图书在版编目（CIP）数据

和大唐诗人对酒当歌 / 赵斌著. -- 上海：上海科学技术文献出版社, 2017
 ISBN 978-7-5439-7509-5

Ⅰ.①和… Ⅱ.①赵… Ⅲ.①唐诗 – 诗歌欣赏 ②诗人 – 生平事迹 – 中国 – 唐代 Ⅳ.①I207.22 ②K825.6

中国版本图书馆CIP数据核字（2017）第187772号

责任编辑：王 珺　荣 然
封面设计：龙 梅

丛 书 名：中国诗境系列
书　 　名：和大唐诗人对酒当歌
赵　斌　著
出版发行：上海科学技术文献出版社
地　　址：上海市长乐路746号
邮政编码：200040
经　　销：全国新华书店
印　　刷：三河市天润建兴印务有限公司
开　　本：660 mm × 960 mm　1/16
印　　张：32
字　　数：353 000
版　　次：2017年9月第1版　2017年9月第1次印刷
书　　号：ISBN 978-7-5439-7509-5
定　　价：59.80元
http://www.sstlp.com

目录

王　绩：长歌怀采薇
　　　　——一个酒徒的幸与不幸　001

王　勃：海内存知己
　　　　——"大唐第一天才"的豁达与悲情　008

杨　炯：宁为百夫长
　　　　——"神童"诗人的难释之恨　016

骆宾王：壮士发冲冠
　　　　——敢于向皇权挑战的代价　022

杜审言：归思欲沾巾
　　　　——"大唐第一狂客"的奇言诡语　029

宋之问：近乡情更怯
　　　　——一个"问题"诗人的诗歌贡献　034

刘希夷：岁岁年年人不同
　　　　——把诗歌看得比生命还重要　041

陈子昂：后不见来者
　　　　——呼唤全盛唐诗的先行者　046

王　翰：古来征战几人回
　　　　——一个大佬的觉醒　054

崔　颢：烟波江上使人愁
　　　　——一首诗就能让诗仙缄口才屈　060

祖　咏：论功还欲请长缨
　　　　——半个白卷书生的悲剧人生　067

王昌龄：不破楼兰终不还
　　　　——"诗家天子"的侠骨柔情　072

王　维：王孙自可留
　　　　——让壮志雄心彻底归于宁静　088

刘长卿：寂寂江山摇落处
　　　　——自诩"五言长城"者的枯寂人生　118

孟浩然：徒有羡鱼情
　　　　——永远被徘徊在仕场之外　125

李　白：天生我材必有用
　　　　——济世路上永远的苦行者　137

杜　甫：会当临绝顶
　　　　——一个苦苦攀越者的绝世悲歌　186

高　适：莫愁前路无知己
　　　　——官当得再大也离不开亲情友情　222

岑　参：走马西来欲到天
　　　　——一个奇人的奇想奇行与奇诗　230

王之涣：更上一层楼
　　　　——壮阔的人生没有顶点　240
贺知章：笑问客从何处来
　　　　——自命"狂客"的最后归宿　247
韩　翃：春城无处不飞花
　　　　——一个著名才子的人生传奇　254
钱　起：羞将白发对华簪
　　　　——命运在冥冥中突变　259
李　益：定远何须生入关
　　　　——一个负心汉的报国誓言　267
王　建：黄昏哭向野田春
　　　　——在贫寒中采掘诗歌的富矿　276
韦应物：野渡无人舟自横
　　　　——将清贫与高洁坚守到底　282
刘　叉：磨损胸中万古刀
　　　　——一个莽夫的文学情结与侠义情怀　289
李　贺：若个书生万户侯
　　　　——梦想和生命都陨灭得太早　294
贾　岛：谁有不平事
　　　　——"苦吟派"鼻祖的苦寒人生　305
韩　愈：欲为圣明除弊事
　　　　——文武双全也难逃厄运　315

柳宗元：独钓寒江雪
　　　　——他的孤独横绝天地　325

刘禹锡：吹尽狂沙始到金
　　　　——唯有坚持让他笑到了最后　334

孟　郊：报得三春晖
　　　　——再贫寒也没忘记感恩　353

白居易：春风吹又生
　　　　——让诗歌的光芒照亮所有的生命　362

元　稹：曾经沧海难为水
　　　　——说与做绝对自相矛盾　377

杜　牧：赢得青楼薄幸名
　　　　——浪子诗人也有梦醒时分　388

许　浑：满天风雨下西楼
　　　　——他的悲情打湿了每一首诗　410

李商隐：此情可待成追忆
　　　　——总难了断一世情　417

温庭筠：山月不知心里事
　　　　——一个丑鬼的花间艳情　436

韦　庄：画人心逐世人情
　　　　——做了宰相一样抠门　445

百般红紫斗芳菲

张若虚：江月何年初照人
　　　　——仅凭一首诗也可名贯古今　456

张　旭：山光物态弄春晖
　　　　——寻求心灵的最佳表达方式　462

张九龄：何求美人折
　　　　——坚守生命的真　465

李　颀：应将性命逐轻车
　　　　——说放弃真不容易　470

常　建：万籁此俱寂
　　　　——给心灵放一个大假　475

张　继：夜半钟声到客船
　　　　——等待千年的知音　481

卢　纶：大雪满弓刀
　　　　——空有满腹豪情　485

张　籍：恨不相逢未嫁时
　　　　——做官也要有智慧　489

崔　护：桃花依旧笑春风
　　　　——艳遇不会想有就有　496

杜秋娘：花开堪折直须折
　　　　——把握机会才能在男人堆里混　500

王　绩
长歌怀采薇
——一个酒徒的幸与不幸

酒徒传奇

"最伟大的一页由一个酒徒掀开！"这个幸运的酒徒就是王绩。

元代的辛文房在《唐才子传》中，把王绩列为大唐第一位诗人，足见他对唐朝诗歌的影响和贡献。虽不是划时代的角色，但历史把他推到了这个即将盛产诗歌的大时代前，在这个时代盛大空前的诗人方阵里，不知不觉间，他就做了个排头兵。

其实，还有比王绩更早一些、一样颇具影响力的。隋朝臣子、又在初唐担任过参军的两朝官员虞世南留下了一首格高蕴厚的《蝉》：

垂緌饮清露，流响出疏桐。
居高声自远，非是藉秋风。

蝉选择的高度着实令诗人钦慕。蝉们站在一个足以彰显其自身价值的高度，无依无凭，特立独行，引吭高歌，其声自远。蝉们不为外因左右，发出的是属于她们自己的心声。她们的吟唱令一个诗人为之震撼，令世俗的我们汗颜。她们的鸣奏，更诱发了我们对未来的期许，对人生的寄予。

所以，这首诗至今叫人记得，而且还颇有些"点击率"。

《唐才子传》没有把虞世南列为唐朝第一诗人，许是隋朝遗臣，也许还有编者自己的理由或者标准。我们的唐诗之旅也就从王绩这个酒徒开始。

有了王绩这个酒徒站在唐代万人诗歌方阵的最前面，他酒气冲天的领唱让唐代的诗歌一开始就散发着浓烈的酒香，以至于整个唐朝诗歌汇成一条奔流不息的大河之后，汹涌澎湃之际，酒浪排空，醇香漫天。

因为他是一个酒徒，唐诗一开始便抖落缀饰，洗去铅华，除去矫情，便浸透了奔腾不息的豪迈，催生了不可遏止的激情。唐朝诗人便无所顾忌地抒情达意，他们空前的自信，超越了以往任何一个时代——酒成了最为有效的兴奋剂，诱发着诗人们将激情与灵性挥洒到了极致！

再则，伟大的时代让诗人们情不自禁，大胆地放飞希望，放胆地抒写志向，梦想着将自己的壮志豪情和满腹经纶，毫无保留、前赴后继地奉献给这个伟大的时代。

因而，诗歌成了他们最好的表达方式。他们合力，共同铸就了大唐诗歌的繁荣盛世，谱成了一阕我们这个文明古国最为壮丽辉煌的华彩乐章，成为千年不灭的记忆。时隔千年，芬芳依然，胜景不减。

王绩就站在这个历史的起点，他冒着酒气的领唱就这样浓烈地醉了一个朝代。

王绩得了一个雅号，叫"斗酒学士"。这个雅号的来历可见出他的酒量和志趣。他是陶渊明最忠实的"粉丝"。陶渊明因门前种了五棵柳树而自号"五柳先生"。王绩有心，看自家门前就没那么幸运地长着五棵柳树,一想,觉得自己喝酒还行,于是自号"五斗先生",以示自己的酒量。陶渊明有《五柳先生传》一文,他也来了篇《五斗先生传》,前呼后应,足见其癫得可以,天真至极,可爱至极。他还在《醉后》一诗中自鸣得意地吟道:"百年何足度,乘兴且长歌。"看来,王绩对自己的生存状况甚是得意。

说到王绩的酒量,《唐才子传》中有这样一段记录:

至唐武德中,诏征以前朝官待诏门下省,绩弟静谓绩曰:"待诏可乐否?"曰:"待诏俸薄,况萧瑟,但良酝三升,差可恋耳。"(待诏)江国公闻之,曰:"三升良酝,未足以绊王先生。"特判日给一斗。时人呼为"斗酒学士"。

意思是说,王绩得了个"待诏门下省"的公差,他的弟弟问他做了这个小小芝麻官是否满意,他坦然地说:当"待诏"这样的芝麻绿豆官是领不到多少薪水的,也没多大发展潜力,我看中的是,当了这个官,官府每天可以给我提供三升美酒罢了!这话传到他的垂直领导门下省最高长官那里,这位垂直领导居然说:像王绩这样自号"五斗先生"的,每天三升酒怎么够?于是特批给他每天一斗!"斗酒学士"这个雅号也就这样传开了。

如此看来,在唐朝,政府官员上班可以喝酒,从不担心因此会误了政事。上班喝酒,不但没人来督查,没人来追究责任,反而还以酒给予下属特别的奖励。唐朝的开明,在开国之初已显露端倪。

王绩也不含糊,既然如此,那就索性给大唐的酒文化再出把力,竟把饮酒当作了义不容辞的本职工作,而且还深入研究,把自己的喝酒心得写成了经验文章,著书立说,竟写成了《酒经》《酒谱》两部重要著作,为大唐饮酒事业的蓬勃发展、酒文化的辉煌灿烂作出了杰出的贡献,对中国酒文化的迅速发展有着不小的影响。

王绩对酒的钟情是可圈可点的。

后来,王绩以生病为借口罢官回家,与隐居于老家附近的一个隐士"日与对酌",酒自然就成了他家的易耗品。于是,他调整种植结构,自家的那几亩薄田"多种黍,春秋酿酒,养凫雁、莳药草自供",过起了自给自足的小日子。看来,把"斗酒学士""五斗先生"的桂冠戴在王绩的头上,可谓名副其实,别无异议。

由此观之,王绩这个酒徒也不是一个纯粹的酒鬼,从一塌糊涂的醉乡醒来,他还知道用适当的方式来回报美酒的恩赐。

无意于官仕,无意于俸禄。他做官的真实目的也不在于要为朝廷作多大贡献,替老百姓办多少实事(他的官职本身也不允许他有此造次)。这个职位留不留得住他,要看官府每天发多少酒供他度日。他做官的唯一目标就在于能不能多喝点免费的酒。不称心如意了,归去。此处不可居,自有可居处。

他也曾饱读诗书,心怀四方;他也曾摩拳擦掌,跃跃欲试。同大唐其他的士子一样,希望把自己的豪情写满浩阔的苍宇,让天下苍生都得到他的能量。可是,无论是前朝岁末的动荡,还是大唐初开的当下,官场的尔虞我诈,世间的满目苍凉,都无法激起他的斗志。他甘愿沦落为一个醉卧民间的酒徒!心安理得,无所顾忌。

怅然悲歌

《野望》是被公认的唐朝最早的五言律诗。

这是一个酒徒酒足饭饱后的一次伟大的眺望,尽管王绩当时既没有这样的思想准备,也并没有意识到这一点。

东皋薄暮望,徙倚欲何依。
树树皆秋色,山山唯落晖。
牧人驱犊返,猎马带禽归。
相顾无相识,长歌怀采薇。

这是在王绩的家乡绛州龙门。蛰居于此的王绩耐不得寂寞,一个秋日的午后,有些酒意的他不由自主地走上自家村子的小山头。

时间走到黄昏,王绩独立斜阳。站在东皋村的山顶上,他怅望,徘徊,彷徨,心中没有主张。

环顾四野,每一棵树都染上了浓重的秋色,每一座山峰都涂上了落日的余晖。放牛的儿童骑着小牛哼着牧歌悠然而回,猎人骑着骏马带着猎物满载而归。这是一幅家乡的秋晚图。光与色,远景与近景,静态与动态,都搭配得恰到好处。漫山遍野,一片秋色,又都笼罩在夕阳之下,渲染得萧瑟悲凉。

满山秋色,托不住千古夕阳。暮色苍茫,怅望者无法心安理得地走向自家屋顶飘出的那一炷喷香的晚炊。夕照暗淡,是一个返归的时刻,这个还不算太醉的酒徒,他为什么不能如期踏上归程？让千古以后的我们不禁击节叩问。

夕阳送走了多少灵魂孤寂的人，夕阳见证了他们内心的沧桑。不是夕阳无情，实是世事变幻，世态炎凉。

一个内心充满怀想的人，面对凋落的夕阳，他的无奈胜过眼前的苍凉。田园不能给他慰藉，苦无知己、独对苍凉才是他怅然而吟的缘起。

这个还有些醉意的酒徒面对这萧瑟的秋色，面对那些陌生的面孔，他心情郁闷，于是，敞开喉咙唱起了《诗经》中的"采薇"："采薇采薇，薇亦作止……忧心孔疚，我行不来……我心伤悲，莫知我哀！"生命流逝，不可阻滞；心有不甘，又心无依凭。

这是失志之人的哀景。一个"皆"字，言秋色之浓重，衬心境之悲凉。一个"唯"字，言失望之极，前途之难测。

多事之秋不仅是英雄的舞台，亦是文人书写胸怀的好时节。或忧戚，或哀婉，或疾呼……有点社会责任感的人，他的心与笔都不会闲着。

在秋天，我们甚至可以没有来由地撒气。何况王绩这样不甘沉沦的文人。奋斗了大半辈子，到此时才知道，自己竟是一个十分孤独的人，一个没有多少作为的人！别人不了解自己，自己也瞧不起别人。凋敝的秋色，自适的乡人，孤独感、忧郁感、失落感在他心里油然而生。

王绩虽像陶渊明那样罢官居于乡野，但他却不能像陶渊明那样坦然地生活，不能真正地走进田野，找到慰藉，找到归宿。他的心不能在这里平静地安顿下来，所以，他最后说："相顾无相识，长歌怀采薇。"既然自己在现实中孤独无依，没有寄托，看不到希望，那就只好追怀远古了。

王绩的《野望》犹如纯朴的村姑，见惯了南朝诗风的华靡艳丽与珠光宝气，眼前突然闪出一个穿着粗布衣的村姑，别有韵致，让人眼前一亮，过目不忘。这就是朴素的好处。加之格律的造化之功，说他是"大唐第一诗人"不无道理。不是每一位诗人都如王绩这般幸运，关键在于，他在关键的时候，吟出了生命的强音。

流离中的杜甫也写过《望野》诗，是一个漂泊者远眺冰雪山野的怅然悲歌。两位诗人都无一例外地陷入了悲凉，只是各有各的缘由，各是各的滋味。

王绩的幸与不幸昭然于世，他的悲吟里吐露了内心的不甘。唯有那一曲古久的《采薇》，或可暂时安抚他那颗不甘沉沦的诗心，这一曲《望野》可以暂时排遣他不甘居于荒野的忧愤。

他的放浪难掩他对世事的关注，他的沉醉难消他对现实的忧情。即使他身居故里，醉卧山间，他的眼光瞄准的依然是外面的世界，他涵抱于心的用世情怀依然在孕育着，希望有一天能够冲决而出，一泻千里，奔腾不息。

在这一点上，他依然堪做后世唐人的表率。

尽管他是一个有名的酒徒，甚至还有些自鸣得意地标榜为"五斗先生"！

王 勃

海内存知己

——"大唐第一天才"的豁达与悲情

少年得志总恃才

王绩的才智在他的侄孙王勃身上得到了延续。

王勃同时也很好地继承了先辈作诗为文的衣钵。

出生于书香门第的王勃被誉为"大唐第一天才",为他六岁就能写诗作文,九岁时能很有见地的点评《汉书》,到了十六岁,就做了大唐王朝的七品官员。

还没有脱掉孩子气的王勃因此稀里糊涂地吃了官场的苦头。《唐才子传》说:

> 未及冠,授朝散郎。沛王召署府修撰。时诸王斗鸡,会勃戏为文檄英王鸡,高宗闻之,怒,斥出府。勃既废,客剑南,登山旷望,慨然思诸葛之功,赋诗见情。

还未成年,王勃就做了朝散郎。沛王李贤听说了他的名声和才气,就召他到沛王府修撰典籍,十分器重他。当时,各位王侯时兴斗鸡,互有胜负。王勃仗着有才,开玩笑地写了篇《檄英王鸡文》,意思是代替沛王府的鸡向英王府的鸡写一篇言辞犀利的挑战书。文章写得才华横溢，不料却惹怒了唐高宗。高宗看了文章后，发怒说："这文章，不就是在我的儿子们中挑拨离间吗？"这还了得，当天就令人斥责王勃，并把他赶出了王府。

官做不成了，为遣愤解忧，他随即出游巴蜀，追念先贤之功，慨叹自己之愤。此间作《山中》诗："长江悲已滞，万里念将归。况属高风晚，山山红叶飞。"诗人身处长江之滨的荒野山中，踽踽而行，恰逢暮秋高风，黄叶乱飞，不禁悲叹起自己的厄运来。羁客远泊，思乡而不得归。偏偏又长江万里，归途遥遥。滞困他乡，悲绪澎湃，忆念滚滚："游子倦江干""雾色笼江际""何为久留滞"，真是心境萧瑟，旅思遄飞。他对故乡的思念之切，由秋而春，又写下了《羁春》："客心万里倦，春事一朝归。还伤北园里，重见落花飞。"四季轮回，他对故园、对家乡的思念一刻也没有停止。

自古雄才多磨难。这句话放到王勃身上再恰切不过了。

公元672年，王勃自恃有才华，特别傲慢，行事欠周全考虑，又犯了个致命的错误。有个叫曹达的官奴犯了罪，王勃把他藏匿起来，事后又担心事情泄露，惹火烧身，连累自己，便杀了曹达。后来，事情败露，王勃被判死罪，恰逢皇帝大赦天下而除去了他的罪名。当时，王勃的父亲是雍州司户参军，因王勃犯事受牵连，被降职为交址令，贬到今天的越南去当县令。

这是年少轻狂易犯的错，是成长的代价。王勃交的"学费"不轻。

王勃是个特孝顺的儿子，自己连累了父亲，过意不去，打算前往探望。不料，却踏上了不归路。船行至大海，被恶浪掀翻，他虽被救了起来，终因惊吓而亡，年仅二十七岁。

自古雄才大多难违命运的悖逆。这事也摊到了"大唐第一天才"王勃的身上。

书生意气铭千古

就在他前往交址探询父亲的路上，有一段不得不说的"插曲"。公元675年秋天，王勃启程去看望父亲，路过南昌时，正赶上都督阎伯屿新修滕王阁竣工。这天正好是重阳日，阎都督在滕王阁大宴宾客，举行滕王阁落成典礼。王勃前往拜见，阎都督对他的名气早有耳闻，顺便请他参加盛会。

阎都督此次宴客，明是庆贺滕王阁落成，其实是想借此向大家夸耀他女婿吴子章的才学。他让女婿事先准备好一篇序文，以便席间作秀，貌似即兴创作写给大家看。宴会上，阎都督让人拿出纸笔，假意请大家为这次盛会作序。大家早知道他的用意，都推辞不写。不晓实情的王勃见状，好心"救场"，也不推辞，接过纸笔，当众挥毫而书。见此，阎都督很不高兴，拂衣而去，转入帐后。他又心有不甘，便叫人去看王勃究竟写了些啥内容。听说王勃开篇写道"豫章故郡，洪都新府"，都督便说：不过是老生常谈。又听说"星分翼轸，地接衡庐"，他沉吟不语。等听到"落霞与孤鹜齐飞，秋水共长天一色"，都督不由得叹服道："此真天才，当垂不朽！"他才从幕后走出来，宾主尽欢。这样一来，阎都督女婿吴子章事先精心准备的那篇文章就胎死腹中，谁也没有机会见到真容了。取而代之的这篇即兴作文，一不小心，竟成了千古奇文，至今仍脍炙人口，读来还使人激情澎湃，遐思联翩，情不自禁地遥想他当年作文时的英风盛概。

《唐才子传》记述道："勃欣然对客操觚，顷刻而就，文不加点，满座大惊。"

一个早殒的天才，在他生命走向终极之前，留下了这精彩而不朽的一笔。

倘若他世故老成，懂得"潜规则"，就不可能有这不朽的佳话，不可能有《滕王阁序》这千古名文。同时，滕王阁也一并名声大震，名播古今。王勃之功，功在千秋。

是天才，总有一个舞台为他而搭设，总有一次机会成全他的千古美名。

滕王阁成全了王勃，王勃也成全了滕王阁。二美并举，百世流芳。

在《滕王阁序》后还有一首《滕王阁》诗：

滕王高阁临江渚，佩玉鸣鸾罢歌舞。
画栋朝飞南浦云，珠帘暮卷西山雨。
闲云潭影日悠悠，物换星移几度秋。
阁中帝子今何在？槛外长江空自流。

关于这首诗，据说也颇有故事。

相传，阎大人看了王勃的序文和赋诗，正要发表溢美之词，却发现最后一句诗空了一个字，便觉奇怪。旁观的文人学士对此各抒己见：这个说，一定是"水"字；那个说，应该是"独"字。阎大人听了觉得都不能让人满意，非作者本意。于是，命人快马追赶王勃，请他把那个留白补上来。

待来人追上王勃，他的随从说道："我家公子有言，一字值千金。望阎大人海涵。" 来人返回将此话转报给阎伯屿，阎大人心里暗想："这分明是在敲诈本官，可气！"又一转念："怎么说也不能让一个字空着，不如随他的愿，这样本官也落得个礼贤下士的好名声。"于是命人备好纹银千两，亲自率众文人学士，赶到王勃住处。王勃接过银子，故作惊讶地说："何劳大人下问，晚生岂敢空字？"大家听了，更是一头雾水，有人问道："那所空之处该当何解？"王勃笑道："空者，空也。阁中帝子今何在？槛外长江空自流。"

大家听后一致称妙，阎大人也意味深长地说："一字千金，不愧为当今奇才。"

少年胸怀不染愁

王勃的诗文创作"壮而不虚，刚而能润，雕而不碎，按而弥坚"，对转变唐代诗风起了很大作用。他的诗今存八十多首，地位高居"唐初四杰"之首。

最脍炙人口的是他这首《送杜少府之任蜀州》：

城阙辅三秦，风烟望五津。
与君离别意，同是宦游人。
海内存知己，天涯若比邻。
无为在歧路，儿女共沾巾。

江淹《别赋》有云："黯然销魂者，唯别而已矣……是以行子肠断，百感凄恻。风萧萧而异响，云漫漫而奇色。舟凝滞于水滨，车逶迟于山侧。棹容与而讵前，马寒鸣而不息。掩金觞而谁御，横玉柱而沾轼……造分手而衔涕，感寂寞而伤神。"悲愁凄恻之意充盈全篇。

"爱别离苦"还被佛教列入"人生八苦"之一，说："乐莫乐兮新相知,悲莫悲兮生别离。"意思是说,生死离别,乃人间惨事。即使不是死别,也悲痛万分。离者或为谋求衣食,或因迫于形势,与相亲相爱的人生生别离,谁也无可避免,谁都痛苦不堪。

离别,一直是笼罩在古人心头的一抹挥不去的阴影。车马劳顿,交通不便的古代,一别,可能就是永诀。

王勃的这首离别诗,一扫悲苦离恨而神采飞扬。

长安,城阙威严;五津,荒僻偏远。离别是眼前不能推却的遭遇。友人间的情意再真再纯再深,这一刻,也只得听凭命运的安排。居于京城的繁华也好,处于巴蜀的穷壤也罢,只要不为命运的悖逆而怨,彼此仍有比邻之感。歧路不是谁的个人选择,儿女之情亦不能检验彼此间的友情是否能坚忍地相守。彼此只有笑对去途,笑对困境,才可以在艰难时世毅然地作别,才可能在炎凉世态固执地守望。

离别的泪水不能留住苦难兄弟走向困境的脚步。唯此挥别,才可能有下一次的欢欣一聚。

再说,天涯虽远,依然有春天的问候;天涯虽远,依然有明月的照耀。何况还有真挚的友谊温暖,还有再聚的憧憬足可化解别离的寂寞。

这是一个青春王勃留给我们的青春誓言。青春不该寂寞,青春不该向命运低头!

心相约,总相逢。在王勃看来,心灵的照应,胜于朝夕厮守却彼此隔膜。即使沧海横亘,天涯遥距,彼此一样能传递情谊,近若比邻。万水千山并不遥远,遥远的是两颗相隔的心。所以,王勃虽很年轻,离别面前不"黯然销魂",苦难当头不畏惧颓废。高远的眼界穿越了迷蒙的烟云,阔大的胸怀包容着现世的伤痛。他深知,离别的泪水不能冲淡友谊,未知的歧途不能改变通向友人的路径。唯有坚强,才能让彼此共担风雨;

唯有坚守，才能让彼此在沧桑的变故之后，如约重逢。

能把别离写出如此黄钟大吕的气势，自王勃始。大气，仿佛不知道什么叫失意；自信，仿佛从不缺少友情。漂泊即漫游，离别即壮行。没有离别之伤，没有奔波之苦。遭遇坎坷也洒脱，无奈别离也豪迈。因为，带着理想上路，有希望的照耀，友情的温暖，还有什么艰苦不能克服，还有什么困难不能战胜呢？

再则，世事无常，生之难测。纵使你才高八斗，力敌千军，但是，命运的长鞭却驱使着你不得不远驰他乡。距离有多远，亲情、友情的光芒就能照耀多远。风华共享，明月同辉。即使远隔千山万水，一样能感受到彼此的存在，一样能收获到友情的力量。

因为，友谊的风帆既不因时间的推移而搁浅，也不因空间的阻隔而倾覆。

"海内存知己，天涯若比邻。"前人培植的佳苑美畦总是后人成长的沃土。大诗人、天才诗人、少年诗人王勃也不例外。这个名传千秋的绝唱佳句脱胎于曹植的诗句："丈夫四方志，万里犹比邻"。真是青出于蓝而胜于蓝！王勃没有辜负前人的心灵绝响。子建读罢，也应捻须而笑。

当然，王勃也纵惯了一批懒惰文人，他们在表达别意、书写离情的时候，就毫不客气地剪切到自己的文章里，借了你的才力，毫不费力地给自己的文章添加了足够的文气，笔底透出十足的才气。

生命同样无常。

居于"初唐四杰"之首的王勃，以诗文打天下，名古今，高唱青春人生，高唱生活赞歌，高唱时代强音，同时推进了唐诗变革，引发了唐诗的繁荣。

他无意中作《滕王阁序》是一个传奇，他的序文更是脍炙人口,震古撼今。"落霞与孤鹜齐飞,秋水共长天一色。"壮景丽句,依然激荡在我们澎湃的心宇。

壮怀激昂的生命总在路上。年轻的生命在坎坷的征途上仅仅行走了二十七个春秋。绚烂的生命过早地夭折了,尽管短暂,但却不朽。

生命的质量从不以年龄的高低为尺度。"短命"的王勃活出了生命的质感。

时代的盛大气象在这里掀开了帷幕的一角,宏大的史诗在这里奏响了嘹亮的序曲。这一刻,焦点属于王勃。

杨 炯

宁为百夫长

——"神童"诗人的难释之恨

心中自不平

杨炯对唐诗的发展贡献很大,是"初唐四杰"之一,居第二位。

杨炯本人似乎对这个排位不太满意,说:"吾愧在卢前,耻居王后。"同朝的另一位诗人张说站出来替他解释说:"盈川文如悬河,酌之不竭。耻王后,愧卢前,谦也。"如此看来,杨炯之语谦虚和自嘲的成分当是兼而有之。

和王勃一样,杨炯也是个天才,十一岁就被举为神童。公元676年,二十六岁的杨炯被授校书郎官职,这是个没有多少实权的文职。

大抵是少年得志,脱不了要犯些恃才傲物的文人通病。其表象就在于"恨"。

世上没有无缘无故的"恨"。杨炯的"恨"大抵有两个原因:心中不平,既是对现实的态度,也有对自己处境的不满和自勉。

他不仅说在嘴上,写在诗里,也落实到了行动上。

"诗言志。"或可说,诗里也是最好发牢骚的地方。杨炯也不例外。"春恨几裴回"（《落梅花》），因春天的离去而生"恨"，不为自己，为那些深锁闺中的怨妇，侠骨柔情，特有同情心；"终恨隔青天"（《和郑雠校内省眺瞩思乡怀友》），既为别人，也为自己，友人分离肯定伤心，友情是每个人心中最值得珍视的一部分，杨炯特看重这一点。在他最有名的《从军行》里写道："心中自不平！"心中不平，乃是大敌当前，边关危急，激起了他这类热血青年保家卫国的斗志。对此，杨炯只得干着急，"恨"自己没有上战场的机会。

这些"恨"都不是坏事，体现了一个诗人的同情心、爱心和责任感。特别是他"建功欲""功业梦"毫无遮拦的展示、呈现，是大唐诗人们青春神采的曙光初露。

杨炯的"恨"还在于对现实的不满，因不满而傲物。《唐才子传》说：

炯恃才凭傲，每耻朝士矫饰，呼为"麒麟楦"。或问之，曰："今假弄麒麟戏者，必刻画其形覆驴上，宛然异物，及去其皮，还是驴耳。"闻者甚不平，故为时所忌。初，张说以《箴》赠盈川之行，戒其苛刻，至官，果以酷称。

说杨炯恃才傲物，在官场说"恨话"，做"恨事"。

这说"恨话"，就是不把天子脚下的官员、国家的顶梁柱们放在眼里，经常取笑他们，有时还要过分地戏耍一下他们。每当杨炯看到那些穿着官服下朝的官员，就大呼"麒麟楦"。什么意思呢？唐朝官员穿的官服是根据级别的不同，在官服上设计了不同花色且鲜艳夺目的麒麟图案。而在演麒麟戏时，没有麒麟，就找来一头驴，画一张麒麟外衣披在驴身上，拿这头驴充当麒麟。杨炯这样对着官员喊，这不等于在公开叫骂这些官员都是驴吗？敢于"挑衅"朝廷众官员，打击面太大，树敌太多，不久，杨炯就被挤出了长安。

被挤出长安的杨炯到浙江盈川当了个县令，就对其下属行"恨事"。下属背地里干点违规之事在所难免，杨炯一旦知晓，一发"恨"，不管轻重，一律打板子。于是，杨炯得来一顶"酷吏"的帽子。他"恨官不成钢"，却对老百姓不"酷"，还算个体恤百姓的父母官。

杨炯作诗也有一股子"恨劲"，对唐代的诗歌发展作出了杰出贡献。

可以说，杨炯开创了唐代盛行边塞诗这一波澜壮阔的时代。自他始，这个朝代的众多文人都在他的身后肆无忌惮地歌唱，气冲霄汉，纵横绝荡，恣肆纵情地把无边的豪情、凌云的壮志写在了纸上，写进了诗行。李颀、王昌龄、高适、岑参、李白、杜甫、王维、李贺、杜牧……组成了一支规模庞大、声势浩大的队伍，仿佛不书写边塞建功，不表达驰骋疆场，他们的激情就找不到挥霍的地方！他们的合力演唱成了盛世强音的一个最为悦耳的声部，激扬，激扬，一直在我们的耳畔，在我们的心房，在我们民族走过的道路上。

在唐朝，受时代的催发，那些平日里的文弱书生也习惯于指点江山，激扬文字。闲时纸上谈兵，可看着酒后余事。但是，一旦风云际会，狼烟四起，边事紧急，他们就摩拳擦掌，跃跃欲试。就会陡生起起武夫的豪情，渴望能手持长剑，决战沙场，去吞咽战争的血腥，去体会战事的频仍。除了王维、岑参少数几个亲自到边关走过一遭外，其他人舞弄的，都是他们最擅长的文字武器，都只是为了打一顿爽心的精神牙祭。

当然，当朝的统治者也很无奈，无法满足每一个人的愿望，无法给每一个人走马边关的机会，就像今天的政府无法给每一个大学毕业生一个较为满意的工作岗位一样，实在是一个历史性的世界级难题。

边塞诗固然有超强男人的超能释放之嫌，但，真正的边塞，真正的狼烟，真正的拼杀，没有一点血性，没有一股子狠劲，行吗？我们现在无法苛责他们。因为，他们的豪言壮语毕竟是那个时代文人志士从心底里发出的最强音，是众多声音的和鸣，让我们领略到了一个朝代的特有气质和精神风貌，领略到了一个庞大群体人生价值的共同取向和心灵共振。

时代需要这样的歌者——比起当下那些把鸡毛蒜皮，生活琐事都写入"诗"的诗人，两者的境界高度、心灵纯度、诗歌格度，自有天壤之别。

杨炯们的诗歌留在了我们翘首仰望的高度。

书生扬血性

杨炯以边塞征战诗著名，有《从军行》《出塞》《战城南》《紫骝马》等名篇流传于世。尤其是《从军行》，把他建功边关的强烈愿望写得气势轩昂，风格豪放。

烽火照西京，心中自不平。
牙璋辞凤阙，铁骑绕龙城。
雪暗凋旗画，风多杂鼓声。
宁为百夫长，胜作一书生。

日渐强盛的国力，广大辽阔的疆域，为诗人们放纵理想、驰骋梦想拓展了足够的空间。杨炯也不例外。他心高气傲，志远毅坚，催生了急于建功立业的迫切心愿。

他以为，好男儿志在四方，大丈夫理当纵横疆场。"烽火照西京"，正是用人之时。时代的呼唤，催迫着他热血喷涌。"心中自不平"，时代使命，历史责任，激起了他奔赴战场、杀敌建功的壮志雄心。

"从军行"是一个有点血性的诗人爱写的主题。后来的王昌龄、李白等众多名家高手都加入到了这场同题赛诗会。杨炯是先声夺人。

少年意气都耗在了穷尽百家书的散漫岁月，凌云壮志被往复的春秋轮番消磨，还未到小试妙笔、施展才华的时候，边鼓的催逼，狼烟的迅疾，迫使人不得不放下手中的笔，不得不放弃最初的理想，投笔从戎。

投笔从戎也不是易事。年轻的生命尽在血刃中穿越。其险也如此，他以为，即便过早地交付了生命，也远胜过做一个皓首穷经、碌碌而死的无用书生。他毅然要赴汤蹈火，死而后生。关键时刻，一个手无缚鸡之力的书生，勃发出了令敌人胆战心寒的勇气。

因为他深知，血洗的生命更加壮丽。

因为他深知，只有这样，才无愧于今生！

代圣人立言，为万世开太平，诗文和才华在此失去价值。

"读书无用论"并非诗人本意。杨炯借此以言胸中大志——建功沙场。当然，建功立业可以在疆场厮杀，直到万骨皆枯的时候，他也许就成名了，就可以封侯拜相了。关键在于上帝是不是要给他这样的机会。否则，他就只有充当炮灰，为别人迈向巅峰铺路奠基！

如果有一天真的要杨炯这些只能拿管软毫的人去握那冷生彻骨的兵器，可能又会听到他们别样的怨语！

诗人都很寂寞，原因在于，他们都不甘愿只做一个行走乡里、浪迹江湖的行吟诗人。他们自信，自己就是这个时代的精英，时代却没有为他们提供施展才华的相应机会。寂寞是他们最大的财富。于是，他们只能纸上谈兵，肆意地放逐文字，倾情地演绎他们的壮志豪情。

　　文人的命运大多如此。可是，又有多少人能正视自己的"才能"？其实，上帝安排他们到这个世界走上一遭的初衷，就是要他们用文字来书写自己的人生，就像农夫得用一辈子的时间和艰辛养活一大家人一样。一旦不能清醒地认识到这一点，很多文人就滋生了"错位"的思考，以为他们就是这个世上最冤最屈的人。这时，他们就会拿怀才不遇来做他们的千古文章，就直接造就了一批怀才不遇的千古奇文奇诗。我们也就有了这样的机会，通过他们的诗文走进他们枯寂的内心，咀读他们的良苦用心，并借此调适我们不太安分的内心。

　　到头来，杨炯最终也没有走上疆场，也算不得官运亨达，最终卒于一个小小的县官任上。这也算是对一个不安灵魂的雨露滋润。不想寂寂戚戚的生，但求悲悲壮壮的死，在古代文人的诗文中随时可以领略这样的豪情！杨炯也不例外。

　　站在大唐驶向末日的列车之尾，他从众多前辈诗人的命运中得出了结论："若个书生万户侯。"他高声地回应：回头看看，历史上又有几个书生被封侯拜相？

　　犹如晴天霹雳，振聋发聩！整整一个朝代的文人，他们集体的功业梦想，大多以空想收场。杨炯有知，可否释然？

骆宾王
壮士发冲冠
——敢于向皇权挑战的代价

昂首高歌

> 鹅，鹅，鹅，曲项向天歌。
> 白毛浮绿水，红掌拨清波。

这是初唐一个年仅七岁的儿童面向这个陌生世界发出的稚嫩的声音。

他就是"初唐四杰"排在最末位的骆宾王。杨炯排在第二位就不太满意，而骆宾王对他的"末位"似乎并不在意。

七岁能吟出这样的诗，着实不易。当我们还在跟着大白鹅牙牙学语的时候，诗人早已读出了鹅的自信。

绿水无尽，清波流韵，一个幼稚的生命，在逝水不驻的河岸，以简单的方式吟出了生命的纯真。鹅在春江游弋，鹅在波心穿越。鹅在欣赏春景，鹅是诗人眼中的惊喜。语天真，意天真，情也天真。一首诗，一幅画，一段配乐的视频，有声有色，情景交融，诗情洋溢，童趣横生。

"鹅，鹅，鹅，曲项向天歌。"这是一个诗人初来乍到这世间时向这个世界发出的最初的声音。他昂首苍宇，曲项高歌，仿佛要让全世界都听到他的声音。

此时，天真的鹅尚不知道世间的污浊，尚不知道清流下面的险恶。一曲稚气洋溢的儿歌，的确不能预知未来的坎坷与险恶。诗人的遭遇毫不费力地印证了这一切。

声音挣脱流水，飞离河岸，穿越旷野，抵达无限的高度。吟完这首诗，他有了"神童"的美誉。"神童"的美誉并没有为他带来多少好处。他的命运如那个肇端初开的时代，波诡云谲，时势多舛，命途难测。

骆神童天籁般的歌吟唤来了一个强大的时代。可惜，他万般努力，却没能一路行吟下去，没能昂然迈步于那个时代无比煊赫的光影里。

命途多舛

红颜薄命，天才不达，自古如此。

骆宾王出生在今天的浙江义乌。七岁能诗，号称"神童"。在"初唐四杰"中，除卢照邻外，其他三位都是天资聪颖的神童。王勃六岁善文，十六岁入仕，杨炯九岁被举为神童，骆宾王七岁能诗。初唐四杰虽然都是响当当的"天才"，却都无一例外地仕途蹭蹬，命途多舛，都无一例外地没有摘得善果。

骆宾王一生最"背运"的有两件事，一是被诬入狱，一是为徐敬业讨伐武则天写讨伐檄文。结果讨武兵败逃亡，不知所终，至今成谜。据说，若干年后，宋之问游灵隐寺，诗兴顿生，得"鹫岭郁岧峣，龙宫隐寂寥"句，一时未得下一联，旁边的老和尚说："何不'楼观沧海日，门对浙江潮'？"宋之问因此才顺利地写完了全诗。而那个老和尚，据说就是骆宾王。等宋之问再访时，老僧已不知所踪了。倘若骆宾王知道宋之问的为人，或许就不会帮他续诗了。

骆宾王的文采在这两次事件中得到了充分的展示。狱中，他写成了《在狱吟蝉》，以明心迹：

> 西陆蝉声唱，南冠客思深。
> 那堪玄鬓影，来对白头吟。
> 露重飞难进，风多响易沉。
> 无人信高洁，谁为表予心。

一只小小的蝉，于那个遥远的秋天，隔窗与一位身陷牢狱的诗人对话。

小小的蝉的高洁，小小的蝉的期想，深深地打动了这位才华横溢的诗人。诗人在与蝉的心灵对话中，知晓了小小的蝉的命运，以及彼此的未来。他们在露重霜寒中接受着一样的考验。他们在彼此的信赖中结成了知己。破茧高飞是他们共同的梦想。

因了这首短短的诗，我们知道蝉飞到了一个常人难及的高度。

因了这首短短的诗，我们知晓了才子内心的洁净程度。

张九龄在《感遇》中说："草木有本心，何求美人折。"一样的情怀，一样的气节。自然的品质得到了两位诗人相似的心灵回应。

这首诗前有个序，可知此诗写作背景："每至夕照低阴，秋蝉疏引，发声幽息，有切尝闻。岂人心之异于曩时，将虫声悲乎前听？"以蝉表己，骆宾王成了那个时代吟诵自己的高手。千百年以后，他的吟诵同样赢得了我们的回应，征服了读者的心灵。

诗人前景难料，哀痛难堪。秋蝉生命将尽，它哀哀切切地嘶鸣，更引得诗人无限怅惘。秋天阴浓露重，纵想高飞，也是有翼难振。秋风狂虐施暴，淹没了蝉低微的吟唱。诗人就算是自己想有所作为，也会为黑暗时局遮蔽，难以传达心声，达成愿景。

不是所有的奋斗都有如愿的结局。有时，你坚持得越恒久，奋斗得越强势，挫折越多，付出的代价也越大，甚至是灭顶之灾。骆诗人本心存九天之志，却未老头先白。陈子昂更惨，壮心未酬，却冤屈地交付了整个生命。他积极进取，却落得牢狱之灾，最终被奸人所害。两人都没有摆脱厄运，只是付出的代价大小有别。

这是一首咏物诗，表达了他独特的心志。在吟蝉诗中，初唐虞世南的"居高声自远，非是藉秋风"（《蝉》），写自己不依凭外力，踌躇满志，志向高远。晚唐李商隐有"本以高难饱，徒劳恨费声"（《蝉》），写的是怀才不遇。这几首诗都成了唐代吟蝉诗的名篇。

则天大帝用什么方式窃取了国家政权并不重要，重要的是，她能否以柔韧的肩头扛起整个大唐江山。

历史真实而清楚地告诉我们，则天女皇虽使用了一些"过激"的苛政厉律，武氏日月齐辉的天空下，社会还算安定，人民还觉康乐。骆宾王的讨武"檄文"似乎没有多少意义。也许是某些人想借"讨武"之名另有所图亦未可知。不过，我们仍然可以这样褒扬骆诗人，他至少是一个真正的文人，一个有社会责任感、历史使命感的人。对此，理当焚心香一炷，献上我们由衷的敬意！

而对"初唐四杰"文学成就的肯定，一直存有争议，有人甚至讥笑他们"轻薄为文"。到了杜甫，终于给出了定论。

老杜就如何评价庾信和初唐四杰，一口气写成了《戏为六绝句》。第二首写道：

王杨卢骆当时体，轻薄为文哂未休。
尔曹身与名俱灭，不废江河万古流。

意思说：王杨卢骆合力形成了一个朝代的诗歌风格和体裁，浅薄的评论者对此却讥笑不休。待你辈的一切都化为尘土之后，也丝毫无伤于滔滔江河的万古奔流。

时间是最公正的裁判。四杰的诗文代表了当时的最高水平，他们纵横的才气、杰出的作品证明了一切。老杜的评价同样经受住了时间的检验。时过境迁，一千多年后，"初唐四杰"的文学成就依然得到了世人的认可。

怒发冲冠

公元678年，骆宾王以侍御史职多次上疏讽谏，触忤了武则天，不久便被诬下狱。第二年秋天，骆宾王遇赦出狱。这年冬天，他奔赴幽燕，另图报国之策。大约这一时期，诗人在易水送别友人，写下《于易水送人》，借古喻今。

此地别燕丹，壮士发冲冠。
昔时人已没，今日水犹寒。

从易水出发的英雄让其他英雄黯然失色。

是英雄成就了易水，还是易水成就了英雄，都不重要。重要的是，我们从此便对英雄心生敬畏。我们便不能忘记曾经发生在那条河上的故事，不能忘记那悲壮千古的一瞬，叫人不由自主地想起那首悲壮之歌来。

壮士，即荆轲。据《史记·刺客列传》记载，战国末年，荆轲为燕太子丹复仇，奉命入秦，欲以匕首威逼秦王，使其归还诸侯之地。临行时，燕太子丹、高渐离、宋意等众宾客穿戴丧服，在易水送行。临别时，高渐离击筑，荆轲应声而歌："风萧萧兮易水寒，壮士一去兮不复还。"歌声悲壮而激越，"士皆瞋目，发尽上指冠"。歌声中，壮士决绝而去，果真是一去不返，更增加了这首悲歌撼人心魄的感染力。

歌声穿越千年时光，破空而来，回荡在易水上空，令今日的易水寒冷如初。

今天的别离一样地悲壮，今天的送别依然有当初的寒度。

陶渊明曾有《咏荆轲》："惜哉剑术疏，奇功遂不成。其人虽已没，千载有余情。"英雄不问结局，英雄不管成败，但英雄绝对知道自己该干什么，在干什么。

血性的力量气吞山河，英雄的诀别横绝时空。豪情击打起易水的波涛，易水的波涛催迫着英雄的步伐。冰凉的易水飞卷着逼人的寒气，英雄因此更觉壮行的迫切，远征的快意。

此去者谁？去到何方？因何而别？都显得不那么重要。重要的是，诗人从出征者那里获得了应对强大对手的力量。不管命运如何，诗人都要续写一段撼天动地的传奇。

这就是他的可敬之处，诗人钢铸的灵魂如高擎的旗帜，在易水拍岸的涛声中翻卷，飞扬。

易水的涛声催迫着一切正义之士喷张的血脉，直到今天，仍有激越的心跳在为易水而动！

这首咏史诗寓意深远，笔调苍凉，写尽了诗人情怀。骆宾王长期怀才不遇,爱国之志无从施展,反而还深受迫害。寒冷的易水里,不仅有古人的悲壮,更有诗人对自身处境的感慨;萧萧的风声里,不仅有历史的苍凉,更有黑暗时局和不测命运的催逼,令诗人的心羽悲风般不住地奔鸣,易水般壮阔地激进。

杜审言
归思欲沾巾
——"大唐第一狂客"的奇言诡语

一狂到底

他是杜甫的祖父,唐代近体诗的奠基人,到了杜甫,近体诗被推到了一个后人难以企及的高度。这既有爷辈的奠基之功,更有孙辈的光大、创新、完善之力。

杜审言的文学成就虽然不及他的孙辈杜甫,但他的"狂"却是出了名的。《唐才子传》里有这样一段记录:

恃高才,傲世见疾。苏味道为天官侍郎,审言集判,出谓人曰:"味道必死。"人惊问何故,曰:"彼见吾判,当羞死耳。"又曰:"吾文章当得屈、宋作衙官,吾笔当得王羲之北面。"其矜诞类此。

说杜审言凭借自己过人的才能,为人高傲,引来众人忌恨。苏味道任天官侍郎时,有一次,杜审言参加官员的预选试判,出来后他对旁人说:"苏味道必死。"听者大惊,忙问原因,审言回答说:"他见到我的判词,应当羞愧而死。"接着又说:"我的文章能够使屈原、宋玉都成为我的部下,我的书法可以使王羲之也成为我的学生。"这"矜诞"一词,被后人理解为"狂得有点荒唐,狂得过分自信"。

杜审言的自负与傲慢可见一斑。他也因此被冠以"大唐第一狂客"。杨炯是少年轻狂,贺知章是老来弥狂,李白是酒纵诗狂,这几位狂客都不及杜审言来得"陡"。

他的名字取得很有意思,即告诫自己说话要小心谨慎,实际却恰好相反。或许在取名时,他说话口无遮拦、口出狂言的毛病就已经显山露水、吐露峥嵘了。

他"狂"既如此,定有凭恃的资本。在当时,他同苏味道、崔融、李峤合称"文章四友",但在仕途上却相差天壤。苏味道、李峤做官做到了差不多宰相的位置,崔融也深得皇帝重用,唯独他杜审言一直沉沦下僚,徘徊不前,或许就是这"狂"种下的祸根。

他不止一时狂,而是一直狂,大有要狂到底的意思。

《唐才子传》记录说,杜审言病重时,宋之问、武平一同去看望他,他就对二人说:"我受尽了造化小儿之苦,没什么可说的了!不过我活着,老是让你们出不了头。如今我快死了,遗憾的是竟找不到人来接替我!"弄得宋之问等哭笑不得。

当他的"狂"劲传到孙子杜甫身上时,仅剩下少年"轻狂"了。

杜甫说:"吾祖诗冠古。"对自家爷爷的评价颇高,这点私情可以理解。

难拗沧桑

一贯以"狂"行事的杜审言，却敌不过命运的沧桑、时间的考验。

当他的谦卑与无奈禁不住从他的诗句间流淌出来的时候，我们看到了他人性的另一面。

> 独有宦游人，偏惊物候新。
> 云霞出海曙，梅柳渡江春。
> 淑气催黄鸟，晴光转绿苹。
> 忽闻歌古调，归思欲沾襟。
>
> ——《和晋陵陆丞早春望游》

因为他经历了沧桑的磨砺，因为他饱饮了思念的烈酒，所以，自然的那些微小的变化都让他心惊魂动。

因为他担心，在自然的每一次更改之后，自己还能不能如期回归故里。

只有他这类远离故乡外出做官的人，才会对物候的转化更新特别地敏感。海上，云霞灿烂，旭日初升；江南已是梅红柳绿，江北才刚刚回春。和暖的春气催促着黄莺歌唱，晴朗的阳光下，绿萍的颜色在渐渐加深。这时，他忽然歌吟起古朴的曲子，勾起了人们思归的情绪，叫人禁不住泪满衣襟。

又是一年芳草绿，又是一度物华新。自己却形只影单，独在异乡，情难已矣。偏偏在此时，觅读到友人的诗章，寄予于悠远古调里的情致，令人难以自胜。

天地浩阔，己心渺小，异乡的精彩难以挽留欲归之心。归思之切，打湿了这个明艳的春天。唯与友人唱和，暂遣愁思，聊解忧怀。

古歌是一剂药引，却难以治愈诗人对故乡、对亲人的思念。再美的景色也留不住诗人的归心。江南的风雅里流淌着一个"宦游人"幽雅的情趣。岁月飞逝，仕途艰辛，惆怅总是难免的。于是，有了这首诗。

忽闻古调而欲归，实是诗者的矫情，自己在仕途久不得志才是他真正思归的原因！或许，诗者言归是另有所图，施的是欲擒故纵之法亦未可知。更何况，"欲沾襟"而非真正的"现场直播"，别人不予理睬也属常事——见得多了，也就熟视无睹，见怪不怪了。

再"狂"的人，也敌不过一天天流逝的时间。春天已经来了，春光如此美好。但在诗人心里，意味着他拥有的时间又少去了一年。此时，他想到的已不是如何在春天里"狂歌"，他想找一个地方卸去"狂劲"，首先想到的是他离别多年的故乡！

他要借故乡的清静使自己彻底的清醒，以一双平常的眼睛，透过春光逝水，穿越莺歌燕语，好好地去看看身边的世界，看看平凡生命的底色。

"狂"不应该是我们固有的本色。"狂"仅仅应该是我们某个时刻对自己的坚信。杜审言到底也没有将"狂"进行到底，诗写到最后，早没了底气。

写这首诗时，诗人当时大概在江阴县（今江苏江阴）做小官，仕途失意的悲，自不必言说。与友人晋陵陆丞一同出游的时候，陆丞作《早春望游》，杜审言因其诗触动了伤感的神经，写下这首和诗。网上搜索，陆丞的诗难得。独留下杜审言的和诗，足见其诗的地位和影响。

如此看来，杜审言"大唐第一狂客"的名号多少还是要打点折扣的。

宋之问

近乡情更怯
——一个"问题"诗人的诗歌贡献

问题诗人

宋之问是一个品德低俗的"问题"文人。据史料显示,他"政治上无足称道,品行也多有可讥",一直诽多褒少。就连他的出生地也有不同的说法,一说在汾州(今山西汾阳附近),一说在弘农(今河南灵宝西南)。《唐才子传》说在汾州,且有如下表述:宋之问身材魁梧,能言善辩。才二十岁,他就被武后召进宫,安排到习艺馆,和杨炯轮流值班。后经屡次调转任尚方监丞。

这都是惯常交代,据说,宋之问在武则天那里很得宠。

武则天游览龙门时,一时兴起,下旨令所有在场的官员都来赋诗。左史东方虬的诗最先写好,武则天看后觉得很好,就赏给东方虬一件锦袍。过了一会儿,宋之问也写好了诗,献给武则天,武则天读后,叹赏不已,就令人从东方虬手里拿回锦袍,转赐给了宋之问。宋之问亦不推辞,竟欣然接受。

后来,宋之问想当北门学士,武则天以宋之问患有牙痛为由,没有批准他的请求。于是,宋之问写了《明河篇》一诗,诗中有"明河可望不可亲"一句,以表心迹。705年,武则天退位后，因其在武则天朝巴结张易之，而被贬到泷州（今广东罗定县）任参军，诸事艰难，他特别追念昔日的荣耀。次年春，宋之问便秘密逃回洛阳，躲在张仲之家里。探听到他的友人张仲之与王同皎等密谋，打算诛杀宰相武三思的消息，他就去告密，因此被提拔为鸿胪主簿，后升为吏部考功郎，"由是深为义士所讥"。

后来，宋之问因担任科举主考官时大肆收受贿赂，被降职为越州长史。他在越州游遍了剡溪的风景名胜，天天设宴，日日饮酒赋诗，宾客中鱼龙混杂，什么样的人都有。睿宗皇帝即位后，因宋之问不思悔过，将他流放岭南钦州。后来，监察御史上书要求弹劾宋之问，李隆基下令让其自我了断，结束了他卑劣的人生。

人们因此说这是宋之问迫害他的外甥刘希夷招来的报应。

观其一生，宋之问春风得意之时，正是武则天把持朝政之日。

宋之问政治上无足称道，品行也多有可讥，但却是"知名当世"的诗人。原因在于，他写了不少歌颂功德、粉饰太平、浮华空泛的诗文，这是他开辟政治上的生存空间采取的必要措施。后来，他人生颠沛，仕途沉浮，接触社会的机会多了，对生活有了新的感悟，创作了一些令人耳目一新的好作品。

作为文人，宋之问政治上趋炎附势、见风使舵、卖友求荣，为人所不齿。他遭人唾弃的低劣人品，人所共知，表现在一桩广为流传的命案上。

好诗文，古往今来，人所共赏。但是，宋之问的"偏爱"却爱过了头。相传，有一天，他的外甥刘希夷拿着刚写好的《代悲白头翁》诗去见宋之问，请求赐教。当时，这首诗还没来得及在众人间"公开发表"，做舅舅的宋之问抢得先机，读到"年年岁岁花相似，岁岁年年人不同"这一句，把玩再三，觉得颇有妙处，便想占为己有。刘希夷不从，宋之问于是遣人用装满土的袋子将刘希夷活生生地闷死了。

据说，刘希夷作这首诗时，得到"今年落花颜色改，明年花开复谁在"的句子，觉得不妙，以为"此诗似谶"，与石崇的"白首同所归"无异。于是，刘希夷就在后面补了这"年年岁岁花相似，岁岁年年人不同"，试图挽救一下，却没有达到预期目的。结果呢？一语成谶。悲剧由他的舅舅亲自导演。这是刘希夷写这首诗时断然没有想到的。

为了占据别人的一句诗而酿了命案，宋之问亲自导演，杀害了自己的外甥，世人称之"因诗杀人"，成了中国乃至世界文学史上绝无仅有的"命案"。

这个低俗文人尽管没有劫得刘希夷的妙句去装点他的诗文，他还是为我们留下了《江亭晚望》《晚泊湘江》《题大庾岭北驿》《度大庾岭》等优秀作品。

近乡情怯

公元705年，宋之问被贬到泷州任了个小小的参军，既失去了荣华富贵，又失去了官场依凭，一下子从天堂掉到了地狱。不堪其苦，第二年春天，他就暗中逃回到洛阳。潜逃途中写下了这首著名的《渡汉江》：

岭外音书断，经冬复历春。
近乡情更怯，不敢问来人。

季节轮回，冬春更替。为了当初的梦想，他不得不在年轻的时候背井离乡。现在，他在蛮荒的异乡，接受着双重熬煎。

　　如今，雪染双鬓，在经历了贬谪的磨难之后，在经历了千百回的思念折磨之后，终于一步步地接近了故乡。

　　故乡就在目力能及的云水边，故乡就在眼前。一个个乡人从他眼前经过，一如他当年离开故乡时的容颜。他急切地想问问从身边远去的乡人，却欲言又止，终不敢言。

　　亲人可还健在？可还识得自己憔悴的苍颜？着实令他纠结，着实让他忐忑。

　　一个对故乡心怀胆怯的人，总有他胆怯的原因。据史料显示，宋之问政治上趋炎附势，耍尽手腕，这就不说了。人品和为文上的下着人所共愤，"因诗杀人"的罪过古今难出其二。此次返回故乡，正是他从贬谪之所逃归洛阳的途中。难怪他不敢正视故乡，越是接近故乡，他心中的愧意就步步倍增。

　　返乡的路越是一步步地迫近，越是令他不安。不是"情更切"而是"情更怯"，由原来的"急欲问"变成了现在的"不敢问"。不仅担心自己的"劣迹"为乡人所知，担心暴露了自己逃匿的行踪，更担心由此而牵累了家人，使他们遭遇不测。

　　诗人内心的矛盾和生活的戏剧性使平淡的文字生发出惊心的力量，残酷的现实消磨着诗人内心本就有限的承受力。

　　宋之问被贬泷州，可以说是罪有应得。但这首诗却赢得了读者感情上的共鸣。这是一个特例，既源于诗人的特殊经历，也源于诗歌特定境况下表达内心情绪的取胜。

　　宋之问在贬往泷州的去路上作了首《度大庾岭》，不妨对比阅读，以进一步加深对《渡汉江》的体会。

　　度岭方辞国，停轺一望家。
　　魂随南翥鸟，泪尽北枝花。

山雨初含霁，江方欲变霞。
但令归有日，不敢恨长沙。

这首诗真实生动地描述了诗人贬谪路上翻越大庾岭的情景，凄楚悲凉，写满诗行。一个贬谪路上失魂落魄的宦游人，正一步步地走向他不愿去又不得不去的地方。

宋之问在贬迁路上还写了一首《题大庾岭北驿》：

阳月南飞雁，传闻至此回。
我行殊未已，何日复归来。
江静潮初落，林昏瘴不开，
明朝望乡处，应见陇头梅。

大庾岭为五岭之一，古人以此为中国版图的南北分界，自古有北雁南飞至此而不过岭南的说法。

大庾岭是一个分界线，越过它，就真正地到了南方，真正地到了蛮荒，真正地穷途末路。这也正是他多次吟诵大庾岭的原因。"何日复归来？"这是他这一路上时刻纠结的主题。一个在官场阿谀奉承、见风使舵、颐指气使惯了的无良官员，一个过惯了锦衣玉食、写惯了歌功颂德诗文的劣俗文人，他怎适应得了"林昏瘴不开"的荒僻之苦？再则，生死难测，怎一个简单的"愁"字可以涵括？

宋之问还写过一首非常有名的《灵隐寺》。不过，其中的点睛之笔"楼观沧海日，门对浙江潮"一联，据说还不是他的"原创"。

《唐才子传·骆宾王》记载：宋之问第二次被贬谪放还，顺道游灵隐寺。这天夜月朗照，长空如洗。宋之问缓步行走至长廊下，面对如此美景，一时来了诗兴，随口吟道："鹫岭郁岩峣，龙宫隐寂寥。"不料，却卡了壳，一时找不到一个合适的下联。这时，一个老僧正在燃灯坐禅，见状问道："你夜不能寐，何苦呢？"宋之问答道："想为灵隐寺题首诗，可是思路不畅。"老僧听了缘由，笑道："何不续以'楼观沧海日，门对浙江潮'？"宋之问借势续完了全篇："桂子月中落，天香云外飘。扪萝登塔远，刳木取泉遥。云薄霜初下，冰轻叶未凋。待入天台寺，看余渡石桥。"

老和尚的这一联，勾连前后，关涉全篇，是整首诗的点睛之笔，开人胸怀，壮人豪情，怡人心境，全诗因此有了澎湃的气势，壮阔的意境。宋之问明白这两句诗的分量，他第二天去拜访老僧，已不见其踪影。有人说这老僧就是骆宾王。传说骆宾王就此乘船出海，逍遥度余生去了。

传说而已，不足信。不过，宋之问的《江亭晚望》写得颇有意境：

浩渺浸云根，烟岚出远村。
鸟归沙有迹，帆过浪无痕。
望水知柔性，看山欲断魂。
纵情犹未已，回马欲黄昏。

山水是牧场，任由诗兴流连，任由诗思纵横。

那些浩渺的云涛，流动的烟岚，自由的飞鸟，轻扬的白帆，叫诗人游目骋怀，心潮奔腾。心灵在放纵，思绪在游弋，等回过神来，不觉黄昏来临，"又得浮生半日闲"！这是一种释然，诗人没有因山水的挽留耽误了时间而有所责怨。

山水之间，自有"真意"存在。只要心归山野，情逐流水，就会赏心悦目，怡情愉神。我们因此有时间有机会去彻悟自然的内涵，物候的暗示。

从诗的角度看宋之问,他是律诗的奠基人之一。他使格律诗的法则更趋缜密,使五言律诗的体制更臻完善,同时还创造了七言律诗的新体。

宋之问生得龌龊,死得可耻,却推动了近体诗的进一步发展。

刘希夷
岁岁年年人不同
——把诗歌看得比生命还重要

一语成谶

刘希夷二十五岁时就中了进士，因考试答卷时文辞好而颇有些名声。

他作诗极其用心，尤其擅长写闺情诗，措辞哀怨婉转。他作诗多取古法，不和时体，因而不被时人看好。

刘希夷长得俊，谈兴好，弹得一手好琵琶。酒量特大，喝几斗也难得醉倒。他随时一副穷困失意的样子，不拘小节，却为人随和。

他写的《代悲白头翁》一诗最为有名，是他用年轻的生命捍卫了这首诗的完整性。

他在写这首诗时，其中一联写道："今年花落颜色改，明年花开复谁在。"反复沉吟，一种不祥之感涌上心头。觉得这是"诗谶"，不吉利，似乎在说自己活不过明年。于是想补救一下，又吟出两句："年年岁岁花相似，岁岁年年人不同。"更觉不妥。作诗受灵感的驱使，主观难以改变。一想，若命如此，也只好无条件地接受。他因此感叹道："人的生与死由命运主宰，难道几句空话就决定了自己的命运？"于是，他把这两联都保留了下来。

谁也不会想到，给他带来噩运的居然正是这两句诗。更想不到的是，炮制这起"命案"的竟是他的亲舅舅。

刘希夷把刚写好的诗拿给舅舅宋之问看，宋之问一看，就特别喜欢上了"年年岁岁花相似，岁岁年年人不同"，得知这些佳句"尚未公开发表"，宋诗人劣性发作，不顾长辈尊严，不顾文人良知，竟无耻地求刘希夷将这两句诗的著作版权转让给自己。刘希夷虽然口头上答应了，却终究没有让给他。

宋之问觉得刘希夷欺骗了自己，恼羞成怒，就叫家丁用装满土的袋子把希夷活活闷到窒息死了。为了达到欺世盗名的丑恶目的，竟不择手段，"谋诗害命"！

为了捍卫两句诗，刘希夷献出了年轻的生命，死时还不到三十岁。他才智出众，性格开朗，有这样的才情，按说，他应该有一个"光明"的人生。谁知他苦命不达，一星俸禄未领，就遭此噩运。

正是美玉裂，青松折，才高人嫉啊！

流年无阻

生命终止，功业未成，"诗业"也未就。刘希夷传下来的诗不多，独有这首《代悲白头翁》打动了无数的后人：

洛阳城东桃李花，飞来飞去落谁家？
洛阳女儿好颜色，行逢落花长叹息。
今年花落颜色改，明年花开复谁在？

已见松柏摧为薪,更闻桑田变成海。
古人无复洛城东,今人还对落花风。
年年岁岁花相似,岁岁年年人不同。
寄言全盛红颜子,应怜半死白头翁。
此翁白头真可怜,伊昔红颜美少年。
公子王孙芳树下,清歌妙舞落花前。
光禄池台文锦绣,将军楼阁画神仙。
一朝卧病无相识,三春行乐在谁边?
宛转蛾眉能几时,须臾鹤发乱如丝。
但看古来歌舞地,唯有黄昏鸟雀悲。

这是一阕生命咏叹调,有感于流年无阻,青春无价,岁月无敌。

生命如逝水。刘希夷在这里不惜反复铺陈,反复吟咏,就是要告诉我们生命的本质,也是这首诗的核心价值。

生命如逝水。蓬勃的青春春水般明净亮澈,一路流去,两岸春花,灿烂若锦,遍野春光,满眼生辉。花月撩人,春风沉醉。人生的快意在不知不觉间流逝,青春的惆怅因此无端莫名。不管是红颜少年,还是清纯玉女,在享受壮丽青春的时候,又常常为青春的仓促而暗生悔恨。

青春的短暂容不得人们去精心地谋划,从容地准备。

事实上,也没有多少人能够在青春的沸腾中保持十分的清醒,百分的理智。青春总有些懵懂,总有些冒失,总有些失误,总有些当局者迷。

青春经不起挥霍,转眼就白了头。生命的流程不经意间流到了酷寒的冬季。当白头老翁俯视生命的来路,他恍然了悟:生命就是一溪逝水,谁也留她不住!青春的孟浪换来了白发人的悲叹,这中间有着沧海桑田的变故与历练,有着生命不断消损的代价，屡次挫折的考验。

因此，生命变得厚重，生命有了质感，生命却迫近了人生的终点。生命的苍凉在白发银须间肆意地弥漫，无情地蔓延。

站在生命的制高点，白发人完成了对生命的俯瞰。他告诉我们：

人生如流有穷尽，宇宙无限徒伤悲。个体的渺小虽不能撼动宇宙的永恒，也不必为恒久的宇宙而徒生悲情。"年年岁岁花相似"，人生有青春的欣喜，必然潜藏着"岁岁年年人不同"的隐忧。花与人，都有美艳的时刻，不同的是，无情的花可以年年如是地恣肆汪洋，有情的人却是岁岁不同，不断变换，迁徙，或者消亡。其实，花也如人。今天你看到的这一朵花同样已不是去年与你相遇的那一朵，更引发了我们对自身无常命运的叹息。

岁月是锋利的沙子，年复一年，往复轮回，磨去一切伪劣，剔除一切次品，为我们留下瑰丽无比之真。

一句诗亦是如此。因其绝代天成，让一首诗成为绝唱，时时香了人们的口齿。一位诗人常常让人提及，便成就了他的千古美名。刘希夷就属此类，他的"年年岁岁花相似，岁岁年年人不同"即是如此。他竟因此招致杀身之祸。他捍卫了诗歌，同时，也捍卫了自己不屈的灵魂。

刘希夷以一颗年轻的心，对岁月以深度地考量，对人生以深刻地叩问，打动了无数的后人。后人也很眼馋，大家都变着法子巧取到自己的诗文中去，借得刘诗人的灵光，去照亮自己的文字。这样做，倒也省事。人们还可以冠冕堂皇地说：这就是继承！

刘希夷这首诗的艺术成就在于，"融会汉魏歌行、南朝近体及梁、陈宫体的艺术经验，而自成一种清丽婉转的风格""还汲取乐府诗的叙事间发议论、古诗的以叙事方式抒情的手法，又能巧妙交织运用各种对比，发挥对偶、用典的长处"，有些"不合时宜"，不够时尚"，因而，他生前一直寂寂无名。

流年无阻，除了自然的生老病死，还有瞬间降临的不测风云。

刘希夷因捍卫一句诗的主权而过早地折损了生命，但他用有限的生命告诉我们：炫目的"红颜"终会变成刺眼的"白头"，衰疏的"白头"也曾经是蓬勃的"红颜"；"红颜"需珍惜，"白头"当尊重。

刘希夷以年轻的生命为代价，用不朽的诗歌警示我们：这，就是流年。

陈子昂
后不见来者
——呼唤全盛唐诗的先行者

名悬日月

陈子昂是继司马相如后的又一位以诗文名世的超级蜀人。他力排初唐的浮艳诗风,倡导"风雅寄兴"和"汉魏风骨"。他的诗朴质而明朗,苍凉而激越,是一面高扬的旗帜,引导着唐代诗风的转变,激进,创新。

杜甫客居成都时,曾到过陈子昂故里梓州金华(现在的四川射洪),写下了《陈拾遗故宅》,他咏叹道:"有才继骚雅,哲匠不比肩。公生杨马后,名与日月悬。"韩愈后来说:"国朝盛文章,子昂始高蹈。"可见,陈子昂对唐诗贡献的先驱性不可动摇。

陈子昂家境殷实,是个十足的富家公子。十八岁时,他还不懂得读圣贤书,谋功业名。凭借自家有钱,他负气仗义,打抱不平,射猎赌博,好吃懒做,但还不至于沦为流氓地痞。

混沌的人生需要及时澄清。好在,以"玩家"姿态行走乡里的陈子昂及时地意识到了这一点。

他在距家不远的金华山道观读书时,终于灵魂开窍,痛下决心,安心地坐下来开始静心读书了。幡然醒悟、茅塞顿开的陈子昂短短几年，即大见成效。二十四岁中进士，被授为麟台正字，委任状说他："山川献上英俊才士，文才可称光芒四射。"他才华出众，竟受到了武则天的重视。

公元698年，其父年事已高，他卸职回乡。不久父亲去世，他就在父亲墓旁修了间小屋住下来，为父守灵。射洪县令段简贪婪残忍，听说陈子昂家很有钱，就制造假案、罗列罪名陷害他，威胁他，大肆勒索银两。段县令见陈子昂家给出的银两与自己的期望值差得太远，一气之下，就把他送进了大牢。

陈子昂在狱中给自己算了一卦，卦相大凶，直呼："老天不保佑我了，我恐怕活到头了。"不久，他果然死在狱中，才四十三岁。据说，陈子昂的死与武三思有关。说他在朝做官时得罪了武三思，所以才有他的"蹉跎之死"。

杜甫的诗句"古来大才难为用"，或许说的就是陈子昂这一类人。

他的才智没有在仕途上发挥出来，却在诗歌创新上作出了杰出贡献。柳公权评价他说："能穷尽文章之术，包罗诗歌之法，从唐朝建立以来，只有陈子昂一个人。"宋刘克庄《后村诗话》说："唐初王、杨、沈、宋擅名，然不脱齐梁之体，独陈拾遗首倡高雅冲淡之音。一扫六代之纤弱，趋於黄初、建安矣。"金元好问《论诗绝句》也说："沈宋横驰翰墨场，风流初不废齐梁。论功若准平吴例，合著黄金铸子昂。"陈子昂于唐诗的杰出贡献得到了普遍的认可。

一个觉悟得有些晚的智者，开启了一个辉煌的时代。大唐帝国气势磅礴的诗歌大合唱，从陈子昂的登台一呼便山鸣谷应、云集而影从了！

一摔成名

一个有着强烈报国激情的人，自然有时不我待的进取意识。他深知，机会最为关键。

人生苦短，我们没有更多的时间被动地等待别人来发现自己。主动出击，创造机会，应是一个不错的选择。

陈子昂就适时选择了与众不同的"自我推销"之举。

同每一个奔赴长安的热血青年一样，刚从闭塞偏远的蜀地来时，陈子昂满怀信心，热血沸腾。可是，当他在满眼繁华的长安转悠了几圈后，就着急了。别人托关系，走后门，自己却举目无亲，投靠无门，怎么办呢？

"我的袋子里不是有大把的钱吗？"他来到集市上瞎逛，见一个来自西域的人正在叫卖胡琴，要价百万。很多人围着卖者，指指点点，议论纷纷，都在谈论那把胡琴"天价"般的昂贵。

看热闹的人越聚越多。陈子昂挤进人群，大声说："我买！"

"呦，看不出还真有傻冒！"有人高声说道。

"这么贵，你买它干啥呢？"旁边的人问道。

"哈哈！我最擅长这玩意儿！"陈子昂高声回应道。

人群中立即有人高声问道："可不可以弹一曲，让我们都饱饱耳福？"

陈子昂镇定地说："可以呀！只是此处不是弹琴之地！"顿了顿，他提高嗓门，"弹琴是高雅之事，须得焚香沐浴。这样吧，大家明天中午都到宣阳里来，我恭候大家的光临！"说完，抱琴而去，扔给大家一个孤高不群的身影。

舍得花百万重金买一把琴，这样的乐师技艺了得？还能免费听一场音乐会，岂不是天大的好事？消息一传十，十传百，知晓的人呈几何级数增长，一夜之间传遍了整个长安城。

第二天，还未到午时，来听琴的聚了里三层外三层，还有不少的名流雅士，早早赶来推杯换盏，觥筹交错，白吃白喝。一般的人，只有眼巴巴伸长脚子看的份儿。

酒足饭饱，陈子昂抱着胡琴，登上演奏台，却并不急于演奏。沉吟良久，只见他举起胡琴，大声说道："诸位，我是从天府之国来的陈子昂，著有诗文百卷，却不为人知。我的诗文远比弹琴出众，你们只想听我弹琴，却不看我的诗文。弹琴之事，乃是雕虫小技，岂能这么让大家劳心费神？"

说罢，陈子昂高举胡琴，重重地摔在地上，摔得珠飞玉溅。全场顿时静了下来，这时，只听有人惊呼："一百万呀！一百万呀！"立刻，惊叹声，唏嘘声，响成一片。

就在大家惊呼的当儿，陈子昂把事先准备好的诗稿百卷发给了所有的围观者。

一夜之间，陈子昂名满长安！街头巷尾，都在谈论这个从蜀地来的年轻人，都在传阅他的诗卷。

陈子昂胡琴一摔，他的"炒作"就成功了。他的名字一下子成了长安城最烫的热词。文人雅士之间，草根平民那里，疯传的频率不断刷新。但是，陈子昂有他的炒作资本和炒作实力。后来，他在幽州台上怆然一歌，就声震古今了。

我们现在的某些诗人、名人，他们也很好地继承了这一点。但是，他们在效仿陈老前辈的时候就很少考虑自己的实力、自己的方式，是为文也放荡，为人也放纵。或者裸吟，或者乞讨，或者公开标榜自己用下半身写作，老担心别人将他从记忆的底片上彻底删除。总之，名是出了，价却掉了，脸也丢尽了，格也丧完了。

先锋号角

前不见古人，后不见来者。
念天地之悠悠，独怆然而涕下！

这是陈子昂最著名的诗篇《登幽州台歌》。

一个独绝超拔的身影，独对寒流，独立苍茫。放眼流走不尽又不可遏制的时间，放眼浩渺无际又神秘莫测的宇宙空间，关注生命的短暂，生命的脆弱，慨叹人生如此寂寞，未来如此暗淡。

苍宇浩渺，时间无限。人之渺小，大不过尘埃，长不过百年。诗人站在这个特定的节点，回顾，不知其来路；展望，不知其所终。个体生命还不及自己脚下的这一方小小的土台。它曾经的辉煌已成遥不可及的过往，曾经的贤明之君与圣哲之臣早已走进了尘土厚积的典籍。眼泪，既是对过去的祭奠，亦是对无望将来的送葬。天地之阔，独不见生命的曙光。光阴催迫，岁月苦短。高台孤矗，一夫独立。莽莽苍原，一个伟大的声音在无尽地回旋。

他站在时空的交汇处，俯瞰文明的来路，展望人类的去途，上仰苍天，下视大野，诗人感到了惊天绝世的孤独，他的呐喊上穷远古，他的喟叹下惊来世。

所有的贤明之君都已作古，所有的得道志士都已铭入史册，唯有自己，既不处开明之世，也求不得爱才之主。来路坎坷，尽管自己已经倾情付出，去途渺渺，仍不见希望的曙光。

这一切都是怀才不遇的结果，这一切都是一个期冀有所作为者的悲剧。

缺失了归属感、没了念想的诗人，在这一刻发出了一个强音，满世界都听到了他的声音，满世界只有他的声音。

一声吆喝，便成绝唱。一声吆喝，便吹响了先锋的号角。他的声音如一束强劲的光芒，照亮了唐诗走向繁盛的道路。这号角诞生于一座并不高大雄伟的土台，这号角却陡然增添了土台的高度，增加了土台的知名度。幽州台成了历史的见证者，那个辉煌的时代大门洞开，由此迎来一片满含希望的曙色！

他的这一声呐喊，唤起了一个盛产诗歌的朝代。此前风花雪月似的绮靡艳丽诗风一扫而去。

陈子昂千金一掷买下一把"贵重"的胡琴，在热闹的大街上一摔就出了名，产生了巨大的轰动效应，轻而易举地就震动了整个长安城。

他的自我包装、自我宣传非常成功，非常到位，可见其建功立业之心何其迫切。可是，他的仕途并不因此而顺畅，他的忧愤并不轻松，日积月累，写成了多达三十八首的《感遇》组诗。"岁华尽摇落。芳意竟何成。"诗中多次表白，多次倾诉。或者以美人自比，美人迟暮，英雄则壮志难伸。他与边关战士一道血战七十场，"白首未封侯"，多年打拼，结果是功业未竟。

距"摔琴事件"，时间一晃就过了十多年。蓝图依然停留在一张纸上，功业只能写在一首首诗中，难怪陈子昂有那么多的感遇与伤怀。

不管别人如何看待，他美人迟暮般的忧愤和怨言不吐不快。以至于一登上幽州台，就"前不见古人，后不见来者"。

此刻，就只有他自己挺立于天地之间。

他深知所处的位置，以及曾经发生在这里的故事。他知道，那样的好事轮不到自己，因而"独怆然而涕下"！他的激情备受煎熬，他的耐心十分有限，他期盼那样的故事能够在自己身上重演。

他在《燕昭王》一诗中也表达了同样的愿望——对明君的迫切渴望。

南登碣石馆，遥望黄金台。
丘陵尽乔木，昭王安在哉？
霸图今已矣，驱马复归来。

燕昭王是战国时燕国的第三十九任君主。公元前312年执政后，高筑"黄金台"（幽州台），广招贤士，遍延奇才。礼待老臣郭隗，专为其筑宫而敬其为师，结果是群贤毕至，"乐毅自魏往，邹衍自齐往，剧辛自赵往，士争趋燕"。一时间，贤豪之士，风云聚会，燕国很快就抢占了"人才高地"，他们各施其能，使原本国势衰败的燕国逐渐强大起来，并且打败了当时的强国——齐国。

陈子昂渴望构建人生大格局，现实却把他逼到这狭窄的一角。他身在"碣石馆""遥望黄金台"，有感于燕昭王招纳贤士振兴燕国的故事，写下了《登幽州台歌》这首振聋发聩、激扬万世的诗。

他渴望奋其大智慧，却被愚人排挤，庸才打击。

他怀才不遇，满怀悲愤，内心积储了巨大的能量；他孤独寂寞，面对无力改变的困境，慷慨激昂，禁不住怆然涕下。

一个被闲置的报国者站在苍天与大地、时间与历史的交汇点，抖声一呼，满世界充满了他的声音。这声音，贯穿古今，穷极时空。

这里有一段不得不说的历史。公元697年，武后派建安郡王武攸宜北征契丹，陈子昂任随军参谋。武攸宜出身权贵，不晓军事。陈子昂多次献计，不被理睬。他又据理陈词，不但未采纳，还反遭贬斥，降为军曹。面对危局，诗人的安邦经世之策又不被纳用，反遭压制，更觉前路茫茫。

登高是一个传统主题，绝大多数文人都要唠叨几句。即使在清明的盛世，有贤明的君主，不可避免地都会有怀才不遇之人！

陈子昂的怀才不遇有目共睹。他的感慨油然而生。最关键的是，他突破了个人得失的局限，把目光投向了生命体验、历史教训、国家前途和苍茫宇宙。因而，他的慷慨一呼，震撼了所有的灵魂。

他的呼唤得到了回应，一个前所未有的强盛时代正一步步赶来。士子才俊们诗酒流连，风流唱和，张扬个性，挥洒激情。他们的众声部演绎，全力把盛唐诗歌推到了不可复制的全盛时代。要不是奸人佞臣的残害，陈子昂或许会昂首阔步地行走在盛唐煊赫的光影里，尽情吟唱，诗思纵横。

王 翰
古来征战几人回
——一个大佬的觉醒

笑对生死

阅读王翰，让我们从他的这首《凉州词》开始。

葡萄美酒夜光杯，欲饮琵琶马上催。
醉卧沙场君莫笑，古来征战几人回？

沙场绝对是个缔造英雄的地方。而迈向英雄的道路却尸骨盈野、血雨悲风。

这是一个值得骄傲、值得放纵的夜晚。庆功的宴会如期举行。

葡萄美酒斟满了华贵的酒杯，篝火照耀，香气四溢，人声鼎沸。这样的时刻正该豪饮。

琵琶声声，痛饮正酣。恰此时，鼓点密密，战事紧迫，出征在即。美酒的盛宴，音乐的盛会，必须立即终止。面对死亡，视死如归。豁达，勇气，大义，当这三个要件有机地融为一体，在这些戍边战士身上集体迸发出来的时候，豪迈赴死的气概就在诗行间激荡古今，就在我们的吟诵声中走向壮美，走向永恒。

紧急的战事或许是诗人的假想，战后的痛饮才是不容置疑的事实。

一阵痛饮，有的已有些醉意，有的欲回营休息。而更多的人则大声高叫：怕什么怕，何不醉它一回；就是醉死沙场，也没什么好笑的。君不见，古往今来，那些奔赴沙场的人，又有几人能平安地回归故里？

这只是这场宴会的一个片段，这也只是漫长戍边史上的一个瞬间。

既然走上边关，就从没把生死看得那般重要。

既然走上边关，就没有想过要活着回去！因为，边关处处埋忠骨，何须马革裹尸还。

当豪情与憧憬被现实粉碎，当功业梦被血腥味浸透，诗人看到了现实的残酷。

当手握长刀的利刃满是缺口，当箭镞的身上满是锈痕，当身边一个个乡人的生命不断地消亡，当白发不知不觉间爬满双鬓，狼烟未灭，外强未尽，功业未成，唯有葡萄美酒可以暂解忧愤，唯有琵琶羌笛可以暂疗悲情。

更令人心惊的是，他们已经从远去的同伴身上，看到了自己的结局。只是不知，这一天何时会突然降临到自己的头上。

没有征兆，无法预测。同伴的离去就是自己命运的预演。

所以，在战争的间隙，他才可以就着急切的琵琶潇洒地痛饮；

所以，在强敌发起新一轮进攻的瞬间，他才可以自如地大笑；

所以，无论战势的走向是多么难以预测，他仍然可以毫不犹豫地策马而去，去作新一轮的无畏冲刺；

所以，不管敌人是多么的凶残，他依然是最勇猛的那一位。

生命已不那么重要了，重要的是要守住一个血性男儿最初的承诺。

这是中国文学史上最豪壮的劝酒词，醉卧沙场还是战死疆场，诗人都一样地从容，一样地毫不迟疑。

读这首诗，千百年后，我们犹见战争的惨烈。他在《饮马长城窟行》一诗中有更生动具体地再现："壮士挥戈回白日，单于溅血染朱轮。归来饮马长城窟，长城道边多白骨……"无数生命逝去，边关烽烟依然没有散去。

王翰写了两首《凉州词》，另一首是：

秦中花鸟已应阑，塞外风沙犹自寒。
夜听胡笳折杨柳，教人意气忆长安。

激昂的时候，豪气冲天，回不回家，能不能回家都不在计划之列。孤独的时候，柔肠百结，故乡是戍人思念的指向，征程的终点，心灵的憩所，灵魂的家园。

只有故乡，才可以安顿这些纵横沙场、舍身赴死的灵魂。

王翰没有去过塞外。因而，沙场的浪漫、悲壮存在于他想象的漠野，恣肆于他飞纵的毫端。

王翰用笔锋书写豪迈，征人用热血书写坚强。

在理想和豪情可以抵达的地方就是大唐的边疆。他们是开疆拓土的英雄，他们是大唐奔腾纵横的气息。他们的马蹄所及就是他们飞杯流觞的庆功场。他们把饮酒的爽兴挥洒到了极致，是盛唐气象的魂魄和神髓。大唐的版图在他们的驰骋中疾速拓展，他们就会把不羁的豪情洒在哪里。

一场挥洒豪情的酒会，天旷地阔，月寒星稀。视死如归，无论是今夜醉卧沙场，还是明朝就战死疆场，都一样令人倍添豪气。

国力的强盛，建功的奇志，加上如此阔大的背景，酒是男儿气的助催剂，让人倍长精神。在酒劲的驱使下，夺取战争的完胜，仿佛只是马到即成的事。

王翰的边塞诗，大大诗化了盛唐气质，唐人无惧无畏、笑对生死的精神风貌得到了诗意的张扬，恣肆的挥洒。

不止王翰，王昌龄、王之涣、高适、岑参等人都写过"凉州词"，共同为盛唐诗坛的精气神积蓄了足够的能量。

意气纵横

王翰，唐并州晋阳（今山西太原）人。《唐才子传》里有这样一段记述：

少豪荡，怙才不羁，喜纵酒，枥多名马，家蓄妓乐。翰发言立意，自比王侯。日聚英杰，纵禽击鼓为欢。

王翰年少时就聪颖过人，才智超群，举止豪放，不拘礼节。喜欢与朋友设宴纵酒，千杯不辞，海饮不醉。他一面饮酒，一面欣赏歌舞表演。不是在酒肆，也不是在青楼，而是设置在自家大院。他家不仅养着一个"歌舞团"，而且还养着众多的名马良驹。酒喝得差不多的时候，就带着一群豪纵的朋友去打猎。他肩扛猎鹰，击鼓而猎。这喧天的鼓声，不是早把猎物惊跑了吗？王翰打猎，要的不是猎物，讲的就是这排场，这阵势，这种惊天动地的影响力。每当鼓声震天，别的少年四方云集，唯马首是瞻。王翰雄踞队伍之前，鹤立鸡群，侃侃而谈。他话锋机巧，立意新奇，显示出天才的领导力，强悍的号召力。王翰往那里一站，指点江山，激扬文字，远远望去，那派头，那气势，足可与王侯匹敌。

他不是什么王侯权贵，他仅仅是一个诗人，一个盛气凌人、派头十足的边塞诗人。他曾搞了个"大唐文人排行榜"，认为当时天下第一流的文人只有三个，一是张说，二是李邕，这第三个嘛，当然就是他自己！王翰原有诗集十卷，大多失传。《全唐诗》录其诗十四首，据此，今人自然无法找到王翰傲视当世诗人的足够证据。

他的众多"粉丝"里，就有后来名震文坛的祖咏和杜华。这两人投奔到他的旗帜下，云涌而影从，跟在后面向他学习。有人劝告杜华的母亲，担心她儿子跟王翰学坏了。不料，杜华的母亲说："吾闻孟母三迁，吾今欲卜居，使汝与王翰为邻，足矣。"昔日孟母三迁，还不是为儿子找个好邻居方便学习，今天能跟王翰学习，我早已满足了。看看，这就是人格的魅力。

公元710年，王翰中进士。他的老家并州有位叫张嘉贞的长史很欣赏他的才气，总是对他施以厚礼，他过意不去，就为这位张大人写了不少乐府词曲，还亲自在酒席上又唱又跳。目的有二，一是表达谢忱之意，二是显示自己的才华。后来，到并州接替张嘉贞任长史的张说也领略了王翰的自我才华展示，对王翰推崇备至。没两年，张说升任三品兵部尚书，提拔王翰做了个九品秘书正字的小官，不久又把他提为七品通事舍人，三年后再升为五品官驾部员外郎。

张说之所以这样提携王翰，有他自己的道理："王翰之文有如琼林玉斝，虽烂然可珍，而多有玷缺，若能箴其所阙，济其所长，亦一时之秀也。"公允与否，咱不好评断，这好比今天的领导，喜欢谁，提拔谁，自有他充分的"理由"。古今同理，王翰春风得意，原因大抵如此。

升得快，降得也快。当张说罢相后，王翰自然连连遭贬，最后贬为道州司马。生命何时终结，今天都还是个谜。

王翰流传下来的诗数量甚微，却丝毫无法撼动他在唐代诗坛的地位。他的《凉州词》曾被提名为唐七言绝句的压卷之作，足见其在唐诗中的分量。有了这首诗，王翰不仅可以笑傲沙场，笑对生死，还足可笑傲古今。

崔颢
烟波江上使人愁
——一首诗就能让诗仙缄口才屈

风流相逐

一首诗便成就了一座楼的高度,就连诗仙李白也保持了应有的敬畏。因此,有人还力推这首诗为"唐人七律第一"。崔颢成就了黄鹤楼的千古美名,像王勃成就滕王阁、张继成就寒山寺一样,都是一个传奇。于人,可见其横绝古今之才;于诗,可见其留芳万世之韵。

那么多的过客熙熙而来,攘攘而去,江山胜迹注定要与这个落魄无闻的文人在那一刻惊心一遇。

昔人已乘黄鹤去,此地空余黄鹤楼。
黄鹤一去不复返,白云千载空悠悠。
晴川历历汉阳树,芳草萋萋鹦鹉洲。
日暮乡关何处是,烟波江上使人愁。

壮景奔来眼底,大江滔滔而去。江山亘古,人事代谢。登高凭远,故乡邈杳,归思难收。落魄的崔诗人顿时诗兴勃发,泉涌笔端。

崔颢的《黄鹤楼》诗诞生以来，便成了众人品头论足的焦点之一。"好事者"又常常拿来同李白的《登金陵凤凰台》一比高下。或曰难分轩轾，或扬崔抑李，或贬崔褒李，不是一时难成定论，而是千年公案，至今难以结案。因此，才一直是一个争论不休的话题。唯此，才具有恒久的魅力。

其实，诗者因学养、追求、境况等诸多因素的影响，即使是同题诗，都有高下之分，何况异题、异时？再则，崔李二人吟诵的对象有异，也不宜将二者硬拉到一起相提并论。比较可以，硬要分个高下，却是件费力不讨好的事。严羽在《沧浪诗话》里说："唐人七言律诗，当以崔颢《黄鹤楼》为第一。"一家之言，似乎没有得到足够的回应。

"对江楼阁参天立，全楚山河缩地来。"这是黄鹤楼的风貌盛概。黄鹤楼同时也成了一个擂台，文人们争相前往，你方唱罢我登场，期求在此一展诗才，千百年来未曾停歇，成为文坛的盛事胜景。黄鹤楼因此成为千古名楼，享有"天下绝景""天下江山第一楼"的美誉，与湖南岳阳楼、江西滕王阁并称为"江南三大名楼"，芳名齐播，卓然千古。

传说李白当年登上此楼时，目睹此诗，大为折服，因此留句说："眼前有景道不得，崔颢题诗在上头。"是否如此，传说颇多，并无实据。其实，他还是写了一首《望黄鹤楼》诗：

东望黄鹤山，雄雄半空出。
四面生白云，中峰倚红日。
岩峦行穹跨，峰嶂亦冥密。
颇闻列仙人，于此学飞术。
一朝向蓬海，千载空石室。
金灶生烟埃，玉潭秘清谧。
地古遗草木，庭寒老芝术。

寒予美攀跻，因欲保闲逸。
观奇遍诸岳，兹岭不可匹。

即景生情，诗兴大作，信手写来，一气呵成，不拘韵律，图的就是个爽快。李白直接写黄鹤楼的诗虽不及崔颢的响亮，但是，他写的与黄鹤楼相关的诗却出尽了风头，首推这首脍炙人口的《黄鹤楼送孟浩然之广陵》：

故人西辞黄鹤楼，烟花三月下扬州。
孤帆远影碧空尽，唯见长江天际流。

这是一场充满诗意的离别，是两位风流潇洒的诗人的离别。这次离别跟一个繁华的时代、繁华的季节、繁华的城市紧密相联，愉快的分手中有李白美好的向往，对友情的珍视，以及淡淡的惆怅。

"孤帆远影碧空尽，唯见长江天际流。"看似写景，实则浓情充盈，别意洋溢。李白把朋友送上船，目送航船扬帆而去，直到帆影消失在碧空的尽头，李白仍还在翘首凝望。眼前的一江春水浩浩荡荡地流向远方，一直流到水天交接之处，直至水天相融。李白对朋友的一片深情，李白的向往，内心的激动，正像这滚滚东去的一江春水，奔流不尽，暂不休歇。

从内容到意境，从音律到神韵，无论从哪个角度看，都堪称千古绝唱。

李白还写了首《与史郎中钦听黄鹤楼上吹笛》："一为迁客去长沙，西望长安不见家。黄鹤楼中吹玉笛，江城五月落梅花。"武汉"江城"的美誉由此穿越时空，名贯古今。

现代伟人毛泽东面对黄鹤楼，激情澎湃，爽快地加入到了这场千年不衰的赛诗会，一口气写下了著名的《菩萨蛮·登黄鹤楼》：

> 茫茫九派流中国，沉沉一线空南北。
> 烟雨莽苍苍，龟蛇锁大江。
> 黄鹤知何去？剩有游人处。
> 把酒酹滔滔，心潮逐浪高！

借题发挥，慷慨激昂，革命家的风神气质、宽博胸襟与诗歌雄强爽俊的格调、豪迈阔达的意境相得益彰，豪情、气魄与意境都远胜以往。

时间推移，岁月砥砺，这场赛诗会远未结束，更加精彩的乐章绝不是"后无来者"。风流相竞，更有来人！黄鹤楼是这场盛会最忠实、最公正的见证人。正是：留千古墨韵，诵万世华章。对此，我们应持乐观的展望。

有了李白、崔颢、毛泽东等一大批文人的锦绣华章，文脉相续，黄鹤楼已经成为中国具有厚重文化底蕴的景观标志，巍然矗立于华夏子孙千古不绝的仰视里。他们不朽的作品也一并刻进了中华文明的记忆。

乡关何处

往事越千年。话题回到崔颢的诗上来。

崔颢骋目山水楼台的时候，读出的不只是山水的风貌，时序的更迭，景物的衰腐，还读出了历史的沧桑，人世的况味。同时也提醒世人，要超越自然，穿越苦难而"隐遁""羽化"

只是妄想。人有自然的属性，更是社会的人。时代的舞台上，就看你去选取什么样的角色。

这，需要我们自己去定位。崔颢的惆怅正源于此。

有人评价崔颢是个"有文无行"的文人。《唐才子传》说他"少年为诗，意浮艳，多陷轻薄，晚节忽变常体，风骨凛然"。少年懵懂，不免干出些傻事。好在坚守晚节，还颇有些铮铮傲骨。我们今天不能以人品定文品，以人格量文格，我们暂且就文论文。

崔颢的黄鹤楼诗由神仙传说入笔，追忆与之相关的历史，怅望眼前，发思古之幽情，人生之沉浮，时间之流逝，天地之浩阔，生死之轮回，沧海桑田，江山更易，生命何来，时间何去……一时间涌入崔诗人的脑际，前人没有得出结论，崔诗人也不可能求得满意的答案。料想，这就是他于"烟波江上"不尽忧愁的原因。烟波无尽，忧愁不竭。这是包括崔诗人在内自古文人的共同困局。

所以，要说这首诗为"唐人七言律诗第一"，实在有些抬爱。不过，崔颢对题材的把控力、对语言的驾驭力，还是唐人中的"高手"。时空飞渡，古今穿越，倒是掌控自如。

一首好诗的诞生，还有很多偶然因素。料想，崔诗若不能归结为"妙手偶得"，也该算是"灵感来袭"，情由景出，境由心生。因而，我们没有必要再去争论诗的高下，有必要好好地读一读今天仍然还蓬勃流传的东西。其生命力的超常强健，本身就说明了很多问题，这足以让我们心生敬畏，欣悦品评。

"日暮乡关何处是，烟波江上使人愁。"乡愁，是这首诗诞生的理由。生命的归宿困扰着所有的游子。崔诗人也不是一味地陷入困境而不能自拔。

一个"有文无行"的诗人同样有感情寄托，情欲纠葛。他的《长干曲》就写了他开朗的性格,健康的感情。

其一
君家何处住?妾住在横塘。
停舟暂借问,或恐是同乡。

其二
家临九江水,来去九江侧。
同是长干人,生小不相识。

那是一个开明的时代,造就了人们的开朗性格。在开明的艳阳下,生长着健康的人伦。人与人的相处,处处透着一个真字。那时,人们可以真诚地交往,坦然地面对。即使刚才还彼此陌生。仅仅凭借共同的乡音,两颗年轻的心便可在异乡的土地上敞开心扉。没有猜疑,没有顾忌。只有遗憾,可惜不是竹马青梅,两小无猜。其实,现在能够偶然相逢,也不算晚,也算得是上天的恩赐。

也许,一段缘分便从此结定。

这两首诗写出了唐人的淳朴与简单,极好地衬托了现代人的隔膜与敌视。现代人都穿戴着一副无形的套子,戴着有色的眼镜,处处小心谨慎,时时提高警惕,以免被陌生人、甚至身边的熟人算计。哪像诗里的两个陌生人,一见如故,亲切交流,胜似老相识。

他们生活在一幅美丽的画里,那是世上最和谐的风景。

而这一切,友善和真诚是最基本的前提。

今天,当我们面对陌生的面孔,面对陌生人的问询,谁还能如此自如、如此坦然地应答呢?

江流千古,江楼千古,乡愁千古。崔颢的黄鹤楼诗在人们的欣赏和争论中一样会流传千古。崔颢也因此名芳千古。

——这，多少会弱化人们对其无良德行的病诟与追究。因为，不是每一个诗人都同时是品行高洁的道德模范。面对崔颢，我们亦应持宽博的态度。

祖 咏
论功还欲请长缨
——半个白卷书生的悲剧人生

投笔请缨

自班超投笔从戎，最后做了西域都督，一下子点燃了文人的眼睛，以及文人的希望，文人的激情。他们的目光逃离典籍，逃离书山，逃离书斋，投向窗外遥远的世界，山外遥远的边陲。他们惊异地发现，除了科举，读书人还有另一条晋级之路，用世之道。

于是，杨炯说："宁为百夫长，胜作一书生。"王翰也把醉卧沙场看作毕生最为潇洒快意的事。

祖咏这个后来者，也心有不甘，他的目光投向了硝烟弥漫的蓟门，那里的狼烟烈火也把他的建功梦点了个正着。看他的《望蓟门》：

燕台一去客心惊，笳鼓喧喧汉将营。
万里寒光生积雪，三边曙色动危旌。
沙场烽火连胡月，海畔云山拥蓟城。
少小虽非投笔吏，论功还欲请长缨。

他认为，为了国家的利益，什么时候走向战场都不算晚。

他相信，为了夺取最后的胜利，主动请缨更能显现出男儿血性。

战争的鼓角令一个文弱书生陡生赳赳雄心，陡长勃勃斗志；战争的残酷让一个普通战士立下沙场建奇勋的铮铮誓言。投笔从戎，策马扬鞭成了他果决的选择！

生死度外，壮志在胸，拍马猛催，嘚嘚的蹄声腾起一片飞扬的豪情！

客心因何而惊？孟子说"无恒产而有恒心，唯士为能。"这些人尽管寒窗苦读，铁砚磨穿，为的就是有朝一日金榜题名。可是，一旦战争来临，他们立刻会投笔请缨。他们坚信：自己既然耐得了寒窗数载的寂寞，同样忍得住残酷战场的血腥！

利禄，不是他们读书从戎的唯一目的。他们心里装的是强烈的功名欲。如今，外敌扰边，边关吃紧；战事催迫，战鼓喧天；绝域雪茫茫，征程路漫漫，催生了他们的雄心壮志：这正是建功立业的大好时机。可是，祖咏却只能"坐观垂钓者，徒有羡鱼情"！体现的是读书人的骨气，丝毫不掺杂个人的私欲。

这一切都是主人公的主观臆想，因为此时，他仍不得不枯坐书斋，眼巴巴地"望"着那血腥弥漫又充满机遇的边关！再强烈的愿望，也只有在诗行间恣意纵横。笔墨是他可以舞弄的唯一武器，纸张是他纵横驰骋的唯一疆场。

"论功还欲请长缨！"读书人潜藏内心的报国热情，终于找到了爆发点。即使是祖咏这样的文弱书生，此时也成了豪情四溢的精神勇士。这种能量的集体爆发，形成了一往无前、坚不可摧的强大威力，形成了一道壮观千古的风景——这就是盛唐气象！

这是一个唐代书生的一篇习作，主题是："我的理想。"

白卷书生

祖咏投笔建功的愿望落了空,只有当诗人的命,要想报国,就只有去参加严酷的科举考试。参加科举考试又不按要求答卷,就像今天高考不按要求命题作文一样。现在这类考生颇多,被阅卷老师判为"0"分作文的也不少,每年都有几篇"0"分作文走红网络。因此有人有意炮制"0"分作文,以抢人眼球,取悦他人。

祖咏参加科考时差一点就成了"白卷书生",因为只完成了不足一半,因而可叫着"半个白卷书生"。祖咏做了"半个白卷书生"竟没有半点羞耻,反而还牛得很。

据《唐诗纪事》卷二十记载,这首《终南望余雪》诗是祖咏在长安应试时的现场作文。按照规定,应该写成一首六韵十二句的五言排律,但他只写了这四句就交了卷。也就是说,只完成了三分之一,把排律写成了绝句。

应考时,祖咏看了一眼试卷上的作文题,再抬头眺望那六十余里以外的终南山。只见终南山雪后初霁,景色秀丽,积雪好像浮在云端一般。祖咏突然灵感来袭,挥毫泼墨,一气呵成。他又认真地审视了一番,交卷了。此时,别的考生正绞尽脑汁,苦思冥想,都还不知该如何下笔呢。

主考官见有人提前交卷,非常惊讶,佩服他的才思敏捷。主考官拿过试卷一看,竟瞪起眼珠子:"嗯!咋没写完呢?""写完了!"祖咏平静地答道。"这明明只有四句嘛!不是要写十二句吗?""有这四句就足够了。意思写完了,那

八句就是多余。"说完,祖咏就只给主考官抛了个远去的背影。主考官忍不住就在现场品起祖咏的这首"残诗"来:

终南阴岭秀,积雪浮云端。
林表明霁色,城中增暮寒。

终南山的北岭景色秀丽,积雪好像浮在云端一般。初晴的阳光照在树林的末梢,傍晚的长安城里,又增添了浓浓的寒意。

"呦!真还是好诗呢!"眼前的这个主考官竟把这个只答了不足半份试卷的"白卷书生"点为进士。今天的阅卷老师有没有勇气为那些不按规矩又标新立异的作文打满分呢?

祖咏是幸运的,他竟然遇到了能够读懂不足半份答卷的考官。关键是这个考官所判的试卷还要经得起天子的最后把关!

祖咏告诉我们,恬淡的心境需要自己来营造,休闲的生活需要自己去把握。终南山的余雪特有味道。但是,不是所有的人都能领略到。就像祖咏的诗一样,不是所有的人都能读懂,不是所有的人都能力挺这个不按规矩参加"公考"的人。

终南山的景色经余雪的点染更有情趣,这种情趣被唐代的祖咏品味得特有味道。

其实,终南山的这帧雪景不独这一年才有。上至皇亲国戚,王公贵族,下至迁客骚人,僧家道士,他们一样目睹过,欣赏过。但是,独有祖咏读出了真髓,悟得了真趣。

他的生活因这一"望"似乎有了新的开始。

回首过往,无论秦皇汉武,还有当朝皇上,莫不祈求长生不老;显贵贤达,庶民百姓,也纷纷希望羽化成仙。他们绞尽脑汁,苦苦追寻,甚至劳民伤财,遗下笑柄。

"看庭前花开花落,望天空云卷云舒。"以这种心境对待生之得失进退，宁静，超脱，虽身处滚滚红尘，嚷嚷闹市，他也心有定力，从而活出一种无欲的境界。

望望窗外，远山隐现之处，一丝"霁色"或许会为诗人带来新的希望。

祖咏最有名的这两首诗的标题中都有一个"望"字。"望"得眼巴巴，"望"得心痒痒。这是一个书生满含期待的眺望，最终却没了念想，断了希望。点了进士，并不等于就一定有官当，就不一定官运亨通。后来，祖咏结识了当时的大家王维，王维在济州写给祖咏的诗说："结交二十载，不得一日展。贫病子既深，契阔余不浅。"（《赠祖三咏》）可见，祖咏的"贫病"是"闻名"当世。

祖咏因这首"残诗"著名，这首"残诗"并没有为他带来好运。

做官断了晋级之路，没了念想的他，只得举家搬迁至"汝坟间别业"，以捕鱼打柴为生，落得个实实在在的清闲。

我们读祖咏，不是单单欣赏这样的"白卷书生"或者"叛逆精神"，在于透过祖咏的科考之路，去看一个时代的开明，是如何包容祖咏这样的"叛逆者"；去看一个开明的时代，应持有怎样的宽阔胸怀。

文明的进步，肯定要遭遇歧途和杂音，关键在于我们要看到走过歧途后寻得的正确方向，滤除杂音后得到的和谐之声。

再说，祖咏的应考诗连同今天的"不按规矩作文"都并非杂音，我们对此更应持宽容之心。

但凡人才，都有些另类。单就科考而言，另类的祖咏又何其幸运！

王昌龄
不破楼兰终不还
——"诗家天子"的侠骨柔情

少年壮行

"七绝圣手""诗家天子",这两顶桂冠都毫不吝啬地一起戴在王昌龄的头上,实在炫目。不仅唐代的诗人羡慕,今天的我们也油然而生敬意。

这可虚不得。王昌龄的诗,尤其七绝,几乎首首都是精品,每每咀读,总给人惊喜。他的边塞诗,慷慨激昂,总令人振奋。在诗里,唐代士兵个顶个的都是真心英雄,他们誓死保家卫国的雄心和气势,汹涌澎湃,激动人心,使人倍长精神。

他的《少年行》已初露锋芒:

西陵侠少年,送客短长亭。
青槐夹两道,白马如流星。
闻道羽书急,单于寇井陉。
气高轻赴难,谁顾燕山铭。

走马远相寻,西楼下夕阴。
结交期一剑,留意赠千金。

高阁歌声远，重门柳色深。

夜阑须尽饮，莫负百年心。

他心怀天下而不计个人得失，他怀有一颗彻底的"公心"。少年只晓边关急，流星快马，慨然赴之，哪管燕然山的石头上会不会刻上自己的名字！

正是有了这样的"公心"，他把边塞诗写得荡气回肠，把七言绝句写成了巍峨的"长城"！

正是有了这样的"公心"驱使，他一往无前，豪气冲天。对外来的威胁无所畏惧，对自身的安危无所顾忌。

现代伟人毛泽东说，王昌龄的诗里有"意志"。这"意志"体现了"盛唐气象"，体现了唐人的"青春精神"，体现了一个群体的昂扬斗志和神采风貌。

那真是一个伟大的时代，到处充满机遇，人人可以演绎传奇。只要他愿意！在诗里，他们几乎众口一词地说：我能！我行！

"朝为田舍郎，暮登天子堂；将相本无种，男儿当自强。"今天的寒士明天可能成显贵，那个时代有着太多的不可思议。这句出自宋朝的诗，绝好地概括了唐代诗人们的生存环境和精神状态。于是，火热的时代让那个时代的草根布衣陡生出许多雄强的期许，那个时代同时又给予他们相应的回报。这个前提是：敢想，敢为！

王昌龄属于敢想敢为的那一类。他的边塞诗之所以写得豪气干云，恣肆纵横，源于他曾有过远赴西北体验边塞生活的经历。时间一久，他觉得，靠当兵要封个万户侯，既有遥远的距离，也实在残酷，于是弃戎从文。

他跑到长安一听，自己的诗名令他震惊不已。"七绝圣手""诗家天子"的名号满天飞，还有好大一片"粉丝"嚷着要跟他学诗。有了这名号,有了这影响力,应试起来也很顺当,竟也一举及第,做了个校书郎。这时,他已经是不惑之年的人了。

过了一段时间,王昌龄觉得做官也没啥出路,就常常召集京城里的诗人海侃海喝,弄出"旗亭画壁"之类的传奇。不务正业,有损朝廷形象的坏名声和他的诗名一样满京城乱窜。有一天,终于传到天子那里,于是被贬出京城,先是县尉,再是县丞,先是氾水,再是江宁,最后是岭南(也就是宋之问待不住的那个地方)。官是越做越小,地点越来越远,位置越来越荒僻。

算了,还不如回老家去。他在返乡途中,不幸被奸人闾丘晓杀害。恶人恶报,闾丘晓后来又被张镐除掉。可笑的是,闾丘晓临死时,竟厚颜无耻地说,看在他上有老、下有小的份儿上,乞求免于一死。张镐说:"王昌龄之亲欲与谁养乎?"一句话就断了闾丘晓苟且偷生的奢望。

对王昌龄来说,家就是那一段永远也无法抵达的道路,回家是一个永远也无法兑现的念想。

王昌龄与李白这样的大腕也有过十分友好的交往。在他贬往龙标的路上,收读到了李白的诗句:"我寄愁心与明月,随风直到夜郎西。"人不能随行,心却始终相伴。王昌龄因此被永恒地定格在了诗仙的记忆里。王昌龄也写了首《巴陵送李十二白》,有"山长不见秋城色,日暮兼葭空水云",朋友一去,怅望千里,惺惺相惜,自不必说。两位诗友行色匆匆,一生都在路上。只是,一个没有抵达宁静的家园,一个也没有抵达理想的终点。

与王昌龄交情最深的当是孟浩然,真正演绎了"舍命陪君子"的现实版本。他从岭南回长安的路上,专程去襄阳拜见了孟浩然。孟诗人亦多灾多难,大病刚愈,故友相见,竟忘了医生的禁酒令，一番觥筹碰撞后，旧病复发，一命归西。到了可以为对方而死的地步，这种友谊值得钦佩，却不必提倡。

王昌龄的诗意气飞扬，豪气纵横，更多地体现在他的两组边塞诗里。这就是《出塞》和《从军行》。

铁血男儿

下面这首《出塞》曾被推为唐人七绝的压卷之作：

秦时明月汉时关，万里长征人未还。
但使龙城飞将在，不教胡马度阴山。

恢宏的时代，让王昌龄这样的书生心怀梦想，意气飞扬；广阔的疆域，就是他们成就梦想的大舞台。"宁为百夫长""功名只向马上取！"那些青春四溢、激情飞纵的士子们，他们把浪漫的功业梦，寄托在辽阔的西域。他们天真地以为，只要纵横边疆，放马沙场，就可以衣锦归来，就可以封侯拜相。

王昌龄这个生活在盛唐时代的"诗家天子"，他的豪情遮天蔽日，他把浪漫写满了整个西域。王昌龄被唐人誉为"七绝圣手"，明朝诗人李攀龙认为，王昌龄的这首《出塞》诗是唐人绝句的"压卷之作"。此无定论，亦无法制定一个统一的评判标准，因此还有其他的说法。不管怎样，王昌龄的这首七绝进了"唐人七绝排行榜"，进了唐人七绝"压卷之作"的候选篇目，水平之高，影响之大，毋容置疑。

明月，雄关，横亘秦汉，穿越狼烟，不胜苍凉，分外雄莽。

千百年来，还有无数的征人未还！

从那时到现在，退却和胆怯都不是理由。外敌犹在，边患未除，镇守边关，杀退强敌依然是那个时代戍边男儿的现实课题。外敌不除，悲剧依然没有结局。

可是一将难得，更何况像汉代李广那样令敌人胆战心惊的将军，真是可遇而不可求。唯有全力拼杀，血染沙场，才能力保阴山不失，才能力保边隘安宁，金瓯永固。

明月苍古，雄关巍峨；风沙凄厉，岁月浩茫。多少红尘旧事，多少边地征伐，都已在明月雄关面前成为永远。多少英雄豪杰，多少征夫戍子，都随着剑戟的折埋而走进遥远的记忆。而今，狼烟不止，胡骑窥视，可惜，龙城飞将骑着他的剽悍烈马早已从大汉的疆场绝尘而去，一溜烟，远离了世间的杀伐，驰进了纵深的历史，甩给唐人一道闪电般的背影。

王昌龄有驰骋疆场的壮志雄心，可是，战马和长剑只在他的梦中笑傲雷鸣！

王昌龄的假设或者祈求给人以末世之感，让人陡生出满怀的悲壮！可见，诗人对这一次"出塞"，既希望奇迹出现，内心又不无隐忧。

因为豪气并不代表就一定有克敌制胜的实力。"万里长征人未还"就是最好的证据。好在还有"不破楼兰终不还"的斗志和坚持在，人们又看到了夺取战争最终胜利的一线生机。

"万里长征人未还"，战争的悲剧一直都在上演，源头可追溯到比秦时明月、汉时雄关更为久远。诗歌因而有了厚重的历史纵深感。战争不仅是征人的重负，更是历史的疼痛。因而，由战争写就的历史更加悲壮！

试想，有哪一次改朝换代是兵不见血刃的"平稳过渡"？又有哪一次侵略不是狼烟滚滚，遍野哀鸿？

男儿志远，英雄气短。一个书生有一个书生的遗憾。

当这个书生在国家最需要的时候投笔从戎，他的豪气似乎可以盖过历史上任何一个英雄，他舍身赴死的态度更是坚硬决绝，意志如铁。

昔日耐得住寒窗的寂寞，今日经得起战争的血腥。

昔日有济世的宏愿，忍得住枯坐的熬煎；今日不惧兵刃的搏击，血腥的洗礼！

但他仍能清醒地认识到，自己只是一个弱不禁风的书生，要夺取决战的胜利，并不仅仅取决于豪情壮志，并不是写几首诗那般容易。因此，他渴望有一个真正的英雄，在关键的时刻挺身而出，顶天立地，纵横绝荡，长剑挥处，杀出的就是一条通往胜利的道路。他渴望能有这样一个能左右战争胜负的人，带领着他去夺取最后的胜利，彻底熄灭强敌的贪欲，彻底斩断他们的溃退之路！

"出塞"，并没有诗人想象得那么浪漫，战争远比诗人的描述更为残酷。诗人也清醒地认识到这一点。他在另一首《出塞》中写道：

骝马新跨白玉鞍，战罢沙场月色寒。
城头铁鼓声犹震，匣里金刀血未干。

再正义的战争都有惨烈的杀戮，再正义的战争都有血腥的飞溅，生命的殒灭。

一场杀戮刚刚结束，另一场更为惨烈的战争又在紧锣密鼓地酝酿。诗人深知，哪一场战争不是以牺牲生命为代价，哪一场战争的结局不是血流成河、白骨盈野。"城头铁鼓声犹震，匣里金刀血未干"，战争没有胜负，战争制造苦难。战争不可避免，战争难有穷期。

王昌龄亲历边塞，亲历战争，他深知，浪漫的背后，是更多的不幸。作为一个战争的参与者，他要做一个强悍的吹鼓手，以表达戍边将士的赤胆忠魂，他要把必胜的信念浇铸进每一个灵魂——义无反顾，不胜不归！

意志如铁

要夺取战争的最后胜利，必须要有坚强的意志。试看《从军行》其四：

青海长云暗雪山，孤城遥望玉门关。
黄沙百战穿金甲，不破楼兰终不还。

毛泽东在给女儿李讷的一封信中说："这里有意志！""这里"引用的就是王昌龄的这首《从军行》。"这里有意志！"这是一个现代伟人、豪迈诗家对一首唐诗的评价。诗言志。诗歌里所书写的豪情壮志，就是诗人的坚强意志，就是诗人的刚性气质。这意志的体现既来自于壮阔的景象，又来自于作者坚定的决心。有这勇敢而强大的心，何愁没有意志。

读这首写于一千多年前的诗，铁血男儿的钢铁誓言至今还铿锵作响，誓不得胜不言归的决绝态度撼天动地，令人魂悸心惊。越是艰险，越要向前。越是艰险，越能考验一个铁血男儿的忠肝义胆；越是艰险，越能突显一个钢铁战士的必胜信念。

在所有纸上谈兵的文人中，谈得最畅快、最豪气干云、最气吞山河、最英气逼人的，当王昌龄莫属。即便是以仙盖世、以豪名世、以狂惊世的李太白，也要逊色三分："愿将腰下剑，直为斩楼兰。"读起来，底气就略显不足。"黄沙百战"的磨砺，形势险危的紧逼，建功边塞的豪情，金甲炫目的英姿，无不显示出诗人摧城拔寨、所向披靡的气概与意志。

楼兰不破，就没想要站着回去！

楼兰不破，人生就没有价值，就等于自己到这个世界白来了一回！

"不破楼兰终不还！"这正是一阕英雄赞歌。战士的豪气排山倒海，诗人的底气气贯长虹。"气"压古今，誓可断金。王昌龄营造的这个意境，让所有借纸谈兵、借诗言志的文人，都不得不低首摧眉！

既有人生的豪迈，又有不屈的意志，一首短短的七绝，能有如此威力，足见王昌龄在七绝上的功力之深，造诣之高。这组《从军行》一共写了七首。

烽火城西百尺楼，黄昏独坐海风秋。
更吹羌笛关山月，无那金闺万里愁。

这是《从军行》其一，刻画了边疆戍卒怀乡思亲的深挚感情。

一座古城横绝域，万里江山万里愁。"鸡栖于埘，日之夕矣，羊牛下来。君子于役，如之何勿思！"（《诗经·王风·君子于役》）这样的时节，这样紧迫的形势，怎不催发人思念征戍边关的亲人？"金闺万里愁"，征夫不归，正是怨妇思夫的因由所在。而要消除边患，消除愁怨，不是一两场战争就可以解决的，还有很长一段路要走。再看《从军行》其二：

琵琶起舞换新声，总是关山旧别情。

撩乱边愁听不尽，高高秋月照长城。

响彻边地的琵琶声换了一曲又一曲，不变的是对妻子、对家乡的思恋。

真是，琵琶一声撼山月，不尽边愁，月照高楼，别情不易死不休。秋月高照，长城横亘，那"撩乱边愁"，不仅听不尽，而且除不去。曲声可以改变，思念一如既往。

在唐朝，有很多诗人都曾以此为题，写出了不少的优秀诗章。杨炯首发先声：

烽火照西京，心中自不平。
牙璋辞凤阙，铁骑绕龙城。
雪暗凋旗画，风多杂鼓声。
宁为百夫长，胜作一书生。

在边关吃紧的关头，枯坐书斋的书生禁不住羡慕起"百夫长"来。他认为，即使做一个冲锋陷阵的士兵，也胜过枯守笔砚的书生。

李白也写过一首《从军行》：

百战沙场碎铁衣，城南已合数重围。
突营射杀呼延将，独领残兵千骑归。

战争的残酷不仅令铁衣破碎，军事要地也经历了反复的争夺。更重要的是，原来的千军万马，现在是"残兵千骑归"！好险，竟差点儿全军覆没！

这是一场败仗，败得惨烈，败得悲壮。李白为我们设置了一场战争的一个瞬间场景，我们从中看到了败者的豪情，胜利的希望。

边塞题材的诗,王昌龄还写过《塞下曲》组诗:

其一
蝉鸣空桑林,八月萧关道。
出塞复入塞,处处黄芦草。
从来幽并客,皆向沙场老。
莫学游侠儿,矜夸紫骝好。

其二
饮马渡秋水,水寒风似刀。
平沙日未没,黯黯见临洮。
昔日长城战,咸言意气高。
黄尘足今古,白骨乱蓬蒿。

战争是欲望的延伸,贪欲的恶果。

和平是战争的间隙。

战争让最健壮的男儿去专事杀戮,让最年轻的生命长驻边疆,闲置时光。"皆向沙场老"就是余生者残酷的现实。

而战争的结局,又往往是两败俱伤。和平与安宁的前提是:"白骨乱蓬蒿。"见此情景,那些封侯拜相的英雄,他们荣耀的光芒是不是要减弱三分呢?他们高傲的目光是不是应该为失去的生命低垂三分呢?

玉壶冰心

王昌龄仕途不顺，却结识了不少朋友，尤其是当时的大诗人，差不多都与他有过交往。除了"旗亭画壁"的故事外，还有很多诗酒酬和。这首《芙蓉楼送辛渐》特有名。王昌龄借题发挥，写友情别情的少，自我表白的成分多。

寒雨连江夜入吴，平明送客楚山孤。
洛阳亲友如相问，一片冰心在玉壶。

"一片冰心在玉壶！"他托朋友辛渐捎去口信，在这个人浮于事、名利至上的社会，自己虽然远走江湖，身在红尘，但性情不改，品节不移，冰清玉洁的人格本真如初，而且还保持着应有的鲜度和纯度。

尽管寒雨冻人，世风诱人，就让那孤然兀立的楚山作证吧。洛阳亲友对自己的牵挂实是自己对洛阳亲友友谊的实证，内心的表白。看似随意，实是日夜难以消除的念惦。

真实的友情和对友情的态度，检验着我们的凡心是否还保持当初的真纯，考验着友谊是否经得起长久的离别，经得起遥距的阻隔。

他告诉友人：真正的情谊无论经历怎样的挫折、变故，都始终坚守着应有的质地！

"穷则独善其身。"王昌龄有中国文人共同的优点和缺陷。冰清玉洁的人格本真是其优点，而当不了官、入不了仕，则只有给自己服一剂传统的精神慰藉。究其实质，他们都期待着"达则兼济天下"这一天能够幸运地降到自己头上。功业梦是文人士子人生目标的终极追求，王昌龄亦在此列。

有所不同的是，有的人在追求理想的过程中，为世俗所累、所染、所逼，慢慢地就迷失了自己。他在这里庄严宣告：我还是你们先前认识的那个王昌龄！

如果用贺知章的"春风不改旧时波"来阐释王昌龄这句诗要坦呈的心迹，再形象不过了。莲藕不为淤泥而染，品质不为世势改变。

他在《送张四》里写道：

枫林已愁暮，楚水复堪悲。
别后冷山月，清猿无断时。

诗人所传达的信息是：没有你的日子里，我的生活分外凄清；没有你的岁月里，总是孤单把我包围；一声清猿的鸣叫，就足以让人魂动心惊；曾经火热的秋枫不再热烈温暖，曾经清冽的楚水今天更令人心寒；那些我们曾经怡然共赏的美景，眼下更令人伤心！

山水共睹，岁月作证。友谊的真纯无时不在考验着我们。诗中的"我"对远去的朋友一片真情！

遭遇不测，处境险恶，依然节操不改本色。各自珍重，是每一个品格高洁的人应持的态度。如此这般，友谊自然保有它原先的纯度。

环境再变，处境再险恶，世势再苍凉，总有些东西固守了原有的质地，原有的硬度。这，就是节操，就是一个人的傲然气质和洁净心灵。

"一片冰心在玉壶"，一语双关。这就是对知交故友的纯洁友谊没有因苍凉世势与炎凉世态而改变。心中对他们的念悎浓度一如从前。

铁汉柔情

王昌龄在边塞诗中一派豪迈，是个十足的硬汉。但他同时亦满含柔情。《闺怨》和《长信秋词》素负盛誉。看这首《闺怨》：

闺中少妇不知愁，春日凝妆上翠楼。
忽见陌头杨柳色，悔教夫婿觅封侯。

这是一种醒悟，发生在风华绚烂的春天。

美好的春色岂能仍由错过，靓丽的青春岂能白白虚度？闺中少妇不是"不知愁"，而是最知愁。不然，她为何偏偏选择风和日丽、柳色含烟的时刻，才盛装登上高楼？明明知道登高凭栏、举目远眺会撩起她对征人的思念，明明知道村外路边招摇的柳色会勾起她无边的春愁！

这是一场凄美的错，她愿意将错就错。

少妇的青春在明媚的春光里张扬。张扬，她把青春把梦想张扬成春色里最惊心动魄的一部分，她美艳的青春谁又来欣赏？抑不住的悔恨春草般疯长。出征的时候还千叮咛万嘱咐：好好干哦，人家都说"功名只向马上取"，家族的荣耀全看你啦！今天，面对美景，形只影单的她不禁悔意顿生：我咋这么笨哦，早知道，才不叫你去觅什么相，封什么侯！相守的日子多么美妙，远远胜过对虚名的追求。

功名需要追求，爱情更需要坚守。

"不知"和"忽见"恰是诗人作诗的技巧。一个"悔"字，道出了怨妇的心声。作为自然人，任何人都会因怀春而生幽怨。一个"悔"字，见出了闺中少妇当初的"虚荣心"。望夫成龙的愿望由来已久。她也脱不了名利的驱驰，当初竟然愿意以牺牲自己的青春年华、美满爱情为代价，把自己的年轻夫君赶上血雨横飞的战场。今天，想来实在可笑，才知道平常、厮守的生活更加重要！

投奔沙场"觅封侯"是古代男儿出人头地、光耀门楣、除读书及第以外的另一条晋升之路。如果不出去拼一拼，搏一搏，就觉得自己枉为男人，枉在这个世界走了一遭！无论是国家的使命，家族的责任，还是丈夫的职责，其中任何一条理由都会将血性男儿推上刀光剑影、血肉横飞的战场。再说，真男儿志在四方，伟丈夫拍马疆场，你就没有任何理由可以无端辜负"闺中少妇"望夫成龙的愿望！

是男儿的自我要求，自我鞭策，还是家族的需要，国家的召唤？总之，他年轻气盛的时候便抛家别子，远走异乡。漠风中出没，血雨中驰骋，一刻也没有忘记辞家别妻的承诺。

如今，杨柳几度绿，春光几番去。当他的女人对着招摇的柳丝悔意连连的时候，他深知功名还遥遥无期，团聚仍是一个无望的奢求。她才知道，举案齐眉的平淡生活的重要。

一个女人的呼唤，让天下所有的男人猛然醒悟：幸福和富足，宁静和丰盈，功名和利禄并不是活着的全部。

再说，求取功名永远是人类社会一个永不湮灭的主题。古往今来，多少男儿为之献上了美好年华，多少男儿拜倒在她的"石榴裙"下，多少自负的汉子甚至为之丧失尊严，凋尽朱颜。

在王昌龄那个令人羡慕的时代，多少女子为之芳华凋谢，成了男子汉求取功名的祭品。《闺怨》写出了古代妇女内心世界的本真，"悔教夫婿觅封侯"，让人不由得怦然心动，万分惆怅。王昌龄的《闺怨》激起了一片千年不息的回声。

雁尽书难寄，愁多梦不成。
愿随孤月影，流照伏波营。

——沈如筠《闺怨》

袅袅城边柳，青青陌上桑。
提笼忘采叶，昨夜梦渔阳。

——张仲素《春闺思》

打起黄莺儿，莫教枝上啼。
啼时惊妾梦，不得到辽西。

——金昌绪《春怨》

黄云城边乌欲栖，归飞哑哑枝上啼。
机中织锦秦川女，碧纱如烟隔窗语。
停梭怅然忆远人，独宿空房泪如雨。

——李白《乌夜啼》

燕草如碧丝，秦桑低绿枝。
当君怀归日，是妾断肠时。
春风不相识，何事入罗帏。

——李白《春怨》

这些"闺怨"诗，截取了生活的一个断面或者某个特定的瞬间，闺中少妇心理微妙变化的刹那，扣人心弦，让人黯然恻然。

王昌龄的这两首《采莲曲》也写得情味盎然，引人遐思。

吴姬越艳楚王妃，争弄莲舟水湿衣。
来时浦口花迎入，采罢江头月送归。

荷叶罗裙一色裁，芙蓉向脸两边开。
乱入池中看不见，闻歌始觉有人来。

侠骨里流淌柔情，强悍中渴望优雅。生活需要浪漫的点染，品位的提升，情感需要妩媚的照耀，甘霖的滋润。

除了千里漠野，万里奔沙，除了金戈铁马，刀兵相接，生活还有另一种形式，别一番滋味。

采莲少女们为我们编制了一道美妙和谐的图景，生活的底色与亮点，在这些平凡的劳动中自然而然地"魅"起来。生活总是平等地给予我们，只是我们缺乏善于发现的眼光和及时把握的能力。有时，又表现出惊人的熟视无睹，麻木愚钝。很多美好的东西因我们的平庸而被忽视。当我们怨天尤人的时候，却不知道躬身自省。

王昌龄最擅长七绝，他把绝句写成了绝唱，几乎首首都是精品。这"七绝圣手""诗家天子"的桂冠也不是随意可颁的，也不是随便哪位都接得住，承得起的。

因此，他的英风盛概随了他奔纵的诗，一直澎湃不息地由古而今。

王　维

王孙自可留

——让壮志雄心彻底归于宁静

精彩亮相

王维世称"诗佛",唐代宗封他为"天下文宗"。源于他代表了唐代山水田园派诗歌的最高水平。其诗清淡雅秀,超逸绝尘,古今共赏,莫不心悦诚服。

这是王维在大唐高层政坛的第一次亮相。

开元八年(公元720年),王维踌躇满志,首次应试,结果落第。

王维"九岁知属辞,工草隶,闲音律",在京城颇有些名气,经常出入权贵之家。他和宁王、歧王关系颇好,"待之如师友"。他就有了经常出入王府的机会。为了求得科第门路,王维在歧王李范的帮助下决定走玉真公主的路子。

到了玉真公主举行歌舞宴会的时候,王维就怀抱琵琶,混站在歧王所带的乐工队伍前面,等待献艺的机会。该王维上场了。只见他"妙年洁白,风姿郁美""独奏新曲,声调哀切,满座动容"。王维的亮相可谓光彩炫目,先声夺人。见多识广的玉真公主不曾听过王维演奏的曲子,问王维,王维说是《郁轮袍》,是自己的新作。正当公主惊讶之际,王维不失时机地献上自己的诗卷,并且说,这才是自己最擅长的。公主看了几首,大惊,以为自己平常喜欢的那些诗都是古人的作品,原来竟是眼前这个年轻人写的。于是,让宫婢将王维带入室内,换上华丽的衣服,然后置办酒宴,安排王维入席,并且坐在了贵宾席位。席间,王维风流蕴藉,引得公主一再瞩目,不由得问王维,如此文采,何不参加科举。话终于转到了正题。如此这般,王维果然一举及第。

王维的这次亮相,既惊艳,又实惠。虽然剑走偏锋,毕竟有真才实学作依凭。在才能和胆识的支配下,智慧的能量才有了爆发的机会。否则,唐朝就又多了一个怀才不遇的落魄诗人。

诗歌,不仅反映了那个时代的精神风貌,更为那个时代注入了灵气,灌注了诗性,培育了令人神往的浪漫气质。文人的智慧在那个时代得以充分施展,得益于时代的恩赐。如果缺失诗歌的装点,诗意的渲染,诗情的激荡,唐朝又何以让我们激情澎湃,神采飞扬,无限神往?

王维的《九月九日忆山东兄弟》就是他最初留在我们记忆深处的诗:

独在异乡为异客,每逢佳节倍思亲。
遥知兄弟登高处,遍插茱萸少一人。

亲情的恒久性穿越时空,一直抵达我们的内心。

亲情同样具有强烈的感召力,小小年纪就被亲情打动,小小年纪,尚未遍历沧桑,他的灵魂就感知到了亲情的力量。

长安的繁华,更见诗人的孤独;熙攘的人流,更加重了诗人的落寞。恰在这本该亲人会聚、携手登高的日子,"独在异乡为异客"的无奈催生了他对亲情的渴望,倍生对家人的思念。

没想到，王维十七岁就写成了这首诗。尤其第二句，引起了古今华人的共鸣，并成为炎黄子孙共同的文化记忆。

同他的《红豆》诗一样，这首诗有着强大的号召力、感染力，赢得了广泛的认可度，获得了高密度的点击率、引用率。

"每逢佳节倍思亲"，因为"遍插茱萸少一人"。这"一人"就是常常在梦里游走、徘徊，就是食不甘味、寝不安然的那一人；当享有团聚时，这"一人"却远在天涯；当分享幸福时，这"一人"却独处孤寂。这"一人"就是全部的牵挂，全部的忆念，全部的祝愿。

少了"一人"，这个节日的滋味就有些变味。这个本该全家欢聚的日子，竟让人索然无味。这个秋高气爽的日子，也漂浮着浓浓的忧思。仅仅"少一人"，就令人黯然伤神，这种遗憾就成了永久的缺失。

因为，这"少"掉的"一人"，这不该缺席的"一人"，就是诗人自己！

传统佳节，这两句诗成了我们表达思念的最佳用语。有了这两句诗，也宠坏了不少的文人。他们惰于自创新语，疏于再赋新词。一则，可能是自觉功力不如，与王维相较，差距太远；一则，虽是自撰佳辞，可能也难尽其义。于是，待到用时，便信手拈来，既不必担心别人笑话，也不必考虑自己是否已穷其意。当然，还不必担心王维老先生来找自己索要版费。

杜甫在《月夜》中写下了"遥怜小儿女，未解忆长安"，有评家说与王维句有异曲同工之妙。其实有一定距离，摩诘句认可度更高，引用率更大，共鸣波及的范围更广。

当"兄弟"的内涵在无限的拓展、无限的丰富时，"兄弟"成了全球炎黄子孙共同的牵挂。亲情、友情就浓缩在这一声简单而又意味深长的"兄弟"里。

既然上苍安排我们相识、相依、相忆，我们就该倍加珍视已有的情谊，倍加珍视这难得的情分！因为，普天之下皆兄弟！

王维这个少年游子的牵挂因此定格成永恒。

壮怀激烈

年轻，就有理想，有壮怀，就意气风发，志在四方。年轻无敌，思骋四海，意游八荒。

王维的这组《少年行》写得心怀浩荡，不同凡响：

新丰美酒斗十千，咸阳游侠多少年。
相逢意气为君饮，系马高楼垂杨边。

出身仕汉羽林郎，初随骠骑战渔阳。
孰知不向边庭苦，纵死犹闻侠骨香。

一身能擘两雕弧，虏骑千重只似无。
偏坐金鞍调白羽，纷纷射杀五单于。

汉家君臣欢宴终，高议云台论战功。
天子临轩赐侯印，将军佩出明光宫。

四首诗由序曲、过渡、高潮、结局四个乐章组成，言少年理想经过努力终于功成名就，正好体现了盛唐士子的报国期许，对其成功的人生之旅给予了完美的设计。诗中少年，或许是诗人心目中的理想化身，或者就是自己的人生规划，就是他青春勃发的精神之旅。

特别是第一首中的"意气"一语，让我们清晰地感到，年轻的血性在诗里澎湃，年轻的情怀在心中激荡。"意气"成为王维率然行事的唯一理由。因为意气难投，所以知己难求；因为知己难求，所以一诺千金；因为意气纵横，所以志在千里。

浪漫的气息扑面而来。年轻王维的书生意气、少年情怀得到了恣情的挥洒。这意气，这情怀，当属"少年心事当拿云"的壮阔无际，总是和理想、和建功立业紧密联系；总希望"雄鸡一声天下白"，积极向上，一往无前，所向无敌。在他眼里，前途一片光明，心里装着一片没有边际的天地。他以为，理想在，豪气存，只要奋斗，只要坚持，功业就唾手可得，封侯拜相就是指日可待的事。任何阻碍一跃而过，任何困难迎刃而解。"少年壮志不言愁"，当是其内心状况的真实写照。仿佛开疆拓土后的凯旋就在明天，驱除外敌贼虏都是手起刀落的事情。总之，他们以为，只要拼命地搏一回，就可以轻而易举、不费吹灰之力地抵达理想的巅峰。

少年情怀总是相差无几，少年心事总是指向未来。李白也写过两首《少年行》：

击筑饮美酒，剑歌易水湄。
经过燕太子，结托并州儿。
少年负壮气，奋烈自有时。
因声鲁句践，争博勿相欺。

五陵年少金市东，银鞍白马度春风。
落花踏尽游何处，笑入胡姬酒肆中。

第一首以五古形式写成。借荆轲的典故抒发人生感慨，追慕侠骨柔肠，不乏激扬的豪情，坚定的信念。第二首用七绝的形式，大写意式地勾画出一个任气逞能的豪侠少年。"五陵年少金市东，银鞍白马度春风"，家世豪贵，生活豪华；"落花踏尽游何处，笑入胡姬酒肆中"，行事豪放倜傥，爽朗率真，青春洋溢，活力飞扬。

王维笔下的少年英雄，气度非凡，英气逼人，驰骋沙场，豪气干云。李白诗中的少年走马花丛，风流倜傥，纵横不羁，神采照人。两人都写出了青春的壮怀，少年的力量，生命的风采。可惜的是，尽管他们二人生活在同一时代，却未有心灵的照应，交流的痕迹。试想，两个都是青春意气的诗人走到一起，那该是怎样的诗酒唱和，怎样的诗意纵横？

王维还写过一首《观猎》，同样是激情洋溢，豪兴遄飞。抑不住的青春气息，瞬息之间就卷过了千里暮云。

风劲角弓鸣，将军猎渭城。
草枯鹰眼疾，雪尽马蹄轻。
忽过新丰市，还归细柳营。
回看射雕处，千里暮云平。

这首《观猎》是诗人少年精神的自如延伸。英雄的虎虎生气在这里得到了淋漓的挥洒，英雄的豪情在转瞬千里的呼啸声中得到了畅快奔驰。

读这首诗，让人想起卢纶写的一组《和张僕射塞下曲》诗来。其中的"林暗草惊风，将军夜引弓。平明寻白羽，没在石棱中"，亦有如此的快意。这快意，还在隔代苏东坡的《江城子·密州出猎》里风流相续。

《观猎》里的将军，英气逼人，劲健快捷。千骑风涌，卷土而过。蓦然回首，更见豪情激荡。在豪情的奔腾中，隐然有英雄无敌手的淡淡失落。

这，或许就是英雄的寂寞。

英雄总是用实力去证明自己，威慑敌人。"千里暮云平"是英雄走过之后留下的一片肃穆之景，谁有不平？请与英雄过招，英雄总会以他特有的方式出现在对手前面，并让对手心悦诚服，高下之比一览无余。

读罢《观猎》，弥漫在我们心宇的英雄之气，就如那翻卷的"暮云"，久久没有散去。如此，我们不得不佩服，诗人才是真正的高手，仅用四十字，他就为我们塑造了一位让人惊羡的英雄！

瞬息之间，让我们领略了豪气干云、英气逼人之美。这，就是青春的力量，盛唐的神采。

壮行天涯

青春的梦想总会被现实打破。建功立业未必如写诗一般顺畅。当你畅想驰骋边塞的时候，你诗意喷张，一气呵成，或许就是一首豪迈无敌的不朽诗章。当你真正走进边塞，走进绝域，"功名只向马上取"就未必是易如反掌。

王维终于一步步地接近了曾经梦绕魂萦的边陲。公元737年，诗人身负朝廷使命前往边塞，赴西河节度使府慰问戍边将士，这首纪行诗《使至塞上》，即是他此次出使途中的所见所感。

单车欲问边，属国过居延。
征蓬出汉塞，归雁入胡天。
大漠孤烟直，长河落日圆。
萧关逢候骑，都护在燕然。

单车出使，犹征蓬漂泊，长路漫漫，何时才能到达终点？南来的雁阵也随了出使的征尘而远入胡地。大漠孤烟，长河落日，直与曲的切割与交响，绘就了这幅"千古壮景"（王国维语）。简而不能再简的十个字，就铭进了我们不朽的记忆。即便是我们这些生于内地、远离边塞的人，也真切地感受到了大漠的壮美，边塞的雄奇，以及撼人心魄的伟力。

一"圆"，一"直"，不仅准确地描绘了沙漠的景象，而且极形象地表现了作者的深切感受。《红楼梦》第四十一回香菱学诗里说："'大漠孤烟直，长河落日圆'。想来烟如何直？日自然是圆的。这'直'字似无理，'圆'字似太俗。要说再找两个字换这两个，竟再找不出两个字来。"这就是"诗的好处，有口里说不出来的意思，想去却是逼真的；又似乎无理的，想去竟是有理有情的"。艺术的魅力就在于此。

从美学构图来看，碧天黄沙之间，一柱青烟连天接地，居于整幅画面的中心，自是神来之笔。《坤雅》中说："古之烟火，用狼烟，取其直而聚，虽风吹之不斜。"清人赵殿成说："亲见其景者，始知'直'字之佳。"再衬之以长河的蜿蜒盘曲，落日的浑圆浩芒，一幅"壮景"如在眼前。

这是一幅惊心动魄的画图。没有亲历，不能发现它的壮美；没有感悟，不能领略它的雄奇。极地的大美，艰辛中的快慰，懦夫怎能发现？猥琐者怎可体悟？

出使之地还有多远已不那么重要，单是这"千古壮景"就足以大大丰富一个人的阅历！此诗因此千古名句而刻进永恒。

诗中之景成了文学作品中千古不灭的画图。既是语言的魅力，更是诗人驾驭语言的伟力。

眼界不够高远，视野不够阔达，是难以写得这般流水自如，是难以表达这雄壮天下的气度。寥寥几笔，就成宏大画图；简单两句，即成千古壮景。

因为，在他的心里，有一个恢弘阔大的功业梦。

距那些出生入死的将士，还有遥不可及的距离。这是诗人在最后两句留给我们的惆怅。加之"单车"出使，更有道不尽的孤寂、失意，以及落寞。

《唐才子传》有这样一段记录：

贼陷两京，驾出幸，维扈从不及，为所擒，服药称喑病。禄山爱其才，逼至洛阳供旧职，拘于普施寺。贼宴凝碧池，悉召梨园诸工合乐，维痛悼，赋诗曰："万户伤心生野烟，百官何日再朝天。秋槐花落空宫里，凝碧池头奏管弦。"时闻行在所。贼平后，授伪官者皆定罪，独维得免。仕至尚书右丞。

说的是王维在安史之乱后的一段经历。

公元755年，安史之乱爆发。战乱中，王维被贼军捕获，被迫当了伪官。安史战乱平息后，这段经历成了严重的"历史问题"，他因此被抓去审讯。按当时的规定，凡在安禄山"伪政府"当过官的，就一概归为投效叛军，处置当斩。幸好他在战乱中曾写过思慕大唐天子的诗，再加上当时任刑部侍郎的弟弟（曾跟随皇帝出逃）的求情，恳请用自己的官职换取兄长的性命，王维才幸免于难，仅受贬官处分。之后，又升至尚书右丞之职。

王维看到，政局变化无常，早年热衷政治的他逐渐消停下来，整天吃斋念佛。四十多岁时，他特地在长安东南的蓝田县辋川为自己建造了别墅，还不时往返于终南山，过着半官半隐的生活。不料，却成全了他的山水田园诗。

心灵栖居

　　王维是自然的知音。尘世喧嚣，官场诡谲，世势莫测，轻易地熄灭了他的功业热情。他及时地选择了归去，选择了自然，选择了清静，选择了属于他自己的那一片天地。自然的关照，暗示，只有王维读得透彻，读得深刻。

　　他目阅山水，心怡自然，其中的快意只有他自己品得真味。他的诗给我们以启迪，愿我们的脚步在自然的山水间洒脱的倘徉时，我们的内心同时得到沐浴，得到净化；我们的思想得到提纯，心胸得到拓展，境界得到提升。

　　这样，我们才不会辜负眼前的风景，才可能在适当的时候予自然以回馈。且看这首《辛夷坞》：

　　木末芙蓉花，山中发红萼。
　　涧户寂无人，纷纷开且落。

　　花在人前，花是风景；人在花前，人是生灵。彼此关照，互为依存。

　　花草赶春发，一轮又一轮。花草的精魂永不磨灭。人世沧桑，人的荣枯只有一次机会，脆弱得不知道哪一天就会在花草前消失。

　　没有人的赏读，花草也寂寞，于是"纷纷开且落"。落寞的滋味，王维体味得最为深刻。这种体验陈子昂也曾有过：

"岁华尽摇落,芳意竟何成。"只是陈子昂来得更直截了当,掩不住内心的悲戚与无奈。

后来,钱起来到王维的故居,从花草的精神中,他读出了主人曾经的风采,写下了这首《故王维右丞堂前芍药花开,凄然感怀》:

芍药花开出旧栏,春衫掩泪再来看。
主人不在花长在,更胜青松守岁寒。

在王右丞堂前,钱起见芍药花开,"凄然感怀"。他从花草的身上,览阅了故人的品节。人的生命虽然抵不过岁月,敌不过花草,他的情操却在花草的身上得到了照应,并且得以蓬勃热烈地呈现。

"一花一世界,一草一精神。"人的精魂何尝不是如此。

最初的真的难以"放弃",于是,总有一些愁思时不时地跑出来,搅乱诗人欲静的心境。比如这首《春中田园作》:

屋上春鸠鸣,村边杏花白。
持斧伐远扬,荷锄觇泉脉。
归燕识故巢,旧人看新历。
临觞忽不御,惆怅思远客。

东风暗换物华。流年在不知不觉间流逝。

物欣欣而向荣,泉涓涓而始流。自然只是以自己特有的方式提醒人们,光阴可贵,光阴不可逆转。

这里,诗人以独到的眼光,平淡的语气,朴素的文字,抓住了田园生活中最动人的细节,寥寥几笔,便勾勒出平常人安适恬淡的生活图景。人们生活在自然的更替中,平静地过渡,和平地离开,都是在浑然不觉中行进。岁月流逝,没有冲淡人们对春天欣然接纳的热情。王维那份漫不经心的闲适自在,令人好生羡慕。

"晚年惟好静,万事不关心。"灭掉心头的那把欲望之火,灭掉一切指向红尘的贪念,心头才会彻底消除烦恼,心灵才能如愿抵达宁静。只有这时,人间万事才不关乎你的心念;只有这时,我们才会彻底挣脱一切羁绊。

有没有破山寺这样的幽境供你参悟都不重要,只要你找到了适合自己的路径。即使是画中的方寸山水,也有清心净肺的功能。唐代诗僧皎然的"隐心不隐迹",讲的就是心气的通透,心境的豁然,心性的洁净。其实,一切纷扰不宁都是我们自设的罗网。根源在于,我们不能依靠自己的力量去冲破贪念和私欲,以及因得失设置的困局。

好在,常建在那里找到了心灵的憩所。破山寺也因此成了善男信女的朝拜之所。

王维站在自家园子,心里想着那些远去的人。临别的滋味不能承受,久别的思念又时常蹿出来折磨人,"惆怅"就在所难免了。他慢慢地适应了闲居山野的日子,这首《积雨辋川庄作》就写得气定神闲:

积雨空林烟火迟,蒸藜炊黍饷东菑。
漠漠水田飞白鹭,阴阴夏木啭黄鹂。
山中习静观朝槿,松下清斋折露葵。
野老与人争席罢,海鸥何事更相疑。

诗人在诗里快慰地对我们宣称:自己早已去心机,绝俗念,随缘就份,于人无碍,与世无争,还有谁会无端地猜忌自己这几乎可以免除尘世的烦恼,而悠然耽于山林乐趣?

而这一切,都是"山中习静"、"松下清斋"的结果。

自己过着清闲的日子,他也没有忘记要与朋友一起分享。

寒山转苍翠,秋水日潺湲。
倚杖柴门外,临风听暮蝉。
渡头余落日,墟里上孤烟。
复值接舆醉,狂歌五柳前。

——《辋川闲居赠裴秀才迪》

当诗人真正融入眼前之景,成为真正的自然人时,他从平日有意的自我约束中走出来,在与知音同赏妙境的时候,便不由自主地显现出各自的本真,便如史上最著名的狂人接舆一般,在陶渊明经营的意境中一展生命的激情。

其实,陶翁也好,王维也罢,既然要做一位真正的隐者,自不必拘于世俗的约束,自不必计较别人怎么说,释放生命的能量,醉也罢,歌也好,只要自己乐了,自由了,才是真正的大隐之人。放得下,抛得尽,才算得真正的解脱。

纵观古今,能做到如此,王维算得一个。赏佳景,遇良朋,辋川闲居之乐,乐得多么自在逍遥。再看这首《田园乐》:

桃红复含宿雨,柳绿更带朝烟。
花落家童未扫,莺啼山客犹眠。

此诗最后才写到春眠,人睡得恬适安稳,于身外之境一无所知。花落莺啼虽有动静,有声响,直衬托得"山客"的居处与心境越发的宁静。王维之"乐"也就在此独自惬意。

人们说他的诗有禅味。崇尚静寂的思想固有消极的一面,然而,王维诗的难能可贵之处,就在于静境与寂灭有着质的差异。他能通过动静相成,写出静中的生趣,给人的感觉仍是生机,仍是清新明朗的美。

唐诗有意境浑成的特点,但具体表现时仍有两类,一种偏于意,让人间接感受到境,如孟浩然的《春晓》;另一种偏于境,让人从境中悟到作者之意,如此诗。由境生情,诗中有画,是其最显著的特点。

"静"不是一味的没有声响。没有动的"陪衬","静"就没有生气。"静"是自然的生动呈现,更是一份心灵的感应。你说它"静"了,它便惬意地住在你心里。最有名的当属《山居秋暝》:

空山新雨后,天气晚来秋。
明月松间照,清泉石上流。
竹喧归浣女,莲动下渔舟。
随意春芳歇,王孙自可留。

又是"空山",秋雨初霁,没有萧瑟,没有离索,没有化不了的愁绪。

"空山"里,更显清爽,愈加明净。劳作的人们甚至还有些欢愉。丰收的喜悦,从他们穿过竹林时接连不断的笑声、荷塘迅捷划过的渔舟可知。

这样的景致轻易地就打动了挣脱凡尘羁绊的诗人。他打算把根扎在这里,一句"王孙自可留",毫不掩饰地就道出了他此刻的心迹。远离世俗的污泥浊水,过一种简单的生活,这就是诗人留下来的全部理由,简单,本真。诗人需要的那份"静气","空山"都能毫无保留地给予。

"空山"的怡然畅神,羡煞我们。

自宋玉开始,秋天便贴上了悲凉肃杀的标签,秋天便成了文人们遣愤释恨、排忧出气的对象。文人们一不高兴，就拿秋天来说事，就拿秋天来泄气。

读摩诘诗，感觉秋天从未如此清新地走入我们的视野，从未如此地引人神往，从未如此地让走进它的人乐而不归。

雨后初秋，空山明月，苍松流泉，茂竹碧荷，浣女的喧笑，渔者的清歌，一幅多么美妙的画图呀，怎不让人流连，怎不让人畅然？一派布衣草根的幸福图景。他们的惬意，源于他们怡然自得的生活环境，更源于他们辛勤劳作时的自我满足。诗人反用《楚辞·招隐士》"王孙兮归来，山中兮不可久留"，说如此佳好的秋景，绝不该白白地来，又匆匆地去。唯有长久地留下，才不会辜负自然的恩赐。

当我们这些囿于钢筋水泥的城市囚徒，在风和日丽的某个时刻，不得不携妻带子、邀朋呼友地走进乡野的时候，怎么也无法掩饰我们的矫情，怎么也无法褪去我们裹得严严实实的伪装！

也许，只能为我们这些患了现代城市病的人给予暂时的疗治，而根本无法还原我们的性情。我们只好在千年之后的今天，反复地咀读王维为我们营构的意境，久久不愿归去！

自宋玉之后，人们便笼罩在秋天的肃杀之气里，一直被逼压得喘不过气来，幸好有王维、刘禹锡这样的诗人，为我们经营了一派秋天的明丽与和谐，释然与欣悦。让我们在这些经典的画图中"随意"而行，去作自然最忠实的耕读者。

秋天从王维的诗句里走来，如此洗练的几笔点染，就拽住了我们，拽住我们的眼睛，拽住我们一颗善于在静山穆水、渔歌酬唱的风景里歇息的心，让我们留下，伫立，品味。品味山水流韵，品味诗意胜境。什么是岁月静好，风物宜人，在这里找到了现实的版本。

王维在《终南别业》把退隐后自得其乐的闲适情趣写得有声有色：

中岁颇好道，晚家南山陲。
兴来每独往，胜事空自知。
行到水穷处，坐看云起时。
偶然值林叟，谈笑无还期。

真是一个潇洒脱俗的隐者！他告诉我们，世间没什么大不了的，船到桥头自然直。没什么大不了的，当我们暂时被身处绝境的假象迷惑时，我们不必自我放弃！

我们需要镇定，需要盘点，需要冷静地应对，我们需要的就是"坐看云起时"的这一份从容不迫的风度与气质，我们需要的就是处变不惊、临危不惧的这一份品质！

任花开花落，云起云收，春花秋月，夏荫冬雪，一盘棋局，一席笑谈，"谈笑无还期"是我们应持的选择。人生即是如此，我们真正彻悟的时候，我们便可坦然地谈笑自如，从容地应对世间的变故。

虽然我们今天生活在钢筋水泥的壁垒，面对不断狭小的天空，我们的心中仍然锁着一个渴望——诗意的生活，这就是我们现在为什么但得一点时间，就要争着挤着冲出城去的原因！是在人海中为生活无休止地拼搏，还是挤一点时间、留一点空间去领略自然的诗意和诗意的生活，选择，在我们自己。

对已有的功名利禄，他放弃，他选择了属于自己的生活方式。王维走在了我们的前面！"渭川田家"的生活怡然自得，他发现，简单的生活里蕴藏着生活的真趣，偶尔吟几句前人的诗歌，满口生香的不止有诗句的味道，还有田园的味道，生活的味道，以及生命的味道。

王维自我评价说："宿世谬词客，前身应画师。"诗情画意相渗透，抒情性、音乐性并举，意象之美、意境之美相交织,他将山水田园诗推向了一个新的高度。

特别是"行到水穷处,坐看云起时",从容淡定之余,还融入了不灭的哲理,看似山穷水尽,实则柳暗花明;行至绝处就不见得没有活路,山回路转,豁然开朗,那绝路的尽头或许正有一片崭新的天地。陆游的"山穷水尽疑无路,柳暗花明又一村"与之遥相呼应,道出了共有的认识,相通的哲理。有了这份认识,王维的从容和淡定就有了足够的底气,人活得洒脱怡悦不说,诗也写得气定神闲,意境优美,景象俱佳,书画水平也达到了难以企及的高度,参禅悟道提纯了灵魂不说,还大大拔高了人生的境界。

王维还在《蓝田山石门精舍》里,再现过类似的意境:"遥爱云木秀,初疑路不同;安知清流转,忽与前山通。"景观如此,观景如此,蕴含的哲理亦是如此。迷失在美景里,那也是一份难得的快意。要获得这份"迷失",就得不断地前进前进再前进。唯经历"迷失",才能品阅胜境。品阅自然,品阅人生,同理。

有了濒临绝境的危机,才有另辟新路的准备。即便遭遇绝境,亦能从容应对。唯此,王维即便偶尔遇个樵夫,也可以"谈笑无还期"。这样的活法才叫大气,才叫快意,才叫真实的淡定。

山水知音

隐居山野,洗去了王维心中的俗尘。参禅悟道,使他悟得了山水的灵性。花开花落,云起云收,只有王维听懂了自然的寄语。看这首《鹿柴》：

空山不见人，但闻人语响。
返景入深林，复照青苔上。

元好问说："诗为禅客添花锦，禅是诗家切玉刀。"摩诘深得禅理，悟得禅机。他心中无尘，诗味自然就纯；心中无欲，自能得自然之美意。得自然之美景妙意，诗人提炼萃取出了自然之精华！辋川因此充满禅意，鹿柴是禅意的栖居。他的诗书画因此臻至化境。

喧闹被隔离，纷扰的世俗被滤去，仅有眼前景色的"空"是不能完成的。关键就在于诗人那颗心是不是完全栖息在这里。一缕余辉，或者一丝月光，并不重要，重要的是这幽静的景致是否入眼、入心。"喧闹"归于平静，诗人的心也随之波澜不惊。深林、白石以及青苔可以作证。

王维独赏这"空山"佳境。"空山新雨后，天气晚来秋"（《山居秋暝》），雨后秋山格外地空明洁净；"人闲桂花落，夜静春山空"（《鸟鸣涧》），夜间春山十分地宁静幽美。只有空灵的心胸才可以感受到这一切，物我两忘，宠辱不惊；只有空灵的灵魂才可能与自然对话，与天地默契，才能领悟到自然的泽惠！

当一个参禅之人达到这般极致，才会有如此纯净的妙笔。诗中的光与影、声与色，仿佛被一一地过滤。这过滤杂质的道具，便是诗人那一颗纯净而空灵的心，以及他高度的语言驾驭力。诗中的画图徐徐地、静穆地展现开来，让千年以后的我们也随了诗句所描绘的幽静之境而渐渐地沉静，渐渐地走进空山，走进森林，去沐浴穿越茂叶而洒在野地的月光雨……

像王维的《辛夷坞》，"涧户寂无人，纷纷开且落"，自然以独有的方式传达自己的存在，生机与寂寞，明艳与无奈。风景的背后站着一个人，他内心的静寂正如眼前的花朵。他们活着，他们芬芳，彼此欣赏，不管有没有人光临，他们都会按部就班地回馈上苍的安排，日复一日，年复一年，周而复始，从不懈怠。

那些可以在空山中自由交谈的人，他们的内心自有一片洁净的光明！

王维的这些山水诗，处处充盈着亲切的味道。我们不是在读诗，我们同诗人住在一样的风景里。他用心灵与风景交流，用诗歌向我们倾诉。

有这样的佳境，诗人不胜欣喜。

独坐幽篁里，弹琴复长啸。
深林人不知，明月来相照。

——《竹里馆》

今天的弹者或者唱者，早已丧失了这份雅兴，或者干脆不屑于为之，他们早已习惯了霓虹闪烁，烈焰升腾，以及浅薄粉丝的追捧，街头小报的闹腾，他们的弹唱早已与名利嫁接，与浮躁联姻。

而在千年以前的某个夜晚，那是一片幸运的竹子，惬意地生长在唐朝的某座山里，她们的幸福来自于那个隐居于此的诗人的弹奏。她们是诗人最忠实的听众。

他的长啸感动了山月，幽篁和明月读懂了他内心的高格。明月的照耀里，他的志趣更加高洁。

这是一幅传统文人所期冀的画图，只要他不是耽于尘世、羁于功名！

一颗被红尘熏染过的心安顿于此，独坐，弹琴，长啸，只为身边的这一片纯净的静。他的高洁不为世人知晓，他的无争只有明月明了。明月是他的知音，深林之外的俗人，岂知诗人一声长啸里所传达的心语。

修竹密密，环护左右；明月在天，疏影于地。诗人以竹为友，视竹为知音。于是，一会儿抚弦，一会儿又独自长吟。琴声在林间飞翔，穿越。月光在林中徘徊，漫步。幽篁默立，时而点头默许。幽篁有节，弹者有法。

在这样的夜晚，这样的时刻，虽然林深无人识，但有修竹相伴，有月光照临！这样的妙景与妙境，让我们再一次领略了"诗佛"为我们妙手巧绘的禅意弥漫的纯净之境！

诗人是那么的自得自适，那么轻松自在地就化成了风景中无法分割的一部分。这是专属于王维的风景，我们都是站在风景以外的观众，我们走不进去。

读这首诗，让我们体会到了什么叫无为无欲。还有这首《鸟鸣涧》，也传达了同样的旨趣。

人闲桂花落，夜静春山空。
月出惊山鸟，时鸣春涧中。

这是诗意弥漫的景致，这是宠辱不惊的生活。

这种生活早已走进我们的记忆，早已离我们而去。我们只有从尘封的诗句间去体悟自然的妙意，生活的妙趣。

世俗的繁闹与喧哗都抵不过诗人心中的宁静，一只惊醒的山鸟洞穿了恒久的宁静，滑过诗人的心际，寂静仍是原有的底色。

"鹿柴""竹里馆"，还有这"鸟鸣涧"，都是王维用极简的语言为我们创设的大静大寂。这静与寂足以使我们忘却自己仍身在红尘，沦陷俗世。

诗人向静中寻求超脱，在闲中获取释然。此时，桂花也配合着诗人的心境，寂然无声地凋零。人之心境，花也会意，彼此默契，共享清境。加之春夜静谧，春山空灵，恍若隔世。恰在这时，月出山冈，山鸟惊鸣，偶尔的一两声鸣啼，犹如一两枚石子击破如镜的碧潭，打破了春山深涧的梦境。片刻之后，这山这水，这花这月，又复归那摄人心魄的伟大而不朽的静寂！

当一切都沉寂的时候，哪怕些微的声响，都被渲染得分外嘹亮。

只有静洁的心灵才能感受到这一切，才能倾听到花开花落的声音。

只有纯净的灵魂才能发出这天籁的声音！

我不晓外文，不知汉语以外还有哪一种语言有如此的表现力。据说，中国作家此前之所以难以问鼎诺贝尔文学奖，乃是因为译成外语之后的作品就失去了汉语丰沛而深邃的表现力，大大损害了作品本身的魅力！

"一生几许伤心事，不向空门何处销！"只有在禅的点化中，诗人才获得了真正的解脱。

把自己置身世外或者事外，不失为一种明智的选择。自造一种生活方式，这种洒脱也自得真意。这是在世态与世势均趋于炎凉与颓败时，自觉地退一步，就为自己赢得了更大的生存空间。

若是天下大乱、群龙无首的艰难时世，做出这种选择，则少了血性，没了骨气，丧失责任，则是消极的避世，为世人鄙睨。

王维恰到好处地作了了断，因而有了这些脱了俗味、充满禅味、澄澈静气的诗。

如今，满目疮痍的大自然还人类以暴虐，给人类以深刻的创伤，铭心的教训，让人类吞服自己违背自然的恶果。我们无节制的"开发""利用"，实则是对自然的掠夺，对自然法则的违逆。今天，在自然面前，我们不该傲视，应保持足够的敬畏，应生足够的赧色、足够的悔意。否则，自然仍会以她特有的方式惩戒我们。

读王维的诗，带给我们的不单是丰富的精神慰藉，还应该有深刻的自我反思！

诗意行走

王维行走山水田园，并以诗意的眼光阅读，以诗歌的形式呈现出了山水田园的妙处。先看下面这首《渭川田家》：

斜光照墟落，穷巷牛羊归。
野老念牧童，倚杖候荆扉。
雉雊麦苗秀，蚕眠桑叶稀。
田夫荷锄至，相见语依依。
即此羡闲逸，怅然吟式微。

一幅恬然自乐的田家晚归图，虽都是些平常事物，却诗意盎然，妙趣横生。

自从人类想按自己的方式生活的时候，自然就不太自然了。

在人定胜天思想的支配下，天然的东西就失去了天然。

自然在觉得自己不够自然的时候，多少要发一点脾气，甚至失控地暴戾。这同失去耐心而乖张使气的人类一样。

自然的山魂水魄在给人类无限诗情的时候，也多少要给人类留一点刻骨铭心的东西：洪涝，大旱，地震，海啸……诸如此类，让人类明白，遵从自然，顺应自然，与自然为友，才是我们最明智的选择！

　　王维的"渭川田家"是其理想中的田园画图。而真正的现实，被诗人如诗的意境、如画的妙语遮蔽。我们今天读来，无法体悟彼时的艰辛与衰弊，无法体悟诗人的艰辛与孤独。所以，诗人感慨地说："即此羡闲逸，怅然吟《式微》。"其实，农夫们并不闲逸，众人皆归，独诗人不归。

　　如此恬然怡然的田园生活，诗人却不能欣然而居，原因何在？诗人的心灵并未就此真正地安顿。看来，要真正地放下牵挂，挣脱羁绊，心栖田园，并非易事。"式微，式微，胡不归？"心有所缚，行有所羁，归去，还停留在心灵的指向。

　　诗人的这种"删繁就简"为我们了解唐代农村生活的真实图景设置了一道炫目的屏障，我们只要看了当下农村的种种乱象，我们就无法说服自己去相信王维笔下的那些理想化了的"田园画图"。

　　任何一个时代，农人的心头都有难以解释的疼痛。更多的时候，他们被不能消除的隐痛煎熬而沦为时代之奴。

　　下面这首《汉江临泛》是王维融画法入诗的代表作。

楚塞三湘接，荆门九派通。
江流天地外，山色有无中。
郡邑浮前浦，波澜动远空。
襄阳好风日，留醉与山翁。

　　王维驾一叶小舟，在汉水上随波逐流，山水的妙趣如连环的画图，次第呈现。

汉水流经楚塞，又即刻折入三湘；荆门汇合九派支流，又与长江相通。汉水浩瀚，好像流到了阔远的天地之外；山色空蒙，好似漂浮在虚无缥缈之间。沿江的城郭，好像浮在水面；水天相接的边际，波涛激荡，断岸裂空。襄阳的风景着实叫人陶醉赞叹，情不自禁的诗人愿意留下来，与那里的山翁沉醉流连。

这是一幅色彩素雅、格调清新、意境优美的写意水墨画。特别是"江流天地外，山色有无中"。王世贞评说："是诗家俊语，却入画三昧。"殷璠在《河岳英灵集》中说："维诗词秀调雅，意新理惬，在泉为珠，着壁成绘。"苏轼说得更为恰切："味摩诘之诗，诗中有画；观摩诘之画，画中有诗。"王维笔下，诗与画呼应，皆成不朽的风景。

再看这首《过香积寺》：

不知香积寺，数里入云峰。
古木无人径，深山何处钟。
泉声咽危石，日色冷青松。
薄暮空潭曲，安禅制毒龙。

香积寺在中岳嵩山少室山南麓。我们应该感谢王维的诗句，否则，香积寺仙境般的美妙就只有养在唐代的深山老林而无人识了。

一个诗人，他发现美，记录美，并为读者赏识共鸣，才是真正的诗人。

香积寺如此这般地隐匿在深山老林，就如一位真正的隐者那般淡定。世外的喧嚣无法入侵，世外的俗人无法扰乱她的幽境，我们同样可以把她视为世外桃源。只是我们这般庸常之人，削尖了脑袋也难以走入她的妙境。

现世越来越浮躁，钱字当头，唯利是为。为了这两样"毒龙"，很多人迷失自我，扭曲人性；很多人挑战底线，突破极限，损人利己，损己唯欲！道德沦丧，人格国格，弃之如粪土。现代文明滋生了现代邪恶，但我们不能因此就否定现代文明。

我们唯一能做的，就是重拾文明，重塑文明！古人同样面对过这样的难题。因此，他们想方设法去洗涤自己的心灵。或于暮鼓晨钟中祈祷，或于夜深人静时忏悔，或者面壁十年自我反省，或者隐于深山古寺苦苦修行，以驱除死死盘踞于心的"毒龙"，还心灵以清明洁净。

当他们醒悟之后，他们就会怡然自得地过起神仙般的日子。

香积寺因而由此扬名。既因诗人的妙笔，更因古人的觉醒！

"江流天地外，山色有无中。"当诗人的眼里除去了杂质，消化了浮云，他的心澄澈如镜，他的眼界才更加高远，他的胸怀才更加阔大。他才毫不费力地绘出了人生至境，信手随心地写出了千古绝句！

率意天成

率真在王维的诗中也有上佳的表现。看这首《杂诗》：

君自故乡来，应知故乡事。
来日绮窗前，寒梅着花未？

"寒梅着花未？"看似与"故乡事"毫无关系，却写出了问者的机智。试想，连梅花开落这样的小事都纳入了诗人关注的"故乡事"的范畴，故乡还有什么不纳入诗人的关注，不融入内心的丘壑？

"故乡事"涵盖了丰富的内容，复杂的感情。游子之心，思乡之情，以最简单的语言吐露无遗。

"寒梅着花未？"看似闲来之笔，不经意的一声询问，仿佛今天还在我们的耳边低回：遥远的故乡，你可听到，你的游子远在异乡的询问？你可知道，最不能释怀的仍是来自你的消息？

再看《相思》：

红豆生南国，春来发几枝？
愿君多采撷，此物最相思。

想想今天选国花，备选的有梅花、荷花、牡丹，是公说公有理，婆说婆有据。各种媒体也纷纷上阵，民众的参与率大大提升，仍难有定论。原因在于，她们各自的优势在中国文化中大有三足鼎立之势。沸沸扬扬，热热闹闹，盛极一时。几年下来，尚无定论。笔者拙见，几者相竞，梅花更胜一筹。古有陆游、今有毛泽东的华章，精彩地诠释了梅花的神韵，为梅花的胜出作了绝佳的形象宣传与神质定位。再则，其神质早已植入中国文人的神髓，是炎黄子孙有韧性、有节义、有品格、有气质的象征。至于荷花，则略显"柔媚"，质地略嫌软弱；牡丹则略带"俗意"，当然，向富贵看齐不是坏事。

离红豆有些远了，但共同之处在于，人们总是因所爱而寄意于不同的事物。红豆亦然。

一枚普通的种子，有一天被一双慧眼认准，赋予它动人的美丽，美丽的联想，以及美妙的意蕴。

一枚普通的种子，在这首诗里，承载的是诗人与友人的情谊。

后来演变成了表达相思的专用品，真正地成了"相思子"。

一枚普通的种子，在有情人眼里，就是纯真的情意，爱情的魅力，就是挚爱的见证。

一枚普通的种子，因爱而神圣，因情而珍贵，胜过了金银钻石。因为黄金有价，爱情无价。

既如此，"愿君多采撷，此物最相思"，诗人的率意更见出友情的深挚。

红豆成为中国人表达相思的道具或者载体，自王维的《红豆》诗始。千百年来，它之所以折服了所有的华人，叫人倍加珍视，就在于王维这二十个字的小诗。二十个字便确定了小小红豆的无限身价，也让饱受相思之苦的炎黄子孙找到了托物言情、借物表意的最佳载体，小小的红豆便承载了特殊的使命，便根深蒂固地种在了中国文化的沃野厚土，种在了所有相思之人的心里诗里梦里！

"唯有相思似春色，江南江北送君归。"（《送沈子福归江东》）春色无边，思念无边。春深似海，思念无尽。红豆是一枚小小的果子，恰巧击中了我们内心最温柔的部分；相思是无涯的春色，无论你走到哪里，对你的思念都伴随着你，缠绕着你，温暖着你。

下面这首《送元二使安西》更见王维对友人的率真：

渭城朝雨浥轻尘，客舍青青柳色新。
劝君更尽一杯酒，西出阳关无故人。

这首诗曾上了大唐七绝排行榜，在民间纷纷扰扰评选唐七绝"压卷之作"时，这首诗的呼声也是相当地高。终无定论，顾名思义，压卷之作，只能一首，而列举的那些篇目，各有所长，又不能如现在的各类影视评选，"双黄蛋""多黄蛋"闹剧频频上演。古人绝不姑且，这是可贵的"缺陷"。

渭城的这一天清晨，道路尘土不飞，空气纤尘不染。朝雨甫停，新柳更翠，路边的客舍更显得清爽怡人。

离别是摆不脱、推不掉的人生课题。为了生存，为了年轻时的梦想，为了国家的使命，或者贬谪，或者流离，不管是哪一种，都成了眼前不得不离别的理由。

酒，肯定要喝，苦涩也好，酸楚也罢。当我们无法改变命运的时候，就只有接受命运的安排。

此时，行者最需要得到的，就是来自朋友的那一声入心的安慰！

此时，朋友要说的话似乎已经说尽，也许已经重复了多次。"劝君更尽一杯酒"，所有的话，所有的情，都浓缩在这小小的一杯酒里。唯将眼前的最后一杯酒一饮而尽，方可表达送者的情意。当友人别去，世间再甘醇的美酒也将变得索然无味。

"西出阳关无故人"，既是劝朋友饮尽这杯酒最好的理由，也是两者之间可贵友谊、牢固情意的最好见证。王维深知：西出阳关，友人远征，可谓九死一生，此次分别或许就是永诀。

渭城的这一场朝雨也渲染了离别的氛围，加重了难舍的别情。这样的时刻，这样的景致，友人就要离去，要去的又是阳关以外的茫茫漠野。

如此深情，如此浓意，难怪被歌者反复地唱了三次，成为当时特别火爆的流行歌曲——《阳关三叠》。想来，它一唱三叹的旋律定然绕梁三日，荡气回肠，令人唏嘘，不胜惆怅。诗人对友情的珍视交融于那一杯浓浓的酒里，诗人对友情的歌咏交付于那一阕不绝的旋律里。

　　今天的离别，似乎早已淡而无味，就别奢望来点诗意了。古人不说"友谊万岁"，也不管过期的友谊会不会变质，古人却把握了当下，拾得了珍贵。幸运的远行人，当握着这一阕诗上路，即使远走天涯，耳边也一直回响着深情的旋律，熟悉的声音！

　　送别的地点从此走进了人们的视野，这支曲子又有了别的芳名——《渭城曲》。

　　即便如此费尽心思地阐释，仿佛仍未穷其意。

　　浓浓的友情，除了酒香的渲染，别意的述说，还有山光水色的妙意可人。

万壑树参天，千山响杜鹃。
山中一夜雨，树杪百重泉。
汉女输橦布，巴人讼芋田。
文翁翻教授，不敢倚先贤。

　　这是王维的《送梓州李使君》，意不在惜别，在劝勉。诗人遥写李使君赴任之地梓州（今四川三台）的自然风光：

　　蜀地万壑千山，大树参天，杜鹃声声。雨后山间，千岩万壑，道道飞泉，悬空而下。景色多么壮美，令人心向往之。再有巴蜀淳朴的风土人情和先人的垂范，使君到任后，一定效法先贤，福祉苍生，大有可为。

　　把伤感的离别情，凄切意，化着美好的期待、无限的憧憬。去者少了悲戚，送者心怀诚挚。在唐代送别诗中，别出新境，另树一帜！

　　王维的《山中送别》诗，让我们同样领会到了诗人的匠心独运："山中相送罢，日暮掩柴扉；春草明年绿，王孙归不归。"还未真正地别去，就早已迫切地期待下一次的相逢了。情谊的深挚尽在切切的期盼与真诚的约定中。再看这首《送别》：

下马饮君酒，问君何所之。
君言不得意，归卧南山陲。
但去莫复问，白云无尽时。

南山静卧，白云无尽，去意已定，一切试图挽留的努力都显得多余。不问去意，不管归期，去到之处，是此次作别的根本原因。因为，那里有广阔的天地让人的心灵释然地栖居，那里有足够的空间让人的心灵自由地放逐。

王维的脚步从闹市走进山水，从繁华走向静谧，从功利走向无欲，山水有了灵性，静谧有了禅意，诗人有了归处。

心欲静，就一定能找到它憩息的去处。王维就这么义无反顾地去了，辋川的山水不仅容纳了他的凡胎俗身，他的灵魂还在那里得到了诗意的安顿，禅意的沐浴。

因此，王维在山水禅意间找到了居所，在诗画音乐中得到了永生。

刘长卿

寂寂江山摇落处

——自诩"五言长城"者的枯寂人生

我是名人

刘长卿自诩为"五言长城",自以为诗名满天下,每每作诗毕,书"长卿"二字,以为"天下谁人不识我"。他自己曾说:"今人称前有沈、宋、王、杜,后有钱、郎、刘、李。李嘉祐、郎士元何得与余并驱。"一点谦虚的意思也没有。

刘长卿字文房,宣城(今属安徽)人。他生活在由盛唐向中唐的过渡时期,经历了玄宗、肃宗、代宗和德宗四朝。大约于天宝年间及第,做官终止于随州刺史。据元辛文房《唐才子传》说:"长卿清才冠世,颇凌浮俗。性刚,多忤权门,故两逢迁斥,人悉冤之。"他两次横遭贬谪,不平之气就写进了诗里。如"独醒空取笑,直道不容身"(《登干越亭作》),"地远明君弃,天高酷吏欺"(《初贬南巴至鄱阳,题李嘉江亭》),内心颇为不平。

尽管仕途坎坷,他对生活与朋友却有着浓浓的情义。自己被贬谪,依然顾念着友人的处境,如"同作逐臣君更远,青山万里一孤舟"(《重送裴郎中贬吉州》)。据说,刘长卿被贬到南巴做县尉的时候,与被流放赦免归来的李白在余干相遇。一个刚踏上贬谪之途，一个才脱离苦海，重获自由，两人的心情自然不同。李白写了"朝辞白帝彩云间，千里江陵一日还"，心中的快意不言而喻。刘长卿就有些悲苦难堪了，写下了"谁怜此别悲欢异，万里青山送逐臣"。（《将赴南巴至余干别李十二》）正是一种风景，别样心情。

他自诩"五言长城"，其实，这"长城"的根基并不怎么坚固，气势也不见得有多雄伟。他最为著名的诗，就是下面这首《逢雪宿芙蓉山主人》：

日暮苍山远，天寒白屋贫。
柴门闻犬吠，风雪夜归人。

山远路远人家远，天寒地寒人饥寒。
唯有那一两声穷及旷远的犬吠传递着人间的温暖。
漫天的飞雪不能让温暖结冰，温暖的力量却足以化雪融冰。
天寒地冻，行人孤独，茅屋简陋，但情感真纯。即使是一处简陋的茅屋，亦能撑起一片温暖；即使彼此陌生，亦能上演人间真情。没有隔膜，没有猜忌，没有矫情。
柴门为君开，在那样一个风雪交加的黄昏，该是多么的富有诗意。一两声犬吠，就是最友好的欢迎；一两碗茶水，就是最热忱的慰藉。
今夜不惧风雪，今夜情暖异客。
"风雪夜归人。"真是宾至如"归"呀！正如他在《长沙过贾谊宅》诗中所说："寂寂江山摇落处，怜君何事到天涯？"一个行走于贬途、受困于漫天风雪的诗人，体验了这一切，见证了这一切。他的诗句简单、洁净，甚至有些"苍白"。但其浓情洋溢，犹如诗人与主人眼前嘶嘶冒着热气的茶炉一般，两个孤寂之人在这个风雪之夜，用最简单的方式，书写了人间至情。

是温暖的力量诱发了诗人的灵感，我们在一千年以后还感受到了这至真的温暖，而诗的意境就在于那嘶嘶冒着白烟的茶壶，以及不温不火燃着的炉火。这是文字背后的故事，发生在柴门打开之后。

这是一幅精致的水墨画，山村夜雪浑然一体。

这是一幅意境高远清雅的画图，世俗之人读不懂它所传达的人间至情，追名逐利之人走不进它清远脱俗的意境。

这是一幅风雪夜归图。这样一个日没苍山、天寒地冻、大雪封山的黄昏，诗人挟裹着满身的寒气，一路艰难地跋涉，终于在风雪交加的夜晚寻得了身心的安顿。他没有辜负这样的考验与体验，为那个夜晚，为自己定格了一帧永恒。令人不由得想起了白居易的"晚来天欲雪，能饮一杯无"，异曲同工，皆是不朽风景。明唐汝询《唐诗解》评价此诗说："此诗直赋实事，然令落魄者读之，真足凄绝千古。"

他自诩"五言长城"，我们再看这首《弹琴》：

泠泠七弦上，静听松风寒。
古调虽自爱，今人多不弹。

一个时代有一个时代的主旋律，有一时代的流行乐，有一个时代的特色元素。

古雅之调虽好，深得雅士的追念、缅怀，但它"泠泠"流淌的寒意不免让当下的诗人心生寒意！

古雅之调虽好，也不必崇古抑今。毕竟，时代需要有新的声音，新的境界，这样代代因袭，辈辈传承，才有了文明的多元演进。

古雅之调虽然让听者心寒，但是，那是人类文明的先声，我们今天的文明无论有多么进步，都起步于古人"笨拙的探索"与"古怪的发明"。我们没有理由将它忘得一干二净！今天，某些人嚷着要颠覆古人，是多么的狂妄自大，自不量力。他们的愚妄之举即使被人原谅也有待后人的进一步证明！近几年文艺界好不热闹，一些人的闹剧、丑剧还在毫无节制地上演。

任何一个时代，包括唐朝这样的风华盛世，都会有人勇敢地站出来，发出异样的声音，为这个时代切脉诊疾！诗中的主人公或作者自己，就是这样一个人。为此，我们要献上由衷的敬意！

并不是所有高雅的东西都能为高雅的人接受，而高雅的人往往又有现实的局限性。

再说，时代不同了，今人有今人的爱好，我们不能一味地强求、毫无取舍地接纳先人的东西。即使是被公认的珍品，亦应如此。

爱好有雅俗，才情有高低。不求一律，只求个性。不求古灵精怪，只求和谐文明。仅此而已！

诗人"弹琴"是醉翁之意，他借咏古调的冷落和不为人重视，抒发自己的怀才不遇和世少知音。他自命才高八斗，名冠当世，一生却两遭谪迁，有一肚子不合时宜的自闭情绪，有一种与流俗不合拍的孤芳自鸣。

这或许就是一个落魄文人无法割舍的烦恼。

红尘羁旅

一个是在红尘中穿行、宦途上失意的人，一个是远离世俗、归隐净地的山僧，在出世与入世的问题上，可以殊途同归，同尝不遇的体验，共怀淡泊的胸襟。刘长卿写下了《送灵澈》：

苍苍竹林寺，杳杳钟声晚。
荷笠带斜阳，青山独归远。

竹林寺的钟声悠远而神秘，向世俗的人们发出了佛的召唤。

在那里，佛教人们如何放弃，如何摒除心中的杂念，如何抵御物欲的诱惑，如何挣脱名利的羁绊。那是一处清静之所，那是一个修身养性的最佳去处。

灵澈是个诗僧，他听懂了佛的召唤，他身穿袈裟，头戴斗笠，向着青山，朝着佛指向的最高境界独自走去。

在他的身后，尘世依然喧嚣，贪欲依然横流，邪恶当道，道德沉沦；起码的准则被残酷地突破，人性的良知被无情地吞噬；孱弱者苟且偷生，暴戾者肆无忌惮；变着法子出名，想着怪招追星，碌碌奔波，昏昏找乐……在这个昏噩的世界，像灵澈这样心清冰洁的人还有几个？

"青山独归远"，挣脱俗境，走向净地，首先就得放弃！灵澈走了，他独自归去，没有从者，只有送者无言地惆怅，怅然地徘徊，徘徊在佛门之外，徘徊在尘世的纠结里。

现在更加剧烈，尘世的污浊更加肆虐，世间的疯狂无以复加，人间的乱象纷纷登台亮相……他们听不到佛的召唤，他们拒绝善的洗礼，惨剧、悲剧、闹剧时时上演，天天翻新。

青山更深处，竹林寺是一片净土，钟声和天籁浑然一体，青山和斗笠天人合一。暮鼓晨钟里，灵澈独自归去。而诗人依然身陷红尘。

有一天，当人们怀念那样一个去处，说明醒悟的人们开始想法子打算自我救赎！

刘诗人内心的斗争一直未休，看这首《余干旅舍》：

摇落暮天迥，青枫霜叶稀。
孤城向水闭，独鸟背人飞。
渡口月初上，邻家渔未归。
乡心正欲绝，何处捣寒衣？

一个远游的羁旅，游走的灵魂，免不了乡情旅思。他孤独的时候，对故乡的思念就是一股回荡于心的温暖的力量。游子的天空才有一片晴明的蔚蓝，他的去途才有了阳光的照耀。

刘诗人望着望着，暮色渐深，余干城门也关闭了，这冷落的氛围给诗人带来孤苦的感受：秋空寥廓，草木萧瑟，白水呜咽，城门紧闭，连整座城市都显得孤孤单单的。唯一的一只鸟朝着相反的方向飞去，那况味深入骨髓，人何以堪。"独鸟背人飞"，大抵是说自己宦途坎坷，孤苦背时，连"独鸟"都不愿与他为伍。

时间推移，夜幕降临，渡口静寂，一弯新月正在那里冉冉升起。要是往日，邻家的渔船早已傍岸。可此时，渡口空寂，不见渔船的影子。渔家为何还不归来呢？归人未归呀！一下子触动了诗人的离思。料想，遥远的家人此刻也当登楼望眺，也正"天际识归舟"吧？

公元761年，刘长卿从岭南潘州南巴贬所北归时，途经余干，写下此诗。他站在余干旅舍，怅望远处，秋风萧瑟，草木摇落，暮色渐浓，城门紧闭。霜叶、孤城、独鸟、苍月，以及正在捶打寒衣的人，萧索的景色与诗人凄清的乡思瞬间遭遇，羁旅之思油然而生，因而"乡心正欲绝"。

刘长卿也是能写七言的，还出了精品。看这首《长沙过贾谊宅》：

三年谪宦此栖迟，万古惟留楚客悲。
秋草独寻人去后，寒林空见日斜时。
汉文有道恩犹薄，湘水无情吊岂知？
寂寂江山摇落处，怜君何事到天涯！

诗人"刚而犯上，两遭迁谪"，此诗为他第二次迁谪途中所作。因被诬陷，贬为睦州司马。

木秀于林，风必摧之。才智出众，遭遇群小嫉妒和暗算总是难免的。因而，小人得志，专权弄术，高高在上；才俊总是备受打击，不是贬谪荒远，沉沦下僚，就是终身不遇，埋没乡野。

诗人为贾谊鸣冤的同时，也在为自己鸣不平。他们的遭遇赢得了天下才子的叹息与同情。

孟浩然
徒有羡鱼情
——永远被徘徊在仕场之外

命运难违

孟浩然,世称"孟襄阳"。在唐代,他是写山水田园诗的高手,与王维合称"王孟"。他一生徘徊在权场以外,虽很是羡慕,却未曾入仕,只得归山闲居,又称他为"孟山人"。

孟浩然曾隐居鹿门山,四十岁时游历长安,参加科考落榜。他在长安文人扎堆的地方赋诗的时候,因得"微云淡河汉,疏雨滴梧桐"的绝句而名动公卿,满座为之倾倒。连张九龄、王维这些大腕都为之动容。还是青年才俊的李白也写过"吾爱孟夫子,风流天下闻……高山安可仰,徒此揖清芬"的句子。他的名气之大,影响力之广,可见一斑。后因写诗引起唐玄宗不悦而被放归襄阳,于是漫游吴越一带,游览名山胜水。公元734年,襄州刺史韩朝宗约孟浩然一同到长安,准备向朝廷举荐他,但他不慕名利,到期竟然失约不赴,自动放弃了对功名的追求。

孟浩然生活在盛唐时期,早年曾有远大的抱负,但在政治上困顿失意,过起了隐士生活。他洁身自好,不乐于趋附权贵,他耿介不随的性格和清白高尚的情操,历为世人推崇。

关于他因诗犯上而放归襄阳，赶回老家，《唐才子传》有这样的记述：

维待诏金銮，一旦私邀入，商较风雅，俄报玄宗临幸，浩然错愕，伏匿床下，维不敢隐，因奏闻。帝喜曰："朕素闻其人，而未见也。"诏出，再拜。帝问曰："卿将诗来耶？"对曰："偶不赍。"即命吟近作，诵至"不才明主弃，多病故人疏"之句，帝慨然曰："卿不求仕，朕何尝弃卿，奈何诬我！"因命放还南山。

大抵是说，有一天，王维邀请孟浩然到内署作客，两人正聊得兴起，听说唐玄宗来了，王维觉得千载难逢，正好引荐他。可他竟慌作一团，匆忙间躲到床底下。唐玄宗进来，见屋内"异常"，王维也不敢隐瞒，据实以报。听说是孟浩然在此，玄宗高兴地说："我听说过此人的诗名，还没见过其人，为什么要躲起来呢？"玄宗叫他出来，孟浩然既兴奋又紧张，拜见了玄宗，玄宗就让他朗诵自己最得意的诗。孟浩然没细加审视，就选择了寓意深刻的《岁暮归终南山》。

孟浩然在这首诗里自怨自艾，满怀都在倾诉他仕途失意的幽思。他的本意是想表明自己从未放弃求仕之志，希望得到皇帝的重用。不料，唐玄宗一听到"不才明主弃"时，竟勃然变色道："卿不求朕，朕岂弃卿？你这明明是说我不任人唯贤、不重视人才嘛！"遂把他赶出京城，还抛出一句话来："以后不再录用！"孟浩然就这么稀里糊涂地永远"被徘徊"在仕场之外了。

我们不妨先来读读这首触怒了天子、给孟诗人带来厄运的《岁暮归南山》：

北阙休上书，南山归敝庐。
不才明主弃，多病故人疏。
白发催年老，青阳逼岁除。
永怀愁不寐，松月夜窗虚。

因为一句"不才明主弃"，彻底断了孟浩然的仕途，其真实性有待考证。只是这句为他带来厄运的诗，倒是仁者见仁智者见智，不同的人会读出不同的旨趣。所以，诗人在结尾时说："永怀愁不寐，松月夜窗虚。"尽管对自己"临门一脚"时的"不争气"一直怀恨在心，到最后他还是认识到了世间之事皆如夜窗之"虚"。重负释然，心怀坦荡，融入自然，杂念一除，他的诗也便清洁了许多。

因为"愁"，诗人辜负了最好的风景，最美的年华，到了"白发催年老"的时候，才跳出"愁海"，挣脱名缰利锁的羁绊，才获得了真正的解脱。"只应守寂寞，还掩故园扉。"他断然斩去入仕的俗念，毅然决定回到故园，坚守寂寞。孟浩然的醒悟还不算晚，他终于从名利的牢笼冲了出来，走向自然，还原自我，一样赢得了人们的尊重。

离开京城的时候，孟浩然无奈地写下了《留别王维》：

寂寂竟何待，朝朝空自归。
欲寻芳草去，惜与故人违。
当路谁相假，知音世所稀。
只应守寂寞，还掩故园扉。

诗人是书生，当然，并非所有的书生都一定是诗人。

清人黄景仁说："十有九人堪白眼，百无一用是书生。"用在孟浩然身上或许有失偏颇，但是，这里形象地点击到了孟诗人生性脆弱的"软肋",一到关键时刻就犯迷糊,因而成不了"器",就直嘀咕"知音世所稀",不得不回归故园关起门来怨自己不争气。这句话让王维听起来也不爽兴,以为在埋怨自己不是他真正的朋友,埋怨自己关键的时候没有尽力助其入仕。

文人走仕途,是历史的局限,是那个时代给他们搭设的有限舞台,划定的表演空间。一旦没有登上这舞台,失去这空间,他们就给自己的人生界定为"失意",经不起世事风云的,就跑到偏乡僻壤,远远地躲起来。

在孟诗人看来,人一旦失意,生活就失去了明亮的底色,老想着自己这样寂寞无聊还有什么值得期待呢?人生绝了念想,断了盼头,就是天天碌碌无为地奔走,最终还是独自空手而归。老是这样也不是办法,还不如归隐到偏远的山林去,闲得没事干就去看看那里的花花草草。知音少是自然的事,就更甭想哪个当权者来提携你了。或许今生今世命中注定要自己空守寂寞,还是回家关起门来自得其乐。

多低调。低调得没一点儿生气。或许,史上的那些落魄者都是这副样儿。好在,孟浩然还能够勇敢地面对这些,写一首诗把心里话全都抖出来。怨气也就消了几分。

孟浩然最终作出了这样的决定,还赢得了李白的敬佩:"吾爱孟夫子,风流天下闻。红颜弃轩冕,白首卧松云。醉月频中圣,迷花不事君。高山安可仰,徒此揖清芬。"孟诗人一下子变得高尚起来,在李白眼里成了高山仰止级别的人。

对于一个四十岁才跑出来想做官的人,这次打击是致命的。从心底里讲,他是希望求得一官半职的。看这首《望洞庭湖赠张丞相》,他的愿望还"相当"地迫切。

八月湖水平,涵虚混太清。

气蒸云梦泽，波撼岳阳城。

欲济无舟楫，端居耻圣明。

坐观垂钓者，徒有羡鱼情。

    洞庭湖的浩阔容得下广大的天空，洞庭湖的波涛可以撼动坚固的城池。

    洞庭湖的波涛却不能荡尽一个旁观者的惆怅与落寞，壮阔的景象激起了一个落拓诗人的用世情怀。

    大唐气象也正像眼前的洞庭湖一样，波澜壮阔，风生涛起。诗人年华虚度，岁月蹉跎。他有志未伸，践志无门，一直徘徊在仕场之外。

    临河羡鱼，欲渡无舟，正是诗人的尴尬所在。

    诗人"徒有羡鱼情"的苦闷源自"欲济无舟楫"的处境。置身于这种处境的人何止孟浩然，还有很多人在苦苦地奔走，强力地争取，也许连表达这种"意愿"的机会都没有。

    孟浩然面对的是当朝"过期"宰相张九龄，他的"意愿"得到了婉转的表达，他的"赞歌"同样唱得恰到好处。

    他的尊严得到了有效的维护。这是他比才华更为重要的"资本"。这是一个文人安身立命、行走四方的最后依凭。

山水胜迹

    离开京城，为了排遣苦闷，孟浩然长途跋涉，出游吴越，失意之愁，在所难免。看这首《宿建德江》：

移舟泊烟渚，日暮客愁新。
野旷天低树，江清月近人。

江上弥漫的不只是烟雾，还有诗人悒悒不欢的情绪。"皇皇三十载，书剑两无成。山水寻吴越，风尘厌洛京。"（《自洛之越》）他就是在这种情形下奔吴越而来的。遇到这事，谁都不会有好心情。

诗人是孤独的，在他的寂寞之旅走向这一天的尾声时，又添新愁。

自己是一个孤苦的漂泊者，旅途疲劳，只得在江边的小沙渚上歇息。像他这种失意的漂流客，哪来银两收入。他的孤独感油然而生。

宿鸟归飞，炊烟袅袅，天地之大，江海之阔，远离亲人，没有朋友，只有那一轮孤月与自己一如既往的这般亲近！《王风·君子于役》里写道："君子于役，不知其期，曷至哉？鸡栖于埘，日之夕矣，羊牛下来，君子于役，如之何勿思？"一位距孟诗人一千多年前的少妇，于夕阳西下、鸡进笼舍、牛羊归栏的时刻，她更加思念在外服役的丈夫。也是在日暮时分，孟诗人想到的肯定不止家人。他的愁有目共睹。此刻，烟雾袅袅，四野茫茫，江水悠悠，月照孤舟，他孑然一身，仕途的失意，理想的幻灭，羁旅的惆怅，故乡的思念，人生的遭逢……纷至沓来，涌上心头，怎不又添新愁？

李白也有类似的感受："暮从碧山下，山月随人归。"明月，在人们最需要的时候，给人们送去了温暖的照耀，光明的指引，亲切的问候。孤旅的惆怅非孟诗人独有。

一个能够从自然获取温暖、求得亲近的人，他不会孤独。他会想起曾经的友人，以此消除心中的惆怅。为此，他写下了《宿桐庐江寄广陵旧友》：

山暝闻猿愁，沧江急夜流。
风鸣两岸叶，月照一孤舟。
建德非吾土，维扬忆旧游。
还将两行泪，遥寄海西头。

天光暗淡，耳畔只有一片声响：猿啼，夜流，风鸣。茫茫黑夜，滔滔江流，一眉月牙照耀着一叶孤舟。他想起了扬州的朋友，唯"两行泪"，遥寄旧友！

唯两行清泪，现在可以寄出；
唯两行清泪，足可代表全部的情谊；
唯两行清泪，便印证了友情的深厚。

我们从两行清泪里，咀读出了诗人的悲境。彼时是"江清月近人"，此刻是"月照一孤舟"，唯有明月，可以适时送去真切的问候。孤境堪哀，凄境难胜。辗转悲辛，是漂泊者甩不掉的重负。

除了愁绪纠结，有时还有往事的袭扰。《与诸子登岘山》借古伤今，感叹身世。

人事有代谢，往来成古今。
江山留胜迹，我辈复登临。
水落鱼梁浅，天寒梦泽深。
羊公碑尚在，读罢泪沾襟。

再伟大的人物都是时间的俘虏，都经不起岁月的无情杀戮。再伟大的人物都将化为尘土，只有江山胜迹和他伟大的作品，让"我辈"一再拜读，一再品阅。"羊公碑"已成残迹往事，然而，晋代名将羊祜也好，还是当世不得志的孟浩然也罢,都经不起岁月的淘洗。我们今天追缅的,是他们留给我们的精神补品。

人事代谢,往来更替。当我们这些来者站在历史的遗迹前不住的慨叹时,也在一步步走向过去,沦为陈迹。

敏感的诗人读出了人事荣枯,读出了不可逆转的生命流程。他就不为自己的得失而悲,他知道自己该如何去应对。

当我们徘徊、流连于历史遗迹时,我们从已逝的生命中读出了共同的结局。我们就不会斤斤计较眼前的得失,我们就知道该如何使生命之花开得更加明艳,让自己的日子保持充分的亮度,守住应有的新鲜指数。

当络绎不绝的行人感叹眼前的时光美景时,诗人却保持了应有的冷静;当人们盲目地穿行时,诗人站在热闹的边缘看到了人世的真谛。孟诗人面对一个贤者的碑刻泪流满襟。他清楚自己,无论怎么努力也没有这样的机会。他明白无论怎么抗争,最后还是要接受多舛的命运。孟诗人的滂沱泪雨,更彰显出一个文人的自我意识,自我觉醒。他深知,面对所处的时代,自己肩上应承担的责任。

孟浩然自不必哭了,因为他自己说了:"人事有代谢,往来成古今。"即使他没有"政绩",也不要紧,诗名长存,他的不懈追求早已印在了我们的记忆里!

江山胜迹永恒,即使被某些虚妄张狂之人损毁,又会出现新的"胜迹",仍然可以供我们观瞻凭吊;人事的湮灭不以我们的意志而转移,关键在于我们该如何面对"胜迹",如何取舍;"名"固然重要,关键在于我们获取"名"时所选择的方式。早年"为文三十载,闭门江汉阴",为的就是希望有朝一日能成功入仕,将名和利尽收囊中。

孟诗人半生求名,无有所得,转而回归田园,寄情山水,反而诗传名存,连诗仙太白也要仰之敬之,赋诗记之,赞他

"迷花不事君"。

而真正给孟浩然带来巨大声誉的,是他淡定以后的山水田园诗。这首《过故人庄》最富盛名:

故人具鸡黍,邀我至田家。
绿树村边合,青山郭外斜。
开轩面场圃,把酒话桑麻。
待到重阳日,还来就菊花。

原来,生活还有另一种过法,除了名利仕途的追求外。

这种过法就看你是不是拿得起,放得下。锦衣玉食,是富丽与显贵的象征;粗茶淡饭,是淡定与简朴的体现。当命运由不得我们去挑拣的时候,我们就应该用自己的方式去坦然应对。

冲出红尘,斩断纷杂,回归简朴,田园是困顿者的天然"氧吧"。

不能在华丽与喝彩中风光与荣耀,那就在素淡与平常中怡然地坚守。

孟浩然于中国文人的最大贡献就在于此。他清晰地为我们勾画出了田园生活的理想画图,让后世文人省去了构思的烦恼。他同时为历朝历代的统治者描画了一幅世外桃源般的乡村生活图景,让空泛的和谐回归到存在的现实。

我们今天所倡导的和谐社会,实质要义大抵如此。

人的和谐才是理想生活图景的核心,才是问题的根本。如诗中孟浩然似的生活,就令我们好生羡慕!难怪有那么多心存梦想、不满现状的人想要时光倒转,梦回唐朝,去过孟诗人般的田园生活。就诗人而言,何须重阳日,天天"话桑麻"。

这是一种优雅的生活,一种令人回味、叫人羡慕的远逝的记忆。

这样的生活，孟诗人既浩然，也淡然。"把酒话桑麻""还来就菊花"，多惬意呀！只有灵魂实现了真正的回归，他才能从平常的生活中体会到田园生活的真趣。相晤，相约，绝无拘束，全凭兴致。如此，诗也写得自然流畅，不着痕迹，大有"清水出芙蓉，天然去雕饰"之至境。

孟浩然这首知名度最高的《春晓》诗，同样深得自然的旨趣：

春眠不觉晓，处处闻啼鸟。
夜来风雨声，花落知多少。

繁华总被风吹雨打去。美丽总敌不过岁月的风蚀。

能够听着窗外的鸟鸣声，去关注春花的谢落，说明诗人早已深知时间的珍贵，早已深知流年的飞逝。因为年华又被鸟声叫走了一个轮回。

他的担心并非多余，他埋在内心深处的一个问询，唤起了我们的沉思。

每一个春天的过去，都有她深刻的寓意，每一朵花的绽谢绝不是无缘无故。掩耳不闻窗外事，那是自我封闭。只有处处留心的人，才能感受到自然赋予我们的乐趣，才不会错过她最惊艳的亮相。一直追着春天走的人，永远体会不到与春天同步的快意。与春天同步的人，也成了春天里一处最耐读的风景。

面对即将逝去的春天，诗人给了我们这样的启示。

昨夜的风雨到底吹折了多少娇艳的春花，对于一个真正的隐士来说，是不必格外关注的。卧榻之上，被啼鸟唤醒的诗人，他的心不可能真正地了断红尘。他内心的叹惋就是在为那些零落的芳尘祭出他惋恻的悼词。落花有知，亦应为诗人发自内心的这一份悲怜,在来年的枝头献出明艳艳的笑颜,沉甸甸的致意。

繁华与衰落相生,欣喜与失落共存。当你为窗外的生机而怦然心动,恻然而伤时,你又同时想到了时间的不可停滞,想到年华的无情流逝;当你享受到春宵的怡然沉睡时,你又会为功名无成的人生而陡生伤郁。"花落知多少",有多少美艳的花朵为一夜风雨殉情,有多少怀才不遇的士子白白葬送了可贵的青春与灵锐的心力?如果是暗叹自己的青春流逝,诗人就显得有些多余。因为,"人事有代谢",这是他自己说的,是自然法则,那样,就未免有些矫情。

好在这首诗纯真自然,童趣味跃然于纸。他的内心还算年轻,他让我们明白,欢乐的时光更应该珍惜,青春年少不要透支光阴。

诗人的心总是闲不住的。不是被寂寞占领,就是被忧戚俘虏。窗外的那一声鸟语,就唤醒了他深埋内心的忧戚。

即使面对美丽的风景,有时也会心生遗憾。孟浩然的这首《宿业师山房待丁大不至》由平凡升华出大美:

夕阳度西岭,群壑倏已暝。
松月生夜凉,风泉满清听。
樵人归欲尽,烟鸟栖初定。
之子期宿来,孤琴候萝径。

最美的风景里应该与最好的人相守共赏。相约的好友却不明缘由地无故缺席。残缺的美成就了这首诗。

丁大的爽约,实则是我们的万幸。

丁大无缘与诗人同赏此刻美景,他不仅辜负了诗人的盛情,也辜负了最美的风景。夕阳西下,万壑蒙烟,凉生松月,清出风泉,樵人归尽,暮鸟栖定。此时,就应该是两位相约的好友准点出场的时候。然而,只有诗人独自抱琴,徘徊在青萝参差的小径,一任风月从身边肆意流逝,一任诗意被爽约的人无情闲置。

丁大是否有缘重温,我们自然无法考据。即使是看了,他也一样遗憾——彼时的松月已非眼前的风景,正所谓时过境迁——在最美的风景和美妙的诗里,独独缺了他自己。

孟浩然最终为友情而逝。从岭南贬所返回的王昌龄到襄阳去拜访他,他恰好大病初愈,不得饮酒。但是,至交远道而来,岂能不以酒相待?结果是旧病复发,回天无力。

孟浩然的死,印证了两句古话:一是"患难见真情",二是"士为知己者死"!孟浩然就这样浩然而去了。即使仕途失意,也值!

李 白
天生我材必有用
——济世路上永远的苦行者

求索不息

公元701年，李白雷霆出世，诞生在四川江油，那时叫昌隆，正是唐朝最鼎盛的时候。

那时的唐朝尽管空前鼎盛，超级繁荣，江油却比较偏僻。但是，繁荣的时代唤起了李白建功立业的远大理想。江油的山水人文又深刻影响了李白，包括他的思想性格、理想追求和艺术成就。如果没有时代的呼唤，没有在江油的准备，就没有今天我们所知晓、所喜爱、所敬仰的李白。

据李白的"超级粉丝"魏颢、李白的族叔李阳冰的记述，勿容置疑，江油是李白的人生第一站。李白的精彩人生在江油夯下了坚实的基础。

在江油，天真烂漫的李白就树立了为万世开太平的远大理想，他要"济沧海""安社稷""为帝王师"。为此，他付出了艰辛的努力。

在唐代，李白最具想象力，不仅仅体现在作诗，还体现在他用世理想的实践选择。他以为，入仕做官就像自己写诗那样简单，那么容易，可以"扶摇直上九万里"。因此，他没有、也不屑于参加科举考试，他从一开始就不想一步一个脚印，比如从乡长、县长、市长、再到省长这样一步步脚踏实地地接近目标，他直接的目标就是一人之下、万人之上的宰相。他想一飞冲天，一鸣惊人。

他也明白，要实现这样的理想绝非易事，必须要有过人之处。所以，当李白还是个小毛孩的时候，就开始精心准备。江油有很多关于他刻苦读书、练剑、拜师的故事，这些故事足以证明他的"少年心事"，足以证明：天才出自勤奋！他的勤奋得到了世人的认可，铁杵成针的故事得到了广泛的流传，他因此得到了丰厚的回报。

在江油，李白良好的家境，父母的期盼，严格的家教，使他得以"五岁诵六甲，十岁观百家"（《上安州裴长史书》），"十五观奇书，作赋凌相如"（《赠张相镐》）。由于朝廷推崇道教，形成了全民追风的热潮。蜀中道教盛行，蔚为大观，李白深受影响。他"十五游神仙，仙游未曾歇"（《感兴八首》之五）。十八岁那年，拜赵蕤为师，学纵横之术，治国之策。

他的功名心日渐强烈，"苟无济代心，独善亦何益"（《赠韦秘书子春》），又有了功成身退的人生理想，"功成拂衣去，摇曳沧州旁"（《玉真公主馆苦雨》），"功成谢人间，从此一投钓"（《翰林读书言怀》）。他看不起白首读死书的儒生，不愿走科举入仕之路，寄希望于"平交王侯"，"直抵卿相"而"一匡天下"。

在江油，李白读奇书、观百家、学游侠，杂儒、道、纵横等思想集于一体，再兼取豪侠气质，李白一开始就希望依凭自己的文学才华，通过拜谒权贵、上书知名人士，得到他们的举荐，实现自己的济世理想。他是这样想的，也是这样做的。在江油，他拜访了四川境内的地方要员，是李白踏上求仕之路的彩排。这近乎完美而又十分矛盾的理想设计，迫使他在青年时代就"仗剑去国，辞亲远游"（《上安州裴长史书》），开始了倾情一生的求仕之旅。

公元725年，李白二十五岁，他带着梦想上路了，起点四川，目标长安。

他沿长江而下，经江夏、浔阳、庐山、当涂，在金陵逗留。等他腰间的钱袋子彻底空了的时候，他来到了湖北安陆，在这里，与已经退休的前宰相许圉师的孙女结了婚（这成了现在湖北安陆跟江油争"李白故里"的直接依据）。第三年，李白写了著名的《上安州裴长史书》，没有得到回应；以后，又写了《与韩荆州书》，还是石沉大海。不过，这些活动，连同这一时期所作的诗文，虽然在仕途上没有让李白脱颖而出，却给李白博得了不小的声名。靠举荐，此路不通，李白又选择了另一条道路，这就是著名的"终南捷径"，靠隐居修道而博取声望，祈求直上青云。在唐代，依靠修道出人头地已经形成了风气，而且还有人尝到了甜头，摘到了以道求仕的成功果实。

公元730年，意气风发的李白一入长安，却被权贵冷落，受尽屈辱，败兴而归。之后，李白有时在安陆居家，有时在洛阳、开封、太原、吴越、当涂一带漫游。虽然身在山野，入仕报国仍然是他唯一的目标，长安仍然是他行踪的唯一指向。身距长安越来越远，心却与长安越来越迫近。

公元740年，李白四十岁的时候，夫人因病去世，他带着儿女移家东鲁，住在今天的山东兖州，这是李白人生即将实现转折的重要时期。他对社会现实的认识更加深刻，人生阅历更加丰富，豪迈俊逸的诗歌风格已完全成熟，而且形式多样，技巧完美，创作了很多重要的作品，早已是名满天下。

公元741年冬，李白的至交元丹丘奉诏入朝，接受封赏。元丹丘通过玉真公主向唐玄宗举荐李白。公元742年，玄宗下诏，征李白入朝。四十二岁的李白喜不自禁，以为自己多年的打拼终于得到了回报，以为自己济世报国的理想立马就可以实现了。于是他写下了《南陵别儿童入京》，一路"仰天大笑"，西入长安。

在等候召见期间，李白与秘书监贺知章在长安紫极宫相遇，贺知章读了李白的《蜀道难》《乌栖曲》等诗，感叹"可以泣鬼神矣"，当即就把李白叫着"谪仙人"，再举荐给唐玄宗。

唐玄宗在金銮殿隆重地召见了李白，封他个待诏翰林。

这一时期，李白参与草拟了一些诏诰文件，但更多的时候，是作为唐玄宗的"御用文人"现身的，陪同玄宗宴饮游猎，写一些点缀升平、歌功颂德的文章。他"奋其智能，愿为辅弼，使寰区大定，海县清一"的政治抱负根本不能实现。从应诏入京的意气风发，转为对翰林供奉生活的失意，由一飞冲天的万丈豪情，跌入了心灰意冷的万丈深渊，"长安市上酒家眠"就是他这段时间的生活写真。时间一久，他又开始向往闲散自由的江湖生活了。当然，主要的原因还是对朝廷的失望。

公元744年春，在长安只待了一年多的李白去意已定，上书请辞，唐玄宗顺水推舟，"赐金还山"。李白怀着复杂的心情，郁愤满满地离开了长安。

这年五月，李白与杜甫相会于洛阳。两位诗人的会见成了中国文学史上的一段佳话。同年秋，李杜与另一位著名诗人高适同游梁宋。李白与杜甫、高适分手后在河北、山东一带访道，并在济南紫极宫正式加入道籍。耐不得道士生活的单调寂寞，他就急匆匆地回到了兖州，在居所的附近造了酒楼，日夕饮酒，少有醒时，成了他在政治上遭受挫折后排遣内心痛苦的无奈之举。

之后，李白南游吴越，回东鲁，去幽州。此时，唐王朝已由盛转衰，爆发了"安史之乱"。李白虽政治上遭受了挫折，但仍然心关天下。

公元757年，打着平叛旗号的永王李璘多次征聘李白，一向建功立业心切的李白，以为报效国家的机会终于来了，就急匆匆地从隐居之处庐山奔李璘而去。他仅在李璘的幕府待了一个多月，就成了封建统治者争权夺利的牺牲品，在江西彭泽以谋逆罪被捕，投入监狱。幸好友人相救，李白才幸免一死，被判长期流放夜郎。

公元759年，59岁的李白在流放夜郎的途中，行至夔州，遇赦获释，返回江陵时写下了脍炙人口的《早发白帝城》。

公元762年秋，听说李光弼率军讨伐乱军，尽管李白已经六十二岁了，且贫病交加，仍以壮士自比，白发请缨从军，不料中途病还，李白不得以前往当涂投靠从叔、县令李阳冰。李白到当涂就一病不起，自感生命即将抵达终点，将手中全部诗稿托李阳冰整理付印并作序，这就是我们现在还能读到的《草堂集序》。不久赋《临终歌》而去，一代仙才，就这样带着遗憾，辞别了人间，走向了永恒。

回顾李白这一生，他就干了一件事，那就是用自己的不懈努力去实现济世报国的理想。他所付出的一切，包括求学、拜师、习剑、漫游、干谒、入道、求仙、从军，甚至婚姻，都紧紧围绕这个终极目标。他始终坚信："天生我材必有用！"他意志坚强，信心满满，锲而不舍地行进在实现报国理想的征途上，是一个永远的苦行者。

理想没有实现，却诞生了一位伟大的诗人。李白追求理想征途上的苦苦攀越，陶冶了他的心灵世界，历练了他的心志，锤炼了他的人格。大江南北丰富多彩的地域文化，为他的诗歌创作增添了无限的精彩。无论是隐居还是入仕，得还是失，喜还是忧，进还是退，他都能将生活中的种种精彩化为绚烂千古的奇章丽句。在他的诗中，西域的异族风情，荆楚的浪漫风流，吴越的清雅流韵，齐鲁的慷慨气质，加上蜀中生活的诗书教养，兼容并蓄，再加上他在追求理想过程中的丰富阅历，成就了他的诗歌创作，形成了他豪迈奔放的浪漫主义诗风。

高歌时代

　　李白被世人称为"诗仙"，既与他诗歌中新奇天真的想象有关，又取决于他超凡脱俗的个性风采。

　　古往今来的诗人中，李白大约是最有个性的一个。脱俗、高傲、天真是其精神气质的显著特征。他渴望摆脱一切束缚，天马行空，独往独来。李白长于蜀中，既有纵横之风的传统，又有蜀地士子司马相如依凭奇才美赋赢得帝王殊遇的影响和激励。李白胸怀天下，一心要安社稷，济苍生，建伟业，然后功成身退。为了谋求政治出路，不惜到处干谒，他坚信自己生来便是卿相之才。所以，他不屑于走寻常的科举道路，而选择了直接受帝王诏封的"通天大道"。杜甫《饮中八仙歌》中写李白说："天子呼来不上船，自称臣是酒中仙。"这里体现的，就是李白的独有风骨。

　　这正是李白不同凡俗的个性所在。而这一切，都与他的身世经历、理想追求、个性气质紧密关联。正因为此，才成就了他诗歌创作的杰出贡献。

　　李白诗歌创作上的成功，既有个人奋斗的因素，又有时代的影响。

　　高昂的时代精神，包容的时代情怀，多彩的生活图景，诗意的生活氛围，大大激发了文人士子的强烈诗兴，赋予唐代诗人以天才的想象力，催生了他们建功立业、用世当代的豪情壮志。

浩荡的青春气息，绚烂的梦幻色彩，浓郁的诗意氛围，包容的社会风气，辽阔的疆域版图，是大唐诗歌空前繁盛的根源。

唐朝为凡夫俗子实现理想提供了广阔的舞台，开辟了多个走向这个舞台的通道，让众多心怀理想的年轻生命，呼啦啦地燃起了他们壮伟的功业梦。他们渴望或投笔从戎，血溅疆场，或仗剑天涯，诗书许国。希望舍身赴死，建功立勋；或弼辅君王，匡扶天下。不管取道如何，他们的指向是一致的，他们的情怀是相通的。他们共同选择了诗歌这一载体，理直气壮，心怀坦荡，在抑扬顿挫的平仄中，自如地挥洒梦想，无遮无掩，气贯长虹。既写出了那个时代的人文精神，又形成了那个时代的强大气场，共同谱写了伟大的盛唐乐章。

在这个广阔舞台上，诗人们始终演绎着人生的主旋律，这就是强烈的功业梦和必胜的理想信念，并体现出共有的精神气质：

他们都空前自信，不甘于碌碌无为，不愿意寂寂无名。

他们都胸怀宽广，眼光高远，早早地，就为自己的人生规划了博大而崇高的格局。

他们都心高气壮，百折不回，都是不轻易言输的人。

他们都毫不利己，志在用世，都有着强烈的公心和担当精神。

大唐激活了诗人的潜能。

大唐放大了诗人的欲望。

大唐让人的智慧得到了最大化的张扬。

人们在分享丰裕的物资财富时，还可以穿梭闹市，行走江湖，天宽地阔，山秀水灵，时光绚烂，诗意奔腾。

诗人的用世之心，如春花争发，千帆竞渡，争先恐后，一发难收。

他们不管家世尊贵，还是家境贫寒，身份微贱，也不管起步早晚，在建功立业、经世济民的理想面前，均是高调激进。

他们不拘泥于自己的起点高低，不拘泥于自己狭小的生存空间，不满足于已有的收获。他们斗志旺盛，视野宽广，他们前所未有的强大生命力被雄强的盛唐之风唤醒。从唐初四杰，到张若虚、陈子昂，再到眼前的诗仙太白……莫不如此。他们的功业观，价值观，总是以天下社稷为前提，个人的名利需求置之于后。他们以天地万民的福祉为己任，把筑帝国基业、建盛世伟绩视为自己义不容辞的责任，自觉地担当，积极地求索，无私地奉献！

诗人们高傲地行走于盛唐的高天苍宇之下，他们优雅、自信的神采源于时代给与他们的厚重底气。他们深信，前途无限光明，只要通过自己的努力，才智最终会得以发挥，人生最终能实现最大价值。因而，他们可以无所顾忌地傲视苍宇，俯视众生。他们的骄傲凝结成了那个时代的特有气质，并成为那个伟大时代光彩熠熠的显著标志。从他们口里喷薄而出的诗，气势上，就自然而然地高了八度。

高傲有高傲的依凭。唐代诗人做到了这些，他们可以高高在上地俯视一切！

李白是这个高傲方阵的领头羊，他把骄傲的犄角一扬再扬，扬成大唐诗林不可企及的高标，而独得风流。下面这首《庐山谣寄卢侍御虚舟》可窥一斑：

我本楚狂人，凤歌笑孔丘。

手持绿玉杖，朝别黄鹤楼。

五岳寻仙不辞远，一生好入名山游。
庐山秀出南斗傍，屏风九叠云锦张。
影落明湖青黛光，金阙前开二峰长，银河倒挂三石梁。
香炉瀑布遥相望，回崖沓嶂凌苍苍。
翠影红霞映朝日，鸟飞不到吴天长。
登高壮观天地间，江茫茫去不还。
黄云万里动风色，白波九道流雪山。
好为庐山谣，兴因庐山发。
闲窥石镜清我心，谢公行处苍苔没。
早服还丹无世情，琴心三叠道初成。
遥见仙人彩云里，手把芙蓉朝玉京。
先期汗漫九垓上，愿接卢敖游太清。

有了高傲的依凭，李白就可以全无顾忌、横空出世般的自绘"肖像"，就可以把山河的壮美写得动魄惊心，就可以突破时空，高踞浩宇而俯视凡尘！

当人格和尊严受到残酷的践踏，放弃成了他的必然选择。他在《梦游天姥吟留别》的结尾处写道：

世间行乐亦如此，古来万事东流水。
别君去兮何时还？且放白鹿青崖间，须行即骑访名山。
安能摧眉折腰事权贵，使我不得开心颜！

玉可碎，瓦难全。在骄傲的驱使下，他放弃委婉含蓄，放弃影射暗示，他选择了锋芒毕露，选择了率性快意。

这是李白的光芒，这是我们敬仰他的理由，这是他百世流芳的根本。

放弃自尊，放弃高傲，屈就权贵，臣服淫威，必为世人所不齿!

当权贵的淫威太过嚣张,大多选择张籍《节妇吟》那样的智慧应对!对此,李白不以为然。他以为,是天才就可以博得天下名,就可以直取帝王师。这是天才的本分,这是天才的天职。就是去求别人提携,他也一样豪气逼人。在《上安州裴长史书》中他这样写道:

愿君侯惠以大遇,洞天心颜,终乎前恩,再辱英眄。白必能使精诚动天,长虹贯日,直度易水,不以为寒。若赫然作威,加以大怒,不许门下,遂之长途,白既膝行于前,再拜而去,西入秦海,一观国风,永辞君侯,黄鹄举矣。何王公大人之门,不可以弹长剑乎?

除了李白,还有谁会把一封求荐书写得如此豪情飘举、傲慢不羁呢?

高天苍宇是鸟的舞台,大泽碧海是鱼的乐园。因而,他的眼光穿越历史的浩茫烽烟,透过历史的厚重幔帐,看到的是明贤圣哲。那是他的先师,他的标杆。李白对济世理想的追求永不言弃,除了时代的召唤,还有历史上那些活生生的典范走在他的前面。二者并之,就是他永不枯竭的精神源泉。

杜甫在《天末怀李白》中说:"文章憎命达,魑魅喜人过。"天才有天才的缺陷,天才的弱点,天才的短板。李白"口吐天上文,迹作人间客",作诗纵横驱驰,毫无阻滞。在官场,他却是先天不足,地地道道的"弱智"。因而被排挤,即使做个空头闲职,也只得无奈请辞,才有他"大道如青天,我独不得出"的号呼。其实,他也知道自身的弱点,在《嘲鲁儒》中写道:"鲁叟谈五经,白发死章句。问以经济策,茫如坠烟雾。"嘲笑的是别人,自己又何尝不是如此。经济之策,胸中全无。受理想驱驰，故而天真率意，无敌无畏。

或许，就是他太过于自信：我是天才我怕谁！因而处处受挫，"怀才不遇"的咏叹才在他的诗中肆意地奔腾。所以，他可以轻而易举地做个流芳百世的顶尖诗人，却始终无法跻身经国济世的政治家队伍。

诗酒人生

李白的酒量跟他的诗一样，都是一流的，正所谓"诗名酒誉两崔嵬"！晚唐诗人郑谷在《读李白集》一诗中这样写道："何事文星与酒星，一时钟在李先生。高吟大醉三千首，留著人间伴月人。"郑谷感慨地说：为什么文才与酒量这两样风光又风流的本事全都集中在李白身上呢？他最终归结为：这是上天的恩赐，特别的垂爱！

李白醉后吟诗无数，这算不得什么，因为其他人也行。问题的关键在于李白酒后吟诵的诗篇留存人间，竟能够像月亮一样光芒永放，长照千古！

汹涌大河自有其清流源头，李白的诗酒人生轨迹亦然。

当李白还是一个懵懂学童的时候就能写诗了，有人考证，他的第一首诗叫《萤火》：

雨打灯难灭，风吹色更明。
若飞天上去，好作月边星。

李白童年时就初露诗才，他的恋月情结也初显端倪。

那么，李白是从什么时间开始饮酒的呢？在他二十五岁以前的诗文中还没有找到相关的文字记录，但这并不等于说他此前就没有喝过酒。

蜀中盛产美酒。李白二十五岁以前这段时间正好在江油励志求学。这期间，他肯定喝过酒。但那时，李白对酒的感觉与常人无异，并无特别之处。他还没有真正地理解酒，还没有真正地发现酒的功效，还没有真正品尝到饮酒的妙处。这时，饮酒与他作诗、与他的人生态度、政治抱负、对社会的认识等都还没挂上钩，都还没建立直接的联系。"少年不识愁滋味"，李白在二十五岁以前也不识酒的滋味。

他之所以后来成了伟大诗人，就赢在了起点。一方面得益于父亲的教化之功。他曾经写道："余小时，大人令诵《子虚赋》（司马相如作），私心慕之。"（《秋于敬亭送从侄耑（端）游庐山序》）可见，他父亲是一个很有学养的人，不仅对他完成了立志教育，还能对他的学习进行指导。另一方面得益于他的自身努力。他"五岁诵六甲，十岁观百家"，不仅学习了正统的儒家著作，而且还涉猎百家。既有专攻，又能博览。"一生欲报主，百代期荣亲。"（李白《赠张相镐》其一）李白的政治理想就是在这个时期形成的。

在蜀中，他对司马相如情有独钟，并把他作为学习的楷模。他"十五观奇书，作赋凌相如"，年仅十五岁就已经出类拔萃，表现出了吟诗作赋的天才。自认为写出的辞赋已经超越了蜀中前辈俊才司马相如！他还学仙求道，遍访高人；习剑练武，渴望以武建功。总之，在故乡江油，他完成了为实现事国荣亲、功成身退远大理想的一切准备。

二十五岁这年，胸怀四方之志的李白，吟着"莫怪无心恋清境，已将书剑许明时"（《别匡山》）的诗句，"仗剑去国，辞亲远游"（《上安州裴长史书》），踏上了他艰难而又悲壮的报国之路。"大鹏一日同风起，扶摇直上九万里"（《上李邕》），这就是他亮给那个鼎盛时代的奋斗宣言。李白明白无误地表明了他的大鹏之志，表明了他愿将平生所学献给那个昌盛时代的强烈愿望。

李白游金陵之后，一帮青年朋友为他送别，他写道："风吹柳花满店香，吴姬压酒劝客尝。"（《金陵酒肆留别》）也许是吴地美女的魅力所至，李白仅此一尝，便尝出了酒中滋味，便一发不可收拾，也便成天泡在了酒里。他有首《赠内》诗，足以证明这一点：

三百六十日，日日醉如泥。
虽为李白妇，何异太常妻。

据《后汉书·周泽传》记载，东汉的周泽担任掌管皇家祭祀礼仪的太常，因病住在宗庙里，他的妻子不放心，就去探望他，周泽竟指责妻子违犯了禁令，把她送进了监狱。当时有人同情他妻子，就编了首歌谣讽刺周泽："生世不谐，做太常妻，一岁三百六十日，三百五十九日斋。"后来就以"太常妻"指那些虽有夫妻之名却无夫妻之实的空巢女人。李白引用这个典故，说自己因醉酒而使妻子独守空房，让妻子的处境跟"太常妻"无异，委婉地向妻子表达了自己的歉意。用台湾诗人余光中的话说，他"把自己藏起来，连太太也寻不到"。藏在哪里？藏在了酒里，醉倒在酒肆里。

李白在《答湖州迦叶司马问白何人》一诗中写道：

青莲居士谪仙人，酒肆藏名三十春。
湖州司马何须问，金粟如来是后身。

这是李白亮给湖州司马的一张名片，也是他留给我们的一份自我简介。"青莲居士"是李白的号，"谪仙人"是大唐元老、文学前辈贺知章给他的封号。李白不仅讲了自己的别号与美称，而且还直言不讳地表明了自己对酒的嗜好，说自己酒龄之长，是个十足的"酒鬼"。由此可见，他对酒的痴迷与依赖已达到了须臾难离的程度。对自己的未来，李白则说"金粟如来是后身"，打算向如来学习，修得正果，成为真正的仙人。

酒真正与李白的诗，与李白对人生的态度、对社会的认识，与他的雄心壮志、与他的绝世孤独挂上钩的，是他"酒隐安陆，蹉跎十年"（《秋于敬亭送从侄耑游庐山序》）。一入长安的时候，李白到处干谒，处处受辱，求荐无门，报国无路，一不小心，他便踏上了"酒仙"与"醉圣"的漫漫征途。

李白拿着"酒仙"与"醉圣"的名片上路了，他的名气与才气随了他的足迹而横绝九州，名扬四海。

但是，李白究竟能喝多少酒，到现在还是个谜。他的诗文多用夸张手法，即使写实，也因古今量器差异的关系而无法确定。我们只能从一些诗文中去寻找线索。既然是诗，肯定与实际有一定的差距。

李白一说起饮酒就多用夸张，一夸张就不着边际。他说"烹羊宰牛且为乐，会须一饮三百杯"（《将进酒》），还说"百年三万六千日，一日须倾三百杯"（《襄阳歌》）。这些都是酒后狂言，不足为信。但在他自己看来，只有"一饮三百杯"才尽兴，才特别来劲，才能享受到饮酒的快意。

李白饮酒与别人的不同之处在于，一高兴，就刹不住车。有他的著名诗句为证："将进酒，杯莫停。"借着这个惯性，一不留神，他就写出了《将进酒》这样的千古名篇。

李白饮酒，还特别讲究喝酒的气氛：

两人对酌山花开,一杯一杯复一杯。

我醉欲眠卿且去,明朝有意抱琴来。

——《山中与幽人对酌》

这样一杯一杯地喝,一杯一杯地数,到最后,连他自己也搞不清喝了多少杯。大约喝到黄昏时候,将醉欲眠了,这一场喝酒PK方才终止。也许只有到了这种程度,他才没有牵挂,没有遗憾,也才睡得舒坦。

他一个人同样会喝得有滋有味,同样会喝得玉山倾倒,飘飘欲飞。这里有《月下独酌》诗为证:

花间一壶酒,独酌无相亲;
举酒邀明月,对影成三人。

没有酒伴,那就自造气氛。有条件要喝,没有条件创造条件也要喝。最后达到高潮时,竟要与月相约,云汉相会了。

李白饮酒,要的就是这种气氛,要的就是这种兴致,要的就是这种结果。于是,他喝到高兴处便高歌,便劲舞,便狂蹈!最要紧的是,他还能口若悬河,滔滔不绝地吟诗作赋,一不小心便诞生了伟大的作品!换了常人,不是满口胡言、酒话连篇,就是玉山倾倒,烂醉如泥。就此而言,说李白是千古一才,千古奇才,一点也不为过。

李白饮酒,还有个特点。那就是不管生计,不留余地,是真正的今朝有酒今朝醉!他饮酒几乎到了孤注一掷的地步,远远超越了一般的酒徒。没钱买单,就脱下皮大衣("千金裘"),再搭上自己的坐骑("五花马")一起送去换酒。实在没有什么东西可当了,就去赊欠(且将洞庭赊月色,将船买酒白云边),也要喝个痛快。在李白眼里,酒绝对是世界上最好的东西，他把生命中那些最宝贵的东西，比如爱情与亲情，希望与失望，梦想与幻灭，幸福与惆怅全都押在了酒上。

酒为李白长精神，添灵感。反过来，诗又为李白助酒兴。在李白看来，酒后吟诗，就相当于今人喝酒时的猜拳行令，诗歌既是一碟精神上的下酒菜，同时还是一剂特效的"解酒灵"。诗来得越爽性，酒就喝得越洒脱。酒喝得越洒脱，诗就来得越酣畅。诗与酒，酒与诗，互为因果，互为补充，相得益彰，共同把李白的浪漫与飘逸、奔放与狷狂推到了至今无人能及的高度。

酒是李白写诗的成本。饮酒就理所当然地成了他写诗的前奏或者序曲，饮酒带来的利润就是诗，而且数目可观。如果唐朝也办杂志、也有稿费的话，在那样一个崇尚诗歌的时代，像李白这样高产而又受大家追捧的诗人，肯定会成为富翁，就像今天的韩寒、郭敬明一样。只是李白没有做富翁的打算，即使拿到稿费，即使日进斗金，也会全部用来换酒喝，也会用作新一轮吟诗作赋的投资。

李白是没有经济头脑的，不可能像今天某些文人那样，拿自己的才华去作商业投资。他曾经用玄宗赏给他的银两开过酒楼，大概是为了方便自己喝酒。他既没有拿酒楼来大赚一把的本事，也没有要停下杯来专心致志赚钱的心思。酒楼没开多久就被他喝垮了，喝得血本无归，喝得一贫如洗。没办法，李白只好又踏上飘泊之路，开始新的漫游。

酒入豪肠也好，酒入愁肠也罢，最终都化成了黄河之水天上来一样的锦绣诗章，滚滚滔滔，浩浩汤汤，流到现在，就成了令我们口齿生香的精神粮食，就成了我们人类灿烂文化中最耀眼的一部分！台湾诗人余光中在他《寻李白》一诗中说，李白"绣口一开就是半个盛唐"。"半个盛唐"，评价之高，足见李白对盛唐的贡献。

"仰天大笑出门去，我辈岂是蓬蒿人"（《南陵别儿童入京》），四十二岁这年，李白高声狂吟着这句诗，应诏入京，真是意气风发、豪情万丈。结果却出人意料，只做了个待诏翰林。

待诏待诏，就是待在翰林院里等待皇帝的召见。皇帝是召见了他，却不是让他去干什么"安社稷、济苍生"之类的国家大事，而是为了他皇帝老儿自个儿高兴，去写几首唱和之诗，替皇帝写一大堆歌功颂德的文字，用诗歌替皇帝的宠爱修饰其粉面红唇。

李白被唐玄宗忽悠了一把，仅做了个御用文人。以李白的才华，当然是游刃有余的，从李白醉写《清平调》三章的故事中，唐玄宗及其宠爱就见识了李白的才能。

不久，李白就厌倦了宫廷生活：一是李白应诏入宫可不是冲着帮闲文人来的，不免要发点牢骚。二是李白有"松柏本孤直，难为桃李颜"（《古风三十二》）的性格，平时得罪了很多人。据说《清平调》就给李白带来了麻烦，使他在唐玄宗、杨贵妃那里失去了信任。

李白终于觉得，这里不是他长久可待之地，他不得不遗憾地离开了长安，以退为进，再寻他机。唐玄宗赏给了他一大笔钱，这就是"赐金放还"。

长安再次成了他的伤心地，这以后，他写了一批不朽的诗篇：《玉壶吟》《梦游天姥吟留别》《答王十二寒夜独酌有怀》等。

诗人是那个时代的大腕明星。在李白的身后，同样有一大群喜欢李白、喜欢他的诗歌的"粉丝"。李白《江夏赠韦南陵冰》一诗所写的，就是在他流放遇赦、生活最为艰难、生存更加尴尬的时候，他还能找到酒喝，还能享受到高规格的接待。

李白好喝，但他的酒量是否大到了惊人的地步，甚至达到"超人"的程度呢？在杜甫所列举的"饮中八仙"里，李白的酒量就稍逊一筹：

> 知章骑马似乘船，眼花落井水中眠。
> 汝阳三斗始朝天，道逢曲车口流涎，恨不移封向酒泉。
> 左相日兴费万钱，饮如长鲸吸百川，衔杯乐圣称避贤。
> 宗之潇洒美少年，举觞白眼望青天，皎如玉树临风前。
> 苏晋长斋绣佛前，醉中往往爱逃禅。
> 李白一斗诗百篇，长安市上酒家眠；
> 天子呼来不上船，自称臣是酒中仙。
> 张旭三杯草圣传，脱帽露顶王公前，挥毫落纸如云烟。
> 焦遂五斗方卓然，高谈阔论惊四筵。

第一个出场的是大唐元老、文坛盟主贺知章。酒喝多了，骑在马背上的样子像乘船，颠来倒去，摇头晃脑，令人担心；他老眼昏花，醉眼朦胧，一不小心便掉进井里，竟在水中酣睡起来。

第二个出场的是汝阳王。"汝阳三斗（李白是斗酒）如朝天，道逢曲车口流涎（整个一个酒鬼、馋鬼形象），恨不移封向酒泉"，这个汝阳王久仰酒泉（今属甘肃）的美名，心向往之，竟然天真地想把家也搬到那里去长期居住。当然，酒泉仅是地名而已，即使有泉水，流出来的也不可能是酒。一个有身份有地位的人，在酒面前全然不顾及自己的光辉形象，足见酒的魅力之大，反映出汝阳王的天真率意，无遮无拦。

而饮中八仙中最厉害的要数焦大哥了。他必须喝满五斗以后才能进入状态，才能显出英雄本色："焦遂五斗方卓然，高谈雄辩惊四筵。"焦遂五斗下肚，才可能风神飘飘，仪态卓卓，才可能高谈滚滚，雄辩滔滔。

李白呢，只喝一斗就口若悬河、滔滔不绝了。以一斗之酒，换来诗章百篇，投入之低，产出之高，实在罕见。

从"饮中八仙歌"来看，李白饮酒虽然进入了大唐酒量排行榜，但与顶尖高手相比还有一定的差距。酒使李白放弃了理智的思考，放弃了冷静的沉吟，诗人的灵感之花自由绽放，神思之泉自由奔纵，故而华章不断。这就是李白的过人之处。到贞元年间，他的诗歌虽未定卷，却"家家有之"。

李白好饮，还用最擅长的形式为自己饮酒找了最充足的理由：

> 天若不爱酒，酒星不在天。
> 地若不爱酒，地应无酒泉。
> 天地既爱酒，爱酒不愧天。
> 已闻清比圣，复道浊如贤。
> 贤圣既已饮，何必求神仙？
> 三杯通大道，一斗合自然。
> 但得酒中趣，勿为醒者传。
>
> ——月下独酌（其二）

上天如果不爱酒，那上天就不会有酒星的存在；大地如果不爱酒，那大地也不应该有酒泉这个地方。天地既然都是这样的爱酒，我如此地钟情于酒也是无愧于天地的恩赐……在这种思想主导下，致使李白将饮酒事业进行到底，除了产生诗歌这一特殊附加值外，还有别的附加值。他不仅为中国的诗歌创作与发展作出了不可磨灭的贡献，还为中国的酒文化锦上添花，留下了一笔精彩绝伦的财富。李白成了中国酒文化永恒的"形象代言人"。他撰写的"广告词"，譬如"金樽清酒斗十千，玉盘珍馐值万钱"（《行路难一》），譬如"兰陵美酒郁金香，玉碗盛来琥珀光"（《客中作》），譬如"且就洞庭赊月色，将船买酒白云边"（《陪族叔刑部侍郎晔及中书舍人至游洞庭》），这些经典的诗句，至今，我们的商家、酒家分文不付地拿过来，想用就用。

李白是幸运的，靠喝酒、吟诗而成为我们民族文化的伟大英雄，不仅成了"诗仙"，同时还夺得了"酒仙""醉圣"的桂冠。

明月情结

"今人不见古时月，今月曾经照古人。"（《把酒问月》）

月有阴晴，人有聚散。不同的是，月照千秋，亘古不灭；人有古今，却都如烟云过客。

苍生芸芸，往来熙熙，爱月者众，吟月者多。唯有李白，这般钟情，这般痴迷。月给了李白无尽的诗兴、万千的灵感；诗人亦还明月以万千的气象、百态的媚颜。诗人的那些绮丽的情感，多彩的意趣，都化着了精彩的诗章，无数的妙语。

月圆如盘，因少不相识；月满如镜，直入云端；月缺如钩，倒挂青天。更有初月含羞，新月舒眉……诗人借月轮的晦明，演绎历史的盛衰兴废；借举杯问月，探寻宇宙之常律，感叹人生之短暂。月照高楼，有人楼上闲愁；月出天山，有征人怀归。月映碧水，波光摇寒；月落花间，魅影婆娑。人行月移，人醉月酣；人在天涯，月满江湖。峨眉月多情，似故人不舍；秋浦月断肠，因情系边关；镜湖月秀美，江城尽清辉；洞庭月孤高，瑶台月神奇，长安月凄美……最是那暮秋夜半的床前冷月，一直悬在那一个令诗人惊疑的霜夜，更让无数的后人无端地失眠！

在李白的生活中，在诗人的旅途上，有明月长伴，有美酒常设，因明月知心，美酒逸兴，故而"与人万里长相随"，"月光常照金樽里"。洒脱时，对月饮酒须尽欢，"莫使金樽空对月"；豪迈时，"俱怀逸兴壮思飞，欲上青天揽明月"；高兴时，"山月随人归""长歌吟松风"；孤独了，邀月起舞，"对影成三人"；悠闲处，行月步栈道，乘月浮酒船；怅恨处，"拂剑舞秋月""高吟涕泗涟"……月下思乡，举头怅望，低头沉吟，都难消除；月下怀人，寄愁心与明月，遣清风以相赠，聊以自慰……月是李白的知己，宽怀大度，磊落光明。无论什么时候，无论以何种方式，诗人都可以使气由性，率意相倾，纵意而为。

月即李白，李白即月。

这就是李白的明月情结。那是一片阔大的温柔乡，李白受伤的心灵在那里找到了光明，收获了温暖，寻得了寄托，忧愁得到了暂时的消解，愤激得到了临时的安顿。

李白借少年时代对美的向往表自己的英雄精神。《古朗月行》这样写道：

小时不识月，呼作白玉盘。又疑瑶台镜，飞在青云端。
仙人垂两足，桂树作团圆。白兔捣药成，问言与谁餐？
蟾蜍蚀圆影，大明夜已残。羿昔落九乌，天人清且安。
阴精此沦惑，去去不足观。忧来其如何，恻怆摧心肝。

前八句表达了少年时代对月的美好向往，追述了难以忘怀的童年时光，展示了天真无邪的纯真心灵。后八句，写月食，象征着纯洁理想与天真状态的破灭。昔日美好理想沦亡的忧伤，是诗人慷慨悲歌的原因。"蟾蜍蚀圆影，大明夜已残。"朗月被蚕食，辉煌的大唐帝国堕入幽暗的阴影。国家的前途，个人的理想，是李白心中永远的牵挂，难释的疼痛。

李白在明月的照耀下吐露壮怀，书写忧思：

明月出天山，苍茫云海间。
长风几万里，吹度玉门关。
汉下白登道，胡窥青海湾。
由来征战地，不见有人还。
戍客望边邑，思归多苦颜。
高楼当此夜，叹息未应闲。

此诗所写，仅是战争间隙一个和平之夜的两个典型画面。

明月初升，银光万道；云海苍茫，渺渺无际；长风浩荡，滚滚而来；天山巍峨，雄关横亘。在这个浩大的背景下，发生了一个天天都在上演、日日都在重复的故事。

万里归心对明月。征夫思家，朝着故乡，愁苦满面，望眼欲穿，这是活生生的现实。下面的镜头，即可看成是诗人睹景生情所作的合理推测，亦可理解为是边关征夫对家中妻妾思夫之景的怀想。一个思归多苦，苦不堪言，只能将愁怨写满容颜；一个盼归，寂寞至极，无可奈何，只有高楼独立，眺望边关，叹声连连。

征尘何时落定，烽烟何时止熄？欲归的征夫，归期无期！雁字回时，锦书未至；长风吹送，恨不到故里！战争这架杀人的机器，不知绞碎了多少个这样原本美满的家庭，同时也让很多本该盛长爱情享受幸福的心田苍凉无比！

明月孤城，云海天山，长风雄关。

那城垛上在望的征夫，已然站成一尊永恒的雕塑：眼前，是滚滚的狼烟；身后，是遥不可及的故园！

"关山月"虽系乐府旧题，李白借此以诉忧怀。明月，雄关，正是他建功立业的宏阔舞台。

有些现代知识分子嘲笑李白，说他是知识分子自大自狂的代表。说他自不量力，说他没有政治才能，却又偏爱政治活动，所以倒霉，所以悲剧。李白是自信的代表，从未丧失对理想的追求。难道一个人矢志不渝地追求理想就该被嘲笑，就该被否定？

"俱怀逸兴壮思飞，欲上青天览明月。"有理想，还有壮怀，体现出一个自由生命的超越之美。他风流洒脱，气势豪迈，激情飙举，生命的自由元素在此瞬间喷发。"我欲因之梦吴越，一夜飞渡镜湖月。湖月照我影，送我至剡溪……安能摧眉折腰事权贵，使我不得开心颜！"李白"赐金放还"后，明月成了他最忠实的伴侣，温情，飘逸，在明月的照耀下，他浪迹山水，放歌自然，精神得到解脱，困境被迅速打破。

仰望苍宇中徘徊的那轮明月，李白想起了东晋的王子猷："昨夜吴中雪，子猷佳兴发。万里浮云卷碧山，青天中道流孤月。孤月沧浪河汉清，北斗错落长庚明。怀余对酒夜霜白，玉床金井冰峥嵘。人生飘忽百年内，且须酣畅万古情。"（《答王十二寒夜独酌有怀》）月光世界浩大永恒，光明高远，正是诗人挣脱现实羁绊，向往高洁、向往浩渺的力量源泉。

李白也有困惑，于是，他《把酒问月》：

青天有月来几时，我今停杯一问之。
人攀明月不可得，月行却与人相随。
皎如飞镜临丹阙，绿烟灭尽清辉发。
但见宵从海上来，宁知晓向云间没。

白兔捣药秋复春，嫦娥孤栖与谁邻。
今人不见古时月，今月曾经照古人。
古人今人若流水，共看明月皆如此。
唯愿当歌对酒时，月光长照金樽里。

　　悠悠万世，来路杳渺；明月长存，辉光普照。诗人把酒对月，玉树临风，神采飞扬，兴会无穷！他停下酒杯，举首向苍宇，对月劈问："青天有月来几时？"与其说诗人欲解宇宙的生成之理，毋宁说是要因月起兴，借题发挥。

　　明月高挂，却欲攀不能；行者赶程，她却长相伴随。皎如明镜，给世间以清明。云破月来，光彩照人！月出于东海，西沉于轻云。来去匆匆，循环不已。而那些神话传说，更易撩起人的落寞孤寂，不由得让人去思索去探究人生的真谛！

　　明月亘古，运行不息；人生短暂，逝如朝夕。人生天地间，忽如远行客。不管他是古人还是今人，不管他是枭雄还是凡人，都将在明月的照耀下匆匆而去，成为粪土，化为烟云。于是，感明月之永恒，叹人生之短促；慨明月之普降，恒久如斯，不舍不止；嗟世事之变迁，物是人非，如流水之易逝；事间万物，代谢兴废，周而复始；而明月高悬，光芒烛地，光影长随。

　　在李白看来，摒弃世俗困扰，解除失意烦忧，美酒明月常相伴，当是人生赏心事！

　　天上的月亮又升起来了，不知道还是不是诗人问过爱过思过恋过的那一轮。如果是的话，那她一定见证了李白的豪迈与不羁、愁怨与愤激！可是，我们从她的圆缺明晦、高洁清冷中，揣读不到诗人的一点信息，以致于到现在，李白还为我们留下了无数个未解之谜！

　　月与酒，李白浪迹一生的始终伴侣。可让他赏心悦目，神思飘举，意游万里；可让他解忧愁，疗伤痛，暂得快意。李白借了明月的辉光与酒的神力，世间机诈，心中忧愤，皆抛之不理，华章巨制，奔来笔底。

"夫天地者，万物之逆旅也；光阴者，百代之过客也。"（李白《春夜宴从弟桃花园序》）明月如此解人意，光影皎皎照古今。

人生有难以破解的困局，但人生更需要一场酣畅的痛饮，更需要一场快意的舞蹈，更需要一场盛大的歌会。看他的《月下独酌》：

花间一壶酒，独酌无相亲。
举杯邀明月，对影成三人。
月既不解饮，影徒随我身。
暂伴月将影，行乐须及春。
我歌月徘徊，我舞影零乱。
醒时同交欢，醉后各分散。
永结无情游，相期邈云汉。

人生在世，我们肯定会遭遇寂寞，遭遇忧愁，遭遇坎坷，遭遇苦难，甚至失败。我们的态度决定了我们的选择。这种选择，成了必须。

李白的选择是，想尽一切法子，井喷式的排解。从他口中吐出来的，便是这千古绝句。之后，他便又畅快地去迎接与寂寞、与忧愁的下一次遭遇，实施新一轮对抗。

因而，他的诗章总是激情四溢，澎湃激荡，青春性情，自由精神，照亮了灿烂的文字，壮丽的诗行。

寂寞如幽灵，不期而至，独有美景良辰，独有鲜花美酒，却无人分享；独乐无乐，因为独乐更见其孤独。天才的智慧突然来电,邀月而饮,对月而舞,望月而歌,并且还要与月亮结下盟约,改日"云汉"相期,"无情"而游。

曾经照过秦时雄关、汉时征烟的那一轮明月,无数是是非非、恩恩怨怨、悲悲戚戚的故事都在她的注视下一回回地上演。只是这些故事的主角无论如何也无法使出李白一样的绝招!去者已矣。当我们对月遐思的时候,月就在我们的凝望里默然不语!她肯定知道李白每一次花间取醉以后真实的心境!

明月照耀着李白的思乡之路。在皎洁的月光里,诗人假想象之翼,踏上了返乡之路:

床前明月光,疑是地上霜。
举头望明月,低头思故乡。

《静夜思》是我们学习古诗的启蒙第一课。

全诗语浅意远,出乎天然。初读,诗人夜半醒来,望月怀乡,寄寓游子的思乡之情。再读,境界更新:诗人何以夜半惊醒?乃多年的漂泊羁旅生活所致,思乡情切,难以熟睡;夜半醒来,月光并非如水一般澄净清爽,宁静温馨,而是秋霜般让人心生轻寒,足见李白思乡之苦,久积于心;夜半醒来,月光破窗而来,一直投影到了诗人的床前,触动了他心底无法愈合的伤痛,痛在灵魂的最深处,痛得难以言喻。

月光朦胧,景色迷离,诗人竟将床前的月光误作铺地的银霜。游子在外,求名未果,有家难返,怎不感秋思乡?时令已至深秋,地上之"霜"更引发了诗人事业无成之悲,有家难返之苦,望月思乡之愁。

在抬头与低头之间,一"举"一"低",一仰一俯,瞬息之间,思越千山,神游万里,将无限的空间,清冷的霜月,浓缩为一段轻轻淡淡的乡思之诗。此时此刻，虽人隔千山，家隔万水，却明月同辉，乡思亦然。

李白的明月结，思乡结，结结相绾，便成就了这首千古绝唱——乡思第一诗。

月是李白的心灵家园，无论喜怒忧愁，还是穷通晦达，李白总能把高悬玉宇的月亮当作最信得过的知己，或邀或饮，或歌或舞，总能从月亮那里找到适意的精神寄托。

侠肝义胆

千古诗人侠客梦。这个梦一直驻在李白心里，从未离去。这个梦在李白那里尤为出彩。

壮怀激烈，无所羁绊，那才是李白向往的生活。天马行空，无阻无碍；龙行天下，何其快哉！他风流的个性，济世的情怀，铸就了他的侠客梦。唐人的精神，盛唐的气象，在他的身上得到了淋漓尽致的表达。

在唐朝，这种侠客风范，总是同少年精神、青春气质联系在一起的。李白说："儒生不及游侠人，白首下为符何益？"（《行行游且猎篇》）道出了他们共同的心声。龚志珍说："庄屈实二，不可以并，并之以为心，自白始。儒仙道实三，不可以合；合之以为气，又自白始。"庄子的浪漫，屈原的执着，还有儒生、仙人、侠客的气质与风骨，让李白一人独得，有机地融汇，并且完美地呈现。

唐人心中，侠客是一个复合体，既有侠客的侠气，又有文人士子的功业梦。二者兼并，于是，弱不禁风的文人士子便有了一颗强大的心，便有了宏大雄阔的人生格局的自我设定，便在抑扬顿挫的平仄间，找到了书写寄托的最佳载体。李白当之无愧地做了他们的标本。

做侠客，时刻都得"亮剑"。李白十分清醒地认识到了这一点。他青少年时期便醉心于剑术，仗剑任侠，自称"十五好剑术，遍干诸侯"（《与韩荆州书》），魏颢在《李翰林集序》中说李白："少任侠，手刃数人。""手刃数人"有些夸张，没有依凭，好"任侠"确是其真实面目。

侠客是当时文人士子心中的一个近乎完美的精神偶像，理想化身。但凡有一点功业梦的，心中都有一个属于自己的"侠客"。李白"性倜傥，喜纵横术，击剑为任侠"。他在《少年行》里道出了他的"侠客梦"：

击筑饮美酒，剑歌易水湄。经过燕太子，结托并州儿。
少年负壮气，奋烈自有时。因击鲁勾践，争博勿相欺。

五陵年少金市东，银鞍白马度春风。
落花踏尽游何处，笑入胡姬酒肆中。

李白通过一个少年对荆轲的向往追慕，写他的侠骨柔肠。"少年负壮气，奋烈自有时。"正是青春无敌，人生豪迈，激情飞扬。

第二首勾画了一个任气逞能的豪侠少年，豪气四溢，热血沸腾。春风骏马，鲜花美女佐烈酒，青春需要酣畅淋漓地挥霍；蔑视权贵，张扬个性，平交王侯，哪管身前身后名！在李白的心里，他所追慕的少年英雄应该是：一边敲打着乐器一边纵情喝酒，喝到尽兴处，佩着宝剑，骑着白马，踏着满路落花，洒下一路豪歌。

他在《侠客行》里有过更形象的描绘：

赵客缦胡缨，吴钩霜雪明。银鞍照白马，飒沓如流星。
十步杀一人，千里不留行。事了拂衣去，深藏身与名。
闲过信陵饮，脱剑膝前横。将炙啖朱亥，持觞劝侯嬴。
三杯吐然诺，五岳倒为轻。眼花耳热后，意气素霓生。
救赵挥金槌，邯郸先震惊。千秋二壮士，煊赫大梁城。
纵死侠骨香，不惭世上英。谁能书合下，白首太玄经。

李白倾慕侠客，对拯危济难、用世立功的生活十分向往。在他心中，自有一个完美的侠客形象，从外貌、技艺、行事风格，到侠客的理想抱负、最终要达到的目的，都给予了精彩的"呈现"。李白认为，一个侠客即使没有达到目的，但侠客的骨气依然流芳后世，侠客的风范绝不逊色于那些功成名就的英雄。

他在这首诗里，既写了自己崇拜的偶像，又对心中的侠客给予了理想式的展望。"三杯吐然诺，五岳倒为轻"，这是侠客的风范；"纵死侠骨香，不惭世上英"，更是侠客的气质。

"闲过信陵饮"，信陵君这样的明主何在？何时才能实现自己"申管晏之谈，谋帝王之术，奋其智能，愿为辅弼，使寰区大定，海县靖一"的政治抱负？这是借他人故事吐自己心声。

做侠客，不只要即时"亮剑"，还要随时准备"献身"：

燕南壮士吴门豪，筑中置铅鱼隐刀。
感君恩重许君命，太山一掷轻鸿毛。

——李白《结袜子》

李白借高渐离和专诸言其对侠客的理解。"人固有一死，或重于泰山，或轻于鸿毛。"尽管生命比泰山还重，不能轻易牺牲；可是，士为知己者死，若蒙赏识，便可毫不吝惜地献出自己的生命。

这里还有一个不得不说的故事。李白泛舟洞庭时，他自蜀而来的同伴吴指南暴病身亡。他悲痛万分，伏在朋友的身边，号啕大哭，"泣尽继之以血"。守丧期间，来了一只金额猛虎，李白剑出鞘，坚守好友尸体，直至老虎离去。李白把吴指南暂时安葬于洞庭湖边，待东游归来，吴指南的尸体尚未完全腐烂。李白扛着他的尸体来到湖边，用刀子刮去腐肉，用湖水洗净，收拾好所有的尸骨，一路背到武昌，借钱将吴指南的尸骨厚葬于城东。捍卫道义，不仅要有英雄的行动，还要有过人的胆识。该"亮剑"处就不该有任何犹豫！

李白赋予"士"以新的内涵，即儒、仙、侠三者合一的新"士"。李白是不知不觉、随意而然地成就了人生的大境界，达到了无为而治的最高境地。儒生是"士"的基本骨架，但是儒生太过文弱，所以要有"侠之骨"来补救他的阴柔之弊；儒生又太执着了，所以要有"仙之气"来点化他的阳刚之弊。此种新"士"，往往意气风发，风卷云舒，大有无往而不胜的英雄气概。

在李白身上，表现为既建功立业，又功成身退；既有书生气，又有浪子气；既要经世致用，又要喜好玩乐；既能飘逸高迈，又能意气淋漓；既能大勇大义，又能化于无形。也就是：既有英雄精神，又有解放主义。李白把游侠精神与政治理想结合起来："功成拂衣去，归去武陵源。""济苍生、安社稷"，目的达到，即功成身退。名与利不是羁绊，过程才是快意。他不仅走马横剑，而且举止豪放，重义轻财，慷慨无私，东游吴越时"不逾一年，散金三十余万"（《上安州裴长史书》)。"大鹏一日乘风起,扶摇直上九万里。假令风歇时下来,犹能簸却沧溟水。"(《上李邕》)功业梦,英雄梦,豪情飘举,所向无敌,如大鹏展翅,瞬息万里。

李白的一生一直在追梦中前行。他的侠客梦总是以济世报国的功业梦为核心。

壮心不已

李白内心强大,他的豪迈与飘逸,率真与执着,在唐代,无人能及。尤其在表现空前自信的时候,更是火山喷发,势不可挡。比如他最著名、人们最喜欢的《将进酒》:

君不见黄河之水天上来,奔流到海不复回;
君不见高堂明镜悲白发,朝如青丝暮成雪。
人生得意须尽欢,莫使金樽空对月。
天生我材必有用,千金散尽还复来。
烹羊宰牛且为乐,会须一饮三百杯。
岑夫子,丹丘生,将进酒,杯莫停。
与君歌一曲,请君为我倾耳听。
钟鼓馔玉不足贵,但愿长醉不复醒。
古来圣贤皆寂寞,惟有饮者留其名。
陈王昔时宴平乐,斗酒十千恣欢谑。
主人何为言少钱?径须沽取对君酌。
五花马,千金裘,呼儿将出换美酒,
与尔同销万古愁。

这种空前的自信基于他伟大理想的坚强支撑。

须臾之间，黄河由天际到东海；朝夕之间，满头青丝变白发。

时间飞驰，不可阻滞；生命奔流，不可复制。李白用奇伟的黄河水言人生的短暂，用奔流的黄河水喻时间的流逝。这是古今文人都无法打破的困局。李白同样陷了进去。

但是，李白并没有就此困住，他不低头，不服输。"天生我材必有用！"人活着就别担心没有出路，有才能就别担心没有用武之地。报国不分先后，践志不论早晚。千金散尽又有何妨，时间流逝何必惋惜！乐观地看待未来，坦然地面对得失，才对得起上天赐予我们的这一生。

"钟鼓馔玉不足贵，但愿长醉不复醒！"要对得起眼前的光阴，对得起生活的恩赐。他想到了曹植，想到了他的名句："归来宴平乐，美酒斗十千。"古今圣贤历来如此。恣肆的才情，空前的寂寞，令他们穿越时空，横绝古今，百世留名。为了今天，为了友谊，为了美好的未来，"五花马，千金裘"，再贵重的物品，也不及换得美酒、消除忧愁来得痛快淋漓。

将进酒，杯莫停！造物无言，天地皆知；时空浩阔，充盈着他的声音！

试想想，历史上的那些名门显赫，疆场枭雄，曾经是何等的叱咤风云，风光占尽，他们最终都成了过眼烟云，湮灭于历史的埃尘。而那些嗜饮好饮痛饮豪饮之人，名传千古，流芳百世。比如我们以千金换美酒的诗人，就活在飘香的酒里。酒无尽时，诗人的盛名就一直要流传下去。当然，李白这话也有失偏颇，豪饮未必真豪杰，更多的好饮之人都仅是酒囊饭袋而已，饮下手中的那杯酒后，就再也没有人能够将他记在心里，枯荣的蔓草荒乱的野郊是这些人最后的去处。

这正是千百年来人们一如既往地喜欢他的原因。

他是铁打的汉子,他越挫越勇,越是看不到未来越是信心百倍。

在寻求济世之道而屡屡受挫时,有的仍然保持原有的激进态势,有的则埋怨自己生不逢时,或以为自我渺小,力量卑微。李白的人生目标十分明确:就是要在仕途上有所作为,为帝王师,拯救天下苍生,开启万世太平。然后效法史上的著名贤臣,功成而身退,最终去过他清闲逍遥的日子。

他的一切努力都是为了实现这一目标:读书,习剑,拜师,求仙,学道,漫游,干谒,乃至成家娶妻都是如此。他没有选择先科举后仕途这一常人惯走的线路,他的选择更为险绝崎岖——"终南捷径",即不经过科考而依靠自己的才能、名声、他人举荐的晋升之路。他坚定不移地朝着这一目标果断地迈进,尽管屡经挫折,终不言弃。

他的努力没有白费,四十二岁那年,他奉诏入朝。但是,这个结果不是他所要的。他不愿做替皇帝歌功颂德或者消遣的"御用文人",他要做切切实实的事——济苍生,安社稷,做一人之下、万人之上的宰相之职。他的耿直,他的放纵,没有生存的空间。他不会趋炎附势,不会委曲求全。在仕场,他彻底的水土不服。四十四岁那年,他被挤出了长安。离开时,李白悲愤交集,郁闷满怀,遂写出了流传千古的《行路难》:

金樽清酒斗十千,玉盘珍羞直万钱。
停杯投箸不能食,拔剑四顾心茫然。
欲渡黄河冰塞川,将登太行雪满山。
闲来垂钓碧溪上,忽复乘舟梦日边。
行路难!行路难!多歧路,今安在?
长风破浪会有时,直挂云帆济沧海。

那是别人的天堂，李白看来，却是自己的牢笼。天天锦衣玉食，夜夜歌舞升平，李白却不能从那里获得快乐。他不仅没有成就感，反而狂生出了绝世的孤独。在求取入仕的道路上，李白是成功的，尽管只谋了个闲职；在实现治国政治理想的征途上，李白是一个彻底的失败者，因而才有了"金樽清酒斗十千，玉盘珍羞值万钱。停杯投箸不能食，拔剑四顾心茫然"的失望与失控，才有了愤激之情的总爆发。

行路难，行路难，实则是诗人入仕之路的艰难多阻，是诗人生活的世道凶险。追求理想实现抱负的道路何其艰险，"冰塞川""雪满山"，希望何在？出路何在？但他依然长剑在握，铮然作响，理想不灭，壮心不死。

想当年，姜太公隐居赋闲，垂钓碧溪，尚有贤明的君主识才用才，使之开国建勋，终成佳话。想当年，伊尹被提拔重用之前，尚有乘舟梦日的征兆。

而自己呢？被迫离开京都，云游四海，浪迹江湖，只得以退为进，以隐待诏。时至今日，希望全无，怎不让人愤慨，怎不让人喟叹？"行路难！行路难！""难于上青天！""多歧路，今安在？"

这是一个伟大诗人的浩叹，这是一个胸怀济世之志的理想家的哀惋。时势可以造就英雄，时势也能把一个可以成为英雄的人折腾成凡人！那个充满机遇、无限显赫却又危机四伏、忧患暗藏的时代，诗人虽没能成为撑大厦于既倒的英雄，没能成为施惠能于众生的贤臣，他也没有因出入凡尘而沦为常人。相反，诗人却被那个妒才嫉能的时代打磨成了一个超乎英雄的伟人！李白的功勋远胜于那些驰骋沙场开疆拓土的一代枭雄，他站在自己构筑的那一座山峰，足可雄视千古，激扬万世！

再想想，由屈原、陶潜、东坡……一路下来，"行路难"

又岂是大唐的专利，李白的殊遇？"大道如青天"，这只能是李白的一厢情愿。

在这个世界上，人们永远都渴望并追求成功，可从来没有一蹴而就一帆风顺的事情；人们永远都在追求公平，却永远无法实现真正的公平。李白也是如此，这绝不是上天对他的格外"照顾"。好在李白不是轻易言弃的人。他百折不挠，愈挫愈勇，千难万险炼就了他的钢铁意志，千劫百挠催发了他的浩然之气。

"长风破浪"，他梦寐以求，浩气如虹；"直挂云帆"，他英雄气长，志士气壮。这也是古今英雄志士共同的愿望，共同的气质，共同的抉择。李白是他们的代言人，喊出了他们久埋心底的豪迈，抖出了他们饱储于身的雄风！老杜说他："痛饮狂歌空度日，飞扬跋扈为谁雄。"即使痛饮狂歌，李白也不改高调激进的本色。

李白一生都不曾服输，总认为自己身怀济世之才，追求"功成身退"。在短暂的失落之后，又信心百倍，气冲霄汉，因而有了"长风破浪会有时，直挂云帆济沧海"的豪言壮语。李白的这种济世之心、执着之情，一直延续到垂暮之年，仍有"愿雪会稽耻""沙漠收奇勋"的壮志豪言。

不管离庙堂有多远，一飞冲天，布衣探囊取卿相仍是他不变的梦想。

他失望与希望交织，痛苦中掩藏着热情，悲吟和叹息中伴随着美妙的幻想和豪迈的放歌。其壮怀激烈之豪情，犹洪钟大吕，永远激越地鼓荡在我们人生的征途，催迫着我们瞄准目标，挂起风帆，破浪远航！

唐人的执着常表现在三个方面：功业面前，理想不灭，心志不折，比如李白，比如杜甫；情感方面，坚如磐石，无怨无悔，比如元稹，比如李商隐；乡情方面，狐死首丘，落叶归根，比如贺知章，比如岑参。

李白的执着让我们知道，理想面前，既要固守，又要行动。

在李白身上，还体现着强烈的独立精神。不依从，不归附，不屈从权贵，因而，仕途蹭蹬，人生坎坷。但是，他独立于世，与天地相往来，傲岸行走于权场，潇洒纵横于江湖，表现出了特有的风流气质，这就是李白的独立风骨和自由精神。

"李白斗酒诗百篇，长安市上酒家眠；天子呼来不上船，自称臣是酒中仙。"这是杜甫《饮中八仙歌》中写李白的诗句。李白诗歌、张旭草书、裴旻剑舞并称"唐朝三绝"。这是唐文宗向全国发出的一道罕见的诏书。可见，李白诗歌在当时的巨大影响力。一个连皇帝老儿都不放在眼里的人，他狂放自许，率意行事，凌驾一切。这是老杜的评价，非李白本人的"自我标榜"！

独立精神是李白个性特质的显著标识。即使是他去求别人举荐自己，他一样的高调行事。"不屈己，不干人"，从不谦卑，不看人脸色，不仰人鼻息。他的自信超越了一般的人。这首《上李邕》很能说明问题。

大鹏一日同风起，扶摇直上九万里。
假令风歇时下来，犹能簸却沧溟水。
世人见我恒殊调，闻余大言皆冷笑。
宣父犹能畏后生，丈夫未可轻年少。

李邕当时海内闻名，"素负美名……人间素有声称，后进不识，京洛阡陌聚观，以为古人。或传眉目有异，衣冠望风，寻访门巷。"对于这样一位高官名士，李白竟敢指名直斥，足见他的气量和胆识。"不屈己、不干人"，笑傲权贵，平交王侯，正是李白的本来面目。

李白常以大鹏自喻，这是独立自由的象征，又是惊世骇俗的理想和志趣的象征。

他还写过一首《答湖州迦叶司马问白是何人》："青莲居士谪仙人，酒肆藏名三十春，湖州司马何须问，金粟如来是后身。"他自认为：我是天才，我是谪仙，最终是金粟如来！因为"天生我材必有用"，就该得到重用，就该天马行空，狂放而歌，率意而为。

尽管终身困蹇，他仍将这种秉性坚持到了生命的最后一息。

李白不是进士，不是状元，更不是权贵。李白以他自己的行为方式横绝千秋，独步古今。

和独立精神紧密依存的，是他的豪迈风骨。这一点，李白特别富有，是唐朝乃至中华文明史上的最大富翁。来看他这首《宣城谢朓楼饯别校书叔云》：

弃我去者，昨日之日不可留；
乱我心者，今日之日多烦忧。
长风万里送秋雁，对此可以酣高楼。
蓬莱文章建安骨，中间小谢又清发。
俱怀逸兴壮思飞，欲上青天览明月。
抽刀断水水更流，举杯消愁愁更愁。
人生在世不称意，明朝散发弄扁舟。

没有天大的悲怨，就不会发出如此啸傲万物的诗情。

没有怀才不遇的失落，就不会有如此天大的悲怨。

天将降大任于斯人，是要他担起诗歌"雅声"的大任，否则，盛唐气象就缺乏足够的底气，唐人精神就缺乏特有的气质。

一个大悲的诗人，转瞬间又让人领略到了"散发弄扁舟"

的快意。他"俱怀逸兴壮思飞,欲上青天览明月",壮心不已,激进不止。

人生有四季,不会一路皆春;人生有失落,不会天天艳阳。面对挫折,面对失败,总能找到恰当的理由说服自己,找到充足的依据激励自己,永不言弃,人生的景象才壮阔,人生的格局才博大。李白就是走在我们前面的典型:"长风破浪会有时,直挂云帆济沧海。"他的豪迈,他的韧性,激励了无数的后人。卧薪尝胆,十年生聚;面壁十年,韬光养晦。为的都是相时而动,东山再起。"东山高卧时起来,欲济苍生未应晚"(《梁园吟》),尽管年龄早已过了"愤青",他依然希望像东晋谢安那样,终有一天会高卧而起,大济苍生。他没有选择陶渊明式的"击壤以自欢"(《感士不遇赋》),始终把"大济于苍生"作为人生奋进的主旋律。

李白为此上错了战船,引来牢狱之灾,流放之苦;为此,尽管贫病交加,仍要半百从军。他虽然壮志未酬,心愿未了,但他收获了壮阔的人生、不朽的诗歌,收获了百世流芳、万代敬仰。

"诗仙",一个难以企及、更难逾越的海拔高度。铸就这个高度的是理想,信念,以及一往无前、永不言弃的坚持。正是这样的空前自信,超常毅力,李白才一路高歌猛进,将用世理想的大旗扛到了人生的终点。

绮情丽境

李白是一个来自民间的诗人,他更懂得草民的处境。他的眼光并不是一直指向高高的庙堂,他的人文情结和人文关怀又展现出李白现实的一面。

他能够为一位纪姓民间酿酒师的病故而放声大哭，并用诗的形式记录下来。

纪叟黄泉里，还应酿老春。
夜台无李白，沽酒与何人？
——《哭宣城善酿纪叟》

这个酿酒的老人真是有幸，竟让一位大诗人如此地赞美与依赖。我们仿佛看到，伤痛中的李白一直为他的辞世喃喃自语的形象。他不止为老人的离去而哭，他更担心纪叟到了阴间的命运——酿出的酒是否卖得出去。一个是民间的酿酒高手，一个是嗜酒如命的大诗人，两人能相遇相知，堪称绝配。

再看这首《宿五松山下荀媪家》：

我宿五松下，寂寥无所欢。
田家秋作苦，邻女夜舂寒。
跪进雕胡饭，月光明素盘。
令人惭漂母，三谢不能餐。

面对一个在贫困中挣扎的老妪，李白"令人惭漂母，三谢不能餐"。"漂母"这个典故出自《史记·淮阴侯列传》：韩信年轻时很穷困，在淮阴城下钓鱼，一个正在漂洗丝絮的老妈妈见他饥饿，便拿饭给他吃。后来，韩信被封为楚王，送漂母千金以表示感谢。荀媪待人诚恳如漂母，李白借来言自己既过意不去，又无从报答，更感到受之有愧。他再三推辞，再三致谢，实在不忍心享用她的这一顿"美餐"。

高傲的李白，不肯"摧眉折腰事权贵"，常常"一醉累月轻王侯"，面对一个普通的山村老妪却是如此谦恭，如此诚挚。可见，李白并不是一味地高调行事，并不像有的人说的那样缺乏"人情味"。他的"惭"色是坦诚的，他的致"谢"发自内心。

再看《丁都护歌》，李白的布衣情结与人文胸怀更是坦露无遗：

> 云阳上征去，两岸饶商贾。
> 吴牛喘月时，拖船一何苦。
> 水浊不可饮，壶浆半成土。
> 一唱都护歌，心摧泪如雨。
> 万人凿磐石，无由达江浒。
> 君看石芒砀，掩泪悲千古。

拖船的工人，逆运河而行。河水浅，河水浑；一壶水，半壶泥。天气热，行船沉；水牛见了月，误作炎炎日；热即如此烈，口渴不能饮。"拖船一何苦"，诗人愤而呼。

都护歌，多凄婉；纤夫们，唱起来；曲悲人更哀，怎不叫诗人疾泪倾作雨？他们内心苦楚，难以言喻，唯以民歌泻痛苦。

可是，成千上万的劳工采来的石料，又多又大又笨重，什么时候才能运到目的地，什么时候才能苦到头？禁不住，掩面难挡千秋泪，谁解其中苦？

李白能解得其中苦，因而化作血泪之诗，为他们代言，字字句句都是船工纤夫们对最高统治者愤怒的呐喊，无情的控诉。

就大多数人而言，人们大多只会去注目楼台庙宇的金碧辉煌，巍峨壮丽，雄绝古今，而极少去关心修筑过程的艰辛，极少去关心沉重墙基下压着多少人的生命，极少去关心因此而残损了多少个本不殷实的幸福家庭。要知道，"兴，百姓苦"，亦同样适用于这些浩大的"形象工程"。它们的繁荣富丽，它们的笑古傲今，正是用无数纳税者的骨肉铸成。在那个完全靠出卖人力的时代，老百姓的付出是难以测算的。

在苦难中挣扎的船工，令诗人不由得"心摧泪如雨"，"掩泪悲千古"，不得不低下他孤傲佯狂的头颅，不得不放弃他恣肆汪洋、高亢雄强的诗风，作一次贴近现实、走进苦难、体味伤痛的诗歌之旅。这里没有浪漫，没有豪迈，有的全是深深沉沉的悲愤与痛苦。船工的悲惨生活，成就了浪漫主义诗人的现实主义名篇。

其实，李白即使想象自己如仙人一般在天上飞行，他的目光依然关注着世间的乱象，人间的灾难：

西上莲花山，迢迢见明星。
素手把芙蓉，虚步蹑太清。
霓裳曳广带，飘拂升天行。
邀我登云台，高揖卫叔卿。
恍恍与之去，驾鸿凌紫冥。
俯视洛阳川，茫茫走胡兵。
流血涂野草，豺狼尽冠缨。

这是一首游仙诗，李白在天上穿行，他没有享受到临空飞翔的快乐，他一直在俯瞰这人间的炼狱：叛军戈矛森森，密集如蚁；百姓奔走呼号，妻离子散；叛军东追西戮，腐尸满洛川；百姓身首异处，鲜血染红了遍野的蓬蒿；叛军的首领加官进爵，百姓的冤魂仍在无助地飞窜！

李白在想象的仙界飘翔，在现实的炼狱熬煎！他的心一刻也没有离开苦难中的人民、危亡中的国家！"流血涂野草，豺狼尽冠缨"，这便是诗人剖肝沥胆之心的明鉴！

杜甫是用一幅幅工笔画，为我们展示细节的真实；李白则用浪漫主义的椽笔，情神贯注，大开大阖，一气挥之，遂成撼人心魄的宏大图景，直抵鞭挞严酷现实的主题。

李白读人间冷暖、世间炎凉的同时，还读山河，读人情。

刘禹锡说："山不在高，有仙则名。"此中之"仙"虽不是指诗仙李白，但现实是，自李白走过、咏过后的那些名山大川，很多都因诗仙之诗而名播后世：天姥山、天门山、敬亭山、庐山、蜀道、宣城、秋浦……这些响亮的名字为世人知晓、传播、倾慕，很大程度上应归功于诗仙的传世之诗，至今还令人心向往之。

众鸟高飞尽，孤云独去闲。
相看两不厌，只有敬亭山。

这是李白的《独坐敬亭山》，别有旨意。

敬亭山，坐落在著名的宣城。"烟市风帆，极目如画。"南齐诗人谢朓在此任太守时，曾写下了大量的诗篇。如此山水形胜之地，人杰地灵之域，李白神仪已久。

这年高秋时节，诗人终于如愿登临。鸟也去了，喧嚣落定；云也去了，长空如洗。独留下诗人自己，极目长天，貌闲神怡；独对空山，两者相宜。一切物华风光，都已凋尽，都已被诗人的目光一一地滤去。敬亭山才是李白真正的知己，彼此无言地相守，默默地眷顾，会心地交流，物我合一。

诗人以山为友，获得了暂时的解脱，但仍羁困于逆境；同时又获得了短暂的惬意，但仍无法摆脱失意的悲愁，孤旅的寂寞。

敬亭山不是超然于物外世外的净地，诗人也必将在世俗的波峰浪谷间颠沛流离，不断地去追寻理想的胜境。敬亭山被后人誉为诗山，肯定与诗人的此次独坐有关。

这是一首写景诗，却又诗中无景，两眼皆空。

这是一首抒情诗，但诗意冲淡，似情远味浅，却又余香不绝，牵人心神。

敬亭山，静穆兀立；年迈的诗人，独坐孤寂。两相神仪，酷似一对神交已久的故人。不用言语，不用媒体，彼此心领神会，貌闲意怡。

敬亭山，是天涯羁旅浪迹天涯的驿站，心灵偶憩的寓所。诗人孤苦劳顿的心，在这里栖息，得到了暂时的抚慰。

山的永恒人所共知，朝代的更替，人世的盛衰，在诗人眼里，都如飞鸟或者浮云。辛弃疾说："我见青山多妩媚，料青山见我应如是。"李白走进了青山的内心，才有了"相看两不厌"的神悟与默契。

自然美景需要我们变一个角度去欣赏，事物的奥妙需要我们变一种思维方式去探寻，求解的过程就是生命运行的乐趣，就是生活的真味。脱了桎梏，扔了镣铐，远离凡尘的李白，在自然之景中，心灵与情志任由驰骋。难怪李白笔下的《望庐山瀑布》《庐山谣寄卢侍御虚舟》《蜀道难》以及《秋浦歌》等众多优秀篇什，那里的山水，经独具慧眼的诗人妙笔一挥，为山水点睛，为自然添灵。那些被诗化了的灵山秀水，因此神采焕然，诗意勃发，成为我们今天趋之若鹜的绝佳理由。

山水用精魂滋养诗人，心灵在这里得到了安顿，使人获得了慰藉、启示，有了韬光养晦、东山再起的智能储备。

李白的山水诗有别于王维、孟浩然。李白笔下的山水诗呈现出了自然足够雄强的气势，展现了诗人足够宽阔的胸襟。"飞流直下三千尺，疑是银河落九天""天门中断楚江开，碧水东流至此回""登高壮观天地间,大江茫茫去不还。黄云万里动风色,白波九道流雪山"……壮观壮景壮怀,山河的壮美、自然的伟力、诗歌的气韵无不令人心旷神怡,倍长精神。

人性之美在李白的诗句里同样得到了华丽的呈现,《黄鹤楼送孟浩然之广陵》《赠汪伦》《闻王昌龄左迁龙标遥有此寄》等一大批诗章,精彩地书写了人与人之间的真挚友谊。

故人西辞黄鹤楼,烟花三月下扬州。
孤帆远影碧空尽,惟见长江天际流。

这是他的《黄鹤楼送孟浩然之广陵》,面对他的崇敬者,面对浩阔的长江,面对烟花迷蒙的江南,李白情何以堪。

黄鹤名楼,群贤雅集,英才荟萃。加之"烟花三月",风和日丽,"故人"相聚,正该把酒赋诗,共叙情谊。浪拍风薰的江岸,巍峨如蠹的黄鹤楼头,两人醉眼朦胧,满眼繁花如烟,正该风神飘洒,快哉惬意。诗情画意,景美情浓,又如化不开的漫天烟云,正该飞杯流觞,唱和应对。这一切是如此的短暂,老朋友真不够意思,偏要"西辞"而去,去到那更加繁华绮丽的人间天堂。分离,已成事实。

天地之间,大江横流。浩渺碧空之下,一叶白帆,乘风而去。诗人兀自久伫江岸,极目天际,一任大江奔流,波飞浪驰,浩阔水天,浑然一体。悠悠的别情,一如眼前的东流之水,昼夜如斯。这不正是"故人"间依依的别情、笃厚的情谊?肺腑情愫,吐之不尽;述诸笔端,言尽意远。惟其如此,才成就了这首送别诗中的千古名句。

对前辈的仰望与尊重,是一个晚辈诗人应持的态度。李白因此还写过一首《赠孟浩然》,表达对孟前辈的高山仰止之情。李白之于孟浩然，杜甫之于李白，气脉相传，星火相续，照亮了文明的天空。

李白乘舟将欲行，忽闻岸上踏歌声。
桃花潭水深千尺，不及汪伦送我情。

前一首是诗人之间的友谊，这首耳熟能详的《赠汪伦》写的是他与平头百姓的交往，李白竟也写得如此"煽情"。

潭水苍苍，凝成一汪清澈亮净的深情。桃花灿灿，笑成两岸火热浓酽的诗意。

一千多年前的那一个春天的早晨，一叶行舟缆绳轻解，辞岸启程。行行迟行行，划破了满潭如春的梦境。

而缆绳的那一头，分明就系着汪伦的歌声。行舟牵着歌声上路，或者滑进一川烟雨，送者与行者的心情都被歌声打湿；或者驶入一江艳阳，送者与行者的视野一派明朗。

行舟迟迟，不胜岸上送者紧紧相随相伴的踏歌依依。歌声琅琅，在春水荡漾、桃花列岸的画图中渲染出一种如诗的意境。潭水不枯，桃花不谢，歌声不绝，一直延续着这个动人故事的精彩章节……在烟雨中朦胧着凄美，在艳阳下亮丽着生辉！

千年以后，一不留神，我们便溺入桃花潭清亮的潭水，在汪伦的余音中，看两岸的桃花，嫣嫣然然地绣成灿烂的风景。我们，则在诗意弥漫的画中穿行！

这是一份纯真而珍贵的友谊，当我们这些自恃什么也不缺少的现代人，在某一个时刻突然醒悟：其实，自己还缺少的，就是这一份没有粉饰、没有功利的情谊，缺少的就是这一份比黄金都还要金贵的真情！

而《长干行》《子夜吴歌》《乌夜啼》《春思》等篇章，使他成了唐代怨妇倾吐心声的代言人。

妾发初覆额，折花门前剧。郎骑竹马来，绕床弄青梅。
同居长干里，两小无嫌猜。十四为君妇，羞颜未尝开。
低头向暗壁，千唤不一回。十五始展眉，愿同尘与灰。
常存抱柱信，岂上望夫台。十六君远行，瞿塘滟滪堆。
五月不可触，猿声天上哀。门前迟行迹，一一生绿苔。
苔深不能扫，落叶秋风早。八月胡蝶黄，双飞西园草。
感此伤妾心，坐愁红颜老。早晚下三巴，预将书报家。
相迎不道远，直至长风沙。

——《长干行》

青梅竹马，两小无猜，多么美好的童年。天真烂漫，逗乐嬉戏，无拘无束，毫无禁忌，又是多么地令人惊羡。十四岁，青春萌动，稍不更事，就懵懵懂懂、稀里糊涂地与你成了婚。想当年，赧色未开，娇羞覆面，不敢面对这一切，又特别是你。只得低头向隅，任你千呼万唤，也不回头一看。新婚的羞涩，怎不令人顿生爱怜？

待到十五岁时，青春的花朵因爱情而开，生命的激情因爱情而绽，已初尝鱼水之欢，初晓燕尔之乐。于是，年轻的心里，常生出很多美好的愿望。"愿得一心人，白头不相离！"情愿耳鬓厮磨长相守，同赴黄泉，共化尘埃。就是从来也没有想到会生别离，长相思，苦盼归；会此时相思，彼时闲愁，看着年华似水流。

更加之，你所经之途，峡高水急，险滩重重，生死难卜；猿猱哀号，更让人生悲含愁结怨恨！怎不让人揪心？

时间一天天地过去，你临行时踩出的那些脚印，长满青苔，我欲除难除。好在，我的心泉还在汩汩地流淌，我的心路还芳草无际满天涯。看着这纷飞的落叶，又是一年虚度；蝴蝶变黄，到老时犹能双飞双栖，更添烦忧。无可奈何，眼睁睁瞅着芳华逐时光而去。

"惟草木之零落兮，恐美人之迟暮！"还没等到别人替你担心的时候，你就独自忧愁了。这是一个共性，命运不单单与你过意不去。

"相迎不道远，直至长风沙。"商妇的真情告白，其诚可以撼天，其切可以动地！与《上邪》中的那位"我欲与君相知，长命无绝衰"的痴情女子相比，难分彼此。一个以誓明志，一个愿以行达意。不辞千里远，径去迎夫婿。情深意更笃，情切意尤炽！

从六朝故都到长风沙到底有多远，已不重要，但对于诗中的怨妇来说，则是一段通向幸福、享受爱情的距离。只有经过她的亲自丈量，才知道生命的长度，爱情的深度，以及幸福的广度！今天的那些速配速散者，难道不应该在灵魂的深处自我拷问？

浪漫的李白，他的眼睛时刻关注着那个时代的那一个特殊的群体——怨妇，并心甘情愿地做她们的代言人。

历史同样是李白关照的主体。明丽的山水使人赏心悦目，不是每一个人都会被山水完全俘虏。敏感的诗人都善于穿越，伤感的诗人都难以抵御悲辛往事的袭击。一幕幕历史的风烟，一页页沧桑的记忆，都逃不过诗人的眼睛。李白这首《越中览古》道出了他藏不住的内心：

越王勾践破吴归，义士还家尽锦衣。
宫女如花满春殿，只今惟有鹧鸪飞。

世事的沧桑被诗人一语道尽，繁华凋尽，任由凋敝与颓废疯狂地占领，肆意地横行。

吴越争霸，不只是几个枭雄的斗争。有人得利，就一定有人沦为牺牲品。东风压倒西风，西风又卷土重来。不管谁占了上风，都会有一大批人饮恨含悲，都潜藏着又一波更大的杀戮。

不只是"义士还家尽锦衣"，他们还掠得了如花的美女，还戕灭了百姓的安宁。

恣肆的快意里有无尽的悲戚，豪迈的凯歌中有难以愈合的伤痕。好在，热闹的过往灰飞烟灭，留下一片荒芜，只待后人追忆。可是，谁又能保证，眼前的平静不被另一番争霸葬送，不被另一场血腥荡尽！

写历史，还不是为了说给当政者听，以史为鉴、以古喻今才是实质。

李白的豪情难以掩饰，即使刚刚才摆脱流放之苦：

朝辞白帝彩云间，千里江陵一日还。
两岸猿声啼不住，轻舟已过万重山。

久遭流放苦，忽得返自然。李白正赶往流放的蛮荒之地夜郎，突遇赦，欣喜若狂，即下江陵，得他平生最快意的诗《早发白帝城》，记述他旅途的浪漫历程。

白帝城纵然仙境般令人留恋，也敌不过他遇赦欲归的渴盼。即使有哀猿的啼唤，万重青山的挽留，激流险滩的阻拦，也挡不住他轻舟的行进。壮丽的景色倏忽而过，"万重"青山擦身而去，待诗人一回头，白帝城已被抛在脑后的千里之外了。所以，即便远隔千里，犹能朝发夕至，暮宿江陵。

这更是一次意念的旅行，神思的飞掠，心灵的穿越。只有李白这样的仙人才可以如此快意地抵达。白帝城超越彩云的高度，给足了顺流直下的水势。加之"轻舟"简从，千里之遥，朝夕即达，就不是诗人的主观臆想了。两岸的猿声是进行曲，两岸的青山是过眼的画屏。脱笼之鹄，离弦之箭，就一晃而"过"，一日而"还"了！

　　苦难抛在了白帝城，艰辛丢进了逝水，笼罩于心的阴霾瞬间消散，积郁于怀的愤懑倾吐净尽，重获自由的心情真的不赖！诗人回归自然之心，重获自由之情，追求理想之怀，在这里得到了最畅快的释放，最形象的演绎，最生动的诠释。

　　"即从巴峡穿巫峡，便下襄阳向洛阳。"双子星都有过同样的惊喜，同样的经历。只是，一个束缚尽去，如脱笼之鹄，壮心不已，欲天高任我飞；一个终结飘零的日子，期盼太平盛世，急欲重归故里，却最终未能变为现实。

　　白帝城至江陵，大自然为我们设置的一道天然险峻，自然山水为我们造就的一道天然画屏。千百年来，无数的迁客骚人，风雅韵士，或顺流而下，畅快无比，或溯流而上，险象环生。可是，又有几人能把胸中的万千情涛，化作如此脍炙人口、绝唱千古的锦绣奇章？除了他，还有谁能让我们激情昂扬，过目不忘？

　　现代的舟船，比起那一叶轻舟来，不知又要快出多少？而我们翘首未来，怅望千秋，又要等到什么时候，才有此绝唱横空出世？

　　这首诗绮情绚烂，壮怀奔泻，在心意流转之间，就成了永恒的咏叹。

　　这个一开始就不打算做诗人的蜀人，在追求功名、实现理想的攀越中，一不小心登上了唐代诗峰的极顶。大唐金碧辉煌的光影里，有他超绝凡俗的传奇；中华灿烂绮丽的诗章中，有他独绝古今的歌吟。他"绣口一开，就是大半个盛唐"！

　　不经意间，"大半个盛唐"的宏阔气象被他一挥而就。因此，人们尊他为"诗仙"，从他活着直到今天。

杜 甫
会当凌绝顶
——一个苦苦攀越者的绝世悲歌

辗转求索

公元712年，盛唐的赫赫巨日由高凌中天向西疾速奔去。此时，大唐的另一位杰出诗人杜甫诞生于巩县，今天的河南巩义。他一来到这个世界，就染上了余晖般的悲情。

杜甫出生于书香门第，家底、家学都特别厚实。祖父杜审言是号称"大唐第一狂客"的初唐著名诗人，自认为文学超过了屈原、宋玉，书法超越了王羲之。杜甫也因此为傲，说"吾祖诗冠古""诗是我家事"。父亲杜闲任过兖州司马、奉天县令。祖上阔过，到了杜甫这当儿，家境濒于凋弊。

他在长安时曾住在城南少陵附近，自称"少陵野老"，世称"杜少陵"。寄居成都时任过节度参谋、检校工部员外郎，后世又称他"杜工部"。

有了这样的家庭背景，他七岁学诗，十五岁时诗文就在洛阳有了轰动效应。日子也过得不错，他自己说："放荡齐赵间，裘马颇清狂。"（《壮游》）正是书生意气，激情飞扬。他打马而过，通向长安的大道上抖落满路的清狂。

早期漫游的杜甫应该是快意的，壮丽的山河，灿烂的文化，激起了他的用世之心，他在《望岳》一诗中有过恣肆的挥洒："会当凌绝顶，一览众山小！"心高气傲也好，壮志凌云也罢，他把万丈雄心毫无保留地"晒"了出来。

他最庆幸的是，于天宝三年（公元744年）在洛阳与李白相遇，一年多时间，三聚三别。其间，高适加入了聚会，几番诗酒唱和，结下了深厚的友谊。次年秋天，在兖州分手，成为永诀。杜甫西去长安，李白奔向江东。杜甫特别珍惜这一段友谊，写了大量怀念李白的诗篇，成了双子星深厚友谊的最实佐证。

接下来，老杜在长安一待就是十年。目的不言而喻，为的就是想求得一官半职，自称"读书破万卷，下笔如有神……致君尧舜上，再使风俗淳"，（《奉赠韦左丞丈二十二韵》）他充分肯定了自己的才能，企求功业上有所建树。可是，参加了两次考试，均被忽悠，没了下文。这会儿，唐朝貌似到了所谓"野无遗贤"的清明时代。他不断写诗求荐，都泥牛入海，没有回音。苦苦求索，最后得了个参军之职，近似于兵器管理员。

安史之乱，长安沦陷。杜甫听说肃宗在灵武即位，便只身前往，不料被叛军截获，送往长安。身陷叛贼牢笼将近半年，目睹了京城的荒废与唐军的惨败，写出了《春望》《哀江头》等著名诗篇。

公元757年4月，杜甫逃出长安，投奔肃宗，任左拾遗。房琯罢相，老杜上书说："像房琯这样的小过，不宜罢相。"肃宗大怒，竟要严审。这时，张镐站出来替杜甫说好话："像杜甫这样获罪，以后就再也没有人敢进谏了。"这个张镐，此前为冤死的王昌龄复了仇，杀死了祸首闾丘晓。这次，关键时刻，救了杜甫，说他是唐朝诗人的"保护神"名副其实。

此时，他的家人还在鄜州，回家探望，得《自京赴奉先县咏怀五百字》，有"朱门酒肉臭，路有冻死骨"之句，有"入门闻号啕，幼子饥已卒"之悲，杜甫用他最擅长的诗歌日记作了最现实生动的记录。

　　唐军收复长安，杜甫继续当他的左拾遗。新旧党争，政治环境异常险恶，他觉得，京城不是久呆之地，为远避祸端，到华州任了参军。从此，杜甫就再也没有回过长安。之后，杜甫回老家探视，路途所见，写成了"三吏""三别"，是老杜现实主义诗歌创作的重要篇章。

　　杜甫回到华州，正值关辅大饥，李辅国专权，玄宗旧臣被排斥。对政治感到失望的杜甫毅然弃官，西去秦州，又赴同谷，走上了艰难的漂泊路，一路辗转到了成都。加上旅途耗时，他在蜀中待了九个年头，大大丰富了自己的阅历。他一生作诗一千四百多首，八百多首写于蜀中。《闻官军收河南河北》《春夜喜雨》《蜀相》《登高》《观公孙大娘舞剑器行》《秋兴八首》等名篇均作于此。

　　他的好友严武在成都为官时，给过杜甫不少帮助。在严武的资助下，杜甫在浣花溪畔建成了一座草堂，世称"杜甫草堂"，也称"浣花草堂"。严武还举荐杜甫为节度参谋、检校工部员外郎。杜甫在官府住了几个月，过不惯幕府生活，又回到草堂过他的闲居日子。公元765年4月，严武去世，杜甫的生活失去了依凭，次月率家人离开草堂，乘舟东下。因病在夔州、云安又呆了两年多。直至768年正月才起程出蜀。此后往来于岳阳、长沙、衡州、耒阳之间，大部分时间都在船上度过，最终也死在湘江的舟中，终年五十九岁。

　　关于杜甫的死，有一些说法，不仅不浪漫，甚至还有些"不光彩"。《旧唐书》《新唐书》都说，杜甫在耒阳时，洪水暴发，多日没有吃东西。洪水退去后，县太爷十分关注诗人，请到县衙，用烤牛肉、白酒款待他。饿极了的杜甫大吃大喝，毫无节制，大醉，当晚就去了！也就是说，杜甫是因为吃了太多牛肉、饮了太多白酒而亡。另外还有病死、吃腐肉中毒而死的说法。

杜甫长达十一年的漂泊生涯，作诗千余首，约占全部杜诗的四分之三还强。《奉赠韦左丞丈二十二韵》有过自我苦诉："骑驴三十载，旅食京华春。朝扣富儿门，暮随肥马尘。残杯与冷炙，到处潜悲辛。"困居长安十年，虽怀奇才，却无用处。与陈子昂、王维比，他缺乏为生存、晋级而搏的智慧，不善于主动为自己开拓发展空间。他的诗在深刻反映现实的同时，还通过独特的风格表达情感，挞伐时弊，成就了"诗史"的不朽巨制，成就了"诗圣"的千秋美名。

"诗圣"的光芒在于：执着的用世理想，深挚的民本思想，对普通百姓的悲悯情怀，用诗歌铭记了现世的苍凉。他屡受挫折而九死不悔。他说："生逢尧舜君，不忍便永诀。"他不想苟且地活，不满足于个人的安乐。他要穷其智慧，致君尧舜；他要奋其今生，为国尽忠。

在我们的印象里，老杜的诗总是咏叹家国的不幸，感叹自身的飘零无寄。殊不知，当老百姓陷于水深火热的战争，他首先想到的，仍然是自己的责任。

挽弓当挽强，用箭当用长。
射人先射马，擒贼先擒王。
杀人亦有限，列国自有疆。
苟能制侵陵，岂在多杀伤。

老杜以《出塞》为题，一口气写了九首诗，足见其对国家命运的关注。这一首体现的是大多数唐人的共同气质——广阔的视野。国家临危而知自己的责任，身处艰危而虑他人之忧。

他的智慧在这里得以充分显现：擒贼先擒王，仁者无敌。仿佛，战争的命运就掌握在自己手里，自己完全可以主宰战争胜负的走势。视野浩阔，精神可贵。悲戚的老杜，关键时刻，一样体现出了盛唐诗人的精气神！

浩然之气，天地充盈！

在作诗方面，杜甫有自己的体会："文章千古事，得失寸心知。"（《偶题》）极言作诗不易，因而特别用功，甚至下决心说狠话："为人性僻耽佳句，语不惊人死不休。"（《江上值水如海势聊短述》）不像李白那样即兴而发，脱口而出。当理想破灭，生命即将走到尽头时，他才幡然醒悟："名岂文章著，官应老病休。"（《旅夜书怀》）名和利，什么都是浮云了。不管他们作诗的习惯何异，结果是一致的，都写出了不朽的诗章。韩愈说："李杜文章在，光焰万丈长！"此语一出，也平息了当时人们关于李杜诗的"高下"之争。

登临不止

杜甫一生求索不已，登临不止。

登临，是被千古文人诗话了的一次人生检阅。其原动力在于功业梦的支配。很多文人把登临看着是一次情感的历练，一次思想的提纯，一次境界的提升，一次精神的攀越。是萎靡时的一次精神振奋，局促时的一次视野拓展，消沉时的一次意志淬火，忧愤时的一次情感喷发。

登高时，让所见所思、所怀所感陡增了高度，平添了现世的沧桑感，历史的纵深感，更见出诗人的大境界、大格局和大气象。陈子昂、王之涣、李白……一个个诗人接踵而至,吟出了一章章千古不朽的名篇。

唐人的登临,大体三种情形:

一是自我迷失时渴望觉醒。他们登临,并无需要追索解答的疑问。如孟浩然的《与诸子登岘山》,崔颢的《黄鹤楼》,李白的《登金陵凤凰台》《宣城谢朓北楼饯别校书叔云》等,书写的就是一种感受,一种情绪。或者对历史进行反思,叩问,对现实进行比照,鞭挞,对未来予以肯定或者否定,规划或者离弃。

二是书写无所不在的祈求,表达对理想功业的不懈追求。如杜甫的《登高》《登楼》《登岳阳楼》等,有壮怀的书写,有挫折的愤激。

三是写一种即时的情绪体念或顿悟。如李商隐的《登乐游原》,一切看似美妙的东西,包括自己的生命,都如古来万事东流水,功名、文采都化作了烟云。再如王之涣的《登鹳雀楼》,壮景激发壮怀,壮怀催生启迪。

杜甫在人生的不同时期,不同地点,有过多次登临,是老杜坎坷人生的几个片段或者几帧缩影,浓缩了他悲辛一生、奔走一生的漂泊轨迹。先看《望岳》:

岱宗夫如何?齐鲁青未了。
造化钟神秀,阴阳割昏晓。
荡胸生层云,决眦入归鸟。
会当凌绝顶,一览众山小。

对泰山的景仰与敬畏,最初都是从内心开始的。

写这首《望岳》时,杜甫二十四岁,"裘马轻狂",恰书生意气、血气方刚正当年。因而,逼人的英气,冲天的豪气,穿越千年，扑面而来。我们依旧能真切地感受到诗人内心的激荡，人生的豪迈。感受到他磅礴淋漓的生命气息，阔大高远的人生设计。

自然的奇崛造化，总能激起那些不甘沦为庸常者的雄心壮志，他们不仅想征服自然的险绝，更希望在建功立业方面有非凡的建树。他们踌躇满志，青春勃发。杜甫也不例外。他不仅有征服自然、"小视天下"的"野心"，更有担当重任、兼济天下的"雄心"！"会当"一语让我们隐隐感到：杜甫达到极顶的过程异常艰难，小视天下的时刻还可能遥遥无期！

这是青年杜甫亮给世人的人生宣言：不仅要攀登泰山极顶，更要攀登到人生的顶峰。说白了，就等于说：待我登上最高层，其他一切都不在话下！他旗帜鲜明地宣布了自己登临绝顶、小视天下的雄心壮志。

对于年轻的杜甫来说，"会当"一语石破天惊。这一期想，这一决绝态度能如此奢华，脱不了一个年轻气盛，脱不了一个轻狂纵气。

写这首诗时，虽然年轻气盛，豪气干云，但心底仍有些顾忌：自己在经历一番艰苦的跋涉、攀登之后，能不能如期成功登顶？眼下，还仅停留在设想阶段。

诗人站在辽阔的齐鲁平原，眺望那高耸入云端的泰岳之巅，那阴阳昏晓的变化让人难以捕捉，甚至有些眼花缭乱；而问鼎险绝的奢求何时才能变成现实呢？这个问题就像那入云的泰山极顶，只有身临其巅的那一刻，自己才能领略到登高俯视的奇景，才能收获成功的快感！

结果最终让严酷的现实来一一印证，中老年以后的杜甫，最后感受到了要登上极顶所要付出的艰辛。无限风光在险峰的精彩不是谁都能轻易览读，那份荣光不是谁都能轻易分享！

江山也要文人捧！泰山的命运正好印证了这一点。孔子登泰山而小天下，他的圣哲之登，唤起了后世文人的纷纭沓至，一些个奢望永统天下、万寿无疆的天子们也趋之若鹜。前面没有圣哲的振臂一呼，就很难有后世文人的众口响应。就如赶一次盛大的比武，最顶尖的高手都已经亮了招，掀起了高潮，你一般的武夫还不会去推推波助助澜，凑凑热闹，哪怕摆一两个架势也不枉在这个世上走了一遭。

泰山就是一个绝好的比武过招之所。千百年来，无数风流人物来去匆匆，有的名载史册，有的来无影去无踪，有的风光无限，有的恨自己力之不逮。当然，还有更多的人，并不屑于这些，心安理得消受命运赐予他的这段美好时光！

杜甫同李白一样，理想面前，一样的高远，一样的执着，一样能够把最初的理想一直坚持到生命的终点。他在《壮游》诗中这样写道：

往昔十四五，出游翰墨场。斯文崔魏徒，以我似班扬。
七龄思即壮，开口咏凤凰。九龄书大字，有作成一囊。
性豪业嗜酒，嫉恶怀刚肠。脱略小时辈，结交皆老苍。
饮酣视八极，俗物都茫茫……

杜甫也曾狂过，三十七岁时，他写下《奉赠韦佐丞丈二十二韵》，对自己的诗歌才能给予了充分的夸耀，对自己的政治前途给予了美好的展望。节录如下：

甫昔少年日，早充观国宾。读书破万卷，下笔如有神。
赋料扬雄敌，诗看子建亲。李邕求识面，王翰愿卜邻。
自谓颇挺出，立登要路津。致君尧舜上，再使风俗淳。

杜甫沿着自己选定的道路、梦想的高度不断地攀越。

在人生的攀越与迸发中，每个人的心中都有一座高耸入云的泰山。

对于那些一直渴望登上极顶的人来说，无疑会遇到种种磨难和万般挫折的考验。有些人会轻易放弃，一些人却坚持到底，从不言弃。浅尝则止、轻易言弃的人，自然失去了成功的机会。可是，苦苦坚持也未必就会直逼绝顶！杜甫就是如此。"会当凌绝顶，一览重山小"的豪情早已有之，终身奔突，却遗憾至极，发出了"长使英雄泪满襟"的喟叹！

而正是杜甫这样的坚持，才有机会快视江海，瞥观五岳。他真切地目睹了"安史之乱"在大唐帝国上演的人间悲剧。杜甫虽然没有完成报国济世的宏愿，却成就了"诗圣"的美誉！

杜甫饱尝了奋斗的艰辛，同时也品阅了世间的万象，构筑了一座傲视古今的诗歌高峰。

登临，壮心浩阔，悲愁无际。

登临，既是对人生的展望，亦有对来路的回眸，更有对世态的关注，民生的忧戚。

登临，检阅了老杜坎坷悲辛的人生之旅，见证了国破家亡的凄惨乱象。

岱宗崔嵬，壮心崔嵬。年轻的胸怀没有边际，年轻的视野没有尽头。他们欲把自己的足迹洒满理想可能抵达的宏阔大地。因为年轻，他有足够的豪情登上他雄心所及的高度。泰山，仅是他雄心攀越的其中一个梯级。他对西岳华山、南岳衡山都有过瞭望，反映了他的雄心自青年、中年而暮年由膨胀到衰微的变化。

公元764年，杜甫写这首《登楼》诗，时年五十二岁，距《望岳》一诗，间隔二十八年。

花近高楼伤客心，万方多难此登临。

锦江春色来天地，玉垒浮云变古今。
北极朝庭终不改，西山寇盗莫相侵。
可怜后主还祠庙，日暮聊为梁甫吟。

二十八年，世事无常，家国罹难。经历安史之乱，大唐由盛而衰，诗人常年漂泊，可谓"艰难苦恨繁霜鬓"。当此际，诗人理想破灭，流离锦城，"万方多难"，却又春色满眼，登楼一眺，"客心"悲怆，激情喷涌，遂得此诗。虽写忧思之心，却无衰飒之气。

又过了三年，诗人流离到夔州，恰逢重阳节，登高临眺，萧瑟的秋景激起了他的身世飘零之感，遂得《登高》之诗，有人将它誉为"古今七律第一诗"：

风急天高猿啸哀，渚清沙白鸟飞回。
无边落木萧萧下，不尽长江滚滚来。
万里悲秋常作客，百年多病独登台。
艰难苦恨繁霜鬓，潦倒新停浊酒杯。

唐代宗大历二年（公元767年）的秋天，老杜怀着终身不志的忧愤，登上夔州的某一处高山之巅，俯视一看，盛唐之风消殒殆尽，盛唐之景纷纷凋零，回望自己的来路，半生漂泊，居无定所。眼前，自己年老体衰，百病缠身，不禁悲从中来。其"悲秋"之情，犹"不尽长江"滚滚而来，阻遏不止。

老杜那一双忧郁的眼睛透出一颗饱经沧桑的心。

万里悲秋，是诗人颠沛流离后独自"登高"的浩渺背景。霜天落叶，寒树森森；长江滚滚，不舍昼夜。再看看自己，旅途劳顿，病躯残身，白发如霜，潦倒不堪；再看看这落魄的一生，家国的不幸，不禁悲涌心际，想借一杯苦酒来麻醉自己，这点可怜的愿望都成了奢侈。悲苦愁怨，亦如眼前的霜天雪地，不着边际。

他凭高远眺，一眼望去，满眼都是萧瑟的秋景，满眼流淌着衰败的气息。哀猿啼鸣，水鸟徘徊。无边的秋色衰败萧索；不尽的长江滚滚而去，时间在无情地流逝，自己在奔忙的岁月中一天天老去。宇宙浩渺，天地无寄，百年多病，独为过客。更为重要的是，天地之大，看不到一线生机；老病缠身，看不到一丝光明！

万里霜天万里愁，百年离乱百年哀。诗人早已无法用坚强去抵御失落，用希望去唤起热情了，绝望充塞了整个宇宙。

严酷的现实总爱与那些心高气傲、志向高远的人过意不去。杜甫的遭遇再次让普天之下的读书人寒骨蚀心。难怪他的前辈诗人杨炯早就表了决心："宁为百夫长，胜作一书生！"杨老前辈早就醒悟了，早就向那些试图靠读书获取功名的人发出了警告。可是，仍有很多人执迷不悟，以至于碰得头破血流以后，仍痴心不改。老杜即是如此。好在，后人不会忘记，他们不会吝惜褒扬的词语，一定要说他们感怀忧时，一定要以天下为己任而践志不已，冲锋不息。他们成了时代的弃儿，自己还浑然不知。

这是一个诗人，一个有着报国愿望的士子的绝望呼号；这更是一个朝代几近倾覆的哀歌！

观全诗，景与情天然交融，相映相生。那一杯"浊酒"，即便你不去饮它，也难以摆脱"潦倒"的命运，也难以换回已逝的青春，也难以阻遏衰唐的颓势。

此时，我们的大诗人是否想起他曾经写过万丈雄心的《望岳》诗。想当年，他意气风发，壮志凌云，胸怀兼济天下、造福苍生的满腔热情！两相对照，如此"艰难苦恨"，该是悲怆汹涌，愁恨满怀。

此诗正好与《望岳》前后呼应，由年轻时的豪气干云到暮年时的垂垂老矣，终于登上峰顶。虽然不是泰山，但境况足以说明，老杜这一生的奋斗，终以悲剧落幕。

两诗相比，判若霄壤，形成了强烈的反差。即便对老杜的周遭际遇不甚了了，也不妨碍理解两首诗的内涵，也不妨碍了解诗人的命运。"望"诗期欲登高一览，众山皆小，万丈雄心，谁可相较？虽为期想，心迹毕现。"登"诗一望，天地失色，山水皆悲，哪还有你的出路？"望"者，层云入胸，视达万里，豪气干云，老子天下第一，谁人能敌？"登"者，万里悲秋，百年多病，英雄锐气，早已消磨净尽，哪还有闲心出那口恶气？时势吞没了一个未知的政治家，时势却造就了一位真实而伟大的诗人！

一篇因山河的壮丽激发了诗人的雄心壮志，一篇因景色的衰颓唤起了诗人心中的悲愁和念想！两者之间，隔着道不尽的离乱沧桑。

有意思的是，两首诗的"视点"也有变化，这种变化，也隐藏着老杜政治上难以摆脱的失败厄运！

公元768年冬，老杜飘到了岳阳，以舟为家，居无定所，生活窘迫。他登上岳阳楼一望，高远的时空，壮阔的景象，无法激起他的壮志豪情，无法疗治他沧桑的心灵。有了这首《登岳阳楼》：

昔闻洞庭水，今上岳阳楼。
吴楚东南坼，乾坤日夜浮。
亲朋无一字，老病有孤舟。
戎马关山北，凭轩涕泗流。

他身似浮萍，老病缠身，亲朋无音讯，乡关隔万里，独剩下一叶残破的孤舟聊寄余生。远眺"关山北",狼烟滚滚,战火不息,距离和平安宁的生活还遥遥无期!

李白与杜甫,他们的诗风,一个浪漫飘逸,一个现实沉郁,殊道异途。但是,有一点是相同的,无论身世怎样,境遇如何,他们都从未放弃对理想的追求。

老杜一登上千古胜景岳阳楼,不禁触景生情,泪雨滂沱,难以遏止:"戎马关山北,凭轩涕泗流。"国家沦于乱势,世态置于乱象,自己陷于乱境,宏大的景象与壮阔的胸怀不能和谐共鸣,艰难的处境与世事的苍凉更加深了诗人的悲痛。千里洪波,不能激起诗人的斗志;万里山河,反让诗人痛里添悲。

东南形胜,日月升沉,浩阔的天地里,只余下自己的孤身残影。诗人的悲痛在急速膨胀,将个人的痛苦弃置,他的思绪穿越了关山万里。高耸的岳阳楼倾听了他内心汹涌不息的忧涛,浩阔的洞庭湖见证了他心系苍生的千古忧情。

伟大的悲痛滋育了伟大的诗心,伟大的诗心成就了伟大的诗章,因而"诗史"流芳!

岳阳楼、洞庭湖成为历代诗人、文人的赛诗场。那么多人登楼一望,都要一展文采,仿佛今人的"到此一游"。

老杜也不能免俗,也绝不会轻易放弃这个机会。老杜一吟,竟成了千古绝唱。若说著文,则留给了几百年后的范仲淹。诗文双珠,异代齐辉,自此以降,无人能及。这也太难为老杜了,晚岁沉疴,悲苦流离,竟能吟出如此声震古今的华章,完成了他悲苦人生的最精彩的谢幕。

满眼沧桑

《月夜》里有老杜最初的沧桑之感：

今夜鄜州月，闺中只独看。
遥怜小儿女，未解忆长安。
香雾云鬟湿，清辉玉臂寒。
何时倚虚幌，双照泪痕干。

这是一个慈祥的父亲，这是一个深情的丈夫。

诗人身陷叛军占领地长安，长安那一片冷月勾起了他对妻儿的思念。

相思是挡不住的潮水，说不定什么时候它就会汹涌而至。无论你是谁，都会在它的波峰浪谷里起伏沉沦。大诗人也不能免俗。因为他不是圣人，不是遁世的隐者，对妻儿的牵挂免不了，割不断，舍不去。诗人的高明之处在于，并不直接写自己如何对烛垂泪，泪雨滂沱，而是说妻儿对自己牵思不已，妻儿的相思之苦难慰难了，也正是诗人自己此时此境此情的映照，让读者从他们的影子里读懂了诗人自己。

公元759年，老杜还写过一首《月夜忆舍弟》："戍鼓断人行，秋边一雁声。露从今夜白，月是故乡明。有弟皆分散，无家问死生。寄书长不达，况乃未休兵。"战争是亲人离散的罪恶之源。而眼前，战火还在继续蔓延。何日是尽头？何日人团圆？诗人的隐忧寄寓其中。故乡的明月再亮，也无法照耀着离散的亲人及早返乡。

老杜的诗被誉为"诗史",在于他以饱蘸热血的笔书写艰难时世。看这首《春望》:

国破山河在,城春草木深。
感时花溅泪,恨别鸟惊心。
烽火连三月,家书抵万金。
白头搔更短,浑欲不胜簪。

公元757年。这一年,春天的脚步不因战争而推迟,人间的悲剧也不因春花烂漫而减弱悲情。

春花因世事变迁多难而苦泪飞溅,飞鸟啼鸣让漂泊之人心惊神悸,倍感伤怀。阳春之日,本该赏花悦目,赏春悦耳,怡眼养心,却战事连连,烽烟漫漫。就是寄封家信也万般艰难。这兵荒马乱的年月,一封家书何其珍贵,使漂泊之人离恨更盛。斑斑白发乱蓬蓬的,越搔越短,要把它挽起来何其困难,就像打算干净利落地挽起心中的愁绪一般。

时令正值春天,满眼都是触目惊心的国破之伤,满怀都是生离死别的漂泊之感!花鸟的伤感实是诗人的伤痛。在一个怀揣国家、心念百姓的诗人那里,这个春天不胜悲戚。一声鸟鸣,足以让整个春天流泪,包括那些开得正艳的花儿;而发生在春天的战争,却可以使寄往故乡的家信无限制地晚点,阻滞了人们急欲报告平安的信使。即使已经"白头搔更短",返乡的日期仍是一个待定的数字。

国既已破,山河虽在,也已面目全非,不堪赏阅。荒草疯长,在春城四处乱窜就足以说明这一切。

这一年的春天让诗人憔悴不堪;这一年的春天让我们见识了春天里的苦寒!这个一千二百多年前的春天,见证了盛极而衰的唐朝的苦难!

"国家不幸诗家幸!"大约这一年春天,报国的梦想终结,离乱的日子开始,诗人踏上了漫长的"诗圣"之旅!

灾难毁了国家,毁了家园,毁了诗人的大好前程。很多文人逃避现实,遁隐山间,偶有"丝竹犬马"类的东西"问世",也只是闲了时的一两声毫无生气的低鸣或者无奈的哀叹。在灾难中辗转、熬煎、呼号的诗人,目睹了动荡社会一幕幕触目惊心的惨剧。正义的诗人,善良的诗人,有着济世之心的诗人,责任感、使命感促使他饱蘸浓墨、满含辛酸地写下了他的所见所闻所感。这些心系苍生、情系国家的诗篇,助他一步步走上"诗圣"之巅,为国难、民难、家难中的大唐立传,为诗人忧国、忧民、忧家的悲悯情怀铭志!

尽管他学富五车,才华八斗,尽管他壮志凌云,气冲霄汉,仍改变不了他困贱的地位,多舛的命运。济世之志滋养了他伟大的悲悯情怀,他的笔下,流出的是历史的血泪。"诗史"不朽,子美不朽!

公元759年春天,杜甫作华州司功,自洛阳返回华州途中写下了《赠卫八处士》。

人生不相见,动如参与商。今夕复何夕,共此灯烛光。
少壮能几时,鬓发各已苍。访旧半为鬼,惊呼热中肠。
焉知二十载,重上君子堂。昔别君未婚,儿女忽成行。
怡然敬父执,问我来何方。问答未及已,儿女罗酒浆。
夜雨剪春韭,新炊间黄粱。主称会面难,一举累十觞。
十觞亦不醉,感子故意长。明日隔山岳,世事两茫茫。

为了生活,他们四处奔波;为了理想,他们多年求索。儿时伙伴,知心兄弟,远隔天涯,拼命追逐。岁月一天天流逝,华年一年年消磨。喜怒哀乐备尝，穷通晦达各异。

这一天来得太突然。悲喜交加，独自伤感，唯一举一觞，方能抵消长久的离恨；唯一举一觞，可表相逢的惊喜。很多话，说了一遍又一遍；多少事，诉了一回又一回。经历了太多的周遭变故，人世难逢开口笑，相逢，比什么都好！

短暂的欣喜暖化了长久的悲辛，孤寂的飘零岁月偶遇儿时好友，幸福来得太突然，去得也倏忽。

二十年，物华盛衰更替频繁。二十年，少年青丝变满头华发。世事沧桑，然少年时结下的友情不变；眼前的亲情、友情叫人感受到了相逢的欣喜，一杯一觞之间，暖化了辗转漂泊的悲凉，无常的世事叫人无法预知别后的境况。"明日隔山岳，世事两茫茫。"儿时的友谊短暂升温后，就是难以预见的分别与变故，能不能再次相逢？诗人心里没有定数。

绝望，无助，在诗的结尾处被诗人加入过量的膨化剂，以至令今天的我们也感受到了迅速充塞诗人心头的苍凉！不是哀而不伤，而是伤到了极深处，才有此近乎木讷的喃喃自语！

短暂欢聚的乐，衬托的正是长久离散的悲。有不尽的山岳阻隔，人间的冷暖，对方的音讯，自是杳茫无知，更不知何时才到尽头。

世事沧桑，命途难违。二十年的时光，让青春年少的友人在壮岁时一夕相逢，一个漂泊离乱仍为生计而奔忙，一个人生得意，家道兴旺。两相比较，怎不让诗人感慨倍生，深感人生的悲凉？好在，还有朋友的热情相待，有朋友间儿时的回忆来佐酒尽觞。虽然天明以后，又将世事茫茫，仍不能冲淡今夕相逢的喜悦，仍不能冲淡彼此的情谊！

山岳阻隔，前景惨淡而不敢期想。我们多灾多难的苦命诗人又如何去应对他多舛的命运，艰难的时光？这一夜与老友意外相逢的欣喜与感动，将是他苦难岁月里最温暖幸福的回忆，诗人将就着它去淡化迎面而来的人生创痛。

这首诗紧扣一个"动"字,层层演进,突出了一个"变"字。过去,现在,已成天壤,主客相较,差之万里。然而,这些都已不重要,重要的,最令诗人不能自已的,是明日的山岳阻隔,世事浩茫!来路已是艰难苦恨繁霜鬓,百年多病复相识,去路呢?引人深思,启人猜想。一切都是未知!诗人的命运无法自己主宰,诗人的前途杳不可测,这才是揪人心魄之处。

当老杜一听说唐军收复了河南河北,就喜不自胜,就有了这首喜气飞扬的诗:

剑外忽传收蓟北,初闻涕泪满衣裳。
却看妻子愁何在,漫卷诗书喜欲狂。
白日放歌须纵酒,青春作伴好还乡。
即从巴峡穿巫峡,便下襄阳向洛阳。

中国古代有一首著名的《四喜诗》:"久旱逢甘雨,他乡遇故知;洞房花烛夜,金榜题名时。"以为除了这"四大件"外,就再也没有能够超越的乐事。

殊不知,当我们读过老杜的这首诗后,才知道,还有更大的喜事,远远超越了这"四大件"。这不仅是个人的乐事,还是全民的乐事,更是民族的乐事。当一个人的快乐与他人的利益、与国家的前途紧密联系在一起时,这样的乐事是大喜大乐之事。

这首诗因而被清人浦起龙称为是老杜"生平第一首快诗"!

老杜一生漂泊,一生求索,一生贫贱,一生蹉跎,一生蹭蹬,终日愁眉不展,整天苦不堪言。这首诗写出了他一生经历的最大的快乐。他的快乐建立在他的立身之志、报国之怀的基础上。他自己虽然没有为天下人创造快乐,但他为天下人的快乐而乐，为国家摆脱战乱蹂躏、为全民重获平安而乐。

因而，他忘记了往日的困顿，忘记了自身的窘迫，忘记了命运的坎坷，忘记了自己未来的走向。他一挥而就，写出了自己的欣喜、狂喜和快意，写下了一颗伟大的诗心。

八年战乱，万里漂泊，辛苦辗转，悲情离散，等待的就是这一天。

人逢喜事精神爽。在这首诗中体现得最充分。即使他已不再年轻，即使他的政治前途早已暗淡无光，他仍然禁不住敞开喉咙尽情地"放歌"了一回，他禁不住放弃禁忌喜极忘形地"纵酒"了一回。

老杜喜极"欲狂"，臆想中，通向故乡的道路格外顺畅，顷刻之间就回到了久别的故乡。

而现实何其残酷。诗人最终没有按自己设定的线路返还故里。诗人最终凄惨地客死在漂泊的路上，客死在一条无法遮蔽风雨的破船上！

从他的欢歌里，我们感受到了老杜与时代同欢、与人民同喜的博大胸襟！

李白的《早发白帝城》有此快意，那是他挣脱牢笼、脱离苦海后的一吐为快。两者相较，老杜的快乐更令人感佩，更叫人仰止！

满怀欣喜，一气挥洒，由眼前的"喜"见诗人往日的"悲"。千里阻隔，转瞬即至，见诗人期盼安定和平之心，急欲返家之切。落叶归根，这是祖传的魂脉，是所有游子的共同心声。直到今天，依然如此。

公元765年，老杜沿长江而下，诗人顿生身世浮沉、命途难卜之感，遂有《旅夜抒怀》：

细草微风岸，危樯独夜舟。

星垂平野阔，月涌大江流。

名岂文章著，官应老病休。

飘飘何所似？天地一沙鸥。

诗人一生的苦苦求索，悲辛辗转，在这个天旷地阔、星垂月曜、江湍浪涌的夜晚，他终于找到了答案。

"放荡齐赵间，裘马颇轻狂。"

"饮酣视八极，俗物多茫茫。"

"潦倒新停浊酒杯。"

"渴饮寒泉逢抵触。"

……

说岁月无迹，可是，行走、奔波的生命，这一刻显得多么苍老，多么渺小。那些曾经激荡胸怀的澎湃气息而今安在？

如今"危樯独夜舟"，亦自"扁舟空老去"！生命之舟正向他的最后一个流程驶去。

天地之间，那一只沙鸥正独自盘桓。星光月影里，它失去了生命的航向。

壮景对壮怀。广阔的平野，浩荡的大江，灿烂的星月，对于一个渴望济世的文人来说，这样的壮景里，正该是仕途得意、意气风发之时。

然而，现实是，孤帆独舟，形只影单。诗文写得再好，也仅赢得一些虚名；抱负再远大，最终沦落为一个漂泊不定的异乡人。一如那只徘徊、盘旋在广阔天地之间的沙鸥，月白风高之夜，还没有找到自己的归宿。

报国无路，是他悲愁的唯一原因；报国无果，是他颠沛流离的根本原由。在广阔的天地之间，人是何等的渺小。一个时刻把报国愿望装在心里的人，一个长年漂泊在路上而不知出路何处的人，他的追求是多么寂寞，他的力量是多么单薄。

这样的夜晚，他仍然要孤舟疾进，无论处境多么艰难，他都要一如既往地朝着目标进发。生命有限，他一刻也不愿耽误，一刻也不愿停留。

凝重的使命感是他激进一生的动力源泉！

我们有时候需要换一个角度来审视自己，审视人生。有这样智慧的人，他或许会在最艰辛、最无依靠的时候，使自己清醒，让自己看清继续坚持、渺茫努力的价值。

即时选择"撤退"，何尝不是一件好事。自己虽然不能为社会、为他人奉献才智，但他用手中的笔，记录了那个衰乱时代下广大劳苦大众的悲苦命运。

因此，老杜的诗被人们尊为"诗史"，名副其实，当之无愧。他本人被尊为"诗圣"，可见他在人们心中的位置。

老杜乘着一叶扁舟，缓缓驶向生命的尽头，巧与数年前的好友在暮春的江南意外相逢。这就是《江南逢李龟年》：

岐王宅里寻常见，崔九堂前几度闻。

正是江南好风景，落花时节又逢君。

无论是齐王宅里，还是崔九堂前，都是锦堂华屋，都是权门贵户，都是高官熙熙，盛友攘攘。而今，沧桑客对沧桑客，离乱人对离乱人。前度相逢，歌舞升平，时代兴盛，彼此英风胜概，踌躇满志。谁会料到，各自经历一番颠沛流离之后，两个落难之人的再度相逢会是今天这个样子。很戏剧，都是由繁华到零落，由得势到衰颓，由青春意气到垂暮残年。一幕大戏，剧情急转直下，短暂的芳华敌不过漫长的悲情。

时势造就，命运使然？

江南风景虽好，却时值落花时节。青春不再，年华也快走到了尽头。世势之慨，年华之叹，尽在这黯然伤神的低吟中。

生命暗淡，前途暗淡，时运暗淡。

几十年的沧桑变故，人生的种种不幸遭逢，眼下的孤苦飘零，心中的无限感伤，浓缩为短短的二十八字。它所包容涵括的丰富内容，让人遐思联翩！

往日出入高宅华堂的得意，与权贵交游的荣光，少年得意的风流倜傥，一个正诗名远播，一个是歌坛大腕，风华才俊，风流意气……现在老病缠身，雪染双鬓，离乱飘蓬，劫后余生，孤独人遇沦落人……眼前，江南秀丽的风光难以掩饰衰落的气息。花落节易，感慨丛生，满怀苦涩，无言相倾。一种不朽的无奈在花落时节诞生，在江南弥漫的妩媚中，于我们的心宇奏成了一阕千年不散的哀曲！

正是：天下伤心客，世上落难人！往事不堪回首，今朝不忍卒读。两个飘萍人，两颗苍凉心，共对衰败景，江山无限情，写成了这一段难堪的伤心史。

宠遇之隆，漂泊之痛，形成了巨大的变化，强烈的反差。江南景色虽好，可相逢之时却显衰败之象："落花"飘零，人已非昔。景之衰象正是人之境况。诗人隐而不发，即而不怨。不经历沧海桑田的磨难，难以承载此刻的沉重。

公元770年，春天走到了尽头，诗人的生命也迫近了枯竭。这是一场意外的相遇，幸得一曲生命的绝唱。

尽管老杜不能掌控自己的命运，但是，他的人文关怀在诗中却反复地呈现，比如《又呈吴郎》《山中寡妇》，以及奠定"诗史"地位的"三吏""三别"，用他的诗句记录了当时布衣草民的疾苦，记录了时世动荡的乱象。

我们今天读来，自己也成了旁观者，见证人。

老杜作为那个时代的亲历者，一生的悲苦漂泊也算没有白过，他让我们知道了一千多年前发生在这块土地上的往事。虽然令人伤痛，但那是曾经的真实。

蜀中悲喜

公元760年，老杜颠沛流离到了成都，已年近五旬。得到好友严武的帮助，他才在浣花溪边盖了几间茅草屋，暂时有了个栖身之所。在严武的关照下，做了个检校工部员外郎，他因此被称着"杜工部"。

虽有暂避风雨之所，可是，单薄的茅屋敌不过盆地入秋的狂风暴雨。看这首著名的《茅屋为秋风所破歌》：

八月秋高风怒号，卷我屋上三重茅。
茅飞渡江洒江郊，高者挂罥长林梢，下者飘转沉塘坳。
南村群童欺我老无力，忍能对面为盗贼。
公然抱茅入竹去，唇焦口燥呼不得，归来倚杖自叹息。
俄顷风定云墨色，秋天漠漠向昏黑。
布衾多年冷似铁，娇儿恶卧踏里裂。
床头屋漏无干处，雨脚如麻未断绝。
自经丧乱少睡眠，长夜沾湿何由彻！
安得广厦千万间，大庇天下寒士俱欢颜，风雨不动安如山。
呜呼！何时眼前突兀见此屋，吾庐独破受冻死亦足！

几间茅屋，无法为一个落魄文人遮风挡雨。一个手无缚鸡之力的文人无力护住自家屋顶的那几茎茅草。他沦入"床头屋漏无干处，雨脚如麻未断绝。自经丧乱少睡眠，长夜沾湿何由彻"的恶境。此刻，他想到的不是自己的冷暖饥饱，他想到的是天下寒士的共同遭遇；他不替自己奢求，他为天下寒士呼号。他的呼声穿透雨幕的遮蔽，他的呼声令天下寒士为之精神一振。

正是：浩歌彻苍宇，大怀惊世心！伟大的诗心，炽热的情怀，古今仰止，人所共敬！

当杜甫自家茅屋顶上本就稀稀疏疏的几根茅草被秋风卷过浣花溪的时候，他想到的不仅仅是自己的温暖，他的视野里还有更多与他同命运的苦命文人、贫民草根，他的悲悯情怀得到了世人的认可。他的诗心与诗歌一道步入了不朽的记忆。

广厦千万间，不是杜子美的居所；茅屋一两间，检验了老杜的骨气。老杜想承担的，是天下人的苦难。一个瘦骨嶙峋的诗人，又怎挑得起如此重担？悲苦注定了要与他终生结伴。

一个诗人，一旦住进锦堂华居，一旦过上锦衣玉食般的生活，他的心中是否还装得下道义，他的平仄里是否还流淌着应有的良知？我们不敢断言杜工部可能如此"蜕变"，但从已故的诗人中看，居高官、享厚禄的诗人并没有几个。反之，又有几个高官显达留下了世人称道的诗句，又有几个高官能以诗的名义走入人们的记忆，铸就不朽的诗歌丰碑！

在老杜的心里，幸福指标就是每个家庭有一幢属于自己的能遮风挡雨的宽敞屋子。照此看来，一千多年后的今天，也还难以实现他的这一伟大愿想！就是今天如杜甫一般只会吟几句诗的士子们，又有几人能靠他的诗文而据有广厦华屋？再则，即使少数文化人跻身"富翁"的行列，而据有洋楼别墅，在当今这个浮躁功利的社会，他也未必会心花怒放，神采飞扬！因为，还有更大的欲求在折磨着他，令他时刻都蠢蠢欲动。

老杜的期望是美好的，让很多知识分子倍感欣慰！老杜的胸怀是博大的，他没有局限于个人的私利。他自己屋上的三重草都被肆无忌惮的风卷去了，他心里却盛着普天之下的所有寒士！

住在茅屋久了，对自然，尤其是自由就特别向往。自然界的花草鸟虫令诗人分外欣喜，可以暂时安抚一下内心的忧伤。他在《绝句》中写道：

两个黄鹂鸣翠柳，一行白鹭上青天。
窗含西岭千秋雪，门泊东吴万里船。

这是一个适合踏青的日子，这更是一个适宜拔锚起航的好日子。

异乡的景色虽好却留不住一个游子的心。所以，面对美景，诗人选择了静闭陋室；面对静泊的航船，诗人选择了沉思。

柳丝新绿，黄鹂婉转，青天高远，白露横飞，那是多么令人神往的自由世界呀。可自己，客居他乡，生活窘困，"今春看又过，何日是归年？""锦城虽云乐，不如早还家！"

自然的美丽固然令人心悦神怡，但故乡在中原，战火在蔓延，那里是他的牵挂，那里才是他的根！

归去，一直是他心灵的指向，行动的预设轨迹。

归去，任何力量都无法阻止他的脚步。

严冬的苦楚已然过去，这是春天里的生活。可是，春天何其短暂，离乱的煎熬何时才是尽头？远行的航船就泊在门外，随时都可以起航！可是，距诗人屈指掐算的这一天究竟还有多远？

还好，老杜从锦城的丝竹声中，或许还可以暂获一点心灵的慰藉。看他的《赠花卿》：

锦城丝管日纷纷，半入江风半入云。

此曲只应天上有，人间能得几回闻。

时移代易，对一句诗的理解已翻出别的新境，暗讽变成了明扬。对一件事亦应有新的别解，皇权专属的东西难道就不该百姓享用？人间与天上，是不可分割的两极，没有"人间"的丝竹之音，哪有"天上"的天籁之声。没了"人间"的安乐，哪会有"天上"的太平？

话题回到老杜身上来，这样的日子，这样的享乐，实在不多。老杜虽然孤独，有时，他敌不过春天的诱惑，独自到江畔走走，寻寻花，看看柳，于是有了这首《江畔独步寻花》："黄四娘家花满蹊，千朵万朵压枝低。留连戏蝶时时舞，自在娇莺恰恰啼。"花繁枝茂，莺歌蝶舞，热闹的春天让老杜暂时忘却了离乱的苦楚，暂时忘却了家国的不幸。

老杜作诗，不像李白那样爽兴地自由发挥。他给自己定了个特别高的标准："语不惊人死不休！"老杜也一直在践行这个十分苛严的自我要求。这是他攀上"诗圣"巅峰的另一个重要原因。作诗之"乐"被李白挥洒到极致，作诗之"苦"在老杜的身上体现得特别充分。两条不同的道路，都走到了极致，因此被誉为"双子星"。"李杜文章在，光焰万丈长！"他们的光芒，一直照耀着中国文明的进程，照耀着今天的我们！

公元761年春天，久旱之后终于盼来一夜喜雨。老杜欣然得《春夜喜雨》：

好雨知时节，当春乃发生。
随风潜入夜，润物细无声。
野径云俱黑，江船火独明。
晓看红湿处，花重锦官城。

夜雨悄然而至，不知诗人的屋顶可否结实？不管今夜的雨是否会击穿诗人头上并不结实的屋顶，是否会打湿诗人简陋的床笫。总之，诗人没有因这一场没有预约的雨而伤神，诗人没有因这一场不期而至的雨而感喟自己的遭逢不幸。

春雨贵如油呀，春雨降下的是一年的希望，满怀的欣喜。尤其是在那个遥远的农耕时代，锦城的一夜春雨应时而降，它的"好"令老杜喜不自胜，美妙的诗句如当春发生的春雨一般酣畅而至！而人生的"喜雨"呢？诗人渴望一生，却始终未见"发生"。

自然从不欺骗我们，我们却始终在眼前的绚烂里悲叹不曾光辉亮丽的人生。

"好雨知时节，当春乃发生"，是一个人的造化所致。这是一种人生的大境界，每个人都急于达成。但因其选择的目标、采取的方式有异，或违背了自然和社会的常律，他自然就难以达到水到渠成的至境！推广到一种优良社会风尚的形成，也是如此！

春天不止为老杜平添了喜气。美妙的春光里，他时时黯然伤神。燃烧的花草，时时点燃他的归思。看这《绝句二首》：

迟日江山丽，春风花草香。
泥融飞燕子，沙暖睡鸳鸯。

江碧鸟逾白，山青花欲燃。
今春看又过，何日是归年？

绚丽的春花不能留住诗人的归心。锦城的春天虽然美好，羁留异乡的人，无时无刻不在掂算着自己的归期。

自然的美色虽然繁复夺目，漂泊的伤感也会即时发生。一派生机催生一怀乡愁,又一轮春天赶走了又一轮年华。而急欲返乡的心却无法拟定回归的日程。何年才能在花草满径、芳香盈途的时刻惬意地踏上归程?

淡淡无奈引发出看似清淡的幻灭之叹。面对炎凉世态,诗人对未来毫无底气,对命运缺失了念想。

自然的春天来了,而诗人的心依然留在严酷的寒冬!

在浣花溪畔,老杜还有别的爽心事,那就是与客人小酌。《客至》中的欢愉、舒心真是难得一见:

舍南舍北皆春水,但见群鸥日日来。
花径不曾缘客扫,蓬门今始为君开。
盘飧市远无兼味,樽酒家贫只旧醅。
肯与邻翁相对饮,隔篱呼取尽余杯。

犹如阴云密布的长天,突然露出一丝阳光。在老杜客居苦楚的日子,因一位邻翁的造访而增添了喜色。朴素与真诚是他们畅饮的基础。他们就着情意下酒,因而,菜肴的简单,米酒的粗糙都被一一忽略。彼此欣赏,相互安慰,成为他们走到一起的最大理由。酒会接近尾声,老杜一声吆喝:来,把剩下的这点酒一饮而尽,今天的畅饮到此为止!

对于一生都忧悲深重的杜甫来说,这首诗所写内容是难得的闲情,贫困中的隆情,苦涩中的欢欣,孤独寡欢中的自娱,是含泪的微笑。无处言说,无人对酌的窘境毕现。邻翁是幸运的,他并不知道老杜会成为流芳千古的诗人;邻翁是幸福的,在他孤独的时候,还有人邀他隔着篱笆举杯共饮;邻翁是幸福的,他只知道今朝有酒今朝醉,他只知道眼前的这个瘦老头漂泊一生,哪及得上自己安稳的度日!

"清江一曲抱村流,长夏江村事事幽。自去自来梁上燕,相亲相近水中鸥。老妻画纸为棋局,稚子敲针作钓钩。但有故人供禄米,微躯此外更何求?"老杜在《江村》里确认,亲情友情最为可贵。战争蹂躏,家园损毁,心灵创伤,在浓浓亲情友情的包围中得以暂时"麻醉",天伦之乐,何其珍贵。

老杜在锦城写了一首十分重要的诗,这就是《蜀相》:

丞相祠堂何处寻?锦官城外柏森森。
映阶碧草自春色,隔叶黄鹂空好音。
三顾频烦天下计,两朝开济老臣心。
出师未捷身先死,长使英雄泪满襟。

当一个离乱漂泊者终于暂时落脚为祠堂的近邻,当寻找圣贤的脚步一步步虔诚地走向圣殿,当诗圣的脚步这一天走近祭奠的香坛,两个相隔五百多年的知音在这里千古一遇。

若干岁月的孤寂落寞,蜀相在这里寂然枯坐。来者,过客,一茬一茬如流水,一波一波如候鸟。丞相与诗人,两个永恒相隔又一脉相通的高尚灵魂,这一刻结成了千古一遇的知音。一个"出师未捷身先死",一个壮志未酬独飘零;一个"鞠躬尽瘁死而后已",一个报国无门常怀忧戚。

此时,苍柏劲挺,春草流碧。他们的相遇激起了鸟儿的共鸣。那么多熙攘的过客,虔诚而来,神圣而至,焚香寄语,击磬达意,只有杜甫道出了忠臣的心声,只有杜甫说出了历史的真谛。

忠诚者,换来的是无奈的遗憾。
追寻者,遭遇的是一生的漂泊。
圣者有圣者的缺憾,寻者有寻者的悲怨。

诸葛先生是幸运的,他至少还有用武之地。而更多的人则是怀才不遇,正如老杜所言:"志士幽人莫怨嗟,古来材大难为用！"老杜的命运就如那武侯祠外参天古柏的命运，只有大厦将倾的时候才有可能得到重用。可是，这样的时候又有多少呢？再说，千里马常有，伯乐不常有。俊才始终难以摆脱被埋没的命运。

一颗伟大的诗心，借古言志，以诗抒怀，不仅表明了自己的心迹，还替千古以来的仁人志士，为国为民的大智大勇者叫屈，替他们道出了共同的遗憾，共同的悲苦！

令古今英雄最担心的，是英雄无用武之地。虽然诸葛先生"出师未捷身先死"，但是，他毕竟还有那样的机会。

天下英雄，惺惺相惜。英雄心，壮士志，古今相通。到杜甫，虽不能以英雄自居，但他们的理想是一致的，他们的追求是一致的，他们不达目标不罢休的决心与坚持是一致的。

为英雄的不幸而痛洒眼泪，祭出的是老杜的一腔赤挚，亦是英雄的无奈，英雄的叹息！

诸葛亮是老杜非常敬仰的先贤，曾作五绝《八阵图》："功盖三分国，名成八阵图。江流石不转，遗恨失吞吴。"对诸葛的赞誉，正是诗人济世报国政治理想的曲折表达，正是他时运不济的无奈心曲。他还在《咏怀古迹》中两次追缅诸葛先贤，以明心迹。

千古一逢

李白与杜甫的相逢、相交、诗酒唱和，被传为千秋佳话。

他们都生活在盛唐而衰的那个波诡云谲、风狂雨横的历史时期，济世理想的破灭，坎坷的周遭际遇，颠沛流离的生活，使他们有了共同的语言。

公元744年,杜甫在洛阳。那年三月,李白"赐金放还",离开朝廷,四月途经洛阳,两位诗人相见。之后,同往开封、商丘游历,次年又同游山东,赋诗作歌,情同手足。他们的友谊在相互的吟咏中得到了酣畅的表达。

李白比杜甫年长十一岁,他很敬重这个小兄弟,曾写下《沙丘城下寄杜甫》一诗:"我来竟何事,高卧沙丘城。城边有古树,日夕连秋声。鲁酒不可醉,齐歌空复情。思君若汶水,浩荡寄南征。"杜甫不在身边同游,"齐歌"也撩不起李白的激情,"鲁酒"也提不起李白的酒兴,思友之情就象永不停息的汶河水,从未停止浪花的绽放。

相比之下,作为小兄弟的杜甫,感情要炽烈得多,写给兄长的诗多达十余首。先看这首《赠李白》:

秋来相顾尚飘蓬,未就丹砂愧葛洪。
痛饮狂歌空度日,飞扬跋扈为谁雄。

这首诗写于与李白交往的早期,极尽李白的精神、神态、性格和嗜好,是一幅形神兼备的"诗仙"肖像。

李白尚远游,一生如"飘蓬",云游四海,浪迹天涯。"五岳寻仙不辞远,一生好入名山游",他的足迹遍及长江流域和黄河中下游。

李白迷丹砂,他曾经虔诚地求仙访道、采药炼丹。他幻想着佛学道箓能使自己长生不老,羽化成仙。为了实现这个梦想,他可以摒绝尘念,虔心炼丹,"弃剑学丹砂,临炉双玉童",只期待着能炼出使他返老还童的灵丹妙药。

李白嗜酒,"百年三万六千日,一日须倾三百杯"。一人独饮,他会"花间一壶酒,独酌无相亲。举杯邀明月,对影成三人";与朋友对酌,他要"两人对酌山花开,一杯一杯复一杯""欢言得所憩,美酒聊共挥";他甚至可以与酿酒的老叟成为莫逆之交,老叟死了,他作诗以祭,并担心没有自己,老叟的酒就没有销路:"纪叟黄泉下,还应酿老春。夜台无李白,沽酒与谁人?"作为诗人,李白以酒研墨,无论走到哪里,他都会留下与酒有关的兴酬之作:"兰陵美酒郁金香,玉碗盛来琥珀光""且就洞庭赊月色,将船买酒白云边"。在豪饮的同时,他也升腾着自己的诗兴与豪情:"李白斗酒诗百篇,长安市上酒家眠。天子呼来不上船,自称臣是酒中仙"(杜甫《饮中八仙歌》);放纵着自己的桀骜与狂放:"黄金白璧卖歌笑,一醉累月轻王侯。"壶中洞天,酒是我友;黄金白璧,皆为粪土;天子王侯,视如草芥!既然皇帝老儿不用管晏屈贾之才,既然"匡扶社稷"的壮志难伸,我只有"痛饮狂歌空度日",举杯月下,醉倒松间,"但愿长醉不复醒",岂管它功名权位、富贵荣华?

　　李白轻尧舜、笑孔丘、长揖天子、平交诸侯。"我本楚狂人,凤歌笑孔丘。""戏万乘若僚友,视俦列如草芥。"(苏轼《李太白碑阴记》)他自视甚高:"才力犹可倚,不惭世上雄",乐观坚定地认为总有一天自己能施展抱负。天宝元年,李白42岁,唐玄宗下诏征其入朝。志得意满的李白高唱着"仰天大笑出门去,我辈岂是蓬蒿人",昂首挺胸来到长安,受到唐玄宗"降辇步迎"的接待,成为皇帝的嘉宾。他自以为从此要官列卿相,在政治上有一番作为了。岂知唐玄宗看重的是他的锦绣诗文而不是他的政治才干,让他供奉翰林,任务是陪伴皇上吟诗作赋,游宴消遣。在宫中,他只不过是皇帝生日蛋糕上嵌放的一颗红樱桃——只图悦目而不求实用。这种悲屈的"词臣"的地位,岂是"一醉累月轻王侯""天子呼来不上船"的"狂客""谪仙"所能接受的?只十几个月的时间,李白便受不住羁束和冷落,由心底发出了"安能摧眉折腰事权贵,使我不得开心颜"的呼号。而他的桀骜不驯、自傲狂放、诗酒豪纵、裘马逸风,更令公侯侧目,阉宦忌惮,玄宗皇帝也说他"固穷相",将他"赐金放还"。李白由朝廷回到民间,虽然是遭放逐而返,依旧是傲气冲天:"昔在长安眠花柳,五侯七贵同杯酒。气岸遥凌豪士前,风流肯落他人后。"他在精神上永远是凌于人前,不落人后的。李白从青年时期就壮志凌云,以大鹏自比:"大鹏一日同风起,扶摇直上九万里。"直到临终,他在绝笔诗中依然以"大鹏飞兮振八裔,中天摧兮力不济"自况。李白一生如大鹏翱空,声震八方,俯视群小。他抱负远大,才智非凡,任侠仗剑,嗜酒好诗,飘逸狂放,仙风道骨,永远不与世俗同流合污,一生不受权势礼法约束。"飞扬跋扈为谁雄?"杜甫以十分欣赏的目光与李白举酒相顾,眼中的李白神采飞扬,狂傲不羁,真堪称人间狂客,天上谪仙,酒中豪杰,诗坛巅峰!当世之雄,舍你而谁?

　　李白一辈子恃才傲物,志在天下,但终究官场失意,大志难伸,没有实现封侯拜相建功立业的梦想。倒是酒酣兴至醉里梦中抒发豪情逸志愤懑牢骚的信手之笔成了千古传诵的诗篇,使他由此矗立于中国诗坛,峥嵘万年,风光无限。杜甫的这首《赠李白》,可以说是写尽李白一生风貌的传神之笔,可见杜甫对李白的了解之详,用情之专。

　　久而不见,即生怀念之情,看这首《不见》:

不见李生久,佯狂真可哀。
世人皆欲杀,吾意独怜才。
敏捷诗千首,飘零酒一杯。
匡山读书处,头白好归来。

李白、杜甫，唐代诗坛崛起的两座峰巅，大唐时代诞生的两颗巨星。一千多年来，两峰对峙，双星闪耀，相互映衬，成为中国诗坛至今无人可以逾越的世界屋脊，让后来的诗人始终行走在他们的光芒里。前者天马行空，恣肆不羁，斗酒诗百篇，诗成泣鬼神；后者雄浑沉郁，苦行苦吟，"吟安一个字，捻断数茎须。"

当年，杜甫入蜀行至梓州（今四川三台），距李白故里江油举首在望，想起已久无诗友李白的消息，吉凶未卜，心绪难平，写下这首诗。其时，恰置李白流放夜郎的去途中。《不见》诗盛赞了李白的绝世才华，鞭挞了忌才妒才的现实，希望李白与其飘零无依，还不如及早叶落归根。

杜甫对李白的牵念之情甚笃。再看这首《春日忆李白》：

白也诗无敌，飘然思不群。
清新庾开府，俊逸鲍参军。
渭北春天树，江东日暮云。
何时一樽酒，重与细论文。

古语云："同气相求，同声相应。"没有共同的志趣，结不成真诚的友谊。他们以天下为己任，充满时代感、使命感，都想倾其所能，为那个时代建功立勋。他们的心中装着江山，装着社稷，他们眼中有他们对历史负责、对现实担当的人生境界与格局，决定着他们的行动方向，他们的付出得到了历史的认可，他们的诗歌成为我们共同的精神粮食。尽管他们活着的时候或悲愤，或忧戚，一切都不尽人意！

"清新庾开府，俊逸鲍参军。"老杜以赞赏的语气，写李白诗才超群，无人可比。李白由"渭北"到"江东"，浪迹江湖，纵情山水，游踪不定，旅程之遥。由"春天"到"日暮"，由春天的红花绿树，欣欣向荣，到暮秋黄昏的垂天之云，阴冷凄恻，肃杀可怖，景色变化之大，显境遇之恶劣。言李白人生不定，时起时落，时喜时悲。此时，风暖花开，春和景明，正是朋友相聚的好日子。可对方，或许正"江东日暮云"，远在千里，落魄失意。

想见不得，只好相期；相期无果，忆之弥深，思之愈切。下面这首《天末怀李白》重点关注的是李白的命运：

凉风起天末，君子意如何。
鸿雁几时到，江湖秋水多。
文章憎命达，魑魅喜人过。
应共冤魂语，投诗赠汨罗。

地老天荒，满目萧瑟。凉风飕飕，从秋云浓密的天边呼啸而来，流浪的你呀心境如何，可知晓我的深深惦念？

杜甫写作此诗时，正流寓秦州。流离之苦，寄居之恼，秋风之寒，老杜自然而然地想起与自己命运相同，既是好友，又是诗友的李白：几时才能收到你的消息？江湖险恶，命途多舛，你可要多加小心呀！你虽然才高八斗，华章盖世，但命运好象在故意跟你作对似的，使你难图济世之志，难施旷世之才。你才高气傲，不事权贵，必然招致小人的诋毁和排挤；你胸怀坦荡，恃才狂放，必然不慎多失，以至让那些奸诈小人抓住辫子，趁机迫害，就像那山精水怪，喜人路过，可以肆意饕餮。

老杜作此诗时，尚不知李白已流放遇赦，故而挂念道：你流放夜郎，要经过长江、洞庭湖等地，你大概会与忠心为国、含恨投江的屈原互述衷肠，并作诗投江相赠吧！

诗以凉风起兴，景语皆情语。格调悲切沉郁，低回宛转，销魂蚀骨。思念之意，牵挂之心，愤慨之情，表达得淋漓尽致，苍凉之气，浸透满纸，寒彻人心。

这首诗再次印证了两位顶尖诗人的旷世奇情。

李杜相会被誉为千古文坛的一件盛事，现代诗人闻一多曾作过精彩的描述。双子星的光辉共同照亮了大唐帝国的文明天空，也增强了中华文明的亮度。不朽的芳名，万世的景仰就是对他们不懈奋斗的最佳回馈。

高 适
莫愁前路无知己
——官当得再大也离不开亲情友情

达人达量

《唐才子传》说高适："少性拓落，不拘小节，耻预常科，隐迹博徒，才名便远。"这意思是说，高适年少的时候是个不学无术、不思进取、颇为好赌之人，赌得没了资本，就干脆过起了游侠的生活。在河南商丘一带与李白、杜甫相遇，结伴同游，"酒酣登吹台，慷慨悲歌，临风怀古，人莫测也"（《唐才子传》）。那时，高适还不曾作诗，也许是受了李杜感染，高适五十岁时才开始学习写诗，不想，竟也大器晚成。与李白、杜甫这两个超级诗人比，他竟也跻身到了一流诗人的方阵。

高适在唐代诗人中还算是个官运亨通的人，《旧唐书》称："有唐以来，诗人之达者，唯适而已。"

高适早年"一卧东山三十年"，是个身游山水、心存魏阙的人。他做官跟写诗几乎同步，也是快五十岁时才参加了个非正式的考试，才做了个封丘县尉。在当时，这是至关重要的一级台阶。只有达到这一级，才有可能晋升到令人羡慕的高度。这个遗风一直传到现在，评职晋级都得如此。做县尉没多久，他就留下一首《封丘作》，主动请辞。原因是，不自由，上司面前唯唯诺诺，仰人鼻息；百姓面前没有政绩，对不起良知。效陶潜，归"旧山"，任身心彻底地放逐山水。他的举动还得到了家人的支持："悲来回家问妻子，举家尽笑今如此！"因而"转忆陶潜归去来"。

选择了自由，他就自行断绝了仕途腾达的机会。

同样，选择仕途，那就得心甘情愿地接受仕场的"潜规则"，把自己彻底的"奴性化"。这样的"装扮"，高适受不起。

归去，何其爽性，何其快意！

整天悠哉于野，似乎又有些寂寞，他又来到了哥舒翰的帐下当了个小秘书，还是想过点比较清闲的日子。不想，高适一边当秘书，一边学习带兵打仗，耳濡目染，竟也学了不少带兵打仗的真本事。等到安史之乱，师傅哥舒翰守潼关，徒弟就力保唐玄宗往蜀中奔逃，鞍前马后，罪没少受，汗没少流。

李亨自立为王，李璘就招兵买马，起了异心，树了反旗。兄弟血拼，派高适前往平乱，即刻得胜。功劳太大，招来同僚的嫉妒，权臣的不满。高适被贬到蜀中彭州任刺史，后为西川节度使。肃宗去世，代宗即位，高适才被召回，后封为渤海县侯。

李贺有诗云："请君暂上凌宵阁，若个书生万户侯！"高适离"万户侯"或许还有很大一段差距，毕竟还是"被侯"了。这也算是对天下文人的一点安慰吧。

文人的奋斗，政治上、经济上的回报少得可怜。因此，让大多数文人一开始就信心不足，小遇挫折就怨天尤人，不仕不达便归因为怀才不遇，未遇明君，未得明主。诗歌成了他排忧泄愤的主阵地，不想，竟也成了中国诗歌有别于他国诗歌的一大特色。

其实，任何朝代都是如此，只要当权者不从根本上加以改变，总体而言，文人终避不过命运的违拗，他们的人生，或多或少都会着上或浓或淡的悲剧色彩。高适仅是个个案，他的光芒太过暗淡，以至于后来的文人们看不到希望所在。即使这样，仍然阻止不了他们前赴后继地作倾心的付出，无谓的牺牲。

友情无涯

高适与李杜相遇是一段缘分，他们的故事后来又有了"续集"。

高适平定了李璘的"反军"，在李璘帐中的李白顺理成章地成了"反贼"，犯了"附逆"大罪，要处以极刑。生死时刻，高适和元帅郭子仪挺身而出，力保李白，才免去他的死罪。后来，高适被贬蜀中做彭州刺史，杜甫漂泊到成都常常有断炊之忧，没有办法，杜甫只好写信给高适求助，高适慷慨而为，加之严武的照顾，才确保杜甫在成都过了段安稳的日子。

公元761年正月初七人日那天，高适寄诗杜甫："人日题诗寄草堂，遥怜故人思故乡。……龙钟还忝二千石，愧尔东西南北人。"或许是杜甫自觉处境不妙，难以作答。之后，杜甫离开四川，整理文稿时，睹物思人，才有了回应，作了这首《追酬故高蜀州人日见寄》："自蒙蜀州人日作，不意清诗久零落……长笛谁能乱愁思，昭州词翰与招魂。"这是一份迟来的回赠，此时，高适已经故去。

以诗歌的名义，他们不期而遇。又以诗歌的名义，他们的友谊得到了延续。特别是在李杜生命的最关键时刻，高适出手相助，是唐诗的幸事，更是唐朝诗人高洁友谊、真挚情意的具体体现。

这也成就了高适的送别诗。

在高适心里，友谊是无私的、博大的。无私的友情不仅使自己视野高远，胸怀宽广，而且还能给对方坚定的信念，无穷的力量。看这首《别董大》：

千里黄云白日曛，北风吹雁雪纷纷。
莫愁前路无知己，天下谁人不识君？

送别的对象是唐代著名的琴师董庭兰。盛唐与胡人交往过密，盛行胡乐，可是，能欣赏胡乐的人不多。崔珏有诗为证："七条弦上五音寒，此艺知音自古难。惟有河南房次律（盛唐宰相房琯），始终怜得董庭兰。"

高适与董大交往时，他还很不得志，到处浪游，常常是贫贱交迫。他在《别董大》之二中写道："丈夫贫贱应未足，今日相逢无酒钱。"窘迫到了极点，想陪朋友喝点酒都难倒了英雄汉。

对即将登程远行、身涉险境的人，最大的安慰，难出高适之语。

豁达，开朗，就是疗治离伤的最佳药剂。因为，朋友遍天下。无论我们身处何境，无论我们眼前是多么孤单无助，只要我们敞开心扉，播种友谊，即使身在绝境，何愁没有几个足以安慰自己的知己！现实的残酷并不能改变我们乐观、豁达的心境。

此刻，黄云千里，遮天蔽日，天色昏昏；北风怒吼，大雪纷纷，大雁迎着酷寒的狂风艰难地飞行。送行，送行，到了不得不分手的时候，朋友仍然面露难舍之意。此时，送者能做的，只剩下一而再再而三的安慰。于是，诗人说出了千古不灭之语：不要担心前路茫茫没有知己，普天之下谁还会不认识你？

此诗堪称千古绝唱，是送别诗中的典范之作，与王勃的《送杜少府之任蜀川》、王维的《送元二使安西》合为唐人送别诗中的三大名篇，脍炙人口，经久不灭。其中的"莫愁前路无知己，天下谁人不识君？"堪与"海内存知己，天涯若比邻"媲美。所不同的是，高适更给人以信心，给人以激情，叫人甩掉包袱，轻装上阵，一往无前，所向无惧！

边塞放歌

高适是著名的边塞诗人，因其有实实在在的生活体验，他把边塞诗写得"雄浑悲壮"，与岑参并称"高岑"。这首《燕歌行》直抒胸臆，不尚雕饰，笔力雄健，气势奔腾，洋溢着盛唐特有的时代精神——奋发向上，蓬勃进取。

汉家烟尘在东北，汉将辞家破残贼。
男儿本自重横行，天子非常赐颜色。
摐金伐鼓下榆关，旌旆逶迤碣石间。
校尉羽书飞瀚海，单于猎火照狼山。
山川萧条极边土，胡骑凭陵杂风雨。
战士军前半死生，美人帐下犹歌舞。
大漠穷秋塞草腓，孤城落日斗兵稀。

身当恩遇恒轻敌，力尽关山未解围。
铁衣远戍辛勤久，玉箸应啼别离后。
少妇城南欲断肠，征人蓟北空回首。
边庭飘飖那可度，绝域苍茫更何有。
杀气三时作阵云，寒声一夜传刁斗。
相看白刃血纷纷，死节从来岂顾勋。
君不见沙场征战苦，至今犹忆李将军。

　　战争的花朵，没有谁会欣赏它的美艳（法西斯除外，残暴的嗜血者除外）。战士半死，美人犹舞。少女欲断肠，征人空回首。一个在战争的最前沿，一个在温暖的帐下；一个在城南不住地眺望看不到尽头的征程，一个在蓟北无奈地回望返乡的道路。境遇有别，都是战乱催生的恶果。

　　"策马自沙漠，长驱登古垣。"高适有边塞经历，他更有资本有资格还原战争的残酷。它的残酷在于整个过程都充满了血腥，敌对双方是你死我活的较量，没有商量，没有调和，都要付出生命的代价。除非某一方提前主动放弃。如果这样，就意味着永远要对另一方俯首称臣。

　　当敌对双方都把集团的利益看得重于泰山，高于一切，甚至超过生命，谁是强者？就得看谁最不怕死！弱者倒下了，是因为他们要证明自己是强者，要捍卫生者的尊严！强者活下来了，是因为他们要活得更有尊严！

　　为尊严而战，为荣誉而战，是他们义无反顾、奋力拼杀的全部理由。

　　在战场上拼得血肉横飞的，不一定就是最后的赢家。因为他可能等不到胜利的时刻，失去凯旋而归的机会。即使一方获胜，胜利的喜气也难冲淡失去亲人的悲伤。因为不管哪一方，都要付出惨痛的代价，都有生离死别的痛。

战争造就了无数英雄，他们笑到了最后。或封侯拜相，或锦衣玉食。不管怎样，他们都不会忘记与他一道赴汤蹈火的伙伴，不会忘记他们舍身疆场的惨状，不会忘记他们那些在痛苦中挣扎的遗孀遗孤！

高适在《咏史》一诗中写道："不知天下士，犹作布衣看。"英雄在没有成为英雄之前，往往让人看走了眼。在风云际会、天下大乱的时候，恰恰是英雄的舞台。他们或崛于草莽，或起于江湖。他们用自己的实力证明：我就是当今的英雄！

这些潜在的英雄，他们一旦走上战场，他们英勇无畏，他们冲锋陷阵，他们舍生忘死，一直杀到了最后，笑到了最后。这样的人，他们最有杀伤力，他们让生命更加脆弱，他们让战争更加悲壮！

这是《燕歌行》给我们的启示，这是高适要告诉我们的。

战争还在继续，时时有血腥的花朵开在世界的某些角落。

高适还有一首《塞上吹笛》，颇为有名：

雪净胡天牧马还，月明羌笛戍楼间。
借问梅花何处落？风吹一夜满关山。

这是战争的间隙，是边地军营生活的一帧缩影。

冰雪消融，胡地又回到了牧马的时节。傍晚时分，战士们赶着马群回来了，高悬中天的明月洒下一地清辉。夜色如此苍茫，如此辽远，从那高高的戍楼上传来熟悉的羌笛曲《梅花落》。清风吹送，一夜之间，传遍了所有的山关险隘。

这一夜，乡思泛滥。这一夜，谁能入眠？

这样的曲子也在李白的诗里纵情地飘荡过。这就是《春夜洛城闻笛》：

谁家玉笛暗飞声，散入春风满洛城。

此夜曲中闻折柳，何人不起故园情？

　　这里飘荡的不是《梅花落》，满城萦绕的是《折杨柳》。曲子不一样，效果却相同。那一夜，所有游子的心跳都有了固定的指向——故乡。

　　战争可以赢得安宁，赢得和平。无论胜负，对普通百姓而言，留下的都是无尽的灾难。诗人清楚地看到了这一点，被诗化美化了的战争，在他的笔下得到了还原。

　　高适的边塞诗从一个侧面显示出了雄强宏阔的盛唐气象。同一时期，他还作了《登陇诗》："浅才登一命，孤剑通万里。岂不思故乡，从来感知己。"豪迈中透出刚强，有深刻的感慨，却不带丝毫的忧伤。

岑 参
走马西来欲到天
——一个奇人的奇想奇行与奇诗

奇人奇事

岑参是唐代边塞诗派领袖级别的人物。

边塞诗集中体现了盛唐诗人人生的核心价值取向：渴望建功立业，血洒疆场。因而，大多写得热血奔腾，豪气冲天，是诗人内心世界的真实回响，显示出诗人们强烈的用世愿望，以及人生走向的自我大规划大构架。

岑参完成了对唐代边塞诗的有力收结，之后的边塞诗便是在作最后的抗争，其无力的呻吟既无法振起边塞诗的精气神，大唐气象也丧失殆尽。

岑参大略算得上是史上最"好奇"的诗人，杜甫也说"岑参兄弟皆好奇"（《美陂行》）。他的"好奇"不仅体现在爱好新奇事物，还体现在写诗抒情上。他的"忽如"句，为唐代即将步入严冬的边塞诗注入了一剂如春的暖意，让我们无法从记忆的底幕上抹去。

岑参的一生颇为传奇，他的个人奋斗不能纯粹以成败而论。

大约十岁的样子，他的父亲没有继续分享帝国的繁荣，也没有完成为父的责任，就匆匆辞世了。一个失去顶梁柱的家庭，生活状况可想而知。穷则思变。岑参因此发奋苦读，差不多遍读经史。二十岁的时候就出来闯世界。他奔走于长安与洛阳之间，忙于干谒，向权贵投递自荐书，结果白忙一阵。一事无成的他只得带着失望上路，沿着黄河漫游，以散发心中的郁闷。

天宝三载（公元744年），三十岁的，岑参才进士及第，做了个参军之职。这中间的甘苦只有岑参自知，于是作《感旧赋》，家世的沉沦衰颓，个人的周遭悲辛，多年积压心中的忧愤愁怨一股脑儿地倾泻了出来。

许是受"好奇心"的驱使，许是觉得做个没多少实权的小官太没意思，他决定到边关寻幽探奇。还有一种可能，那就是想建功边关："功名只向马上取，真是英雄一丈夫。"（《送李副使赴碛西官军》）从天宝八载到天宝十三年，岑参先后两度出塞为官，历时六年。他先是到安西四镇节度使高仙芝的幕府任书记之职。他满怀报国激情，想在"马上"获取功名，却未能如愿。天宝十年，回到长安，再次漫游。这一次放聪明了，知道再邀上几个友人一道上路。有山水美景养眼怡心，又有诗酒唱和，想来，岑参的这一次漫游肯定不会寂寞。

漫游回来，岑参的报国心还是不死，他不甘心就此放弃。于是，天宝十三年再次赴安西北庭节度使封常清那里任判官。这一次，报国立功之心更加迫切。结果呢，还是不能如愿。这种心愿就在他的诗里倾吐了出来。因而，这一时期，他的边塞诗特别高产不说，还特有震撼力。

岑参第二次赴任时，军中置酒设宴，为他的前任饯别。前任姓武，席间，岑参写下了他边塞诗的最著名篇章《白雪歌送武判官回京》。

岑参两度出塞，用他的实际行动书写了人生的传奇，诗歌的传奇。

安史之乱后，由于他"频上封章，指述权佞"（杜确《岑嘉州诗集序》），一路贬谪，后出任嘉州刺史，人称"岑嘉州"。岑参有奇情奇志，最终却"未及大用而谢世"（《唐才子传》）。

他的"好奇心"更多地展示在他的诗中。两次亲履边塞，体验边塞生活，感受异域风情，满眼奇花异景，为他在诗歌创作开创崭新天地夯实了基础。他的灵感异常活跃，他的想象格外新奇，他的文笔更是汪洋恣肆。《走马川行奉送出师西征》《轮台歌》等叙写西北边陲壮丽奇景的同时，将天山雪、火山云、热海蒸腾、瀚海奇寒、狂风卷石、黄沙入天等异域风光融入诗行，大大增加了边塞诗的质感。他还真实地再现了戍边将士艰苦的绝域生活，战争频仍下的军旅生涯。其诗"想象丰富，意境新奇，气势磅礴，风格奇峭，词采瑰丽，具有浪漫主义特色"。爱国诗人陆游称赞说，"以为太白、子美之后一人而已"。（《渭南文集·跋岑嘉州诗集》）陆诗人的评价略显偏爱，却特有分量。

奇情奇章

天宝十三年，诗人以安西北庭节度使判官身份二度出塞，得奇诗《白雪歌送武判官归京》：

北风卷地白草折，胡天八月即飞雪。
忽如一夜春风来，千树万树梨花开。
散入珠帘湿罗幕，狐裘不暖锦衾薄。

将军角弓不得控，都护铁衣冷难著。
瀚海阑干百丈冰，愁云惨淡万里凝。
中军置酒饮归客，胡琴琵琶与羌笛。
纷纷暮雪下辕门，风掣红旗冻不翻。
轮台东门送君去，去时雪满天山路。
山回路转不见君，雪上空留马行处。

　　北风，胡天，飞雪；瀚海阑干，坚冰百丈，愁云惨淡。边塞的奇寒无时不在释放其专横暴戾。

　　罗幕湿透，狐裘不暖，锦衾犹薄；角弓不开，铁衣难著，红旗不展。边关的军旅生活出奇地艰辛。

　　胡琴、琵琶、羌笛，交替演绎着送别的愁惨；中军置酒，殷勤劝归客；雪满天山，轮台送别。对于所有职守边关的人来说，艰难只是一种陪衬，残酷仅是一种考验！

　　不管他是去者还是留者，他们都把乐观写满绝域，都把豪情注满瀚海。"忽如一夜春风来"，那是面对奇寒的另一种思维方式；"胡琴琵琶与羌笛"，那是他们充满地域特色的送别；"雪上空留马行处"，他们要把必胜的信念、可贵的坚持、傲寒的奇情写满天山！

　　雪是边塞苦寒的招牌，征人是苦寒锻造出的忠魂！

　　胸中自有丘壑。在岑参的心里，既有"铁马秋风"的雄阔，又有"杏花江南"的柔媚。气韵交融，天才的想象，辅以浓墨重彩，顿时化着了横贯时空的诗章。

　　"忽如一夜春风来，千树万树梨花开。"为极寒极酷之地平添浪漫，陡注乐观。即使铺天盖地的刺骨寒雪，也变成了令人心醉的遍野奇花。

　　北风卷地，百草摧折；飞沙漫天，苦寒盈野。反而激发了诗人战胜困难的斗志，助长了他乐观无畏的豪情。诗人眼里，挟裹着雪花的狂风变成了三月的春风，满树满枝的积雪变成了满世界盛开的梨花。因而，尽管身处险境，依然豪气干云，铁血丹心。诗人的豪迈、浪漫，以及履险无畏的底气，源于时代精神的坚实支撑。

当然，他们也有失落。岑参也不例外。

强欲登高去，无人送酒来。
遥怜故园菊，应傍战场开。

这是岑参的《行军九日思长安故园》，硬汉的外表下紧紧包裹着对沦陷故园长安的柔情。安史之乱，京城沦陷，家乡沦为血腥飞溅的战场。诗人还特地在标题后加了备注："时未收长安。"战火纷飞，杀戮远未停止。断檐残壁旁，一丛丛菊花在血腥的浇灌下愤怒而开，形成一朵朵带血的思念。所以，即使诗人强忍着悲痛登上可以眺望故园的山头，也无以消解心中对叛逆者的愤慨，也无以寄托对战火中伤痕累累的故园的怜爱、思忆和念想。

比起王维的登高忆东山兄弟来，有着本质的差异。一个因战乱而遥望故园，一个因离别而眺望亲人。

这种失落反映了他对现实的强烈关照，体现了他大爱无边、时忧不断的文人情怀。

杜甫的时忧就不说了。安史之乱中，安禄山逼迫王维加入其"伪政府"，把他幽禁起来。王维表面屈从，实际上心向唐朝。此间，他还写过一首表露心迹、效忠李唐王朝的诗，传到肃宗那里，才没有治他的"伪官之罪"。不同的诗人有不同的遭遇。岑参只得在辗转征徙中去完成对沦陷家园的回望。

他的《走马川行奉送封大夫出师西征》同样是其边塞诗的杰出之作：

君不见走马川行雪海边，平沙莽莽黄入天。

轮台九月风夜吼，一川碎石大如斗，随风满地石乱走。

匈奴草黄马正肥，金山西见烟尘飞，汉家大将西出师。

将军金甲夜不脱，半夜军行戈相拨，风头如刀面如割。

马毛带雪汗气蒸，五花连钱旋作冰，幕中草檄砚水凝。

虏骑闻之应胆慑，料知短兵不敢接，车师西门伫献捷。

朔风夜吼，碎石乱窜。风头如刀，征人们仍然夜行不止。他们豪气如铁，令虏骑闻风丧胆。

一场恶战，止于高昂的士气；一场恶仗，胜于不灭的毅力。

飞沙走石，滴水成冰，夜色苍茫，兵刃相击……这就是边塞，这就是军人的生活！

敌人来势汹汹，唐军沉着应战，英勇无畏，胜利的消息立马可待。

险恶的环境更见将士的无畏，将士的英勇征服了嚣张的敌人。他们出生入死，他们的锐气，不仅仅只为凯旋时的荣耀而生；他们征战边疆，只为求得领土完整，生活复归于平静。

我们的诗人，也许就是夜行军中的一员，他用执戈握戟的手写下了人性的坚韧，写下了征人的忠魂。

他是一位普通的士兵，他柔软的笔锋下，奔涌着一个边塞诗人一腔赤血的澎湃之声！

岑参的边塞诗意奇语奇，此诗堪称典范，写得"奇而入理""奇而实确""节奏急促有力，情韵灵活流宕，声调激越豪壮，有如音乐中的进行曲"。

岑参还有不少描绘西北边塞奇景异色的诗篇：

火山突兀赤亭口，火山五月火云厚。

火云满天凝未开，飞鸟千里不敢来。

——《火山云歌送别》

侧闻阴山胡儿语，西头热海水如煮。
海上众鸟不敢飞，中有鲤鱼长且肥。
岸傍青草常不歇，空中白雪遥旋灭。
蒸沙烁石燃虏云，沸浪炎波煎汉月……

——《热海行送崔侍御还京》

诗人的"好奇"，把我们带进了一个不可思议的新奇世界。

怀土思亲是戍边战士的必修课，岑参也不例外，《逢入京使》历为世人称道：

故园东望路漫漫，双袖龙锺泪不干。
马上相逢无纸笔，凭君传语报平安。

他骑着一匹瘦马郁郁而行，泪水涟涟，打湿了衣衫。

前面是沙海茫茫，长路漫漫，背后是青山横亘，故乡更在青山外。他每前行一步，都离故乡越来越远，离亲情越来越远。

此时，黄沙无际，死寂笼罩，苍鹰盘旋……绝望填满行者的思绪，绝望铺满前行的道路。

就在这时，远边的天际，一队人马突破死寂的地平线，突破绝域的荒凉走来。

渐渐近了，诗人迫不及待地施礼，迫不及待地问候，迫不及待地想打探一点家乡那边的境况。

想知道、想倾诉的太多，相逢时刻又分外短暂，分别的时刻就在眼前，到了不得不说再见的时候，他才仓促地拱手相托:"那就烦请您带句话吧,说我身体尚好,请勿挂念!"

征人的无奈,无奈中满含隐忍的辛酸。"凭君传语",人生的飘忽不定之感,命运的隐忧难测尽在其中。"报平安",也许托人传达的仅是存在的一面,无法体现真正意义上的"平安"。此语能否带到,与此君能否还有下一次相逢,能否再度传回"平安"的信息,均不得而知。

"马上相逢无纸笔,凭君报语传平安。"浓烈的乡思,简单的表达,随意中见率真,见执着。朴素的话语里透出深刻的情意,浅白的文字说出了丰沛的情怀。仓促道别的一句话,看似寻常,却道出了足以照耀千古的华丽,足以打动万世的真诚。

志抵四海,情结故乡。遥远的故乡,离别越久,愈是能见出主人公的志向之高远;壮行的久长,愈是能见出其胸怀的阔大,用情的深挚。

故乡,既是情感的寄托,又是心灵的栖所。再看他的《西过渭州,见渭水思秦川》:

渭水东流去,何时到雍州。
凭添两行泪,寄向故园流。

泪水永远为故乡而流!

只有这两行清泪里的乡思,可以跨越万水千山的阻碍;只有那深切不息的乡思,不需要凭恃,不需要承载!

男儿有志出乡关,那是多么意气风发的出征呀!待走过千山万水之后,他才发现,执拗的乡情,是多么固执地生在骨髓,根植灵魂。

他有时即使行走在绝地沙漠,也一样勃发出万丈豪情:

走马西来欲到天，辞家见月两回圆。

今夜未知何处宿，平沙莽莽绝人烟。

——《碛中作》

"走马西来欲到天"，离天边其实还很遥远。尽管他已经在黄沙莽莽、绝无人烟的异域漫无目的、看不到尽头地走了两个月！眼前仍是"平沙莽莽黄入天""平沙莽莽绝人烟"！

如果这首诗的主人同《逢入京使》的主角是同一个人的话，那他先前的担心就变成了现实，那他尝到的艰辛就远没有结束。

他在亘古黄沙中一步一挪地前行，面对死亡的考念，他的心里还有多少信心支撑着他下一步不会倒下？尽管他已经经历了无数次绝望的生死考验。

干渴无水，沙海无边，人烟绝迹。谁能理解一个诗人的挣扎，谁能理解一个征人的抗争？

他的艰辛我们未尝体会，他的苦难我们没有切肤之感。对他的敬意，由衷而生。

事实上，面对死神的威胁，他们曾唱出了豪迈的进行曲，他们曾经把孤独、把痛苦、把思念、把雄心、把绝望唱得那么慷慨，唱得那么嘹亮，以至整个边关、整个沙漠都回荡着他们的豪壮！因为希望急欲猛烈燃烧，激情渴望即刻暴发。

面对苦难，面对困境，他们其实都是一群平凡的人，在他们身上早已体现出非凡的意志，超常的毅力。

宋代爱国诗人陆游更说他的诗"笔力追李杜"（《夜读岑嘉州诗集》）。岑参有了这样的体验，这样的诗歌没有道理不流传万年！

岑参的"好奇心"还表现在对自然的特别关照，《山房春事》亦然：

其一
风恬日暖荡春光,戏蝶游蜂乱入房。
数枝门柳低衣桁,一片山花落笔床。

其二
梁园日暮乱飞鸦,极目萧条三两家。
庭树不知人去尽,春来还发旧时花。

万类霜天竞自由,这是世间的自然状况。自然法则迫使他们不得不经年累月地练就其维系生存的独门绝技。尽管如此,仍然有荣枯盛衰,仍然会遭遇弱肉强食。

自然原本如此,却引起了人们的悲悯:望春花凋落,叹年华流逝,岁月无情;望夕阳落山,叹暮年将至,人生苦短……繁华变荆棘,沧海成桑田,非人力能够改变。

更令人悲楚的,莫过于面对荒凉,曾经的芳树开出了鲜艳的花朵,那里曾经繁华过,热闹过,富贵过。花草树木不晓人事的变迁,她们把繁华上演了一年又一年,却加重了知情者的悲情。面对争艳的繁花,面对热闹的蜂蝶,他更加悲戚。

可是,面对世间的种种变故,谁又能心如止水,无动于衷呢?

何况,岑参又是一个出了名的"好奇"诗人。

王之涣
更上一层楼
——壮阔的人生没有顶点

少年纵歌

还在读小学的时候,王之涣就走入了我们的记忆。他的《登鹳雀楼》诗一直铭刻在我们心里,时时拿出来鞭策我们有些怠惰了的心志。

《唐才子传》说他是蓟门人,也就是今天的北京人。另一说是山西绛县人,祖籍太原。太原王氏是名门望族,而且才子辈出。就诗人而言,在唐朝就先后出过王绩、王勃、王翰、王维、王昌龄,还有就是这个名号甚响的王之涣(如果生于山西绛县属实)。

《唐才子传》说:"(王之涣)少有侠气,所从游皆五陵少年,击剑悲歌,从禽纵酒。"既是出生望族,那就有轻狂的资本。王之涣年少时的种种表现,几乎是王翰的翻版。他侠气飞纵,常常邀约一帮年轻人招摇过市,饮酒高歌,舞剑弄棒,一直过着逍遥自在的日子。

有一天,他酒醒后突然说:"我这二十年简直白活了!"于是幡然醒悟,发奋图志,"便能精研文章,未及壮,便已穷经典之奥"。到了中年,王之涣傲气全消。他虚心学习,专心诗文，诗艺猛进，诗名大振，竟与王昌龄、高适等互有唱和。这里有一段"旗亭画壁"的佳话流传甚广。

据唐人薛用弱《集异记》载，一日天寒微雪，王昌龄、高适、王之涣三人来到旗亭饮酒，正好有一帮梨园伶官和歌妓也在此聚会。他们三人便选择一个偏僻的角落坐下来，一边饮酒一边观看。歌妓们演唱的是当时最为盛行的诗歌，其传唱率都是上得了排行榜的。王昌龄提议说，我们都有些诗名，究竟谁高谁低，谁的诗被演唱得多，谁就胜出。高适立即响应，说谁输了谁就付酒钱。第一个歌妓唱的是王昌龄的"一片冰心在玉壶"，王昌龄在墙壁上为自己画了一道。第二个唱的是高适的"开箧泪沾臆"，高适也为自己画了一道。随后王昌龄又添得一道。王之涣有些坐不住了，说这几位都很普通，唱的都是下里巴人；应看那位最漂亮的歌妓唱的是谁的诗，若唱的不是我的诗，我就再也不跟你们二位争高下了。待那名歌妓唱时，果然唱的是王之涣的《凉州词》，三人不觉开心地笑起来。那些歌妓见他们大笑，问明缘由，才知道他们就是自己平日里最仰慕的诗人，非常高兴，随即拜请他们入席同饮。

这真是一个全民诗歌的时代。诗意的生活竟充盈于他们平常的休闲娱乐！

王之涣的诗名之盛由此可见。诗人名垂青史者，或以数多为胜，或以质优独立。王之涣属于后者，他的诗仅存六首，以《登鹳雀楼》《凉州词》为代表作。章太炎推《凉州词》为"绝句之最"，虽无权威机构的最终认定，也足见此诗的影响与地位。

王之涣一生在仕场没有多大起色，仅做过县尉而已。对他而言，做官是过程，是体验，漫游、交友才是他的终极目的。靳能在《王之涣墓志铭》中说："孝闻于家，义闻于友，慷慨有大略，倜傥有异才。"对王之涣的一生作了完美的总结，他品节道义，风神嘉仪，卓然瞩目。

更上一层楼

盛唐是一个高歌猛进的时代。在这种时代精神的催发下,人人都信心满怀,人人都渴望建功立业,人人都是不服输的主儿。他们的心声大多以那个时代人们最熟知的文学载体展示出来,这就是诗歌。

王之涣的这首《登鹳雀楼》,显示了他不凡的气度,阔达的胸襟,高远的追求。

白日依山尽,黄河入海流。
欲穷千里目,更上一层楼。

有一个高度需要我们去攀越,有一种壮阔需要我们去赢得。

无论是险峻的峰巅,还是凌云的楼阁,都是摆在我们眼前的现实课题。征服是唯一的捷径。

王之涣担任过县官,因其正直不二,得罪了不少的有钱人,经常受污,一气之下,辞官漫游。诗歌是他的漫游心得,一记自然妙境,二写心中感悟,就有了出佳篇绝句的可能。

鹳雀楼是唐代名胜之一,在山西永济。这天黄昏,诗人登上鹳雀楼,眼前画卷磅礴,内心风雷跌宕。

诗人面对苍茫的天宇,奔腾的黄河,横亘的山脉,他深知自己所占的高度还十分有限,他觉得自己的视野还十分狭窄,他感到自己的胸襟还不够辽阔,自己的境界还有待进一步提升。他觉得:即使自己攀到高楼的最高层,仍然有不断攀登的追切愿望，仍然有不断提升的强烈追求，仍然希望自己有更高远的眼光，更宽阔的胸襟。

这是一个盛唐诗人的进取情怀，他的激进代表了那个时代文人们的共同追求，他的慷慨吟叹是那个时代强音里最精彩的一个声部。

这是一个智慧诗人面对一座高楼的顿悟。他的顿悟成为后来者千古受用的财富！

简单二十个字，让我们感受到了唐代诗人的大胸怀，大视野，大手笔。让我们生发出许多领悟：

凌云的志向永远没有最高层；

积极的心态就是支配一个人攀上最高层的精神动力；

攀登无止境，同志还要继续努力；

境界无极限，我们仍需要提炼，萃取，再提纯……

小小鹳雀楼，因诗人的登临而高可逼云，源于诗人那心观天下、俯瞰一切的强烈欲望。高天厚地，往古而今，都纳入了诗人的视野。登临，登临，不住地登临，是他唯一的选择！

因此，不同人的登临就有了不同的起点，不同的终点。李益也登了鹳雀楼，李益把它当成了一个起点，一个览古抚今、追思历史、探索人生的平台。他的《同崔邠登鹳雀楼》这样写道：

鹳雀楼西百尺樯，汀洲云树共茫茫。
汉家箫鼓空流水，魏国山河半夕阳。
事去千年恨犹速，愁来一日即为长。
风烟并是思归望，远目非春亦自伤。

汉武已去，三国已去，"事去千年恨犹速"！一切都已成定局。诗人要考虑的课题太沉重，因而，"远目非春亦自伤！"

李益和王之涣没有站在一个层面。之间的差别决定了诗歌的格局，境界，还有个人的气度。

诗人的灵感与伟大哲思怦然相遇，电光石火，光彩夺目，神照千秋。

理性认识，透彻感悟，在此升华。此后，一提到鹳雀楼，我们就会精神一振，眼前就会展现出一片浩阔无边的天地来。那困扰我们的阻碍，即刻遁去。我们心宇明澈，视野通达。我们重新审视，运作，行走，攀登，就成为从不稍歇的常态。目的不是行为的终极结果。攀越的过程才是生命最可宝贵的体验。意志磨练中的快乐与收获，过程的意义，憬悟的价值，远大于一览无余的结果。

王之涣为我们呈现了一个人生境界提升的现实的、直观的版本。而到达"最高层"的过程，则需要我们这些个体去独立完成。

诗人面对眼前的现实图景，一种穷尽一切的憧憬和期欲在心中陡然而生。一种哲思，一种壮怀，一种跨越阻碍的突破感，征服欲，在诗人心里急剧膨胀，暴发。人生的攀越，境界的提升，力量的张扬，瞬间穿越极限，奔向了更广阔的时空，展示出生命的高度，韧度和强度，把盛唐诗人的壮阔胸怀催发到了最大的尺度。

诗人还告诉我们，与命运抗争，同自己较量，人生的最大乐趣不在于唯我独步、唯我是瞻、唯我独尊，而在于攀越和到达的过程。因而，"更上一层楼"是境界提升的自我期许，自我要求。有了这种自觉意识，人生才有不断向上的动力，才有战胜一切困难的勇气。

王之涣让我们明白：人生境界的提升，实际就是一个不断攀越的过程，一个不断设置新的攀升高度的过程；人生的高度，关键要看我们能不能把自我要达到的境界设置到最大的尺度。

在盛唐诗人的心里，一切皆有可能，一切都可超越。心有多大，地有多阔，人就可能抵达到心灵可以抵达的高度和广度。

电视片《唐之韵》说这首诗："四句二十个字，字不奇，句不奇，景不奇，情不奇，但却展现出如此磅礴的气势，这简直就是奇迹！"

奇迹就这样诞生了，源于一个诗人浩阔无限的胸襟，不设止境的追求。

边塞浩歌

"凉州词"是凉州歌的唱词，不是诗题，是盛唐流行的一种曲调名。王翰、张籍等都写过《凉州词》，王之涣的这一首独得风流。

黄河远上白云间，一片孤城万仞山。
羌笛何须怨杨柳，春风不度玉门关。

黄河、白云、孤城，还有万仞群山构筑的铁阵。

万仞群山的铁阵让春风止步，轻风杨柳、万紫千红的春天被远远地、死死地挡在了孤城之外，雄关之外，征人的视野之外。

边城苦寒的岁月永远没有春天。孤寂的边关被排挤到了春天的外面。

边关的雄阔，边地的苍凉，孤城的无助，被蚀骨的酷寒笼罩，禁锢，却被一曲羌笛激活。

突然响起的那一曲羌笛，飞越关山无数，飞越黄河万里，穿透枯寂寥廓，唤醒了一颗颗麻木的心，枯寒的魂。他们即使此刻身处穷塞，他们的心里仍有一个缤纷盎然的春天。

被别人冷落，遗忘，未必我们自己也要自暴自弃，未必我们要亲手熄灭自己心中的希望，将自己抛尸荒野。

不是鼓动反叛，只为生命得到重视，只为生命的张力得到自由的释放。

生命需要春天，生命需要绚烂。

漠风千里，雄关耸峙。大漠苍凉，边城孤危。英雄的豪气一天天被荒芜的岁月磨损，英雄的忠贞又被绝域苦寒反复锻造而更加坚强。

我们知道，那一张张被飞沙风蚀得粗砺了的脸，那一颗颗被艰难磨炼得更加坚强的心，就是寂地绝域最美的春天。

这首诗为诗人带来了巨大的声誉，它流传的速度与广度，绝不亚于今天的流行歌曲依赖互联网等众多媒体而一夜窜红。

王昌龄、高适、王之涣三人演绎的"旗亭画壁"的故事，说的就是这一首诗。试想，连一个歌妓都能在大庭广众之下从容地吟唱唐诗，那是怎样一个诗歌繁盛的时代呀！时代锻造了诗人的自信人生，时代造就了非凡的诗人，时代孕育了豪情四溢的诗歌，时代同时构架了诗意弥漫的诗性生活。

当我们回眸那个伟大的时代时，我们知道了文人们过着怎样的生活。

当我们回眸那个伟大的时代时，我们同样想毫无禁忌地放歌一曲。

那是时代的色彩，绝不允许失望与悲切。时代给了他们足够的底气，因其不朽的歌吟，他们成了那个时代绝对的天之骄子。

贺知章
笑问客从何处来
——自命"狂客"的最后归宿

狂客行

自号"四明狂客",当朝皇帝倒也还算开明,自己的大臣自号"狂客",他也竟能容忍,他也不怕有辱政风。自号"狂客"者也不怕有辱他文人、尤其高官的身份,也不担心皇帝来追究他作风极不严谨、为人极不稳重的责任。皇帝也懒得考虑:把朝中的大事拿给这些人去办自己是不是放心!

李白作《对酒忆贺监》诗:"四明有狂客,风流贺季真。长安一相见,呼我谪仙人。昔好杯中物,翻为松下尘。金龟换酒处,却忆泪沾巾。"贺知章的"狂"性在壮年李白面前展露无遗。

沧桑世故没有改变他的乡音,更没有改变他的天真率性。

贺老还是个性情中人,杜甫这样描述:"知章骑马如乘船,眼花落井水底眠。"酒喝多了,连胯下的马儿也跟着醉癫起来,一不小心,老眼昏花的他就掉进了井里,污染了井水就不追责了,居然还赖在水井里睡起觉来。

贺知章,会稽人,也就是王羲之酒喝得差不多了才写出天下第一行书《兰亭序》那个地方。还相当年轻的时候,贺知章的诗文就相当地出名了。他官至银青光禄大夫兼正授秘书监，世称"贺监"。许是受了书圣的熏陶，他的书法品位颇高，尤其擅长草隶，"当世称重"，现在都还能见着他的手迹。贺知章旷达豪放，善谈笑，好饮酒，又风流潇洒，为时人所倾慕。他常与张旭、李白饮酒赋诗，切磋诗艺，时称"饮中八仙"，又与包融、张旭、张若虚等结为"吴中四士。"

当他读过李白的诗文后，即赞李白"谪仙人也"，立刻结成忘年之交不说，还极力向唐玄宗举荐李白。他晚年放浪不羁，自称"四明狂客"。又因其诗豪迈旷放，人称"诗狂"。

天宝三载，因病，有时神情恍惚，他上书皇上，请求还乡。得到皇帝的许可不说，皇帝还亲自写诗赠别，并安排皇太子率领众官员为其饯别。他回到家乡不久就辞世了，终年八十六岁。

贺知章是个玩性十足的人，他对春天的感受也特新奇。看这首《咏柳》：

碧玉妆成一树高，万条垂下绿丝绦。
不知细叶谁裁出，二月春风似剪刀。

春催物华新，毫无例外地包括那河边的柳树，那行走在春风里的贺知章。

柳树的柔韧人所共知，春风的力量被柳枝演绎。春风的利刃剪去残冬的寒意，春风在嫩绿的枝条上微微地浅吟。她的柔媚被二月收读，满枝的新绿是摇曳的生机。饱饮沧桑的诗人，满怀欣喜，白发苍颜，绽放出生命的活力。

自然的魅力时时都在发生，丝丝柳绿点亮了诗人的眼睛，平常的事物也有她超凡脱俗的引力。被凡尘俗事困扰的诗人，从自然的声籁中感受到了活着的快意。

诗人的惊喜写在二月的风翼，浑浊的思绪被季节的明丽提纯，名利的羁绊，挡不住他返乡的脚步。

那不仅仅是一两株柳树的美丽与魅力，大自然也不仅仅只允许她们独自炫技。重要的是，我们要抽出一点点时间，去理会、去关注身边那些被我们一再忽略了的东西。

大多时候，贺诗人是以一个垂垂老人的形象步入我们的视野。但这却是一首青春昂扬、生命溢华的诗，让我们在青春的时风里，轻易地忽略了诗人一贯存在于我们内心的老者形象。

贺诗人告诉我们：不要为眼前短暂的淑丽所魅惑，只要心里装着一丝丝春的摇曳，就有整个春天的繁华富丽；只要我们心存爱意，我们的努力亦会如春风的机巧，为我们所爱的人剪出一派浓浓的春意。

春芳短暂，爱意无限，活力无限。其实，每个人都是一把魅力十足的"剪刀"，心中的春天，人生的春天，由着自己去裁剪。

贺诗人用智慧的"剪刀"让我们知道了春风是如何来装扮这个世界的。春风装扮了自然，自然装扮了诗人的眼睛，诗人的诗则装扮了我们的心灵。

诗人也是这春天里最美的风景。春风杨柳下，他潇洒的行吟图也被自然收读。

这是他眼光的独到之处。他不仅发现了自然这个秘密，同时还发现了一个大诗人，并且把他命名为"谪仙人"。这个谪仙人或许受到了贺老先生的鼓励，这个谪仙人就更加自命不凡，拿着这张名片行走天下，一步步，最终登上了诗歌的极顶，由谪仙破茧而成伟大的诗仙。

亲近自然，与人为善，因而，贺知章能写出这样天真纯净的诗来。

很多唐人，没有征服欲，不是占有狂。他们与自然共生，容天地为一体。因而，他们懂得该如何优雅的生活，更懂得该如何享受这个火热的时代，享受这个时代为他们构筑的诗意空间。

　　他们的豪气不是用在"人定胜天"，而是用于平天下，济苍生。用今天的话说，就是构建和谐社会。他们不仅希望人的和谐，更期求与自然相生相息。于是，贺知章八十六岁了还要还归故里，不像王维，不想在官场混了，就跑到辋川去独享那里的清静。

　　一回到家乡，肉身有了安顿，心灵有了栖所，没过多久，贺老先生就安然自适地去了。

悲喜录

　　贺知章"玩"性十足，回到乡里时，白发垂髫之间竟也顺势"玩"了一回。

　　少小离家老大回，乡音无改鬓毛衰。
　　儿童相见不相识，笑问客从何处来。

　　贺知章三十七岁出去闯世界，仕途打拼，宦海沉浮，直到八十六岁才返回故里。

　　这个被误作"客人"的老者，经过一生的奔波与辗转，近五十年宦游生涯，耄耋之年，才回到他生命的起点，使他的人生轨迹最终得以圆满。他的一生是荣耀还是平凡，都已经不重要了。重要的是，他还能找到那条回家的路，还能够留住他最初的乡音，还能够放弃名利的羁绊如愿回到故里。

从荣耀回归平淡，从老态龙钟的官宦之态回归天真的童趣，繁华和绚烂归于眼前的安之若素。

思乡，这是一个情结，直到现在，都还解不开，化不了。每年春节，那些南迁北徙、东来西往、劳顿苦行的"候鸟"们，都在竭力诠释一颗中国心，一个回家梦，一段骨肉情。这是在其他民族无法上演的"人间壮景"。一个离开故乡再久再远的游子，始终无法冲淡对故乡那份浓烈的期盼和思念。人们离家走得再远，外面的世界再精彩，返家的心从未改变，而且愈来愈切，像一罐老酒，愈陈久愈浓烈。

那些遥远的记忆里，诗人仍能毫不费力地辨出最初的乡音，读出故乡当初的容颜。离恨的深重不能稀释归乡的惊喜。

他乡音不改，归心不变，却被小小的顽童在稚笑中误读。欣喜，儿童的笑颜里尚可读出自己的童年。何其幸运，耄耋之年得以重返故里。要知道，很多人被厄运绊倒，返归的航船搁浅在回乡的路上。家是其灵魂永恒的指向，所有的遗憾皆是因那一段没有走完的路。

故乡是一首耐读的诗，游子只是那句末的标点。无论怎样，游子都在诗行的边缘为故乡忠实地吟叹。

虽说偶然，实则必然。人生的悲情，生命的尴尬，在这里陡然遭遇。

几十年的风雨兼程，几十年的命途沉浮，几十年的仕途博弈，倦了，累了，厌了，远行天涯的游子终于如愿回到故里，终于如期笑聆乡音。

儿童的失误是天真酿成的错误，贺诗人的酸楚是整个生命种植的必然定数。

相对于故乡的问询，诗人很陌生；贺诗人的凄然，挣不脱命运的绳索。

儿童是这个时候即时出场的配角，因为，原先熟悉的笑脸，早已成风霜岁月中被蚀的残片。贺诗人是那个时代最倔强的花朵，回归是生命作出的必然选择。

此时，命运迈入了峰回路转的别境。此时，高龄的诗人也绽放出孩童的天真。

生命的悲欢苦欣，在这一场"误会"中尽显沧桑世情，人生百味。是诗人的自嘲，还是生命不可避免的悲辛遭逢？无论哪一种状况，都是"剧情"的悲剧源头。这样的"戏剧矛盾"更加彰显了主人公的坦然与淡定。生命有很多不能承受的重与痛，轻松的面对，更见生命的坚强。

贺老顽童算得一个。

生命的历程完成了一次波澜壮阔的回归。"少小"和"老大"的遭遇，道出了生命的流程，起点与终点，切近又遥远，蓬勃又衰颓。每一个人都无法回避，每一个生命都不可逆转。因此，史上那么多高贵的生命，那么多思想的圣哲，灵魂的导师，都在生命的单向旅程里，无一例外地陷入迷惘，发出慨叹。

表面上呈现出的再潇洒的人生，都有他落寞的B面。庄子与太白，两个最典型的生命标本，在他们浩大宏阔的内心里，流淌着惆怅的智慧之泉。生命的起源与归宿，在他们激荡的思绪里，碰撞，奔突，飞溅，显现出生命的壮丽来。

起航，靠岸；起飞，着陆，是生命写下的固有轨迹。

故乡就是那个能给生命以温暖靠岸的港湾，故乡就是那个能给生命以平安着陆的机场。一片树叶轻轻地接近地面，一个生命平静地走近终点，我们都会为这样的"回归"抱以惊羡。

一片树叶能够回到温暖的起点是一种幸福，还有很多树叶未到枯黄时，就被恶风猛雨带到了未知的异地，让过早夭折的生命失了方向，断了归路。

因此，由起点而终点是一种顺利的回归。更为可惜的是，还有很多匆匆回归的脚步戛然止步于回归的路途。

我们都是这样呈现给自然的，我们都是这样回报永恒的。我们都是时间的过客，我们当坦然淡定地走过属于自己的那一段路。

这首《回乡偶书》还有姊妹篇：

离别家乡岁月多，近来人事半销磨。
唯有门前镜湖水，春风不改旧时波。

时光易逝，青春易老，岁月蹉跎。从青春年少，到苍苍白发，经历半个世纪的背井离乡后，故乡依然是他生命最可靠的栖所，家园依然是他心灵最踏实的安顿。

"春风不改旧时波"，贺诗人在寻梦途中，虽走得又高又远，那一颗指向故乡的心从未改变，一如那和暖的春风，以及自家门前镜湖水荡起的不息波光，永远都在重复一样的风景。

贺知章告诉我们：再自命不凡的人，到最后，他还得哪来又哪去！

韩 翃
春城无处不飞花
——一个著名才子的人生传奇

爱情传奇

韩翃是"大历十才子"之一,他因一首讽刺诗而得到皇帝的重用,这实在是一个意外。自隋而来,至封建科举寿终正寝,经历一千四百年漫长岁月,这样的事落在韩翃的头上,实在是他的幸运。

韩翃,南阳(今河南南阳)人,因作《寒食》诗,被唐德宗赏识,提拔为中书舍人,官至驾部郎中。据唐人孟棨《本事诗》记载,韩翃年轻时很有才华,很有名气,仕途却一直不畅,辗转做了些助手、幕僚之类的芝麻官,全为他人作嫁衣,很不得意,也没多少朋友。

尽管韩翃年轻时仕途不畅,爱情方面却颇有些故事。他写过一首《章台柳》:

章台柳,章台柳,往日青青今在否?
纵使长条似旧垂,也应攀折他人手。

天宝年间,韩翃与李王孙交情很好。在一次歌宴上,李王孙的爱姬柳氏与韩翃眉目传情，感情来电。李王孙有所察觉，倒也大度，不但把柳氏赠与韩翃，还出钱为他们办了婚事。李王孙能做到这个份儿上，也算对得起韩翃这个哥们了。

第二年，韩翃及第，回家探亲，把柳氏暂留长安。不料，安史之乱爆发，长安洛阳沦陷，兵荒马乱，一个弱女子怎好生存？她洁身自好，剪去长发，遁入寺庙。韩翃则在外地做了个芝麻官。两人天各一方，冥冥中祈祷，只求此身能够再次相见。

战乱平定，长安收复，韩翃派人到处打探柳氏下落，并给她写了这首《章台柳》。一路辗转，柳氏才得到这首诗。她手捧韩诗，呜咽不止。她深知：韩诗人还深深地爱着自己！他既担心自己的生死安危，又担心自己红颜残损，更担心自己已为他人劫夺。

柳氏回诗一首《杨柳枝》：

杨柳枝，芳菲节，所恨年年增离别。
一叶随风忽报秋，纵使君来岂堪折！

在《章台柳》中，韩翃对柳氏既相思不忘又疑窦丛生。而柳氏答诗"杨柳枝"，一派凄凉，她对他一样地深情，一样地念念不忘，没有丝毫疑虑。她只恨自己命贱，恨自己失身，恨自己芳华已逝。

原来，安史之乱中，柳氏已被潘将掳掠，据为己有。而这个潘将因平定安史叛乱有功，是皇上身边的红人。韩翃想，这怎敢得罪。幸得友人相助，事情交到皇上那儿，才有个了结，下诏将柳氏断归了韩翃。一对离散人，终于破镜重圆。重圆的镜子却留下了永久的裂痕。

诗歌传奇

韩翃不善交际,缺少朋友。有个职务不高的韦巡官和他相处甚好。一天半夜,韦巡官急匆匆地跑来敲韩翃的门,大喊着:"祝贺你,祝贺你,你升官了,让你主持起草皇帝文告。"韩翃特吃惊:"不可能哦,不可能哦!哪有这样的好事哦!"韦巡官坐下来如此这般地说了一通。原来是皇帝发文告,一直缺少起草的人,中书省两次推荐,皇帝都没有批。又去请示,德宗皇帝才批示:用韩翃。当时还有一个同名同姓的人,中书省搞不清到底启用哪一个,又上奏皇上,皇帝批示说:"就是写'春城无处不飞花'那个韩翃。"韦巡官说:"这难道不是你吗?"韩翃这才相信确实是自己,才知道馅饼真的从天上掉下来了,正好砸在了自己头上。

这个故事有力地证明了封建社会用人制度的弊端:"诗才即仕才!"恰恰有很多文人也认为如此。因而把经国济世当成为文作诗一般侍弄,他倒名利双收,靠书呆子治世,老百姓都成了他们的试验标本和牺牲品,出现民不聊生的严酷现实自在情理之中。要知道,政治没有诗意。故事的另一面则说明,虽然大唐趋于颓势,用人还比较开明。

韩翃做了皇帝老儿的秘书,虽仅是起草诏书、出点文告,这故事毕竟印证了封建文人的价值,让我们知道,即使他们困顿潦倒,这也是他不肯丢下文人架子的根本原因。

我们来看这首给韩翃改变命运、带来幸运的《寒食》诗:

春城无处不飞花，寒食东风御柳斜。

日暮汉宫传蜡烛，轻烟散入五侯家。

韩翃说，寒食节这天，长安城内春色盎然，美不胜收；翠柳轻拂，柳絮蒙蒙，百花盛开，百卉争妍；傍晚时分，皇宫里传送着一支支由皇帝恩赐给高官权贵们的蜡烛，一时间，整个皇城灯火通明，烟雾袅袅，尽显浩荡的皇恩。

寒食节在清明前一天。传说晋文公为纪念介之推被火烧死，以示哀悼，规定这一天全国不得烧火做饭，因此称作"寒食"。这首诗以寒食赐火之事讽刺皇帝对皇亲国戚、大宦亲信的恩宠。诗人以传统儒家正统道德观念直刺君王贵戚的严肃内容，却表现于委婉含蓄、轻盈流宕的诗句之中，特别是写景优美，语出天然，使人在精美的诗体与隽永的韵味中体悟到深刻的意蕴，丰沛的寄兴，因此打动了天子，并降以恩赐。

读完这首诗，首先让我们想起的是"只准州官放火，不许百姓点灯"的古语。

这是大唐的寒食节，普天之下的平头百姓，以及大大小小的官吏们都不得动火动灶。只有皇帝拥有特权，他想借星星点点的烛光传递他对其近臣们的浩荡皇恩。而那些贫民布衣，就只有眼巴巴远观的份。

诗人还告诉我们，任何朝代都存在特权。我们或许默认，或许归于平淡。

这个世界有太多的不公平，我们仅以平常之心完成我们对这个世界的安慰，愿普天之下的所有生灵，都在这一刻平静地消解心中的不快。

特权的制造者们很清楚，他们在炮制特权、玩弄权柄的时候，眼里装的只有自己。老百姓从来都是砧板上的鲜货，特权者想怎么烹制，他们就会按自己的想法宰割。被宰割者往往还要缚住手脚，堵住嘴巴，想动弹，想叫喊，没门!

讽喻者读出的是世事的沧桑与人世的不平，专制者读出的是唯我是命与无人可撼的专横和霸气。一方面体现了诗人的智慧，一方面可见唯我独尊者的得意。

《寒食》就对什么是特权作了生动的描述，直接的再现。韩翃非但没有触怒皇帝，反而还收获了实惠，实在万幸。这，也是特权对一个默默无闻的书生的格外惠顾。

"春城无处不飞花"，人生际遇太偶然。尽管如此，还是叫不太走运的韩翃给撞上了。因而，他的悲情人生才有了那么一点有限的喜色。

钱 起
羞将白发对华簪
——命运在冥冥中突变

绝对传奇

　　大唐是一个盛产诗歌的朝代，参与诗会者人数众多，作品浩瀚。上至开国天子，下到平头百姓，都能吟上几句。唐朝政府对诗歌的重视也非同一般——科举以诗取士。写诗成了读书人的必修课。也就是说，但凡读书人，不管诗品怎样，都吟得几句。作诗是科举考试的必考内容，就像今天高考语文的按要求作文。前面说到的"半份白卷先生"祖咏，仅凭一首"残诗"即可登科及第，这在今天是不可想象的。像韩翃那样的知名度，连深居皇宫的圣上都知晓，仅凭一首讽喻诗就能破格提拔为中央办公厅的高级干部，这在今天，同样是不可想象的。这里要说的钱起，同样是一个与诗歌有关的传奇。

　　天宝九年，钱起前往京城赶考，住在京口（今江苏镇江）旅馆中，这天夜里，不知是饥饿，还是考前紧张，老是不能入睡，就来到客栈的院子里徘徊，转悠，恍惚间，听得院墙外有人吟诗：

　　曲终人不见，江上数峰青。

钱起很是诧异,难道还有人跟自己一样不能入睡?忙跑到院外一看,人影都没有。钱起很是纳闷,心里直嘀咕:"这是撞上鬼了不成?"鬼是没有的,但这两句诗却一直写在了钱起的记忆里。第二年,他到长安参加礼部考试,试题是《湘灵鼓瑟》。这个题目是从《楚辞·远游》"使湘灵鼓瑟兮,令海若舞冯夷"句中摘出来的。这里包含一则流传甚广的古代神话。传说尧帝有两个女儿,一个叫娥皇,一个叫女英,都嫁给舜做了妃子。舜南巡时,死于苍梧山(今梧州),两个妃子十分悲伤,不久即死于湘江边上。她们死后化为湘水之神,故称湘灵。灵就是神。湘灵常常在月夜弹琴鼓瑟,声调悲凄,感动旅客。屈原作《九歌》,用这个神话,有《湘君》《湘夫人》各一首。李白也以此为题材写过《远别离》诗,借古讽今,寄意言愤。

考场上,钱起的灵感打通了记忆,一下子想起了"曲终人不见,江上数峰青"这两句诗,并作了他应试"作文"的结尾。考卷拿到主考官李暐那里,他一看,要把应试诗写到如此地步,以为"必有神助"。钱起不仅顺利录取,而且名次还很靠前。钱起因此一举成名,官至尚书考功郎中。

一不小心,钱起的这首应试诗成了大唐三百年间科举考试中的"神品"。

善鼓云和瑟,常闻帝子灵。
冯夷空自舞,楚客不堪听。
苦调凄金石,清音入杳冥。
苍梧来怨慕,白芷动芳馨。
流水传湘浦,悲风过洞庭。
曲终人不见,江上数峰青。

钱起在这首诗中是这样演绎这个上古传奇的——

常常听说湘水之神善于弹奏云和瑟,而黄河之神只会跳舞。楚地的人都不忍听她的哀音。这种悲苦的曲调使无情的金石都感到凄凉,清怨的声音一直传入浩渺的太空。这种音乐也使苍梧山都感动得如怨如慕,使水边的白芷花芳香迸发,馥郁袭人。这种声音随着流水和悲风,传过湘江,吹过洞庭湖,直到曲终声寂。等回过神来,却看不见鼓瑟的人,看到的仍是那澄澈的湘水,以及静立水中的那几枚青山而已。

湘江女神美丽而神秘,只闻其声,不见其人。女神的扑朔迷离引发了诗人不可名状的怅惘,"曲终人不见",真可谓神来之笔。而"江上数峰青"更添神韵,由一个梦幻世界一瞬间回到现实:一切都烟消云散,尘埃落定,而这湘灵所在的山山水水,不施脂粉,不弄矫情,竟是如此的清明,如此的恬静。犹如一阕妙曲,曲尽,而余音不止。久久地凝望,那青山的聚处,那流水的尽头,仿佛还在一起凝神静聆音乐的去处。

历史给了钱起这样一个机会,让他在唐代这个浩大的赛诗会上,有了这样一次还算精彩的亮相。他借得科举这个平台,再加上一群附庸风雅的官老爷们的鼓吹,在当时,名号叫得特别响,竟上了当朝才子排行榜,位居"大历十才子"之首。只可惜,历史与岁月的利刃是不管这些加注了膨大素的虚名,它要还公平于世人。千年以后,除了个别研究者偶尔提及钱起这个名字外,又有多少人能够自觉地想起。时下某些自命不凡、拉拢一些人为自己鼓吹的人,他们的东西是否经得起时间的筛选与过滤,是否经得起多少代人的批判与审视?

宋人十分欣赏钱起这两句诗。那个谪守巴陵郡的滕子京,不仅沾了范仲淹的光,因一篇《岳阳楼记》而声名大震,名留百世,他还借得钱起的这两句诗成就了《临江仙》这阕宋词中的名篇：

湖水连天天连水，秋来分外澄清。君山自是小蓬瀛。气蒸云梦泽，波撼岳阳城。

帝子有灵能鼓瑟，凄然依旧伤情。微闻兰芷动芳馨，曲终人不见，江上数峰青。

身为巴陵郡守，不写一下洞庭湖的湖光山水，颜面上自然挂不住。在这阕词中，他同时还巧妙地借用了孟浩然《望洞庭湖赠张丞相》中的"气蒸云梦泽，波撼岳阳城"。两句唐诗镶嵌在他的词里，天衣无缝，恰到妙处，犹如两枚闪耀灼目的宝石，把滕子京的词装点得珠光宝气，分外富丽。如果没了这两句唐诗的增光添彩，滕子京的词恐怕早湮没于浩瀚词海而今人难识了。

故事还没完结，秦观也赶过来写了一首《临江仙》：

千里潇湘绥兰浦，兰桡往日曾经。月高风定露华清。微波澄不动，冷浸一天星。

独倚危樯情悄悄，遥闻妃瑟冷冷。新声含尽古今情。曲终人不见，江上数峰青。

这位苏门学士，连他的老师都禁不住称赞他"有屈宋之才"，没想到填起词来，也要套用钱起的这两句诗，可见这两句诗的分量和影响力。

他的老师苏东坡也难免俗，在这首《江城子》里巧妙地化用了这两句诗：

凤凰山下雨初晴，晚风轻，晚霞明，一朵芙蕖，开过尚盈盈。何处飞来双白露，如有意，暮婷婷。

忽闻江上弄哀筝，苦含情，遣谁听？烟敛云收，依约是湘灵。待到曲终寻问取，人不见，数峰青。

当老师的手段自然比弟子要高妙得多。此中的"人不见，数峰青"，显然是由"曲终人不见，江上数峰青"脱胎演变而来。而"待到曲终寻问取"更把钱起诗句的妙处阐释到了极处。西湖的哀筝与湘灵的鼓瑟巧妙地对接，交融，曲终人去，东坡居士对落魄女子的同情与倾慕、用情与追怀久久不能消除。

很多人都祈求命运有一场华丽的突变。这命运的光芒突然就照射到了钱起的头上。

钱起因两句应试诗而"走红"，表现出他极强的临场应变能力。是不是"有神助"，鬼才知道。不过，唐代的省试诗向来被称着"戴着镣铐跳舞"，题目已定，题材受限，形式又是五言六韵的律诗，用韵是题目中指定的一个字，或由应试者在题目中任取一字。比如钱起，他的用韵就取的是"湘灵鼓瑟"中的"灵"。近三百年的唐代科考，每年都有一两千人应试，才诞生了钱起这首《省试湘灵鼓瑟》，这不能不说是一个绝对的传奇。

还有一点值得肯定，那就是唐人在作应试诗时，虽是"戴着镣铐跳舞"，仍有人敢于挑战铁律，为了诗歌的表达，或者说诗歌的质量，他们敢于不惜以仕途为代价砸碎"镣铐"。比如祖咏的"残诗"，钱起诗中重复的两个"不"字，都是致命的硬伤，不可饶恕的错误。在格律诗登峰造极的唐代，这两个"不"字的致命硬伤可能带来的后果，钱起自然心知肚明，但他依然将错就错地把试卷交了上去。他们"为诗歌而牺牲"的精神尤为可贵。大唐政府为选拔人才，可以突破铁的教条而破格录用，人才面前，体现出了主考者的独具慧眼和执政者的灵活性。

这或许是唐诗格外繁荣的又一个重要原因。

绝对名人

钱起是"大历十才子"之一。诗与刘长卿齐名，世称"钱刘"；又与郎士元齐名，称"钱郎"。出了名以后的钱起，特别风光，凡有官员聚会，他都要前往，并且即席赋诗。所以，成了红人的钱起，写的大多是应酬之作，当时赴外地就任的官员也以得到他的送行诗为荣。他的"才子"之名。因此加兑了大量的白开水，读来自然无味。

钱起写的这首《赠阙下裴舍人》是一封古代求职信。

二月黄鹂飞上林，春城紫禁晓阴阴。
长乐钟声花外尽，龙池柳色雨中深。
阳和不散穷途恨，霄汉长悬捧日新。
献赋十年犹未遇，羞将白发对华簪。

古代文人若尚未及第，要想当官，还有一条途径——以干谒求引荐而入仕。唐朝为了弥补科考的缺陷，以期达到"野无遗贤"的清明时世，而特别制定了这条特殊的用人政策。这又是那个时代的特色。李白走的就是这条"终南捷径"。所以，钱起在还未及第前就写了这份求职报告，希望得到手握重权者的援引，也算不得是什么不光彩的事。

坚韧，豁达，是面对人生不利境遇的最佳状态。有了这种状态，他的人生才分外精彩，他的人生格局才阔大，其人生经历因此才不同凡响。

"一切景语皆情语！"钱起的这些"景语"，通篇表达的都是恭维和求援之意。表意十分隐约曲折，颇见其娴熟的技艺，良苦的用心。直到诗的结尾处才说："献赋十年犹未遇，羞将白发对华簪。""献赋十年"，他走过了一段十分漫长的干谒之路。结果"未遇"，境遇残酷；更令人惭愧的是，年华已经老去。

他还写过一首《暮春归故山草堂》：

谷口春残黄鸟稀，辛夷花尽杏花飞。
始怜幽竹山窗下，不改清阴待我归。

"人生得一知己足矣。"古人告诉我们，一个人得有知己，不以数量的众多取胜，而在于"质"的纯度高低。就像窗外的那几竿幽竹，繁华凋尽，她们仍在窗外忠实的守候；默默无闻，不慕绚丽。苦寒来袭，她依然苍劲坚挺，亭亭有节，不折不屈。

现世的虚情假意，矫揉造作，或者当面热乎，背地里施冷箭，使绊子……种种丑恶，时时上演。因此，要得一两个知己，实在是难事。也因此，一曲高山流水，感动了千百年来渴望纯真友情的人们；伯牙与子期的知音故事，才成了千年不败的美谈，永世不凋的风景。

《唐才子传》说："王右丞许以高格，与郎士元齐名，士林语曰：'前有沈宋，后有钱郎。'"前人还说："员外（钱起）诗体格新奇，理致清瞻。"（高仲武《中兴间气集》）读罢此诗，始信前人对钱诗人的这些溢美之辞，并非纯粹地往他脸上贴金。

"羞将白发对华簪",既是才子,他总不能愧对才子之名。钱起的经世济时之功到底有多大,我们无法探究。他因科举而成就的不朽诗名,至今都还溢芳流韵,至今都还激动人心。因而,文明的灼目星空里,钱起的光芒依然不可忽视。

李 益
定远何须生入关
——一个负心汉的报国誓言

负心汉

唐代落魄文人的人生轨迹大抵如此：以落榜为节点，前面是漫游，后面是漂泊；前面，青春四溢，活力四射，意气风发，壮怀激荡；后面呢，一落千丈，垂头丧气，怀才不遇，戚戚于心，寂寂于形，郁郁地、愤然地、凄凉地走向生命的终极。

李益的仕途之路，虽有些坎坷波折，总体走势趋于攀升，只是没有达到他自己希望的那个高度。

李益是陇西姑臧（今甘肃武威）人。李益登科及第后，官场一直不怎么走运，仅做了些八九品的芝麻官。实在不乐意了，他就辞官而去，到燕赵一带漫游散心。幽州节度使刘济很赏识他的才华，就收留了他，在幕府打打杂，跑跑腿。李益因此有了一段比较长的边塞军事生活。据说，他还颇有军事才华，常常运筹帷幄，决胜千里，着实地风光了一阵子。

李益亲历了这样的生活，写起边塞诗来也游刃有余，格调慷慨激昂，悲壮苍凉，风格近似高适、岑参一路。他的边塞诗颇有些知名度，传到宫里，乐师们争着抢着为他的新作谱曲，提速了宫廷演奏曲目的更新频率。因而,深居宫廷的皇帝老儿很快就听到了李益的新作。

早闻李益其名的唐宪宗即位后,就委任他为秘书少监、集贤殿学士。虽是些虚职,但他自恃皇帝钦点,文人傲慢自负的臭脾气迅速膨胀,得罪了不少人。有人与他较劲,就把他的旧作翻出来,指责他轻视皇上。这就是他在刘济手下时写的"不上望京楼"等句。李益因诗获罪,受到了降职处分。不过,这也算不得大的原则问题,不久,李益"前度刘郎今又来",皇帝又把他提拔上来,一直做到礼部尚书的位置。

据《唐才子传》说:"益少有僻疾,多猜忌,防闲妻妾,过为苛酷,有散灰扃户之谈,时称为'妒痴尚书李十郎'。"这里是有原因的。

据唐传奇《霍小玉传》记载,这是一个才子与佳人的悲情剧目。李益当初与颇为走红的歌舞伎霍小玉相恋,情投意合,你恩我爱,同居了很长一段时间。李益当官后,假借父母之命,娶了卢表妹,这边就与小玉绝了情意,断了往来。霍小玉用情极专,日思夜念,终于相思成疾。后来,霍小玉知道了李益负情的真正原因,愤恨欲绝。这时,有个"豪士"看不过意,出手将李益挟持到小玉家中,霍小玉没有直接指责李益,只说,自己死了以后必变为厉鬼,铁了心要报复李益的妻子。后来,李益果真患了心疾,终日猜忌他的妻子对自己不忠,弄得心焦力瘁,难堪良心重负,以至最终休妻。《霍小玉传》的作者蒋防十分同情霍小玉的悲剧命运,对李益的负心给予了有力的谴责,不同于元稹写《莺莺传》,还为张生抛弃崔莺莺的恶行极力辩护。

话又说回来,据说这张生的原型就是他元稹自己。当了官,得了势的元公子当然不会自摆乌龙,往自己脸上泼墨喷屎。

李益的这点事,仅为传奇,不足为信,却背上了负心汉的恶名,后世评家常拿出来说事。那意思是说,人不正,其诗的品格自然不会高到哪里去。

征夫曲

除了他与霍小玉的这点"绯闻",李益最出名的是他的边塞诗,尤其这首《夜上受降城闻笛》:

回乐烽前沙似雪,受降城外月如霜。
不知何处吹芦管,一夜征人尽望乡。

战争取得了最后的胜利。李益是个诗人,他深知赢得胜利所要付出的惨重代价。他敏感的诗心捕捉到了这一刻弥漫四处的悲辛。此刻,芦管婉转而凄迷,在李益眼前,呈现出一片不着边际的芦花来。

和秋风打成一片的芦花,飘成一片白茫茫的思念。苍茫,伤感,迷离,哀婉,没有边际。由秋风和芦花合奏的曲子,流淌,倾泻,飞旋,迷茫,惝恍。

一截短短的芦管,承载不起浓重的思念,化为婉转、悠扬的曲子,在秋日夕晖的极力渲染、烘托下,曲子被思念染成了血色的奔风,飒飒地,瑟瑟地,一阵一阵地袭来,一轮一轮地奔逝。天地之间,秋水之上,水湄长岸,苍凉弥漫,无际无边,无涯无限。

游子耐不得秋风的检验,征人抵不住故土的召唤。

他们眼里，一片望不到边际的芦苇，在秋风的吹送中，飞扬，飞扬，飞扬。只有到了这一刻，芦苇才呈现出它的风采，施放它的活力，放飞它的生机，演绎它的魅力，昭示它的神韵。只有到了这时，芦苇才如此动人，以致历朝历代的众多游子，都无一例外地被它勾起乡思，唤起愁绪，点燃幽怨。

"蒹葭苍苍，白露为霜。"面对一望无际的芦苇，它白茫茫、莽苍苍的阵势，一轮一轮地冲击灵魂的潭水。对于那些身经百战的士卒，无论他有多么坚强，都会被它柔软的力量摧毁。他们思念决堤，坚守崩溃，在芦花的飘扬中，在飞絮的摇曳里，思念和秋风相携，共渡寒水，幽怨与雁阵一起，横绝长天。

这情景，这氛围，在那个唐朝诗人或者戍边游子的眼前，一一地呈现开来。

今夜无眠，月光，银沙，以及芦管。

今夜无眠，孤城，寒霜，以及手握芦管的人。

这是一个特殊的背景，戍人远征，驰骋疆场，短兵相接，血肉横飞，历经了生死考验。他们最终取得了胜利，赢得了战争。

这是一个渴盼已久的日子，这是一个值得庆祝、值得纪念的时刻。他们抛妻别子，他们出生入死。对大多数铁血男儿来讲，并非都为的是要建功立勋，要封侯拜将。他们仅仅是为了履行自己的责任，兑现自己的承诺，仅仅是为亲人赢得安宁的生活。因而，他们把对故乡的思念，对亲人的期盼，都聚焦在了这一刻。

唐人的无数诗句也都实实在在地印证了这一点！

现在，他们终于冲破敌阵，杀入敌城，终于将胜利的旗帜插在了敌人的城头，将胜利的豪情倾泻成临风昂首的笑声！

当然，不是所有的人都沉浸在胜利的欣悦中，不是所有的人都被胜利的喜气挤满了头脑，不是所有的人都在无所顾忌地痛饮胜利的美酒。此刻，那承载喜悦、穿越夜空的芦笛声，与眼前的氛围极不合拍。于是，笑声凝滞，酒杯闲置，喜气落地，这一夜不约而同地成了他们集体的思乡之夜。这一夜，在这一管笛声的号召下成了所有征夫共同思乡的日子。

他们是有血有肉的个体，他们知痛知累，他们更知道战争的残酷，死亡的可怖。他们是平凡的英雄，默默无闻地坚守，征战，拼杀，他们坚持到了最后。在这凯旋的时刻，他们更有草民的情感。他们的悲愁是生命的真实呈现，为自己赢得了应有的尊严，应有的敬畏。

因为，故乡是他们难舍难分的根，那里有他们的父老乡亲，牵衣绕膝的儿女，低眉无语的妻子！

这一夜，受降城外，沙似雪，月如霜。他们读不出诗意，他们看到的是通往和平与宁静的道路！

这一夜的月光分外寒冷，战争的烽烟尚未散去，战争的血腥还在烽烟中疯狂地奔突，疲乏的士兵无法抵御今夜的寒意，他们尚未从刚才兵刃的撞击声、搏杀的吼啸声、敌军的嚎叫声中惊醒，突如其来的芦管之声，飞跃旷野，穿越沙尘，让所有的士卒集体失眠。

芦管，一样致命的武器，今夜让所有的征夫"缴械"，纷纷倒在它锋利的霜刃下，让思乡的潮水肆意地泛滥，纵情地奔溢。今夜无人入睡，今夜回乡的路被无数的目光照亮，今夜的月亮被无数异乡人的心潮打湿。

李益还写了一首《塞下曲》：

伏波惟愿裹尸还，定远何须生入关。
莫遣只轮归海窟，仍留一箭定天山。

虽然人人都盼望能够尽快远离死神，能够在凯歌声中慷慨而归，李益却在这首诗中斩钉截铁地表明了他的征戍之志。

汉代名将马援说："男儿要当死于边野，以马革裹尸还葬耳！"后人嫌马援的表态不够坚决，于是写诗道："青山处处埋忠骨，何必马革裹尸还。"（龚自珍《已亥杂诗之一》）与马援同时代的班超在西域二十多年，平定安抚了西域五十多个异族小国，他在给皇帝的奏章中说："我不敢奢望回到酒泉，只要能回到玉门关内，我就心满意足了。"于是有了李益的"伏波惟愿裹尸还，定远何须生入关"。

其实，无论他们怎样表述，为了边关的安宁，为了领土的完整，为了老婆孩子过上安稳的日子，精神一样地难能可贵。"将军三箭定天山，战士长歌入汉关。"这是军中的歌谣，仅此足以留名青史，芳播百世。

李益这个才子，何尝不希望如此？

到了李益这会儿，大唐的气场已不像先前那样宏阔，但他仍然挟大唐余威而彰显出少有的自信。他仍然和前辈一样，有着强大的内心，强烈的报国热情。比如这首《拂云堆》：

汉将新从虏地来，旌旗半上拂云堆。
单于每近沙场猎，南望阴山哭始回。

大唐走到了落日余晖，而自信欢乐的光芒，在这首诗里依然不减盛唐的炙炽。

沧桑劫

李益还写过闺怨诗，这首《江南曲》很是有名，轻易地就赚得了人们的同情：

嫁得瞿塘贾，朝朝误妾期。
早知潮有信，嫁与弄潮儿。

这里看到的是铁血男儿的另一面——侠骨柔情！

商人重利轻颜色。商人也是我们中的一员，他首先得解决温饱问题。他如果不冒着风险、割舍亲情去赚取银两的话，守着可怜的人儿也只能饿肚子。毕竟，打精神牙祭的前提必须先得填饱肚子。

怨妇奢望朝朝相守，商人渴望腰缠万贯。在商人不能满足家人温饱的前提下，他只能背着负心汉的恶名而远走天涯，舍命打拼。

"弄潮儿"固然有信，固然能够如期相晤，现实的残酷亦不能让他饿着肚子天天弄险。长久的爱情，其实还在于默默地坚守。不管对方是近在咫尺，还是远在天涯，仅有精神的满足，而无物资的支撑，这样的爱情亦难长久。

爱是自私的，这个商妇的埋怨如是说。

物质与精神有时真还难以两全，遗憾成了不可避免。我们都知道徽商，他们的财富积累令人惊叹。财富的背后，哪一处深宅大院不以牺牲感情为代价，哪一处深宅大院里没有深锁的

"怨情"？那森森罗列的牌坊就说明了一切——尽管这些已成了现代徽州人的骄傲。

诗兴战胜了理性，李益的侠骨柔情里有些过激的因子在不断地膨胀。当然，这不是个案。还有很多诗人吟诵过同样的主题。根源在于，那时，商人的地位为世人鄙视。于是，商人大多被贴上了负情汉的标签，严酷地打入了用方块文字高筑起的深深牢狱。

李益写的这首《喜见外弟又言别》更见其率真、用情：

十年离乱后，长大一相逢。
问姓惊初见，称名忆旧容。
别来沧海事，语罢暮天钟。
明日巴陵道，秋山又几重。

短暂的相聚疗治了十年离乱的沧桑之痛，短暂的相聚更激发了诗中人对人生无常的忧戚、命运难测的沮丧。

命运之不可掌控，这是摆在所有古人与今人面前的必修课题。古人有音信难达、平安未知的苦恼时时困扰着他们，消磨着他们的满怀豪情，磨损着他们的凌云斗志。他们身在江湖，却不得不牵挂着他们的亲人和朋友。今人就不同了，平安祸福即传即至，反而冲淡了天伦之乐，友情之愉。古人有古人的烦恼，那就是机会多多，诱惑频频。他们要排除干扰、抵御诱惑而有所作为，实在不易！

"别来沧海事，语罢暮天钟。"岁月无情，世事沧桑。面对蹉跎岁月，太多的悲切里，有的只是无奈。

"明日巴陵道，秋山又几重。"未来不可预测，希望何其渺茫。

作为一千多年前的古人，他们要预测自己的明天，乃至人生的下一站，比今人更难！更何况，命运无常！

动乱的社会里，流离的人们更需要真情的抚慰。

失意，又添岁月蹉跎，于是有了《立秋前一日览镜》的即兴发挥：

万事销身外，生涯在镜中。

惟将两鬓雪，明日对秋风。

自然之秋与人生之秋同时来临，不管你是否愿意接受，明日的秋风将更加凌厉，人生的秋天又何以堪？

李益与一般的诗人不同，他早就有了这方面的心理准备。因而没有同他人一样万念俱灰，不胜悲凉！

在秋风中独自坦然面对人生的惨淡与寂寞，这也算得人生的一大境界。如果他历经沧海，看破红尘，就自然会幡然醒悟，怡然自得。李益做到了这一点。

为诗慷慨激昂，为人不够爷们儿的李益，各有损益。正视现实是诗人与我们唯一的选择！否则，既对不起李益，也对不起自己。

王 建
黄昏哭向野田春
——在贫蹇中采掘诗歌的富矿

命途困蹇

衰门海内几多人,满眼公卿总不亲。
四授官资元七品,再经婚娶尚单身。
图书亦为频移尽,兄弟还因数散贫。
独自在家常似客,黄昏哭向野田春。

这是王建写的《自伤》诗,对自己的身世来了一番自我感叹。

王建可怜巴巴地说,像他家那样门户衰落的,四海之内又有几人哦;到处都是三公九卿,却没有一个与他家有缘。自己仕途不畅,当个芝麻官还四处辗转呢,一直都与七品无缘;婚姻也不如意,虽然结了两次婚呢,现在竟还是单身一人。多次搬家吧,藏书是越搬越少;兄弟虽多,却多次离散,一个个都越来越穷。自己虽有个家,却把那里当旅店,像个客人一样很少光顾;黄昏时刻,自己实在孤独得没有办法了,就只好跑到无人的春野里独自落泪。

这是王建的一份自我简介,读来情真意挚,意志稍微差点的，准会大把大把地掉眼泪。这样一个才华横溢的诗人，不仅要忍受家庭贫困的折磨，还要接受命运的无情捉弄。据史料显示，王建出身于贫民家庭，忍饥挨饿，发奋读书，为的就是要改变自己困蹇的命运。走马边塞，结果呢，"从军走马十三年"，还常常是"弓剑不离身"，也没有建功立勋的机会。退居乡里呢，却"终日忧衣食"。参加科举考试呢，虽得了个第二名，"榜眼"呢，多荣耀啊，却与状元待遇差之天远地远。状元可以当皇帝的驸马爷，既赢得美女，又博得高官，自己呢，四十岁以后，才"白发初为吏"！沉沦于下僚，一直在县丞、司马之类的闲职间辗转，徘徊。

《唐才子传》说他"耽酒，放浪无拘"，实为生活所迫。王建与白居易、杨巨源、张籍等诗人都有过交往。他出去当司马时，白居易还特地写诗赠别。杨巨源在给他的诗中写道："讴歌已入云韶曲，词赋方归侍从臣。瑞霭朝朝犹望幸，天教赤县有诗人。"对王建的诗才大加赞赏。他与张籍唱和应答，"格幽思远，二公之体，同变时流"，其诗的影响力可见一斑。

贫贱的身世为他的诗歌创作积累了丰富的素材，彻骨的体验，因而真实感人。他写的百首宫词，既有宫怨的悲诉，又有宫中风物的描写。关于他写宫词，这里也有故事。

王建还是个渭南县尉的时候，认识了他的远房亲戚枢秘史王守澄，两人关系迅速升温，互以兄弟相称。他们在一起的时候无所不谈。做过枢秘史的王守澄对宫闱禁忌可以说是了如指掌，就常常给王建讲一些，王建听后，写了个诗歌系列，作《宫词》百篇。宫廷之事向来禁忌，不为外人所知，更不能传于世人。王建的《宫词》系列一夜走红，到处传扬。有如今天的高层动态、名人绯闻一般，都是坊间里巷疯狂传播的猛料。但是，传播这些宫闱禁忌，犹如走钢丝，过刀丛，随时有祸患之忧，甚至殃及卿卿性命。

二人很快度过了温情脉脉的蜜月期，他们各怀心思，貌合神离。尽管如此，有些东西仍是不能随便可以说的。一次，两人撞到一起饮酒，王建喝得有点多，酒话连篇，就说到了汉桓帝刘志、汉灵帝刘宏衰废的根源，乃是太信任宦官所致。说者无心，听者有意。王守澄感到王建是在讥笑自己，忿恨地说："老弟，你写的《宫词》，现在众口相传，天下皆知，那是内宫禁忌，你是如何知道的？我明天就要奏明圣上。"王建乍听，无言以对。沉思片刻，王建提笔蘸墨，写了首诗递给王守澄："先朝行坐镇相随，今上春宫见长时。脱下御衣偏得着，进来龙马每教骑。常承密旨还家少，独对边情出殿迟。不是姓同亲向说，九重争遣外人知？"意思说：这些宫闱秘事还不是你王守澄亲口告诉我的，我写的《宫词》还仰仗你的功劳呢，你不是要告发我吗？去呀！王建机智的一击，才打消了王守澄告御状的打算。二人之间的"交情"也就此玩完。

诗到真处

沈德潜说："诗到真处，一字不可易。"用来评析王建的这首《新嫁娘》，一点也不为过。

三日入厨下，洗手作羹汤。
未谙姑食性，先遣小姑尝。

新婚三天后，新娘就得下厨房。她洗净双手，亲自精心制作了羹汤。汤做好了，问题也来了：不晓得对不对婆婆的味口？她灵机一动，那就先请小姑来品尝品尝。

这是一个"新人""新"的开端，新嫁娘之"新"，新嫁娘之"贤"之"勤"，在这个细小但却典型、真实、精到的生活细节里，得到了精彩、生动的呈现。我们完全可以凭借这一细节预言：如果排除其他因素的干扰，这将是一个幸福的家庭，新嫁娘将很快彻底融入这个家庭，她将为这个家庭心甘情愿地付出一生！

这个"新嫁娘"从"三日入厨"，到"洗手""做羹"，心生疑问，再到"先遣小姑尝"，一系列动作、心理活动，环环相扣。不仅合乎人物身份，也合乎具体的环境、特定的场所。

这一系列动作，反映了一个传统而现世的主题："新媳妇难当""婆媳难处"！"新嫁娘"要应对好可能面对的困境，解决好这个难题，要防患于未然，不得不动一些心思，想一些主意。所以，事情就很戏剧，生活就有了诗意。

余恕诚在赏析这首小诗时作过如下评析——

新嫁娘所循的，实际上是这样一个推理过程：一、前提：长期共同生活，会有相近的食性；二、小姑是婆婆抚养大的，食性当与婆婆一致；三、所以，由小姑的食性可以推知婆婆的食性。但这样一类推理过程，并不是在任何场合下都能和诗相结合。

"新嫁娘"的智慧在王建的笔下，化为情味盎然的诗句，即使今天读来，那"新嫁娘"的一举一动、一颦一蹙犹在眼前。叫我们不由得想起另一位唐代诗人朱庆馀的《闺意献张水部》诗来：

洞房昨夜停红烛，待晓堂前拜舅姑。

妆罢低声问夫婿，画眉深浅入时无？

    这里也写的是一个"新嫁娘"，难题有所不同：新媳妇总得见公婆。见公婆涉及到的困局是穿戴打扮问题，如何才能把握准分寸，既不能随意得有些"土"，也不能花俏得过分"媚"。她忐忑不安，于是有了下面的剧情——昨夜的洞房花烛彻夜通明，到熄灯的时候已是"拂晓"，到了该拜见公婆的时候了；一阵精心打扮后，还是觉得不放心，只好轻轻地问一声郎君：我的眉画得浓淡可否适宜？

    朱庆馀将这个"新嫁娘"即将见公婆之前的心理活动刻画得细致入微。朱庆馀的这首诗还有别的标题——《近试上张水部》。原来，朱诗人写这首诗的真实用意，是要借"新嫁娘"见公婆表自己的忐忑心理：我参加科举考试写的诗文不知是否合乎你这个主考大人的口味。唐朝有"行卷"之风，也就是在考前，经人引荐，考生拿着自己的诗文去拜见主考大人，其表是为事先混个脸熟，其实是期望得到主考的赏识、认可，科考判卷时将自己的名次打得靠前一些。如果不合口味的话，就好提前做些准备。张籍也写了首《酬朱庆馀》，情趣洋溢地答道："越女新妆出镜心，自知明艳更沉吟。齐纨未足时人贵，一曲菱歌敌万金。"问得巧，答得妙。一问一答，成千古佳话。有了这些精心细致的准备工作，朱庆馀这年顺利及第。

    两首诗都表现了"新嫁娘"的智慧，更显示出诗人的智慧。两位诗人告诉我们，平凡的生活中同样有盎然的"诗意"！

    王建还写过一首《十五夜望月寄杜郎中》，"诗意"的生活并不见得都是浪漫，都叫人欢欣，都令人神往：

中庭地白树栖鸦,冷露无声湿桂花。

今夜月明人尽望,不知秋思落谁家?

这是中秋节,正该家人团圆、友人会聚。可是,王建笔下的中秋呢?

明朗的月光洒满庭院,地上好像铺上了一层银霜,鸦鹊悄悄地安歇在树枝上。夜深了,凉凉的秋露悄悄地打湿了院中的桂花。今夜,人们都望着高悬的明月,不知那秋天的思念之情会落到哪一家?

普天之下有多少人在望月思亲呢?自己不正是其中一员吗?

只有真切的体验,才能得如此意味深长的诗。

王建最不缺少的,就是有扎实的生活经历。《唐才子传》因此说:"于征戍迁谪、行旅离别、幽居官况之作,俱能感动神思,道人所不能道也。"

"道人所不能道",这不是艺术追求的最高境界吗?王建做到了。

韦应物
野渡无人舟自横
——将清贫与高洁坚守到底

脱胎换骨

韦应物是个厉害的主儿，十五岁就是三卫郎中的佼佼者，也就是皇帝近身武功高强的保镖。他伴随玄宗左右，出入宫闱禁地。他成了皇帝身边的人，难免不趾高气扬，纵马街市，横行乡里。这一来就害苦了近邻百姓。说他少年轻狂，一点也不冤枉。

安史之乱，玄宗跑到蜀地避难去了。那些貌似威仪森严的禁卫军，顷刻之间作鸟兽散。这些人平日里飞扬跋扈惯了，现在急急如丧家之犬，遑遑如过街之鼠，饱尝了人间的冷暖。没了主子，丢了工作，韦应物开始发奋读书。《唐才子传》说他"为性高洁，鲜食寡欲，所居必焚香扫地而坐，冥心象外"。一番脱胎换骨，洗心革面，当他再一次走入人们的视野时，早已是大唐王朝的官员了。他先后任过洛阳丞、京兆府功曹参军、鄠县令、比部员外郎、滁州和江州刺史、左司郎中、苏州刺史。他一生辗转，高难成，低不想就，总难如愿。

心静性洁的他一下子有了悟性，心慕自然，寄情山水，他的山水田园诗直追王孟，再加上柳宗元，并称"王孟韦柳"。

韦应物晚年到杨开府上作客，现场作《逢杨开府诗》：

少事武皇帝，无赖恃恩私。身作里中横，家藏亡命儿。
朝持樗蒲局，暮窃东邻姬。司隶不敢捕，立在白玉墀。
骊山风雪夜，长杨羽猎时。一字都不识，饮酒肆顽痴。
武皇升仙去，憔悴被人欺。读书事已晚，把笔学题诗。
两府始收迹，南宫谬见推。非才果不容，出守抚惸嫠。
忽逢杨开府，论旧涕俱垂。坐客何由识，唯有故人知。

一读便知，他以诗歌立传，对自己这一生来了个自我总结，也见韦应物的良知呈现。人生的起伏沉沦、悲辛遭际，尽在其中，"足见古人真率之妙"。

觉悟了的韦应物，他的眼睛不止阅览了灵山秀水，还把目光投向了多灾多难的民间，写了一批反映民间疾苦的诗，被清人沈德潜称为"不负心语"的人。用今天的话说，就是一个有良心的人。韦应物苏州刺史卸任后，再也没有新的任命。在良知的鞭策下，他尽管做了多年的官，卸任后却一贫如洗，没有钱回到京城听候新的任命。最后只得寄居寺院，客死他乡。

坚守清贫，坚守良知，着实不易。韦应物做到了，结局却太过凄惨。这或许就是很多人守不住清贫、守不住良知的根本原因。难怪现在贪腐官员越来越多，反腐越来越难。甚至有些反腐专员抵不住诱惑，也跟着贪腐起来。

走进山水

《滁州西涧》是韦应物最初亮给我们的名片。这既是山水诗的名篇，也是韦应物的代表作。写这首诗时，他正在滁州刺史任上。唐代的滁州即今天的安徽滁州市，西涧在滁州西郊。

独怜幽草涧边生，上有黄鹂深树鸣。
春潮带雨晚来急，野渡无人舟自横。

这一处山水，因诗人的光临而独具魅力。

涧边的幽草因无人滋扰而更加幽绿，更加茂密。它们自由自在地生长，面对身边的森森碧树，不卑不亢，兀自葳蕤。

黄鹂在碧树上婉转地鸣唱，它的鸣唱没有使山涧变得热闹，反而使这里更加幽深。

黄昏时分，山雨淅沥，原本清澈的小河现在变得湍急。系在河岸的小舟随了湍急的河水，自在地颠簸，随意地横卧。它的主人不知是已经晚归，还是到隐在丛林深处的朋友家里对饮？

这是一幅幽静清洁的画图，被一阵暮雨洗去了浮尘躁气。幽草，碧树，黄鹂，暮雨，野渡，还有独自横卧的小舟，它们闲散地居于山涧，被诗人集结起来，恬淡疏朗地组合在那里，构成了一幅清越脱俗的画图。在这里生活的人，被诗人的画笔滤去。没有人，却有人的足迹；没有人的身影，却有人的意趣。

一个宦官仕子，能抛却案牍的烦恼、远迁的忧戚而走入山水，得如此纯静之诗，绘如此空灵之境，难矣。我们由此熟知了一个脱胎换骨之人。他的典型性至今仍可列为范本。

一个人，无论他身陷何等境地，无论他是多么的放荡不羁，某一个时刻，或某一个契机，或走过某一段道路，他可能会产生突然的顿悟，而坚决地了断过去。

"野渡无人舟自横"，就是诗人经过灵魂历练之后达到的一种至境。我们仿佛看到无俗尘、无物欲之人正神清气闲地行走于滁州的悠然山水。这个人为这一方山水增添了无限的诗意！

自然的景致何其自然，当人类的足迹能够抵达的时候，自然的召唤更见出神力无限。虽然人的行踪隐于森森密林，探索的足迹一刻也没有停止。

有时，尽管我们是一片好意，不经意中却成了灾难降临的隐患。面对幽境，我们最好的处理方式是，止步，然后顺应自然，成为自然的一员。

诗中隐去的那人，或许就是自我觉醒的韦诗人。他的隐去，正是我们应持的态度。

韦应物的山水田园诗成就颇大，白居易评价说："高雅闲淡，自成一家之体。"《四库全书》说他的作品："源出于陶，而熔化于三谢，故真而不朴，华而不绮。"难怪有"王孟韦柳"之称。

滁州还真是山水有灵。两百年后，欧阳修踏上了这片灵山秀水，不亦乐乎，得千秋名文《醉翁亭记》。大地的馈赠，自然的赐予，只有韦应物、欧阳修这样的人才能心领神会。

走进山水的韦应物撷取了山水的真味。

走进山水的韦应物化成了山水的一部分。

情寄高格

人在江湖,免不了诗酒酬唱,免不了牵挂友人。韦应物常常寄情于诗,神行于笔。看这首《寄全椒山中道士》:

今朝郡斋冷,忽念山中客。
涧底束荆薪,归来煮白石。
欲持一瓢酒,远慰风雨夕。
落叶满空山,何处寻行迹?

诗格的高下关乎一个人的学养、修为与性情。在作某些诗时还关乎诗人的心境与处境。如太白之《早发白帝城》《赠汪伦》等绝世奇章,纵你如何苦心经营,都难以企及。弄不好,还会遗为笑柄,落下个千古笑名。模仿者在形的追求上易达,而神难逮。因此,后来那些乐此不疲的模仿者,他们的作品,在被人评及的时候,总难令评者爽兴地遣用褒扬的文字!

据传,苏轼很爱这首诗,依其韵作诗寄罗浮邓道士:"一杯罗浮春,远饷采薇客。遥知独酌罢,醉卧松下石。幽人不可见,清啸闻月夕。聊戏庵中人,空飞本无迹。"《许彦周诗话》中说:"韦苏州诗:'落叶满空山,何处寻行迹?'东坡用其韵曰:'寄语庵中人,飞空本无迹。'此非才不逮,盖绝唱不当和也。"施补华《岘佣说诗》也指出:"《寄全椒山中道士》一作,东坡刻意学之而终不似。盖东坡用力,韦公不用力;东坡尚意,韦公不尚意,微妙之诣也。"

这就是自然而为与苦心造作的区别。东坡先生尽管费了九牛二虎之力，仍难达到预期目的，真是件费力不讨好的事。有了东坡先生的教训，在绝唱面前，我们要保持应有的敬畏。老是想去超越，弄巧成拙，反污了自己的清名。

韦应物能把这类看似"应付"的诗，写成绝唱，足见用情之真。"落叶满空山，何处寻行迹？"送走在深山更深处的友人，我们仿佛看到韦应物茕茕孑然的身影，独自走向寥落的空山，走向秋天的深处，自然的深处，以及时间的远处。

再看这首《寄李儋元锡》：

去年花里逢君别，今日花开又一年。
世事茫茫难自料，春愁黯黯独成眠。
身多疾病思田里，邑有流亡愧俸钱。
闻道欲来相问讯，西楼望月几回圆。

眼前的景色触发了诗人易动的情绪。"花开又一年！"流年如梭，世事浩茫，时事变迁，令人不胜感叹。

尽管他只是个小小的县令，但他时时警醒自己：我身担重任，如果我不能为富一方，我就是失职！不但良心要受到谴责，而且还愧对所领的俸禄，愧对所辖的百姓！可惜，对良知的苦苦坚守，也不能替韦诗人脱贫。

"身多疾病思田里，邑有流亡愧俸钱"，韦应物的思想境界和民本思想在这里昭然于世。自宋代以来，两句诗倍受赞扬。范仲淹叹为"仁者之言"，朱熹盛赞"贤矣"。只可惜，韦诗人再也听不到这些盛赞之词了。

在《秋夜寄邱二十二员外》里，韦应物这样写道：

怀君属秋夜，散步咏凉天。

山空松子落，幽人应未眠。

这是一个高人对另一个高人的寄语，没有人间烟火，没有凡间俗气。有的，是对自然的接纳，对友谊的坚守，对友人的关注。

只有脱了俗气，才会写出好诗，才会成就高雅。比如韦诗人写的《休暇日访王侍御不遇》，即是如此：

九日驱驰一日闲，寻君不遇又空还。
怪来诗思清人骨，门对寒流雪满山。

他虽一生为官，却身沉下僚，穷困不堪。小小芝麻官，却对得起良心，对得起俸禄，对得起他治下的普通百姓！

韦应物长于五言绝句，胡应麟说："中唐五言绝，苏州最古，可继王、孟。"（《诗薮》）沈德潜说："五言绝句，右丞之自然、太白之高妙、苏州之古淡，并入化境。"（《说诗晬语》）《秋夜寄邱二十二员外》是他的五绝代表作，古雅闲淡之美迎面而来，"清幽不减摩诘，皆五绝中之正法眼藏也"。（《岘佣说诗》）

韦应物能写出这样高格的诗，源于他的清正，源于他的廉明，源于他为人的胸襟。虽然他为官多年，最后却在贫困中告别人世。无愧于一个正直的官员，无愧于一个有良知的文人。

但这，却是一个我们不愿看到的悲剧。

刘 叉
磨损胸中万古刀
——一个莽夫的文学情结与侠义情怀

诗壮人胆

这是一个没有多少名气却豪气冲天的诗人。在没有走上唐诗之旅之前,对他完全陌生。

刘叉这名字,一看就没内涵,就会和五大三粗的人扯到一起,就会让人想起梁山好汉来。他的侠气、他的硬汉作风扑面而来。他没字没号,因此,单从姓名看,他风雅全无,很难看出他有作诗为文的因子。

刘叉年轻时好"任侠",嫉恶如仇,哪有不平哪里就见得着他的影子。终于有一次,刘叉喝了酒以后控制不住自己,出了人命,就到处逃匿。遇到大赦了,他又才跑出来抛头露面。

这件事触及到了刘叉的灵魂,他立地成佛,"折节读书",改做学问,以为这样,才能千古留名。功夫不负有心人,刘叉的努力得到了应有的回报,《唐才子传》说他"工为歌诗,酷好卢仝、孟郊之体,造语幽蹇,议论多出于正"。他的诗名虽不甚响亮,他的成就却得到了应有的肯定。

刘叉听说韩愈喜好结交天下学士,在孟郊的介绍下,他做了韩愈的学生。耳濡目染,耳提面命,有了这两个良师益友,刘叉作诗的技艺突飞猛进。刘叉作诗，不主常律，率意而为，胡应麟称之为"狂谲"。他献给韩老师的《冰柱》《雪车》，"殆不成语，不足言奇怪也"，最为著名，也深得韩老师的喜爱。

在当时，韩愈是个写墓志铭的高手，收费极高。原因在于，韩老师是大名人，声势显达，又是文坛领袖。这是一种身份的象征。越是家境好、有名望的人，越要千方百计出重金请韩老师写。给死人写东西，肯定有"注水"的成分，水分十足，就像今天追悼会上的悼词，免不了好话大话一大堆，全都光鲜亮丽，全都深得主人欢心。好在往死人脸上贴金，谁都没有异议。有了这等供求关系，韩愈自然闲不下来，其收入也颇为可观。刘叉呢？穷光蛋一个，寄人篱下的日子久了，便心性烦躁，即生去意。刘叉临走时，"持愈金数斤而去，曰：'此谀墓中人得耳，不若与刘君为寿。'"刘叉拿了老师的钱，竟还理直气壮，牛气冲天，大有绿林豪客之气。等韩愈回到家里，刘叉早已远去，只得无奈地摇头叹息。

此后，刘叉"归齐鲁，不知所终"。这一次，是真正地绝隐了踪迹，以至于后人均不知其去处。整个诗歌江湖都再难风闻他的传说。

刘叉"诗风峻怪，才气纵横，辞多悲慨不平之声，如刀剑相击，铿锵作响"。前人评述，褒扬颇高，他传下来的诗不多，但愿这就是当时的实情。

剑指不平

诗如其人，在刘叉身上体现得最充分。先来看这首《偶书》，诗风粗犷，立意奇警，深深地打上了刘叉的烙印：

日出扶桑一丈高，人间万事细如毛。
野夫怒见不平处，磨损胸中万古刀。

文人的正义，书生的意气溢于言表，更见诗人并未在困境中泯灭士子的良知。"野夫怒见不平处，磨损胸中万古刀。"这仅是一种理想化的表述，现实究竟如何，还要看诗人的具体行动。

"磨刀"是为了世间的"不平处"，既是一种表白，也是一种等待，一种准备，体现的是文人的正义感和是非感——"不平"当前，就该拔刀而起，挺身而出。

当砍向"不平处"的利刃有一天被磨损磨破的时候，愤怒的"野夫"再见到世间的不平事时，又会怎样呢？当今现实给予了有力的回答。读这首诗，不禁想起贾岛的"十年磨一剑"，崔涯的"崔涯袖中三尺铁"，都是文人气概，都写得纵横飞扬。

他"少任侠，因酒杀人，亡命，会赦出"，结果是"不知所终"。刘叉豪情万丈的生命历程，不知终结于何时何地。有着强烈正义感的刘叉就这样湮灭于历史的风尘。

看来，他那柄正义之剑最终也未发挥出它应有的效能，释放出它应有的能量。

他那些剑拔弩张的诗句，只是写给那个时代的一句公益广告词。等于在说：我刘叉只是纸上写写而已，哪有机会去计较那些多如牛毛的世间不平事。

他让我们想起堂吉诃德，不同的是，一个在虚构的文字里握着精神之剑闯世界，打天地；一个在现实中灰头土脸地踏着诗歌的平仄遭责难，受磨砺。

刘叉心中装着正义，背负"任侠"，行走天下，在他的诗中多有展示。如这首《姚秀才爱予小剑因赠》由刀说到了剑：

一条古时水，向我手心流。
临行泻赠君，勿薄细碎仇。

这首诗有现代诗的取象遣意，有寓意的美感。

刘叉对姚秀才说，宝剑在握，犹如贯注古今的流水在我的手心流注，游走；临别时把它奉赠给你，希望不要用它去报一己私仇。

临行赠别，刘叉送的不是杨柳枝，是一柄"小剑"。割舍自己的心爱之物，目的是为了成全友人的偏爱。剑送出去了，还有话不得不说，赠剑不是要友人用其"薄细碎仇"，而是用它去建功立业，用它去伸张正义。

诗人以流水喻剑，流水的质感流过全诗，赋予静态的事物以动态的美感，赋予刚性的物件以柔软的魅性。

白居易写过一首《李都尉古剑》："愿快直士心，将断佞臣头；不愿报小怨，夜半刺私仇。劝君慎所用，无作神兵羞。"刘叉对姚秀才赠言的主旨，我们在白居易的诗中找到了答案。

一个气质豪迈、胸襟雄强的人，即使在他独处的时候，安

静的时候,他的内心依然波涛滚滚,奔腾不息。刘叉的这首《独饮》诗里,激扬着万古不息的用世豪情:

尽欲调太羹,自古无好手。
所以山中人,兀兀但饮酒。

很多人雄心万丈,心敌万夫,都以为自己是治国平天下的好手,都以为自己是改天换地、开天辟地的雄才。实际呢?在沉沦草莽的刘叉看来,"自古无好手"!因为他们在施政治国的同时,损害了自然常律,很多自然灾害,其实就是那些少数的"精英"种下的祸根。

当然还有"人祸",为推行某个暴政或不切实际的所谓新律,也免不了祸害百姓,殃及子孙。由于他们的过失,破坏了天地人伦。因为那些少数的"精英"主宰并把持了大多数才子的用世之路,他们施尽"手段",最后,把无数才子赶上了绝路,逼进了深山老林,"兀兀但饮酒",成了他们不得已的选择。

这或许就是刘叉的一帧自存小照。他的文学情结与侠义情怀如一条悠悠不息的"古时水",一直鲜活地流淌到现在。

李 贺
若个书生万户侯
——梦想和生命都陨灭得太早

少年心事

"少年心事当拿云""天若有情天亦老",很早以前就熟悉了这些诗句,只是不知是李贺的"原创"。后来才知道他竟有"鬼才""鬼仙"之称。

李贺是个天才不说,小小年纪就有不俗的志向,待到后来,还骨气大彰,声名远扬。尽管他只活到了二十七岁,尽管他形销骨瘦,困厄一生。但是,在伟大的理想面前,他仍然痴心不改,一往无前。看这首《致酒行》:

零落栖迟一杯酒,主人奉觞客长寿。
主父西游困不归,家人折断门前柳。
吾闻马周昔作新丰客,天荒地老无人识。
空将笺上两行书,直犯龙颜请恩泽。
我有迷魂招不得,雄鸡一声天下白。
少年心事当拿云,谁念幽寒坐呜呃。

"天荒地老无人识",幽寒枯寂之中的李贺,理想的光芒熠熠灼目,待发的气势如利箭在弦。"少年心事当拿云!"好一个意气昂扬、英姿勃发的少年郎,正是青葱岁月,书生意气,壮志凌云。我们很难与一个体弱多病、神削骨瘦的孱弱诗人联系在一起,也很难与青春纵酒、击鼓放歌、终日酩酊的诗鬼联系在一起。可是,这是真实的存在。

他认为,"少年心事当拿云",所有的准备,都是为了"雄鸡一声天下白"这一天的早日到来。正如他在《南园》中的引吭高歌:"男儿何不带吴钩,收取关山五十州。"少年心事,志在青云。为理想而搏的人生何其快意!

他阔大的胸襟,高远的视野,令他俯仰古今,纵观天下。他在《梦天》中写道:"黄尘清水三山下,更变千年如走马。遥望齐州九点烟,一泓海水杯中泻。"这里,豪情和气魄一点也不输给李白。雨果说,世界上最辽阔的是大海,比大海更辽阔的是天空,比天空更辽阔的是人的心灵!时隔千年,远隔万里,相似的灵魂遥相呼应。

因为,构筑在心灵的天地没有边际。心灵有多博大,时空就有多辽阔。

而实现理想的征途却异常崎岖。

李贺祖籍陇西,生于福昌(今河南洛阳宜阳县),为唐宗室郑王李亮的后裔。到李贺这里,早已家境败落。李贺这样自述家境:"我在山上舍,一亩嵩硗田。夜雨叫租吏,春声暗交关。"(《送韦仁实兄弟入关》)他自称李唐之后,却没有得到皇室的认可,说你祖上那会儿,唐朝还没有诞生呢?李贺想凭借皇室血脉这点关系走点捷径,得点实惠,没想到此路不通。那就靠自己努力吧。于是,他发奋读书,参加科考。李贺诗名赫赫,天下闻名,进士及第还不是手到擒拿的事?同他一起参考的人就动了歪心思,告他父亲的姓名犯了忌讳。李贺的父亲名晋肃,"晋""进"同音,就说他应避父讳不举进士。

连考场啥样儿都没见着的李贺,仕途之路就这样给彻底地绝了,他只好认命,那就一门心思地写诗得了。

李贺也是个有名的神童,七岁即能作诗。韩愈听了,以为误传,就去实地考证。李贺当即作《高轩过》诗,说韩愈是"东京才子,文章巨公""笔补造化天无功",把韩愈扎扎实实地夸耀了一番。李贺十五六岁的时候,诗名就与先辈李益齐名了。

绝了仕途之念,李贺就埋头作诗。他外出时常常背一个破旧的锦囊,骑一头瘦骨嶙峋的小毛驴,四处转悠,到处寻找创作灵感。偶尔想起一两个自认为有价值的句子,就写下来,投到他的破诗囊中。晚上回家后,他就挑灯夜战,把这些"残片"倒出来精心整理成篇。他娘见他作诗如此辛苦,就心痛地说:"是儿要当呕出心乃已尔。"说李贺这哪里是作诗,是要把心都呕吐出来才肯罢休。

他这样苦心雕琢,希望首首诗都是精品,希望首首诗都能够"石破天惊逗秋风"!

李贺想靠祖上的血缘与皇室"攀亲",别人一阔就不认账;想靠自己的努力参加科考,又牵强地因"犯禁"而剥夺了参考的权利。他就此认定,作诗是自己唯一的精神支柱,也是自己存在的唯一价值。此后,他还真把作诗很当那么回事,把自己弄得神情恍惚,愁苦多病,仅二十七岁,生命的单程车就走到了终点。

坎坷蹭蹬的命运,悲苦寒寂的内心,使他写了大量慨叹生不逢时、倾吐内心苦闷、抒发理想抱负而不得的诗。李贺可以说是中国"穿越文学"的鼻祖,他喜欢穿越于神话故事,驰骋于鬼魅世界,写了很多"鬼诗"。其诗想象大胆,用语诡异,创造的艺术境界波谲云诡,惝恍迷离。对诗的过分索取导致生命的过度透支,李贺便以年轻的生命为代价,很快就交付了全部的才情，回馈了上天的恩赐。因此，李贺又被人们称着"诗鬼"。《文献通考》中说："宋景文诸公在馆，尝评唐人诗云：'太白仙才，长吉鬼才。'"他的诗多出奇诡险绝之句，这"鬼才"之名的来历或因于此。

李贺有这样一段诗意人生，即便只在世上走了二十七个春秋，也是后辈的楷模。一个人即使活得百岁，没有在自己走过的道路上留下什么痕迹，又有什么意义呢？

作诗是一件十分辛苦的事，这一点毋容置疑。到了李贺这个诗鬼，就更是艰辛备尝，以致早早地就放弃了生的迸发，弃了诗囊做了"鬼"。

早早离去的诗鬼李贺至少为我们留下了千秋佳篇与不朽佳话，让我们在某个时刻，去复蹈他悲辛苦涩的心灵艰难行进的轨迹，攀越的道路，复习他从未消逝的茕茕身影。鲁迅、毛泽东这样的伟人常常要踏寻李贺的足迹，寻觅李贺遗下的心灵片羽。毛泽东还说"李贺诗很值得读"，常常引用、化用其诗，像"天若有情天亦老""雄鸡一唱天下白"。既如此，读李贺诗，我们便更无推脱之理。

书生意气

战争是残酷的，一个书生却不惜愿意为此抛头颅，洒热血，即使献出宝贵生命，也在所不辞。李贺的这首《雁门太守行》写得誓言如铁，意志如钢：

黑云压城城欲摧，甲光向日金鳞开。

角声满天秋色里,塞上燕脂凝夜紫。
半卷红旗临易水,霜重鼓寒声不起。
报君黄金台上意,提携玉龙为君死。

写这首《雁门太守行》时,李贺才十七岁。书生意气,血气方刚,因而,诗里面热血沸腾,青春四溢。

军情危急!诗的一开头便传达出这样的信息。

敌军来势凶猛,似翻卷的乌云近逼;危城如累卵,即刻就要被摧垮似的。阳光照射在鱼鳞一般的铠甲上,金光闪闪;号角声声,在这万木萧条的秋色里响彻长天。战争进行得异常惨烈,血凝大地,被落霞涂抹成一片紫色,分外耀眼。寒风翻卷红旗,部队悄悄逼近易水;凝重的寒霜湿透了鼓面,鼓声沉闷,丝毫没有影响杀敌的士气。为了报答国君的隆恩与赏赐,将士们手握兵器,决心血战到底!

从白天到黑夜,守城战,运动战,一场战争的惨烈被精彩地呈现。结果是,英雄无用!《雁门太守行》是乐府古题,与"雁门太守"没有关系,诗人只是借题发挥,抒写心声,阐明心志。

读圣贤书的人,他不一定就希望自己成为圣人。但他总想,在关键的时候,能挺身而出,用自己羸弱的肩膀担起社会的责任。这样的人,自己平时尽管手无缚鸡之力,危急时刻,他同样会迸发出千钧之能!没有拔山扛鼎的气力,却有顶天立地的气概。这样的人尽管不多,但他们都个顶个的出色,都被一一地载入了史册!

读这首诗,一股浩然之气扑面而来,我们从有限的诗行中,感受到了一个文弱书生在战云席卷时舍身赴死的壮志雄心。不为功名,只为一介草民的心愿,一个文人的责任。

李贺从不缺乏豪气,尽管他很孱弱。他在《致酒行》中说:"雄鸡一声天下白!"他始终坚信自己的才能,始终坚信自己会有"雄鸡一唱"那样的机遇和潜能。只是眼前暂时还没有那样的机会。因为,"少年心事当拿云"!坚强的意志,高远的理想,总是和他坚定的信心结伴而行。

他坚信,天降大任,只是迟早的事!

因而,他写出了这样铿锵有力的诗句,强大的气场,撼古震今。

可是,时光催迫,现实残酷,令诗人失去了耐心,"英雄无用"的悲吟时时涌出笔端。看这首《南园十三首》之五:

男儿何不带吴钩,收取关山五十州。
请君暂上凌烟阁,若个书生万户侯?

李贺这个人,弱不禁风,整天骑着那头与他相依为命的瘦驴颠簸,挎着锦囊漂泊,苦苦觅诗之余,心里竟还一直挂牵着"功名只向马上取",做着横刀纵马、建功沙场的英雄梦。句里行间豪情飙举,壮心千里,大有铁血男儿傲立雄关险隘之势!

这也不是李贺的专利,也绝没有拿他调侃的意思。自古文人,除了长期储蕴的书卷气、儒雅气外,不管他们通过科举及第之路是备受艰辛还是一帆风顺,他们大多有一个解不开的情结。这就是运筹帷幄,剑指疆场,决胜千里,像凌烟阁上绘的群雄那样建功立勋!虽然很多人不可能有这样的机会,也包括成天泡在药罐中的李贺在内,作诗便是他们张扬血性、释放豪情的一种最恰切的方式。因而,今天读来,依然豪情四溢,激情飞溅!

"宁为百夫长,胜作一书生。"杨炯在唐朝的起点处斗志昂扬,雄心赳赳,吹响了文人们奔赴沙场、建功立勋的号角。

仿佛，血肉横飞的疆场才是他们唯一的用武之地，金戈铁马的纵横绝荡才是他们报效国家的唯一方式，开疆拓土的显赫功绩才是他们实现人生价值的唯一途径！

两百年时光匆匆而去，成千上万的文人相继作古，除岑参等几个寥若晨星的诗人在边塞极地打马走过一遭外，其他人都停留在一张纸上，几首诗中。这不，在那么多文人都放弃了这种方式之后，李贺在唐朝走向衰落的这头遥相呼应。"男儿何不带吴钩，收取关山五十州。"也仅仅是在音韵平仄间挥霍豪情。他的瘦马与诗囊决定了他的角色，他仅仅是一个苦苦寻章觅句的歌者。虽然，他对现实的总结有阅尽沧桑之感，在人们心里，仍然无法改变对其"鬼才"的定位。

也许，这是李贺在这个世界有太多的不如意，有太多的挫折所致。因此，他才过早地离开了人世，匆匆作别这个中国历史上被称作最牛的朝代。想必，他的心底饱储了太多的遗憾，对自己所处的时代有太高的期望值。不然，他明明是个彻头彻尾的文人，却偏要发出振聋发聩的问询："若个书生万户侯？"

如此看来，满世界最不幸的，当是李贺这类只会吟诗遣句的风雅文人。其实，这是李贺的偏激之辞，哪一个朝代都离不开经国济世、匡扶时政的文人，只是，"岗位"太少，很多人没有这样的机会。而有了机会的"精英"，他们又往往不懂得珍惜，大多把心思花在权柄的博弈，大多把智慧浪费在仕场的尔虞我诈！因此，每一个朝代能够名垂青史的贤官良相屈指可数。这让排斥于权场之外的文人士子或扼腕叹息，或捶胸饮恨。"鬼才"李贺的这一惊世之问，喊出了那个时代众多文人的心声。他们或夜里挑灯看剑，或把吴钩看了，栏杆拍遍，结果皆枉然。

悲剧不仅仅独钟于李贺，他在诗途寻寻觅觅，找到了自我存在的价值。他匆匆而去，反而激起了后来者更大的叹息！

其实，李贺在这里书写的，是一个文弱书生的坚强。表现的是生命的硬度，生命的质量。他的《南园十三首》之七这样写道：

长卿牢落悲空舍，曼倩诙谐取自容。
见买若耶溪水剑，明朝归去事猿公。

李贺心底透明，他深知，只晓得埋怨是不行的，必须得有行动。他表示，要以司马相如、东方朔这些先贤不得志之前的消极不振为前车之鉴，不绝望，不坐以待毙，坚决要弃文从武！一旦需要，即可毫不犹豫地奔赴疆场！

李贺把历史与现实结合起来，积极地应对，主动地改变，并付诸行动，这是走向成功的硬道理。

李贺展示的是文人的智慧，生命的锐利。像锋利的"若耶溪水剑"，弃置，生命被闲置，锐意被锈蚀！

在《将进酒》里，李贺写下了"况是青春日将暮，桃花乱落如红雨。劝君终日酩酊醉，酒不到刘伶坟上土"的句子，还有龙笛相奏，有鼍鼓相和，有美女伴舞，有妙伶放歌，让人不得不倾尽一生的激情与活力，做一场青春与浪漫的豪赌。更何况，春日将暮，落红如雨，光阴迫，人生短，眼瞅着自然的美景与人生的良辰都行将谢去，还是纵情地喝吧，要像魏晋时的大酒鬼刘伶一样，痛痛快快地挥霍这大好时光！

这是一场用青春装点的瑰丽的精神盛宴！"飞光飞光，劝尔一杯酒！"（《苦昼短》）赶快行乐吧，因为时光飞逝，岁月苦短呀！

唐代的文人从不缺少激情。大多时间，他们都处于引箭待发的状态，等待激情被点燃的那一刻。

唐代的文人从不缺少梦想。他们大多把梦想种植在一点就燃的纸上。

李贺的孱弱人尽皆知，他弱不禁风的躯壳内，依然澎湃着荡气回肠的激情。时间不容他等待，生命就过早地谢了。岁月倏忽而逝，千年后，我们从他铿锵的诗句里依然能听到他生命的奔腾，激情的驰骋。

如果"书生"也绝了出路，这个时代还有什么值得我们虔诚地期待，不懈地抗争！因此，他在《南园十三首》其六中发出了惊世的慨叹：

寻章摘句老雕虫，晓月当帘挂玉弓。
不见年年辽海上，文章何处哭秋风？

读书无用，怀才遭弃。如果真的这样，那就只有在秋风中悲苦而哭了。

其实，他没有必要这样绝决地怨艾，自己写诗虽然比起别人来要辛苦一些，那完全是因为自己的目标太远，追求的诗格太高，始终都对自己已经写成的诗不够满意，因而自我贬责为寻章摘句的"老雕虫"。其实是一种不达目标不罢休的态度，没有最好但求更好的精神追求。于是就越发勤勉自励，以致于夜以继日，习诗不倦，炼句不断！于是也就有了诗人的自叹自愧：武，年年战事不断，烽烟不息，可是自己却没有机会；文，多年呕心沥血，苦吟不止，可又有什么用呢？到如今，仍然还一事无成，塞在锦囊的那些诗，简直就一钱不值！

这是一个古代文人的悲剧！

这是一个古代诗人的悲吟！

是自醒还是自弃，诗鬼自知！

鬼才明白

李贺既称"诗鬼",又被人誉为"鬼才""鬼仙",除了跟他及早与"鬼"为伍的原因外,还和他写了十来首有名的"鬼诗"有关。

李贺笔下的这些"鬼","虽为异类,情亦犹人"。《苏小小墓》是其中的代表:

幽兰露,如啼眼。
无物结同心,烟花不堪剪。
草如茵,松如盖,
风为裳,水为珮。
油壁车,夕相待。
冷翠烛,劳光彩。
西陵下,风吹雨。

苏小小是南齐时钱塘名妓。封建旧势力下,一个出身卑微的弱女子苏小小,有美丽的容貌,高雅的气质,她执着地追求爱情和幸福,并付出了全部。但是,她始终摆脱不了富家子弟的凌辱和残损,当她将全部的感情和希望寄托于她心仪的男子时,得到的却是忘恩负义。她心灰意冷,在绝望中抱病含恨而去,被葬在钱塘江畔。

因此有古乐府《苏小小歌》云:"我乘油壁车,郎乘青骢马。何处结同心?西陵松柏下。"

李绅在《真娘墓》诗序中说:"嘉兴县前有吴妓人苏小小墓,风雨之夕,或闻其上有歌吹之音。"

李贺的"鬼诗",有时是触景生情,有时是借景言志。李贺有着怎样苦楚幽冷的内心,只有他自己体会得最为深刻。他要找到一个恰切的载体,说出他满腹的幽怨。

苏小小成了李贺的首选。

一位妓女,要追求自己的真爱,这本身就是一件难事。她特殊的身份决定了她追求的过程必然会罩上浓重的悲情。她不仅要付出比别人更多的激情,甚至要献上青春,乃至生命,还不一定就能赢得应有的回报。不是说她肉身的"不洁",而在于对方的坚持与坚守,要看他的意志能否抵挡得住来自世俗的强大攻势。

小小孤愤怨结,小小墓独对风雨,都是诗人情绪的现实烛照。西陵松柏下,多了一处凄清冷落的孤坟,人间还活着一个心郁愁结的诗人。他的激情被世风冷雨熄灭,他孤单的身影在衰靡的世风里郁郁而行,他仿佛就是一个行走在世间的"鬼"。活着,就是一个错误。当他明晓这一切的时候,也正当好年华,他带着满腹的怨愤,就这样凄然而去了。

这一年,他二十七岁。生命还未抵达巅峰,生命便终止了登临理想之巅的艰难跋涉。

贾 岛
谁有不平事
——"苦吟派"鼻祖的苦寒人生

苦吟成奴

作诗本是一件愉快的事,到贾岛这里却成了心灵的重负,人生的枷锁。他和孟郊作诗时总爱搜肠刮肚,苦思冥想,故有"郊寒岛瘦"之说。

贾岛是中国"苦吟派"诗人的鼻祖,人称"诗囚""诗奴"。《唐才子传》说他"所交悉尘外之人",与世俗草民,他牢牢地筑了一道坚实的屏障,实现了内心的自我封闭。自绝于世的贾岛分享不了人间的温情,使他的内心郁结着浓浓的寒意。

他身世酷寒,作诗也吟得极其苦涩。他在字句上狠下工夫,力求意境的幽奇孤绝。他自己说:"二句三年得,一吟泪双流。"实际虽非如此,但他"行坐寝食,苦吟不辍",精于雕琢,力出精品却是事实。他喜欢写荒凉、枯寂之境,满纸都是凄苦的情味。他知音甚少,落拓不遇,为诗所累,在仕途上竟没有多少作为。

当然,这不是诗歌的错误。祖咏被誉为"半个白卷书生"而被点为进士。"大历十才子"之钱起,还不是因考场上高效发挥的一首诗而高名次及第。至于韩翃，以一句"春城无处不飞花"而被德宗皇帝重用。机会虽少，总还是因诗获益。

光写诗是不能解决温饱问题的，更别说改变寒门衰境了。贾岛首先想到的是入仕。公元810年冬天，他来到长安，拜见了写过《节妇吟》的诗人张籍，张籍帮不了他。又拜见了韩愈，做了韩愈的弟子。韩愈非常赏识他的才华，却没办法解决他想当官的问题。

待在长安的贾岛很快就"囊箧空甚"，总得解决吃住问题呀，没办法，贾岛只得栖身佛门，当起和尚来，法名无本，即无根无蒂、空虚寂灭之意。对这个红尘世界，看似彻底地绝望了。他"行坐寝食，苦吟不辍"，枯寂的禅房生活使他的性格格外地孤僻冷漠，这也深刻地影响到了他的诗歌创作及其风格。姚合《寄贾岛》中说："发狂吟如哭，愁来坐似禅。"这就是贾岛严酷的生存现状。

时间一久，贾岛耐不得禅斋枯寂，没办法，还得参加科考。在韩愈老师的劝说下，他还了俗。相传，他三十岁前数次参加朝廷的公招考试，却屡考不中。他曾写过《题兴化寺园亭》一诗："破却千家作一池，不栽桃李种蔷薇。蔷薇花落秋风起，荆棘满亭君自知。"触怒了当权者，说他"吟病蝉之句，以刺公卿"，不仅被黜落，永不及第，还被扣上了"举场十恶"的帽子。

《唐才子传》有这样的叙述：

> 尝跨蹇驴张盖，横截天衢，时秋风正厉，黄叶可扫，遂吟曰："落叶满长安。"方思属联，杳不可得，忽以"秋风吹渭水"为对，喜不自胜。因唐突大京兆刘栖楚，被系一夕，旦释之。

贾岛吟得一句妙对，喜不自胜，得意忘形，竟冲撞了长安城的最高行政长官刘栖楚。触怒了高官，不由分辩，关了一夜禁闭，到第二天早晨才放人。贾岛吟诗之专注之用心可窥一斑。

公元814年，他的好友孟郊突发急病而逝。公元824年，最赏识他的韩愈也因病而去。好友和恩师相继辞世，对他的打击不轻。直到垂暮之年，贾岛才出任长江县（四川遂宁）主簿，"三年在任，卷不释手"。政绩上有无建树，不得而知，一直坚守苦读苦吟确是不争的事实，需要一分恒心，一怀淡定。但是，这样的坚持却解决不了温饱问题。贾岛死时，家无一钱，只有一头病驴和一张古琴。

我们认识贾岛，是从他的"推敲"故事开始的。据后蜀何光远《鉴戒录·贾忤旨》记载，有一天，贾诗人写了一首《题李凝幽居》：

闲居少邻并，草径入荒园。
鸟宿池边树，僧推月下门。
过桥分野色，移石动云根。
暂去还来此，幽期不负言。

贾岛对"僧推月下门"一句一直牵挂于怀，不能释然。以至行进在熙来攘往的大街上，口中还念念有词。到底是"推"好还是"敲"好，老是拿不定主意。他骑着驴子，嘴里直念叨着"推敲，推敲"。不知不觉闯进了官道，又撞进了高官韩愈的仪仗队里。

韩愈可是个有修养的高官，不像刘栖楚那样，不由分说就将他关进看守所。

韩愈问明原因后，哈哈大笑，对贾岛说："我看还是用

'敲'好，万一门是关死了的，推怎么能推开呢？再者，去别人家，又是晚上，还是敲门有礼貌呀！而且一个'敲'字，使夜静更深之时多了几分声响。静中有动，岂不活泼？"贾岛听了连连称是。贾岛这一次运气颇好，不但没有被关禁闭，还拜了个老师。韩愈也默认了这个徒弟，特意赠诗说："孟郊死葬北邙山，从此风云得暂闲。天恐文章浑断绝，故生贾岛著人间。"对贾岛的诗才大大地夸扬了一番，对这个作诗用心极专的弟子给予了极高的评价。

读了这则故事，我们大抵对贾岛这个"苦吟派"鼻祖有了粗略的认识。作诗，除了妙手偶得，还需要反复"推敲"。

现在，有人对韩愈这个"推敲定论"有些新的看法，以为深更半夜，"敲"字扰民。其实，"敲"也好，"推"也罢，都有个轻重之分。就诗而言，"敲"于诗境的营造更胜一筹。韩愈不愧为"一字之师"。

书为心画，诗为心声。诗史上那些刻意为诗者，他们的诗留下了多少呢？"清水出芙蓉，天然去雕饰"的倡导者、实践者李白，就是最佳最实的例证，因坚守诗宗自然而明扬万世。所以，贾岛的"推敲"除了证明其作诗的严谨外，并不能证明所有伟大不朽的诗作都是经过如此这般"推敲"的产物。好些不朽之作，往往是脱口而出，浑然天成。

推敲这个脍炙人口的常用词就此沿用至今。人们因此记住了贾岛，连同这首诗，都为他挣得了广泛的传播率。

贾岛的失利，也许就在这个"苦"字。诗写得极辛苦，使人生也少了许多生机和亮色。

贾岛这次去拜访隐士李凝，不遇，却步入了难得的幽境。既是居于幽处的幽人，其行踪想必也定然有些诡异。如果没有"幽期"，唐突造访，要见到幽人的肉体真身，就要看运气了。

贾岛这个朋友寡少的和尚,平时疏于与邻居往来,偶尔"心血来潮",虽然未能如愿与朋友相晤,却无意中欣赏了幽人幽居的妙境,意外地获得了作诗的了悟。幽人有幽人的妙意曲,此中真趣,幽人自知。

贾岛的苦吟精神产生了深远的影响。晚唐的李洞就"酷慕贾长江,遂铜写岛像,戴之巾中。常持数珠念贾岛佛,一日千遍。人有喜岛者,洞必手录岛诗赠之,叮咛再四曰:此无异佛经,归焚香拜之"。南唐的孙晟更把贾岛的画像挂在自家堂屋的墙壁上,朝夕礼拜,对贾岛的崇拜发乎内心。

总是不遇

贾岛这一次要寻访的是幽居深山的友人。结果呢,还是"不遇"。

松下问童子,言师采药去。
只在此山中,云深不知处。

——《寻隐者不遇》

他的人生总是上演"不遇"。上一次"不遇"友人,结果意外巧遇"一字之师"韩愈。

这又是一次"不遇",他的造访总是不合时宜,他的悲情可想而知。

不过,这一次"不遇"使他总算明白了,能否真正得道还在于他是否能够彻底地放弃。放弃即达到。就如那"只在此山中"的隐者，云踪仙迹，自在逍遥。

隐者餐霞饮露，无羁无绊，他的逍遥与尘世很远，与清境相融。人生的快意，尽在那山水白云、清风明月之间。

他要寻的隐者云游山中，行踪不定，形迹难觅。山高林密，云遮雾绕。幽人道行的高深也可见一斑。

苦吟诗人这一回真神来之笔，极简约的诗句写出了隐者的风神与风骨，给我们留下了十分广阔的空间，让阅者也随了寻者而心绪氤氲迷离，意绪漂浮不定，寻者一脸茫然一怀失落的神采自在诗中。于读者眼前，则显现出一幅笔简意洁的画来。

一个总是"不遇"的诗人，他的人生老是上演悲剧——机遇总是与他无缘，他总是以失意者的角色现身。在我们的视野里，他的落魄，他的无助，他的怅惘，总令我们的内心隐隐灼痛。

贾岛成了那个时代失意者的代言人，他的才情有目共睹，他的悲情感人至深，他的朋友总是在他最孤独的时候离他而去——当然，这不是朋友的过错，只怪贾岛的命运不济，谁叫他总是要扮演晚点的角色呢？

幸运不是总能公平地降临于每一个人。贾岛更是背时。他不仅命苦，作诗也苦。且看他的自述："二句三年得，一吟泪双流。""一日不作诗，心源如废井。"与李贺类似，他的整个生命都被诗歌占领。他作诗自我要求极严，形如老杜。但他产量不高，每有佳作，把自己都感动得泪雨滂沱。诗歌是他的精神粮食，没有写出自己满意的诗歌，日子就索然无味！

当然，贾岛也有才思敏捷的时候。据《尧山堂外纪》记载，傲慢的高丽使过海时吟诗道："沙鸟浮还没，山云断复还。"扮着艄公的贾岛立刻对出下联："棹穿波底月，船压水中天。"他的诗才折服了高丽使，这段佳话流传至今。

一个苦吟诗人，他把内心的枯寂化着了恒久的等待。在

《送别》诗里，他这样写道："丈夫未得意，行行且低眉。素琴弹复弹，会有知音知。"他坚信，生命里总有一两个人能走进自己的心灵，自己的"素琴"之音也一定能走进他们的心里。

这种等待，既是一种智慧的准备，又是一种化解孤独的良方。

等待，是一种时刻准备接纳的状态："素琴弹复弹"，何愁知音不来？

这吴处士就称得上贾岛的知音：

闽国扬帆后，蟾蜍亏复圆。
秋风吹渭水，落叶满长安。
此地聚会夕，当时雷雨寒。
兰桡殊未返，消息海云端。

——《忆江上吴处士》

人生要有格局，活得要有境界。

格局的大小，境界的高低，除了可以决定一个人成功的概率、成就的大小外，还决定着他的说话行事方式，乃至作诗。

潦倒的贾岛失魂落魄地在长安街闲逛，"秋风正厉，黄叶可扫"，一时灵魂来电，诗兴激活，妙句"落叶满长安"袭上心来，为寻得与之相匹的另一句，他边行边吟，很快进入痴迷状态，竟无暇顾及满大街的行人，一不小心，他冲撞了京城高官刘栖楚的车驾，结果被拘留了一夜。贾岛的痴迷成就了他千古不朽的诗名。

吴处士扬帆击棹去闽地作云海之游，此去已过月余。去者与忆者，处境两相照，"秋风吹渭水，落叶满长安。"是大寂寥，大萧疏，大悲凉。以"渭水""长安"为浩阔背景，以

"秋风""落叶"为动态画面,构成了胜景衰颓、日暮途穷的悲凉境界。这境界,正好与诗人穷困潦倒的处境相映衬,与他枯寒贫苦的诗风相照应,激起了命运相似者的强烈共鸣,成为不朽的诗词风景。难怪宋人周邦彦填词、元人白朴作曲都化用了这一境界。

云山阻隔,海天难逢的一对友人,此时境况相似,怎不惺惺相惜?对潇潇渭水而相忆,当萧条长安而相问,正是悲凉与孤楚满目,凄然与落寞盈心,小小的"兰桡"如何能承载相忆者满怀的沉吟,小小的"兰桡"如何能承载远游者预期的里程,如何能承载他如期返程?现如今,"兰桡"未返,也许早已逾越了相约的归期,怅望变幻莫测的茫茫云海,不知友人近日的消息!

诗人因苦忆故人、苦吟此诗而吃尽了苦头。"一日不作诗,心源如废井。"才有了因得"秋风吹渭水,落叶满长安"的妙句而得意忘形,冲撞了高官,蹲进了牢狱。吴处士若身在海天有知,亦当因有这样的挚友而欣悦、而释然,因有这样的挚友而坦然地作他的云海之游!

贾岛尽管处境困蹇,内心苦寒,但他仍然有一颗强大的心,内心固持一份坚韧。内心深处,他还为自己设置了一个高大的"英雄偶像":

十年磨一剑,霜刃未曾试。
今日把示君,谁有不平事?

——《剑客》

人们常说:世间自会有公道。这只是一个指向乐观的祈愿,现实恰好相反。哪一个朝代都有不公平、不公道的事,当下还大有越演越烈之势。

在那些远去的朝代，总有一些人会挺身而出，仗剑而起，将侠义进行到底。就连落魄的苦寒诗人贾岛也不例外。身体的瘦弱难以掩饰内心的强大，即使骑一头跛驴，他也想把它当着一匹飞驰的骏马来驱驰；即使他手无缚鸡之力，他也憧憬能手持利剑纵横无碍。为的就是人生的壮美，为的就是无所羁绊的驰骋，为的就是人间的清明！

如果今天还有人信誓旦旦地说：我要做个侠客！那更多的人会立马"跟帖"：痴人说梦！要不就是，骂这人脑子有毛病，直接把他归为神经有问题那一类。

如果今天还有人写诗作文说：我要做个侠客，要"孤狼"独行！立马就会成为重点关照的对象，视他为隐患，暗流，是潜在的、影响稳定的、最不安定的因素。话语被过滤或者屏蔽，行踪被定格或者抹去。

今天的侠客不再是彼时的侠客。

今天的江湖不再是那时的江湖。

户籍，身份证，历史问题……诸如此类，都成了问题。

能否暂被接纳，能否有一席之地暂避风雨，能否敲开一扇华贵的门而讨得一碗解渴的水，都是一个人在想做侠客之前不得不首先考虑的现实问题。

好在，贾岛没有这些顾虑。因而有《剑客》这样锋利千年的诗。

因为他的坚持和苦吟，十年之功绝非白费。因为他的"功夫"初见成效，他首先想到的是世事的公平。他首先决计，要将自己的毕生所学，奉献给他生活的社会。公心，责任，在一个贫寒的文人身上，体现得淋漓尽致！

他的潜能，谁也不可忽视！

到了唐代，剑退出了战场，沦为缀饰，终止了传奇，彻底地走向没落。

剑，却成为精神利器、灵魂圣物，悬在了文人的腰间，电闪在志士的心里。

剑，作为一种象征，被赋予新的使命，承载着道义、正气与侠义。

贾岛这个"弱势"文人，他心中的那把剑挟着他的理想，直抵心灵的彼岸，无往而不胜。

这把精神之剑令他这个行走在民间的落魄者，有了强大的精神支柱，萌生了另一场用世梦——铲除世间不平，让道义与正气之光普照大地，照亮世间，温暖人心。

韩 愈
欲为圣明除弊事
——文武双全也难逃厄运

奋斗的艰辛

远远地站在宋朝的苏轼说,韩愈是"文起八代之衰,而道济天下之溺;忠犯人主之怒,而勇夺三军之帅"。韩愈身上,集中体现出了唐人与生俱来的特立独行精神,既有独立的个性,更有独立的思想、独立的行为。

韩愈是唐代诗人,还是著名的散文家、哲学家、思想家。和柳宗元共同领导了中唐古文运动,提出了"文以载道"和"文道结合"的主张。他与柳宗元并称"韩柳",有"文章巨公""百代文宗"的美称。他还是唐宋八大家之一。

韩愈经历了人生四部曲,每一个章节都上演着艰辛和不屈。

二十四岁以前,韩愈在辗转迁徙中深刻地体念了成长的艰辛。他三岁丧父,由哥哥韩会抚养。就连他的名字,都是由嫂子郑氏为他精心挑选的。哥哥被贬到广东,他也到了广东。哥哥死后,抚养的重任就落到了嫂子身上。此后又举家北归到河阳,再后来又到了宣城。"朝为田舍郎,暮登天子堂。将相本无种,男儿当自强。"(元末高明《琵琶记》)韩愈虽不可能读到这些，但他深晓这一点，把读书求仕当作自强的重要手段。他七岁发奋，十三岁时作诗为文的才华就强势地显示了出来。进而开始仕途博弈。一边拜师求学，一边研究古训，对政治表现出了格外的热情。用他自己的话说，就是"前古之兴亡，未尝不经于心也，当世之得失，未尝不留于意也"（《与凤翔邢尚书书》），就这么态度坚决地确定了一生努力的方向。可是，命运的天平并未就此向韩愈倾斜。他二十岁进京，三次考试均未及第。

二十五至三十五岁的十年间，韩愈完成了人生二部曲。进士及第后，三试博学鸿词未果，只得出京任职，而且干的是幕府一类任人差遣的活，经过一番迁徙沉浮，后又回京为官。古人那里，出京为官，又寄人篱下，都被视为命运不济。韩愈也不能免俗。

三十六至四十九岁，韩愈仕途蹭蹬，因彰显独立精神而起伏沉沦。先任监察御史，因上书论天旱人饥惨状，请求减免徭役赋税，被视为指斥朝政，贬为阳山令。顺宗即位，利用王叔文集团进行政治改革，他持反对立场。宪宗即位，获赦北还，为国子博士。改河南令，迁职方员外郎，历官至太子右庶子。因先后与宦官、权要相对抗，仕宦一直不顺畅，不如意。这些官职究竟主管什么，我们没有必要细究清楚。之所以这样枯燥地罗列出来，是为了说明一个问题，韩愈在仕场并不得志不说，混得还相当地不容易。

五十七岁病帮前岁病故，苏轼说他"忠犯人主之怒，而勇夺三军之帅"，就是说这一时期。韩愈先从裴度征讨淮西吴元济叛乱，任行军司马，彻底地贯彻了加强中央集权、反对藩镇割据的主张。淮西平定后，升任刑部侍郎。他一生排斥佛教。819年，宪宗迎佛骨入大内，他奋不顾身，上表力谏，被贬为潮州刺史。诗句"一封朝奏九重天，夕贬潮阳路八千"说的就是这一段历史。不久回朝，历任国子祭酒、兵部侍郎、吏部侍郎、京兆尹等显职。为兵部侍郎时，成德王廷凑叛乱，他前往安抚，临危不惧，随机应变，胆识过人，最后成功而还。

韩愈总想在政治上干一番事业，他写诗道："念昔始读书，志欲干霸王。"（《岳阳楼别窦司直》）年轻的心飞得比天还高。蹉跎数年后，他不由自主地感叹道："千里马常有，而伯乐不常有……呜呼，其真无马邪？其真不知马也。"后来终于得到重用，却因为国"除弊"，获罪遭贬。即使贬到偏远的潮州，仅在那里待了短短八个月，为百姓兴"四利"（一是驱除鳄鱼；二是兴修水利，推广北方先进耕作技术；三是赎放奴婢；四是出资兴学，大开教育之风）而功德无量。

记得在初中时学过一篇文言文《李愬雪夜入蔡州》，说的是李愬雪夜奇袭蔡州的事，是中国战争史上"出奇制胜"的著名战例之一。后来才知，这"奇袭"的"炮制"者竟是文人韩愈，当时在平叛军中的任职就是军事参谋。

上面这个故事说的是韩愈的"谋"，还有一段传奇，足以证明韩愈的"勇"——"勇夺三军之帅"。

唐穆宗时，成德节度使田弘正的手下王廷凑杀了田弘正，自任代理节度使，要求朝廷发文任命。唐穆宗派裴度率军征讨，却打不过王廷凑的军队。为了息事宁人，只得任命王廷凑为节度使。可是，王廷凑根本不把朝廷放在眼里，得寸进尺，仍然目空一切地抢城掠池，不断地扩大自己的势力范围。

武力遏制不了王廷凑，唐穆宗只得无奈地派人去王廷凑那里劝说。人选就成了问题。此时，韩愈刚好被提拔为国防部副部长，唐穆宗就把这个棘手的差事交给了韩愈。

谁都知道，此去深入虎穴，单刀赴会，是凶多吉少。韩愈刚走，与他同朝为官的元稹十分惋惜，独自叹道："韩愈可惜！"穆宗也觉得：一代文豪就这样去白白送死，实在可惜。

立即派人追上韩愈，对韩愈说："你到边界上随便转转就行了，此事不必当真。"谁知韩愈却认了真："安有受君命而滞留自顾？"说完，"疾驰而入"，比原来跑得更快了。

到了王廷凑那里，韩愈没有被王廷凑那里的杀气所吓倒，硬是以超人的胆略和智慧说服了王廷凑，不仅扳回了叛军的反叛之心，还从王廷凑手里解救出了一个刺史，要回了王廷凑新抢的那个城池。

看来，韩愈这"夺三军之帅"之勇毋容置疑。智勇双全，唐代诗人中难有比肩者。

现在，有韩愈这种独立精神的人越来越少了。

我们处在一个"求同"的时代，在"和谐"的旗帜下，"异"失去了生存的土壤。难有特立独行的人，因而缺少李白、韩愈这样丰碑似的人物，也缺少丰碑似的作品。仰人鼻息，阿谀奉承，溜须拍马的人大行其道，这是他们上位晋级的依凭。所谓创新，仅成一句声势浩大的空洞口号，充斥于耳，流行于世。在所谓协作精神、所谓团队意识的高调打压下，独立精神被扼杀，集体缺钙成了现世通病。

自古文人多磨难。韩愈善于调整自己的人生定位，因而仕途有成，声誉俱佳。他的铮铮傲骨成就了他人生境界的高度，同时还成就了他诗文的高格，才有了朝奏夕贬的厄运，奇袭叛军的谋略，勇夺三军的胆识。

坚守的代价

我们先来看看韩愈用诗歌记录的"忠犯人主之怒"这段

"左迁史"。

元和十四年（819），唐宪宗遣使者迎佛骨入禁中，三日后乃送佛寺。朝臣中竟无一人谏阻。韩愈一生致力于兴儒辟佛，任刑部侍郎时，独上《谏佛骨表》，言辞尖锐激切。文中说："今闻陛下令群僧迎佛骨于凤翔，御楼以观，升入大内，又令诸寺递迎供养。——百姓何人，岂合更惜身命？焚香烧指，百十为群，解衣散钱，自朝至暮，转相仿效，惟恐后时。老少奔波，弃其业次。若不即加禁遏，更历诸寺，必有断骨脔身，以为供养者。伤风败俗，传笑四方，非细事也。——佛如有灵，能作祸祟，凡有殃咎，宜加臣身，上天鉴临，巨不怨悔。"宪宗阅罢大怒，欲置韩愈于死地，幸有宰相裴度等众臣力保，方才免死，被贬为潮州刺史，当时传说潮州距长安遥遥八千里路。在赴潮州途经蓝关时，韩愈写下了《左迁至蓝关示侄孙湘》：

一封朝奏九重天，夕贬潮阳路八千。
欲为圣明除弊事，肯将衰朽惜残年！
云横秦岭家何在？雪拥蓝关马不前。
知汝远来应有意，好收吾骨瘴江边。

思想家的苦恼在于他有一颗善于思考的头脑；政治家常遭受厄运在于他有一颗刚直不阿的心。

因为他善于思考，他会排除干扰，寻求真理，追求真理，坚持真理。

因为他正直善良，他会不畏权贵，不计后果，不计得失，不计荣辱。

他因坚持而更具责任感更显良心，他因坚持而倍受打击更遭厄运。

朝夕之间，从天堂到人间再到地狱，韩愈的遭遇真切地告诉我们，要做一个"除弊事"的清官贤臣是多么地艰难。他可以作为教材和典范，让那些怀揣责任、担负使命的人好好学习、借鉴。由此可见，史上出现了那么多的贪官奸佞皆因仕途环境险恶所逼，我们自不必去怨这些人的政治素质不高，道德修养不深，当权者理当自审自察。

"欲为圣明除弊事，肯将衰朽惜残年！"有了这样置个人生死进退于度外而心系大义的人，他的坚持更为可敬。而当"圣明"不圣的时候，这种坚守还有何意义？

仕途的险恶，命运的难测，在此诗中体现得最为充分。

当一个文人把所有的希望全都押在仕途，押在君主的贤明上，他就别想独自主宰自己的命运，别想好好发挥自己的才智。关键时刻，他又尤其显得特别"木讷"，特别"愚钝"，因而落得个"一封朝奏九重天，夕贬潮阳路八千"的下场。这样的结果，在所难免。哪还管你"文起八代之衰"。

一代文宗尚且如此，平头百姓的命运就更加悲苦。这时，只有亲情、友情，可以送去阳光般的慰藉。

"云横秦岭"也好，"雪拥蓝关"也罢，诗人之所以不惧生死，不惜残年，就在于漫漫贬谪路上，行走的是一个伟大的灵魂！他的可贵就在于对大义的坚持。

其实，坚持大义还有另一种方式，暂时的避让是再次激进的明智之举。他的直面现实，更见其生命的无畏无惧。

这就是他招致厄运的根本原因。事已至此，那就将自己这把硬骨头抛掷在瘴气蒸腾的江边吧，抛掷在偏远的蛮荒之地吧。

一首诗的力量让我们铭记了那一段历史，一颗心的跳动让我们品阅了一个灵魂的奇伟。当年的帝王权臣谁个记住，人们却记住了这个饱受磨难的文人。

因为，在他身上，人们看到了书生的钢铁脊梁与傲然骨气。

人生的感喟

官事冗杂，世事沧桑，经历了人生的蹉跎困顿、仕途的坎坷沉浮之后，韩愈忙里偷闲，把目光投向万物复苏的春天，到春光里走一走，到田野里转一转，即使自己芳华不再，也自得其乐。诗人惊喜地发现，自己童心尚未泯灭，富丽繁华的春天竟能让一颗老去的心蓬勃地复燃。于是，韩愈写下了《早春呈水部张十八员外》。这一年，韩愈五十六岁，任吏部侍郎，做了他一生中最大的官。

其一
天街小雨润如酥，草色遥看近却无。
最是一年春好处，绝胜烟柳满皇都。

其二
莫道官忙身老大，即无年少逐春心。
凭君先到江头看，柳色如今深未深。

春天经小雨的浸润而渐露生机，而春天的来临如含羞的处子，欲言又止，欲笑还抑。"最是一年春好处"，各有各的欢喜，各有各的偏爱。那如烟柳色未必不是别人的所爱。但诗人偏爱的，就是那春色将至未至的味儿，欲浓未浓的势头！因为，这里有期待，有盼头。所以，尽管诗人早已丧失了少年逐春的兴致，然而，春天的妙意就在于，那和煦的一阵风，即刻让一潭静水涌荡不止，让苦寂的大地有了绿意，有了生机。韩愈那枯寂的心因此有了繁华欢欣的春意。其实，少年逐春，也并非在意于春天本身，他们的目光，全都聚焦在那柳下花前的人。等到历经沧海，他的目光才转移到曾经被他一再忽略的春草杨柳上来。人已然老去，而季节，而花草，却还有再度蓬勃的机会。

　　人生要有智慧。诗人的智慧就在于突破了人云亦云的限制，突破了司空见惯的常规。他在人们熟视无睹的地方，发现了新异，在人们见惯不惊的时候，说出了新奇，道出了真髓。

　　而对于人们习以为常的烟熏味烧烤气，理所当然不在诗人的视野内。

　　过滤，生活才有起色，人生才有新意，未来才有新境。走出芸芸众生扬起的滚滚红尘，摆脱名缰利锁带来的无尽烦恼，你才能分享到自然的馈赠，领略到人生的快意。

　　"绝胜烟柳满皇都"，那该是怎样一番令人神往的好景致！有了这盼头，老去的生命又注入了新的活力。

　　诗人在别的诗里也表达了同样的偏爱。"新年都未有芳华，二月初惊见草芽。"（韩愈《春雪》）严冬虽尽，余寒犹厉，突然冒出的这点草色，叫人又惊又喜。到了晚春就不一样了，"草树知春不久归"（韩愈《晚春》），春天已经过了头，面对流年，留给人的，是无尽的伤感。

　　写下这首诗，诗人走过春天，就走到了生命的尽头。

　　一个关注春天的人，他的目光总能于自然获取天真。他的纪游诗《山石》，满眼都是可人的风景：

　　　　山石荦确行径微，黄昏到寺蝙蝠飞。
　　　　升堂坐阶新雨足，芭蕉叶大栀子肥。
　　　　僧言古壁佛画好，以火来照所见稀。

铺床拂席置羹饭，疏粝亦足饱我饥。
夜深静卧百虫绝，清月出岭光入扉。
天明独去无道路，出入高下穷烟霏。
山红涧碧纷烂漫，时见松枥皆十围。
当流赤足踏涧石，水声激激风吹衣。
人生如此自可乐，岂必局束为人靰。
嗟哉吾党二三子，安得至老不更归。

诗人从"山石"着笔，就在于写人的命运犹如在山石中穿行，如果你感到的是路途的坎坷，你就会联想到命运的不济；反之，如果你欣赏到的是旅途的美景，那你一定会领略到自然的活力，人生的欣悦。

一个宦海沉浮、倍受排挤的人，他能够挣脱羁绊，走出困境，能够走进自然，融入自然，妙品人生，岂不快哉？

诗人的爽兴源于自身的觉悟，诗人的自由源于自身的选择，诗人的不朽又源于自己对正义的坚守，对历史的责任！

因而，尽管诗人有些小情调，甚至有点小资，我们一样理解，并献上由衷的敬意！

"山红涧碧纷烂漫"，人生的底色亦应有别样的缤纷！

老之将至，很多少年往事时不时就会涌上心际。韩愈一口气写了《城南十六首》，这首《遣兴》就是其中一首：

断送一生惟有酒，寻思百计不如闲。
莫忧世事兼身事，须著人间比梦间。

他是一个不朽的文学家，因为"文起八代之衰"，既写得一手锦绣文章，又写得一手好诗。他还是一位杰出的政治家，因为他始终敢于说真话，即使面对的是不可动摇的皇权。因而，他命运坎坷，不是受皇帝打压，就是受同僚排挤。因而，他不是被贬谪，就是受冷落，被流放，被弃置。

因而，有时要说几句消遣的气话，吐几口胸中的闷气。所以，酒被首当其冲选作了消气泄闷的最佳工具。让一颗敏感的心、正直的心、博大的心暂时停止它行使职责，炎凉世事也好，蹭蹬命运也罢，都无需为其消耗心力，只管把人间比着梦里世界，岂不落得逍遥自在？

选择对现实的放弃，足见诗人的绝望与绝决。

"断送一生惟有酒""莫忧世事兼身事"，给人生放一个大假吧，让灵魂得一段小憩！

当我们无力改变命运、扭转局势的时候，这不失为一种明智的选择。

苏东坡后来说："世事一场大梦，人生几度秋凉。"（《西江月》）一样的低落，一样的喟叹，一样的无可奈何。相似的命运，相似的心灵感应，在不同的时代催发了强烈的共鸣。

当韩愈、苏轼们的落寞化着一句句无奈的诗时，这种伟大的寂寞便充塞古今，恸人心魄。我们因此而感动，而敬畏！

柳宗元
独钓寒江雪
——他的孤独横绝天地

文人风骨

当柳宗元走来的时候,盛唐那炫目的背影已经远去了二十年。"安史之乱"虽已平息十年,短暂的和平、安宁未能复原大唐的元气。相反,各种社会矛盾日益加剧,为柳宗元这些"迟到"才子的命运平添了挥之不去的悲情。

时势造英雄。艰难时势为英雄的横空出世设置了无数险隘。事实上,没有百般的磨难与考验,英雄又怎可令人诚服?

同样,一个一来到这个世上就渴望有所作为的人,他的命运绝不会顺风顺水。何况,柳宗元走过的,正是大唐王朝走向最后倾覆的艰难岁月。藩镇割据,宦官专权,朋党相争,矛盾重重,单是其中一样,就足以让一个希图成为政治家、改革家的人遭遇太多的阻碍。排挤,打击,凡能置对手于死地的,奸佞者都可以毫无避讳、无所顾忌地用上。这是任何朝代都有的事,我们自不必为柳宗元们的遭遇大惊小怪。

时势同样能够造就坚不可摧的友谊!

柳宗元有他自己的生活轨迹,很多时候,他又与另一个文人的悲辛遭际紧紧地连在一起。多舛的命运使他们胜似兄弟。

公元793年，柳宗元二十岁，与刘禹锡同中进士，他们的缘分和友谊从此开始。时势为他们的友谊制造了进一步发展、加深的条件。几年后，又同登博学鸿词科。不料，仕途蹭蹬，贬谪离乱，反而使他们的友谊更加牢固。

改革会带来社会的阵痛，同时也可能给身处其中者带来灭顶之灾。尤其在中国，革新的结果大多以血淋淋的悲剧告终。《唐才子传》是这样表述柳宗元参与革新经历的：

与王叔文、韦执谊善，二人引之谋事，擢礼部员外郎，欲大用，值叔文败，贬邵州刺史，半道，有诏贬永州司马。

虽三言两语，却写出了改革的艰辛、曲折与风险。

柳宗元登博学鸿词科后，"授校书郎，调蓝田县尉，累迁监察御史里行"（《唐才子传》）。宦官专权，藩镇割据，时弊积重，当朝宰相王叔文欲挽大厦于既倒，力主改革，得到了病魔缠身、但却壮心勃勃的顺宗皇帝的支持。有了天子撑腰，王叔文雷厉风行，团结了一大批风流才俊。柳宗元、刘禹锡都被团结了过去。年轻气盛的柳宗元恰书生意气，踌躇满志，颇想借此东风干一番事业。不料，历史总爱和志得意满的才俊们开玩笑，改革的车轮运转不到一年，顺宗皇帝就归了西。年轻的改革派失去了最大的依靠。宦官反扑，藩镇出击，年轻的改革家们一时陷入危局。不过，他们把希望又寄托在宰相王叔文身上，紧密团结在王叔文的旗帜下，希图力挽狂澜。残酷的现实彻底粉碎了他们最后的一点残梦。王叔文的母亲辞世，按惯例，王叔文不得不辞官回家守丧！

结果呢？失去实权的王叔文很快被赐死，柳宗元、刘禹锡等八人被贬为刺史赶出京城，赴任途中，又集体被贬为司马——这就是史上著名的"八司马"事件。

柳宗元被贬到永州，一个失意的改革者真正地体验到了什么叫孤独。因而有了《江雪》《永州八记》这样的不朽诗文，他的人文精神在其诗文中得到了极大的彰显。

而最能彰显其人文精神和文人道义的，还是他与刘禹锡的患难与共。《唐才子传》这样说：

元和十年，徙柳州刺史。时刘禹锡同谪，得播州，宗元以播非人所居，且禹锡母老，具奏以柳州让禹锡，而自往播，会大臣亦有为请者，遂改连州。宗元在柳多惠政，及卒，百姓追慕，立祠享祀，血食至今。

柳宗元在永州一等就是十年，终于等来了朝廷的任命文件。不是荣升返京，而是被贬到更加僻远的柳州。当他得知刘禹锡被贬到比自己更远的播州时，他不为己悲，反为朋友而哭："禹锡有母年高，今为郡蛮方，西南绝域，往复万里，如何与母偕行？如母子异方，便为永诀。吾与禹锡为执友，胡忍见其若是。"（《新唐书·柳宗元传》）播州就是现在的遵义，那时还是非人居住的"不毛之地"。柳宗元立刻上疏朝廷，希望与刘禹锡对换。对换不成，多少也让朝廷动了恻隐之心，改任刘禹锡为连州刺史（现在的广东连州）。

衡阳一别，分外凄恻。柳宗元禁不住赋诗道："二十年来万事同，今朝歧路忽西东。皇恩若许归田去，晚岁当为邻舍翁。"（《重别梦得》）遂成永诀。

一个仁人志士，哪怕他手中握有一点微不足道的权利，他都要用好这一点点可怜的权利为老百姓谋取福利。正如一百多年后的范仲淹所说的那样，进退得失于己都无关紧要，这样的人，他心里装的是天下苍生。他要竭尽全力为君解忧，为民兴利。

柳宗元就任柳州刺史，已不再是司马一样的闲职。柳州尽管偏远，荒僻，落后，一样能展示一个仁者的才能，一样能体现一个贤者的价值。他大兴教化，革除陋习，破除迷信，释放婢奴，发展生产。之后，又大办学堂，广招学生，以至远居岭南之地的好学之徒，也纷纷慕名而来。一时间，封闭蛮夷之所变成了文明开化之地。柳翁之功赢得了朝廷的重视。不料，一纸诏书还没来得及快递到柳州，积劳成疾的柳宗元便油尽灯灭，客死他乡。这时，距他赴任柳州仅仅四年。

扶着母亲的灵柩，强忍着伤痛的刘禹锡，艰难地行走在衡阳路上，惊悉好友故去的噩耗，泪如疾雨，悲痛欲绝。刘禹锡一边料理好友后事，一边写信恳请韩愈为柳宗元撰写墓志铭。柳州百姓为了纪念他，自发地修了"柳公祠"和衣冠墓，至今留存。

柳翁辞世前，将自己的书稿寄给刘禹锡，信中写道："我不幸卒以谪死，以遗草累故人。"为完成好友遗愿，刘禹锡穷其余生，整理柳氏遗作，全力筹资刊印，才使柳宗元的诗文得以遗响千古，芳馨万世。

刘禹锡写过一组《浪淘沙》，其中一首似乎专为柳宗元而写：

莫道谗言如浪深，莫言迁客似沙沉。
千淘万漉虽辛苦，吹尽狂沙始到金。

风云际会，风雷激荡，坚持到最后，我们看到了一个大写的人：不向命运低头，不为逆境弯腰。既然真金不怕火炼，真金还怕风浪吗？柳宗元一直在危境中坚守到了最后，即使生命仅存的那点热情，也留在了他的贬谪之所，仅存的活力，也都交付给了那一片贫瘠的土地，那一方草民百姓。

这是人性的光辉，一直照耀着我们默默地前行。

柳宗元写过一首《酬曹侍御过象县见寄》：

破额山前碧玉流，骚人遥驻木兰舟。
春风无限潇湘意，欲采蘋花不自由。

"欲采蘋花不自由！"即使身处逆境，人性的光芒依然灼目闪光。

史上的那些文人，他们之所以在求仕路上会经历那么多的坎坷曲折，缘于他们作诗为文的原动力并非打算要终生鼎扛繁荣文艺的大旗，并非要以此来扬名立身，芳播万古。他们习诗弄文的第一要务大多是要以天下为己任，鱼跃龙门，平步青云，为江山社稷、庶民百姓奉献睿智，耗尽心力。

现实总是不尽人意。于是，他们总喜欢在"不适当"的时候写一些"不适当"的文字，总喜欢在最该三缄其口的时候大放厥词。这自然会触及权臣的利益，自然会令专权者如芒刺脊。

柳宗元到了柳州的时候，还时时牵挂着一同被贬诸友，写下了《登柳州城楼寄漳汀封连四州》：

城上高楼接大荒，海天愁思正茫茫。
惊风乱飐芙蓉水，密雨斜侵薜荔墙。
岭树重遮千里目，江流曲似九回肠。
共来百粤文身地，犹自音书滞一方。

暴风疾雨，不能摧折一个仁者的意志；艰难苦恨，他心里牵挂的是与自己同命运的人；逆境厄运，不能改变一个内心强大、心志高洁者的品性！

柳宗元的文人风骨从不因时势的悖逆而缺钙缩水。宦海沉浮，生活困顿，精神折磨，他至真向善的品节从未改变！

这样的人，他不仅能坚守友谊，政治上可圈可点，还在多个领域作出了杰出的贡献。他是唐代最杰出的文学家、哲学家、散文家和思想家，与韩愈共同倡导唐代古文运动，并称为"韩柳"，与刘禹锡并称"刘柳"，与王维、孟浩然、韦应物并称"王孟韦柳"。还与同代的韩愈、宋代的欧阳修、苏洵、苏轼、苏辙、王安石和曾巩，并称"唐宋八大家"，与韩愈、欧阳修、苏轼并称"千古文章四大家"。

绝世孤独

正是仕途的艰辛，锤炼了柳宗元的绝世孤独。内心喷薄而出的，就是这首横绝千古的《江雪》：

千山鸟飞绝，万径人踪灭。
孤舟蓑笠翁，独钓寒江雪。

天地之间都充满了孤独。
旷宇之中都充盈着绝傲。
这是一种境界，至高至远，大寂大阔。不仅在诗人眼底、笔底，更在他的心底。

孤舟蓑笠，寒江独钓，是经过江雪锤炼、冻风删减之后的至境！

孤翁垂钓的是渺渺寒水，是莽莽漠野，还是一种至孤至独又至寂的心情？"寒江雪"如一尾离群寡游的鱼儿，只有柳翁这样的高手才可以将它钓起；"寒江雪"这样的至境，只有柳翁这样的高人才可以盛入他的鱼篓，带回去熬成鲜气四溢、营养丰美的汤汁，以丰富他高洁不俗的灵魂！

千百年来，很多人都被挡在了江雪之外，让纷繁的红尘拖累得身心疲惫，让喧闹的市声吹刮得面目全非，让世事的疾雨敲打得萍碎花惊！

这是一幅永恒的画图，画中人手中的那一只精瘦的钓竿，能否钓去我们的凡欲？

是伟大的、旷世的寂寞成就了这一幅永恒的画图，成就了画中人的绝世孤傲和无尽风雅！

诗人的凛然无畏、傲岸出尘是这幅画外无比旷远的回声！

这是一场生命的坚守，这是一种精神的宣示！

当一切生命迹象都已"绝""灭"的时候，世界是不是一片空白？

当驾着一叶"孤舟"的"独钓"客现身冰雪世界的时候，这个世界依然有为数不多的生命在顽强地坚守，在奋力地抗争。他们不为富裕的收获，他们只为检验一个脆弱生命所能承受的韧性，履行一个正直人生所应践行的责任。用语言难以穷其意境，遣想象或可追其神韵。此诗意境之高远苍茫，格调之雄阔高古，神采之精绝浑厚，几达无以复加的境象，创造了一个寒绝、清绝、独绝的艺术境界，是典型的"小尺幅"大气象。如此境中之人，其品格拔流绝俗，孤傲高洁。

柳宗元被贬柳州，身处荒僻绝域，亲睹苛政猛于虎的社会现实，个人得失，置之于外，愤然喊出了"呜呼，孰知赋敛之毒有甚是蛇者乎"，振聋发聩，警策当世！

就是这样一个"独钓"客，即使身处绝境，也没有把目光停留在自己的身上。博大的胸怀，开阔的视野，以及唐人的精神气质在他身上得到了强力的张扬。

如果硬要找一首诗比一比境界、气象的话,王之涣的《登鹳雀楼》或可比肩。因立足点与归宿点的不同,又各有千秋。

这个渔翁显然是柳宗元的自题小像,政治上改革失败使自己独处绝境,但凛然无畏、傲岸清高的精神,横绝寒寂的荒野,让我们看到了一个期欲有所作为者在险恶环境下焕发出的倔强的生命之光。

柳宗元还写了另一个"渔翁"。这首《渔翁》道出的,别有意境,超迈、自适、高洁的身心,终于找到了栖息之处。

渔翁夜傍西岩宿,晓汲清湘燃楚竹。
烟销日出不见人,欸乃一声山水绿。
回看天际下中流,岩上无心云相逐。

此渔翁非"江雪"之彼渔翁。彼渔翁独坐寒江,孤傲,无欲无畏;此渔翁夜宿峭岩,晓出清波,为得一餐之温饱,为求一身之爽兴!

他身隐声现,出没风波。渔歌悠扬,穿越清波,飞跃逝水,飞向更远的青山绿水。渔舟划过之处,歌声飘过之处,风烟消散,山水皆绿。

此渔翁闲适自在,无意云雨,任渔歌放逐,任渔船纵如!让人不由得想起陶翁的"云无心而出岫"来,潇洒与自在,有意与无意,全由着那一份兴致而来。这一切,被清江收读,被远山览阅。山水应知,云烟共睹。

两渔翁所在之境,无不透出一个"大"来。一个身陷恶境而处危不惊,心里装得下世间万事;一个出没风波而自在任性,心里抛得开凡尘俗欲。两渔翁都让我们肃然起敬,都让我们羡慕不已!

生活应该有自己的轨迹，即使他仅是一位特别普通的渔翁，即使他的年龄也早已超过了放舟激流的岁月，他仍然特自信地以自己的声音告诉世界，他的洒脱早已融入自然，化为山水的一部分，成为风景的灵魂。自然以自己的方式回应：在世人眼里，自然亦要选择自己的方式回应人类那些违自然的作为。

关于这首诗的末两句，一直存有公案未决。苏轼在《书柳子厚〈渔翁〉诗》中说："诗以奇趣为宗，反常合道为趣。熟味此诗有奇趣。然其尾两句，虽不必亦可。"苏大文豪视末两句为"蛇足"，以为删去为妙。严羽也在《沧浪诗话》中给予回应："东坡删去后二句，使子厚复生，亦必心服。"南宋刘辰翁则认为："此诗气泽不类晚唐，下正在后两句。"他认为，末二句正好是诗眼所在，有"余音绕梁"之妙。至于后两句到底当去当存，各有各的说辞，尚无"定论"。原作如此，不管优劣，评论尚可，尊重为要。

"欸乃一声山水绿"，好不快意的清江之渔，山水之旅！诗人的心灵之旅并非到此为止。无论我们要抵达何种意境，都必须经历一番坚韧不辍的搏击。由此观之，若删掉末二句，于诗人，则寓意不达；于读者，则望文而难穷其意。

无论我们身处何种地位，归属何种阶层，只要能够放下心中的欲求，我们就能从平凡的生活中寻得轻松与快意。无为与无心，没有刻意的经营，不经意间，便步入了"无心云相逐"的新境。"回看天际下中流"，回首那一段激流勇进的旅程，真让人心绪难平。

在经历一番绝世孤独的历练之后，柳宗元终于完成了绝傲的人生之旅，寻得了心灵的栖所。

刘禹锡
吹尽狂沙始到金
——唯有坚持让他笑到了最后

豁达则豪

刘禹锡被白居易推为"诗豪",大抵是因其历经了周遭磨难而不改其豪放诗风的缘故。而这种豪气的源头,还在于他百折不挠的品性。有了这份不损不减的底气,他的诗格自然就高了八度,他的豪气自然就令人心生敬畏。

刘禹锡的一生,宦海沉浮,波澜壮阔。俗话说:"三十老明经,五十少进士。"刘禹锡二十一岁中进士,真是叫人羡慕。不料,天有不测风云,因其参与王叔文领导的革新运动,同柳宗元一样,被一贬再贬。与柳宗元的友谊因此与日俱增。

一般人或哀叹,或丧气,刘禹锡似乎是一路豁达,一生自信。无论怎样起落,遭遇何种挫折,他除了自信,就是坚韧,并且一直坚守自己认定的正义。

打击再大,刘禹锡也不改豪迈。

公元815年,刘禹锡与柳宗元一道应召回京。刘禹锡与宰相裴度的交情一向甚好,此次回京,他的命运或许会有所改变。这年春天,刘禹锡游玄都观,写了《元和十年,自朗州召至京,戏赠看花诸君子》诗:

紫陌红尘拂面来，无人不道看花回；
玄都观里桃千树，尽是刘郎去后栽。

世事变化，风水轮流。繁华转瞬即凋谢，得势也仅是一时的荣耀。据说此诗有讽刺新贵之嫌，刘禹锡因而再度被贬。当刘禹锡再度回京时，又一次游玄都观。面对眼前的凋敝之景，回顾自己的宦海沉浮，诗兴勃发，得《再游玄都观绝句》：

百亩庭中半是苔，桃花净尽菜花开。
种桃道士归何处，前度刘郎今又来。

两首诗间隔十四年。要知道，在写第一首诗前，他已经为尖锐的政治斗争付出了十年被贬异地的沉重代价。这一去又是十四年，他依然豪迈不减，口无遮拦地在诗前小序中说："始谪十年，还辇下，道士种桃，其盛若霞。又十四年而来，无复一存，唯兔葵、燕麦动摇春风耳。"于是，再次提笔，痛快淋漓地书写了自己的倔强与刚毅。"前度刘郎今又来！"何等豪迈。这句诗已化为成语"前度刘郎"，深深地根植于我们的内心，连同他豪迈的气质。刘禹锡硬是将倔强与豪迈坚持到了最后。

人生同时还是一个巨大的竞技场，看似没有硝烟，实则血雨腥风。即使你今天失败了，并不意味着你永远都是一个失败者。反之，不管你眼下是多么的风光无限，也并不一定就意味着命运的天平始终都偏向你，并不一定就意味着你永远是常胜将军！

"前度刘郎今又来！"此所谓三十年河东，三十年河西。今天你还是个倒霉鬼，说不定明天你就是颗幸运星！风水轮流转,谁都可能时来运转!

刘禹锡是个乐观的人,他之所以东山再起,与他的乐观,他的睿智,他的坚持有关。经历迁谪,饱受打击,他仍能够以乐观的姿态冲刺人生的至高点。他之所以能够做到这一点,是因为他能从司空见惯的场景中看到阳光的一面,能够从频繁的挫折中看到希望所在:"沉舟侧畔千帆过,病树前头万木春。"那千帆竞发的阵势,那天下皆春的生机,怎不叫人振奋,怎不叫人欣慰?

昔日盛极一时的炫目桃花,眼前已经荡然无存;菜花、蒲葵,以及燕麦,含笑着摇曳于春风,欢舞于大地。而那些曾经的佼佼者,不可一世的宠儿,今天都到哪里去了呢?

刘禹锡贬谪期间,由宪宗、穆宗、敬宗而文宗,皇帝换了四个,真是一朝天子一朝臣,走马灯似得换个不停。人事变迁波诡云谲,当年的得势者早已不知去向。但是,无论怎么变化,争权夺利的斗争仍在继续,斗争远未结束。

被运命击倒又站起来的人,是坚强的人。他们眼中有希望,心中存浩气;倒下是暂时,挺立需要坚持。这样的人往往能够坦然面对眼下的失利,能够坚持到最后一击而掌控胜局的时候。

刘禹锡做到了这一点。眼下,这个巨大的竞技场上,只留下他不屈的身影。这两首诗前呼后应,字里行间豪气洋溢,妙趣横生。

当然,不倒的人生需要坚实的基石。这基石,在刘禹锡那里,就是傲骨。他为自己简陋的居室写了篇不朽的短文——《陋室铭》,令后世文人追捧不已,都如是说:"孔子云:'何陋之有?'"其实,刘诗人在写这篇短文时,有意省去了孔子的前半句话:"君子居之。"话虽省了半截,但意思摆在那里。只有真君子,厄运之前,逆境之中,他才可以泰然处之。

骨子里充满钙质，气节里注满傲气，他就是打不倒的汉子。

刘禹锡终于结束了二十多年贬谪生涯，返京途中，在扬州邂逅白居易。席间，白居易赠诗一首，刘禹锡答谢作《酬乐天扬州初逢席上见赠》：

巴山楚水凄凉地，二十三年弃置身。
怀旧空吟闻笛赋，到乡翻似烂柯人。
沉舟侧畔千帆过，病树前头万木春。
今日听君歌一曲，暂凭杯酒长精神。

巴山楚水，荒远凄凉。二十三年来，自己被朝廷弃置在那里，独自舔舐迁谪的伤痛。回到家乡，那些熟悉的人都已逝去，只能吟着向秀的《思旧赋》来怀念他们，而自己也成了神话中那个烂掉了斧头的人。真是恍如隔世，无人能识。

亲人在离别后一个个作古，年华在颠沛中一年年蹉跎。但是，不必为创痛、寂寞而忧伤，也不必为跌倒损伤而一蹶不振。看那沉没的船只旁边仍有千帆竞渡，百舸争流；枯朽的树前已是万木争春，生机勃勃。世事沧桑都已成了过去，在这个人生无常、命运难测的世界，在经历了谪迁离乱的挫折之后，还能够如期而遇，岂不是人生的一大快事？今天，听了乐天的赠诗，不胜感激，暂且举杯，借这一杯薄酒振奋精神，相互给力。

正如春天的来临，既不因冬季的酷寒，也不因风雪的阻滞。

虽然严冬摧折了"病树"，春天的脚步仍然坚实地向我们迎面走来。虽然有"沉舟"的不幸，但潜伏的险恶依然不能阻止千帆竞渡、百舸争流的声势和进程。时间的车轮在不可遏止地推进，世事的轨迹亦在按其运行趋势而不断地向前挺进。

当我们明了这一切之后，一曲清唱，一杯寡酒，就足以消解不测命运的摧折和打击。因为，时序更新，天下皆春，破旧立新，推陈催新，生命又开启了新一轮冲刺！

这是诗人宦海沉浮之后的豁达自解，也是对倍历坎坷的友人香山居士的劝慰！诗人一贬再贬，最后终于可以豪迈返京。

白乐天的赠诗说：

为我引杯添酒饮，与君把箸击盘歌。
诗称国手徒为尔，命压人头不奈何。
举眼风光长寂寞，满朝官职独蹉跎。
亦知合被才名折，二十三年折太多。

两相比较，梦得之诗更是豪迈四溢。

人生如一场戏，剧情有起有伏，或波澜壮阔，或缠绵悱恻，各有各的情节。只是没有剧本，没有彩排。刘梦得引用"闻笛赋""烂柯人"典故，妙用"沉舟"与"千帆"、"病树"与"万木"的对比，给予了高调的回应，境界胜出，更见无畏的勇气，坦荡的浩气。

人生之路总充满了很多未知，存在很多变数。即使我们早已精心准备，提前预设，也会被现实一一粉碎。年轻时候，意气风发，激扬文字，哪个不是壮志凌云，气冲霄汉？哪个不想长风破浪，叱咤风云？哪个不想鹏程万里，直达极顶？现实呢？一次又一次地教训我们，不是没有经验，不会应对变数，就是误打误撞，不能运筹帷幄，决胜千里。有时，还有小人暗算，对手设置陷阱。待岁月流逝，激情消损，棱角磨蚀，历尽劫波，元气殆尽，年华已近黄昏，生出白香山这样的嗟叹就在所难免！

二十三年辗转悲辛，二十三年离乱沉沦，好在都已经过去，老朋友在这里不期而遇，岂不快哉？

"吹尽狂沙始到金"，他笑到了最后。面对豪迈不减的刘禹锡，敬意油然而生。

敏锐则智

繁华短暂，沧桑相催。历史的大量篇幅总是由无尽的沧桑写成。

面对历史，刘禹锡以诗为载体，睿智地表达了他的史观。最负盛名的就是这首《乌衣巷》：

朱雀桥边野草花，乌衣巷口夕阳斜。
旧时王谢堂前燕，飞入寻常百姓家。

面对此景，刘禹锡不无感慨地说：风流总被雨打风吹去。

夕阳壮美，更显故地沦落。花草不晓历史的悲情，依然恣情地繁盛。燕子不知主人的荣枯，舞着春风寻旧巢而居。蔓草荒烟里，斜晖夕照中，繁华落尽，苍凉无际。

这首诗是对沧海桑田、时移世易、物是人非的最生动、最形象、最直接的诠释。诗人为金陵的古今殊异而黯然伤神，为历史的盛衰更替而喟叹不止。岁月滚滚，人生匆匆，诗人的思古之幽情，同样如夜夜的潮汐，也时时将他自己卷入忧涛澎湃的瀚海，难以掌控自己沉浮的命运！

刘禹锡，人生的苍凉之风从他的诗句间倏然而起，我们只有把自己还原成自然的人，或许可以稍稍减缓世事的压力，或许可以使自己获得片刻的平静。

历史的烛照让我们得以清醒的总结,每一个大富大贵的豪门,富不过三代!就像诗中的王谢二家,谁不希望偌大的家业子子孙孙、千秋万代传承下去,可是,燕子筑巢的早已是"寻常百姓家"。曾经的繁华富丽,只有少数人可以据有,转瞬都成了过去,成了草根众生的寻常之居。既没有永恒的昌盛,亦没有永远的沉沦。

朝代的更替何尝不是如此!初期的强势兴盛使统治者时时警醒,认真总结每一个朝代覆灭的教训,千方百计找到失败的原因,以便以史为鉴,防微杜渐,励精图治,以确保当朝长治久安,金瓯永固。可是,每个朝代又都无法打破历史的困局,关键时刻,都不可避免地无力挽回国势的倾覆!

沧海桑田的变故,没有哪一种生命个体能够全程亲历。

当新生的个体回眸沧桑的历程,常常陷入无助之境:为那些亲历者感喟,为变故的不可掌控而无奈地叹息。

诗人的顿悟,让纠结的内心或许可以豁然而释。

因而,居于当下的我们,自不必为现实的沉沦而怨天尤人。沧桑的变故是我们应该坦然面对的常律。

刘禹锡充满睿智的眼光掠过乌衣巷的前世今身,由一对燕子的去向和归宿,看到了历史的轨迹和本质。他站在日渐衰微的大唐,距乌衣巷繁华落尽仅过了近三百年。当下,距刘禹锡生活的时代,时间又飞纵了近一千三百年。今天,回过头去再读这首诗,再看金陵的变迁,荣枯相续,兴衰相继,世事无常,悲恨总是胜过欢欣。这就是常律。

就每一个生命个体而言,无论他怎样的权倾天下,如何地才横九州,如何地富可敌国,他也只是一时的主角,后来者总会在某个恰当的时候,将他逐下舞台,取而代之。而后来者同样摆脱不了短暂过客的命运。

刘禹锡的诗揭示了历史的本质、生命的本质——沧桑是历史的脸谱，兴衰是它运行的走势；其间，总是生命轮回，悲欣交织！

面对曾经繁华的金陵，李白说："吴宫花草埋幽径，晋代衣冠成古丘。"（《登金陵凤凰台》）迟到的杜牧说："商女不知亡国恨，隔江犹唱后庭花。"（《泊秦淮》）刘禹锡站在他们之间，同样吟下了千古绝句《石头城》：

山围故国周遭在，潮打空城寂寞回。
淮水东边旧时月，夜深还过女墙来。

石头城，即古金陵城，三国时孙权重新筑城用此名。这里曾经是吴、东晋、宋、齐、梁、陈的六朝都城，到唐代废弃。"金陵怀古"几乎成了咏史诗中的一个专题。刘梦得登上石头城，满眼萧条，一口气竟吟得五首。此为其一，有感于国运衰微。

遥想当年，车来人往，人声鼎沸。而眼前，群山依旧，环绕着废弃的故都。它们默立千年，目睹了石头城繁华的往昔，见证了它沧桑的陈迹。现在，它早已成了一座空城，而潮水如昔，依然坚韧地拍打着寂寞的城壁。潮水一轮一轮地袭来，又一轮一轮地退去，山川依旧，而繁华不再，荡然无存。昔日王公显贵们醉生梦死的游乐场，现在只剩下一片凄凉地。夜半时分，淮水东边，古老而清冷的圆月翻过矮墙，爬上城垛，冷清清地照耀着败颓的古城。

一个个朝代的根基，它的坚固程度都敌不过石头的硬度。反过来，再坚硬的城池也挡不住朝代的倾废。曾经风光一时、煊赫一时的时代早已轮为陈迹，早已成为追缅的话题，伤感的缘起。

而今，城墙依然坚固如初，潮水一如既往地拍打着坚固的城郭。潮水的坚持，固执，无法挽救故国的衰亡，无法抵御新生的力量。亘古的明月准点升起，她的照临更增添了故国的悲情。昔日的繁华都已凋零，昔日的盛状都已寂灭。这座古城的沧桑足以说明历史兴衰更替的常态，这种常态往往被我们的诗人纳入诗行，成为他们不能承载的痛。这种痛，被刘禹锡的"史诗"写得更加沉重。

一个有历史责任感的诗人，他关注的不仅是风花雪月，吟诵的也不仅是个人的欢喜悲辛。

刘禹锡关于金陵的诗合称《金陵五题》，不仅是他个人对历史兴废的吟叹，更在于他以诗的形式对历史进程所作的不朽的评鉴。在文明史、诗歌史上，留下了无法抹去的印记。即使岁月无情，经久不息地磨蚀这些诗句，仍然无法削弱它们的锐气，让生生不息的人类可以时时反省自己曾经犯下的错误，时时诵读先贤睿智而不朽的诗句。这是他读过别人的《金陵五题》后的和诗。刘禹锡本人虽然从来没有去过金陵，但他依凭丰富的历史知识而写了这五首和诗。不想，却大大超越了原诗，赢得了白居易的称赏不说，也征服了千年以来的读者。

白居易读了《石头城》，赞美说："我知后之诗人无复措词矣。"字里行间，透出了对刘禹锡的偏爱。下面这首《西塞山怀古》，同样有着沉甸甸的分量：

王濬楼船下益州，金陵王气黯然收。
千寻铁锁沉江底，一片降幡出石头。
人世几回伤往事，山形依旧枕寒流。
今逢四海为家日，故垒萧萧芦荻秋。

故垒森森，敌不过荒凉的侵袭。眼下虽然四海统一，但是，大唐帝国的时序已沦为深秋。芦荻茫茫，芦花飘飘，无时无刻不在渲染着衰微的时势，已经走到了秋天的深处，走到了夕阳的尽头。

"故垒萧萧芦荻秋。"多么惊心动魄的现实图景。强盛的过往都挡不住朝代的更替，再坚固的堡垒都有攻破的时候，再雄伟的建筑都摆脱不了风雨的侵蚀，凋敝的命运！

眼前，秋风萧萧，芦花瑟瑟，山河在秋日的夕阳下同样抵不过黑夜来袭。

"人世几回伤往事，山形依旧枕寒流。"江山不改，而兴废如月。充盈甚少，亏损相继。苍凉的历史，总给人难以承受之重。

刘禹锡的敏锐还在于他对现实的深刻洞察。这首《赏牡丹》就很有代表性：

庭前芍药妖无格，池上芙蕖净少情。
唯有牡丹真国色，花开时节动京城。

一个时代陷入了对一种花草的疯狂偏爱，那个时代就步入了畸形，沦为了病态。

当那个时代刚刚走向富贵强盛的时候，人们急于从天地之间繁复的花草中，寻得与那个时代相匹配的图腾，以宣示那个时代的显赫富丽。

牡丹被隆重推出，大行于世。牡丹成了那个时代最炫目的标识，牡丹牢牢根植于人们的内心。她的盛妆照亮了天下苍生，装点了一个朝代的世象人心。在大唐，一株株流艳溢华的牡丹，激起了世人的盛世雄心。谁都希望，在这个伟大时代，自己能够盛装出席。

"唯有牡丹真国色。"这个时代走到了拐点，走到了黄昏。刘禹锡眼里,牡丹的美丽早已"过期贬值",时代的富丽只留下暗淡的余晖。"花开时节动京城",到刘禹锡这会儿,早已是远去的风景。

宽博则达

面对多舛的命运,要看一个人如何去应对,才能保持他的豪情不减不废。

刘禹锡即使是被贬作夔州(今重庆奉节)刺史,也不自甘沉沦。他汲取当地民歌,作《竹枝词》九首,最喜闻乐道、耳熟能详的就是这一首:

杨柳青青江水平,闻郎江上踏歌声。
东边日出西边雨,道是无晴却有晴。

这个仅凭借想象凭吊六朝故都的汉子,吟过"旧时王谢堂前燕,飞入寻常百姓家"的诗句,发出过"山围故国周遭在,潮打孤城寂寞回"浩叹的诗人,今天卸去脸上的悲怆之气,抖落心中沉重的伤古之情,站在暮春或初夏的河岸,目睹了这一出令人心醉的情景剧。

一曲清江一阕歌。那是一个亦晴亦雨的暮春,一如诗中主人公初恋的心情。一惊一喜,有愁有欣。

"道是无晴却有晴",诗人的目光透过潇潇暮雨,看到了"晴"的苗头,看到了爱的美好前景。想必,他的歌声格外激情,分外磁性,极具穿透力。

试想想：在唐朝的某个三月或者四月，抑或五月，杨树列岸，绿柳蒸烟，江水澄澈，明滑如镜；就在这时，那个年轻的男子撑着一叶轻捷的竹筏，或者划着一弯小船，抖着敞亮的嗓门，唱着渔歌，喊着号子，或者飙着情歌，悠然而来，悠然而去。那男子不知是否注意到，此刻，正有一双眼睛盯着自己。也许，他早已看到了河岸上那花月正春风的妙龄女子，那歌声就是他有意抛出的心语！小船或者早已远去，或者就在她目力所及的那一片水域徘徊不止！他定然没有料到，他的渔歌、情歌或者船歌竟撩起了岸上女子的情思，竟令她思潮澎湃，覆水难收……

刘禹锡让我们知晓，抵达爱的彼岸极不容易，阴晴无常，曲折反复。唯不懈地追求，才能穿越风雨，走进爱的风和日丽。同时让人看到，人间真情，至善至美，赢得就当珍惜。

一切不朽的结局，都可能有一个亦喜亦愁的开始。

瞿塘嘈嘈十二滩，人言道路古来难。
长恨人心不如水，等闲平地起波澜。
————刘禹锡《竹枝词》之七

"长恨人心不如水，等闲平地起波澜。"上善若水，大善乃静，大美利物。心静气静神静。心不静，内心就埋藏着石头，潜藏着波澜，隐藏着危机，孕育着颠覆。

所以，刘禹锡说："瞿塘嘈嘈十二滩，人言道路古来难。"人生的遭逢谁也说不清楚，尽管你一再小心翼翼，不测说来就来。自然的，自身的，或许还好对付。人心的险恶最难测，随时都可能兴风作浪，恶浪滔天，叫人避之不及。

在刘禹锡看来，人心的凶险犹如瞿塘峡一般危机四伏，人生的道路不可避免地要处处涉危履险，人生的航船不可避免地会颠簸，乃至倾覆。

因此，刘禹锡更加珍视难得的友谊。

因此，刘禹锡能够更加坦然地面对人生的风狂雨横。

这一份坦然更增添了生命的质感，丰富了生命的色彩，使生命更具丰富深刻的内涵。

这首《竹枝词》，正是他生命历练、意志碰撞的火花迸溅。

有了这份生命历练和意志碰撞，即使面对一般人难以承受的悲苦，他也能从中读出乐观豪迈的诗意。读他的《秋词》，至今还振奋人心：

其一
自古逢秋悲寂寥，我言秋日胜春朝。
晴空一鹤排云上，便引诗情到碧霄。

其二
山明水净夜来霜，数树深红出浅黄。
试上高楼清入骨，岂如春色嗾人狂。

秋天给人什么样的面目，什么样的感觉，还在于感秋者的心境和角度。乐观与否，就决定了你的感受，决定了你对秋天的态度。

诗格即人格，诗境即人境。当人们赶热闹似的怨秋恼秋悲秋的时候，刘禹锡为我们描绘出一派秋天的明艳来。当人们垂头丧气、沉沦不振的时候，刘诗人晴空一声霹雳，为我们注入一支为之振奋的特效剂。仙鹤排云，那是怎样的豪情？神游碧霄，那是怎样的快意？一曲秋天的颂歌，令我们喜不自胜。

奋斗有奋斗者的欢乐，乐观有乐观者的欢歌。尽管我们可以沉浸于一时的欢欣，我们也可以凭借昂扬的锐气、顽强的毅力，消除秋之杀气，荡尽秋之困顿。

"一鹤排云"亦即壮志凌云，是意志的冲绝，是灵魂的飞腾。如此，何愁不能走出暂时的困境？

面对即将沦入酷寒的深秋，他的眼里没有悲凉。

面对先人众口一词的凄楚，他的心里没有悲戚。

他的体内长着极硬的"反骨"。时代曾经的大气象、大格局，在他的心里投下一片无垠的晴明。挫折、失意的阴霾一扫而尽，一切负面的氤氲即刻消遁。肃杀之秋顿时高天朗宇，万里晴碧，绚烂的光芒令他精神大振。他诗兴勃发，遂得这"秋词"的绝响。

诗人即使写出了这样五彩斑斓、令人振奋的诗句，但是，他心里清楚，所有这一切都是短暂的。严冬正步步逼近。抓住这短暂，即赢得了乐观和勇气，赢得了别人尚不具备的豪情——别人一听见肃杀的秋声，早已是悲悲戚戚，苦大怨深。

豁达的心境，坦然的态度，主宰着一个人的快乐指数。要达到这种境界，既要经历风雨的历练，又要经历坚韧的等待，无畏的砥砺。

刘禹锡和王维联手为我们塑造了一个豁然明丽的秋天，在众多悲秋者的吟叹声中，让我们领略了别样的秋景，秋气，秋色，秋声，更领略了诗人别样的情怀，别样的韵致。凡事都有个例外，他们的二重唱，虽然和者寡，却赏者众。评判诗的高下，并不以赞同或附和的多寡来判定。首先要看它是否深入人心，是否真正地渗入骨髓，融进我们文化的血液，流淌在我们文明的脉络，滋养我们文明的森林。

还有杜牧的《山行》，穿越风雨，穿越困顿，他们一路笑着走来。明亮，绚烂，热烈，是他们生命的底色，坚韧的依凭。

刘禹锡在《春词》里，又为那些被埋没者叫屈：

新妆宜面下朱楼,深锁春光一院愁。

行到中庭数花朵,蜻蜓飞上玉搔头。

一场枉然的春心酝酿,一番徒劳的刻意新妆!春光虽好,久囿于此,也被酿成了一院深愁!

她缓步中庭,款款而行,最是无奈,唯此刻,独自徘徊,细数花朵。是数那些已开的花朵呢,还是细数谢去的花雨;是数那些将开的花蕾呢,还是细数乍开的花蕊。若是后者,这日子或许还有些盼头,就如那星星点点的花骨朵,给人的总还有希望和念想。

时光可以在细数花朵之中慢慢地消磨,这人生的芳华姝韵是可以这般不温不火地奈何着消磨么?那洒落"玉搔头"的蜻蜓如一把尖利的匕首,将这个怀春女酝酿了好久的青春美意只轻轻地一击,就击得花雨遍地,不堪收拾!那洒落"玉搔头"、不晓世事的蜻蜓如一道温柔炫目的电光,只在她的头顶轻轻地一闪,这个春天的所有花朵便悉数谢去,永远地离她而去!

这是怎样一个春天呀,有花无果!

尽管春深似海,热情似火,她的心却荒凉着,寂寞着!

一个在历史中穿行自如的须眉男子,他的心竟也细腻如此。人性的光芒熠熠生辉。

在下面这首《望洞庭》里,关照自然的同时,还显示了诗人超凡的想象力:

湖光秋月两相和,潭面无风镜未磨。

遥望洞庭山水翠,白银盘里一青螺。

湖光山色，皎皎秋月，交相辉映，十分和谐。让我们想起范仲淹想象中的美景来："而或长烟一空，皓月千里；浮光跃金，静影沉璧。"湖面上没有一点风，就像一面未经磨拭的铜镜。远望，洞庭湖的景色十分秀丽，湖中君山宛如白银盘上的一颗小小的青螺，分外精致，格外秀美。

当自然的景致以本色示人的时候，有时我们熟视无睹，有时我们可能表现出过分的矫情，而自然仍坚守着她最初的特质。不知不觉间，我们已经成了自然的一部分，望穿秋水，望极天涯，我们仍然保有自己的本真。这时，即使是一个阅尽沧桑的人，真实的景致仍然能牵住他欣赏的眼睛。

这种真实不以时间的推移而改变，不以赏者的身份或心情而沦入世俗。

高尚经得起世俗的检验，真情经得起时间的筛选。"湖光秋月两相和"，人与自然，人与社会，何尝不是如此。刘禹锡二十年间六次去过洞庭湖，他的体会当格外真切。因而有奇思妙想，因而写得高旷超迈，妙趣怡人。

无欲则刚

刘禹锡贬谪夔州期间，还写过一组重要的诗《浪淘沙》。"令人忽忆潇湘渚，回唱迎神三两声。"他有感于屈原放逐沅湘间，为老百姓作迎神曲《九歌》而写了这组诗。

莫道谗言如浪深，莫言迁客似沙沉。
千淘万漉虽辛苦，吹尽狂沙始到金。

——《浪淘沙》之七

人才的脱颖而出，英雄的雷霆出世，都是一个残酷的历练过程。淘汰和筛选无情又不可避免。留下的，才是我们最需要的，才最有价值。

现实中，很多人只看到结果，而不关注过程，不知道走向成功的路上要付出的艰辛。不知道遇到挫折，还要经历抗争。不知道由蛹化蝶，是一场艰苦的蜕变，不知道为此可能付出沉重的代价。他们看到的只是结果的华丽。

"沉沙"只是表象，只是暂时。"谗言如浪"，结果使真金呈现，光芒万丈。这是奸佞者事先没有想到的。

对付险境，最好的守势就是坚持，坚持，再坚持！

"千淘万漉虽辛苦，吹尽狂沙始到金。"刘禹锡的传奇人生正好可以拿来诠释这两句诗的真髓。换句话说，一场场磨难之后，刘禹锡体会到了精彩人生的锤炼艰辛，知道了真金"是怎样炼成的"！

再看《浪淘沙》之一：

九曲黄河万里沙，浪淘风簸自天涯。
如今直上银河去，同到牵牛织女家。

想象无所不达。刘禹锡的想象这一夜走进神话。

而勾连现实与神话的桥梁，就是那际天而来的九曲黄河。

万里黄河弯弯曲曲，挟带着泥沙滚滚而来；波涛飞涌，如巨风掀簸，远远望去，犹如高挂天际。现在，我们可以沿着黄河扬帆激进，直上银河，一起去寻访牛郎织女的家。

同样是在河边生活，牛郎织女在天河的生活恬静而优美，黄河边的淘金者却整天在风浪泥沙中挣扎，奔波。直上银河，同去牛郎织女家，对宁静的田园牧歌生活的憧憬喷薄而来。浪漫的理想，豪迈的气概倾泻而来，流淌着淘金人的朴实无华。

再也不能这样活，再也不想这样活。

想象的力量突破人类的局限，将人的智慧挥洒到极致，将人类足迹的有限空间延伸到了更加辽远的星际，把人性的浪漫写在了足迹不能抵达的时空。

既然黄河可以通天，理想之帆就可以高扬而进，超常的意志就可以自由地驰骋。

而现实，才是他最关注的：

日照澄州江雾开，淘金女伴满江隈。
美人首饰侯王引，尽是沙中浪底来。

——《浪淘沙》之六

现实的不公古来有之。人的命运犹如种子，风把你带到哪里，你扎根的土质肥沃还是贫瘠，你的命运就由此注定。好在我们一开始就习以为常，很少时候为自己叫屈。

后来才知道，在我们这个世界，有的人钟鸣鼎食，暴殄天珍，甚至为求得一点儿虚荣，不惜一掷万金；有的人没日没夜，流血流汗，依然还一贫如洗。还有更多的情形，和谐严重失衡，悬殊突破底线。尽管如此，很多并不宽裕的人，仍然能够在别人最需要援助的时候伸出援手，哪怕是杯水车薪，给予即敞明了态度。

但是，有人偏要突破底线，不惜践踏道德，蹂躏良知，泯灭爱心。郭美美事件为这个时代的道德、仁义、良知亮了红灯。善良被欺骗，仁爱被摧毁，公信被抛弃。谁敢施善举，谁就被视为脑残白痴，谁就有可能招致现世的"报应"——好心恶报，恩将仇报，被讹诈，被反诬——这样的例子，这样"血的教训"近几年频繁上演于公众的视野，一次次无情地冲决着人们本不牢靠的心理防线。

我们的现世，道德底线大有节节败退之势！

我们的诗人，从一粒金子的履历看到了社会的痼疾，世间的不平。

其实，如果仅看劳有所得，这样的"悬殊"自有其存在的道理。分工不同，选择不同，酬有殊异。穿金戴银有何不可？金银标志着富裕和美丽，穿金戴银的人越多，越显示出现世的富足。只是，但愿那闪亮炫目的金银上，没有沾染血腥，没有刻上不义。毕竟，我们这个社会既需要高智商高产出的精英，同样还需要默默无闻的劳动大众。

只有付出了相应的艰辛，穿戴在脖子上的金银才格外美丽！

刘禹锡嗅到了那个时代的血腥！

刘禹锡亮出的，是他自己的真实心迹。这样的人，无欲则刚；这样的人，进而不惧！

孟 郊
报得三春晖
——再贫寒也没忘记感恩

贫寒出诗人

"愤怒出诗人!"人们早就认可了这句话。殊不知,穷困、凄寒同样可以造就诗人。

饥饿是一剂强心针,让行将走上绝境的诗人暂时支撑起顷刻即倒的肢体,用尽仅有的一脉气息,吟出了愤世嫉俗、讽古喻今、流芳百世的诗。

之后,诗人已矣,赍志而殁,含恨而去。唯诗歌的力量,诗歌的光芒,让后人依然要负重前行——自古文人同命,只是各有各的剧情。

先看孟郊的《登科后》:

昔日龌龊不足夸,今朝放荡思无涯。
春风得意马蹄疾,一日看尽长安花。

这个"昔日龌龊"的落难文人,或者就是孟郊萎靡颓废、沉沦贫瘠时的现实写真。此诗足以证明文人命运的蹇劣与不测。一旦有所斩获,他们便得意忘形,忘乎所以地搞不懂自己是谁。毕竟他们为此耗费了太多的心力，磨损了胸中的万丈豪情。实在不容易，孟郊及第时，据说已经四十六岁。之前，他还写过一首诗诉说落第后的惨景："弃置复弃置，情如刀尖伤。"一次次落第，好像刀剑在身上割，在心尖刺。

　　孟郊及第，范进中举，一个是现实中的倒霉蛋，一个是文学作品中的背时鬼，都是封建科举制下的现世图景。

　　古人的《四喜诗》把金榜题名归为人生四大喜事之第二喜。读孟郊诗，封建士子们十年乃至几十年寒窗苦读、一朝及第后的欣喜之形如在眼前。他们不仅"得意忘形"，有的还"得意忘神""得意忘我""放荡"不羁！多年的压抑，多年的苦楚，多年的不得志，多年被人贱视……所有这一切，都在"金榜题名"这一刻彻底逆转！正是苦海远去，前程无限，怎不叫人精神百倍，信心勃发，任性纵横。这一刻，不得不把自己压抑数年的激情一股脑儿地倾泻出来。"一日看尽长安花"，多么爽快尽兴，多么痛快淋漓，既是一日阅尽京城的美色美景，也是一日的风光透支！

　　正是，春风得意春无涯，寒门学子乐开花！

　　"踏马归来马蹄香。"孟郊的长安一日游被写进了后来学子的记忆，他们纷纷入梦，希望穷毕生之力，耗终身之时，走进这一日的春光里，并成为其中最炫目的风景！

　　时势弄人。即便你今朝得意，也不一定会就此得势！在唐朝，即使你拼尽心力终于及第，也不一定有官当，有俸禄拿。你还得为有个一官半职而辗转奔波。还得参加更高规格的考试，还得寻个坚实的靠山助你求得入仕的门票，助你一步步迈进权力的高层。

　　孟郊呢，短暂的狂喜之后，落下的是无尽的悲辛。帝国的盛影不再，哪有那么多的岗位让你去领饷度日。"本望文字达，今因文字穷。"这是孟诗人在《叹命》中的悲叹。类似的悲叹不胜枚举，孟郊的悲吟尤为凄迷无助。

面对现实的绝望，又令很多及第的诗人士子常年陷于悲境，最终寂然辞世。

本想有朝一日金榜题名，一夜鸡犬升天。不料，百般努力，却落得如此下场。挨到五十岁的时候，孟郊才混了个县尉。《唐才子传》有这样一段记录：

调溧阳尉。县有投金濑、平陵城，林薄蓊翳，下有积水。郊间往坐水傍，命酒挥琴，裴回赋诗终日，而曹务多废。县令白府，以假尉代之，分其半俸。辞官家居。李翱分司洛中，日与谈宴，荐于兴元节度使郑余庆，遂奏为参谋，试大理评事，卒。

孟郊根本不把县尉这官职放在眼里，终日到附近的山水名胜处游玩，纵酒，弹琴，赋诗，其乐融融，好不快哉，很快消除了他心中的不平。这样一来，他的公务就荒在那里没人搭理了。县太爷将此事报告给了上级主管部门。上级领导见孟郊这样有才的人，混了大半辈子还是这样，觉得他没啥想头自在情理之中。于是又派了一个人来帮孟郊打理公务，前提是，这人政府不发薪水，得从孟郊少得可怜的工资里扣去一半，发给来帮他的人。开初，孟郊倒也乐得清闲自在。日子一久，孟郊就不乐意了。"耍钱"太少，薪水本来就少得可怜，还得分出去一半，每次眼巴巴盼着领薪水，揣在兜里，没几天就没了。于是辞官回家。如果是家底殷实倒也罢了，他家偏偏"一贫彻骨"。没有办法，只好跑到比他晚一辈的李翱那里去蹭饭蹭酒。时间久了也要耽误李翱的政事呀。李翱是晚辈，自然不好发着，就把他推荐给兴元节度使郑余庆。郑余庆接过这"烫手的山芋"，也不敢让他就这么白吃白喝，就直接报告给了皇帝，打算把孟郊留在自己的身边当参谋，做大理评事，名正言顺地为他谋一份财政工资。可惜，皇帝的任命文件未到，孟郊等不及了，苦寒的生命就走到了终点。

作为一个诗人，诗歌无疑是他最好的精神牙祭，即使诗人再困顿寒贫，他仍然能够从诗歌的平仄韵律中寻得适合自己的精神慰藉。当他们一贫如洗、上无片瓦、下无立锥之地的时候，他们破损的行囊中，即使钱财散尽，依然有厚厚的诗稿留存。墨香流韵，凭借这些诗稿的余温支撑着他们艰难地前行。杜甫、孟郊、李贺等，就是在这样的困境下，完成了他们的生命之旅。当我们在关注命运、叹惋窘境时，他们完成了不朽的诗歌之旅。有他的《苦寒吟》为证：

天寒色青苍，北风叫枯桑。
厚冰无裂文，短日有冷光。
敲石不得火，壮阴正夺阳。
调苦竟何言，冻吟成此章。

这是孟郊一生悲境的自存小照。真切地再现了诗人悲苦凄寒的生存状况。

"一生空吟诗，不觉成白头。"（《送卢郎中汀》）孟郊吟出了千古落难文人共同的悲情！他们的冤屈，诗歌难以承载，仅凭这些断句，难以全概其境，只有想象可以捎去我们的怜悯与敬意。

寸草报春晖

一直在贫寒中挣扎、奔命的孟郊是有良知的，一朝得势（其实也算不得得势，最后不过做了个县尉而已），他便将中华民族的传统美德践行于自身，"谁言寸草心，报得三春晖"，即是我们的光辉典范。

慈母手中线，游子身上衣。
临行密密缝，意恐迟迟归。
谁言寸草心，报得三春晖。

——孟郊《游子吟》

酷寒的心中一直亮着一盏温暖的灯，这就是骨肉亲情。

黑暗的路上一直有一缕明丽的阳光照耀，这就是母亲的眼睛。

因此，他可以在困塞中前行，他可以朝着既定的目标一直坚持着走去。

孟郊的《游子吟》具有开创性。在他之前，歌吟母亲的诗文似乎还是个空白。

因此，孟郊成了那些对母亲的慈爱心怀感激者的代言人。他在《游子吟》里第一次提到了"慈母"这个给人温暖、倍感亲切的词，他的《游子吟》因此深深植根于我们的内心，深深植根于中国文学的沃土，成就了今天歌吟母亲诗文的繁荣之势。

儿行千里母担忧。母亲的一针一线里，缝进的是牵挂，织就的是恩情。母亲总是默默地付出，默默地承受。付出她所能给予的全部，承受她所能承受的全部。无言地爱，无悔地痛。因为，儿女是她活着最充分的理由，儿女是她最大的成就。

困顿，贫贱，坎坷的命运，成就了一位伟大的诗人。他最大的痛苦就在于，尽管付出了艰辛的努力，自己仍然无以回报母亲的养育之恩。

"慈母手中线，游子身上衣……"骨肉之情，舐犊之情，如一泓清泉，脉脉而来，绵绵无尽。

伟大体现在平凡，哪怕看似平常的一针一线。

母爱是伟大的，她的伟大就在于这一针一线里的默默奉献。当我们明晓这一切的时候，我们之于母亲的感激或者回馈，都显得多余。母亲最大的慰籍就在于，儿女的一切都静好安然。

人生是一场远行，游子走得再远，都走不出母亲的惦念；游子走得再远，都走不出母亲的视线。

人生是一场远行，不管你走得怎样，成功还是失败，都挣不脱母亲坚强而持久的牵挂，都躲不开母亲温馨而慈祥的守望。

默默的牵挂，是一种不必言说的疼爱；无言的守望，是一场难有结局的等待。"谁言寸草心，报得三春晖。"母爱犹如春光普照，照亮了儿女成长的每一天。她的温暖，她的恩情，儿女永远难以报答。母亲从未苛求，母亲要做的，就是在每一个梦醒时分，抬眼望一望通向村外的道路。

血泪文字，出自肺腑。孟诗人以淳朴的语言，诚笃的情意，诠释了绿叶对根的情意，花草对太阳的感恩。他，道出了天下儿女的共同心声！

"三春晖"的伟大力量就在于，她让春天里的所有生物都感受到了春天的恩赐：仁爱，温暖，博大……天下母亲，世间母爱，当此比喻，无憾无愧。当然，我们的"寸草心"只有以自己盎然的绿意来昭示春天的美丽，春天的活力，为此，我们又能做些什么呢？

贫寒中的孟郊也享有爱的暖意。

有一年冬天，孟郊应邀参加几位诗友的聚会，大家一边喝酒，一边作诗。孟郊听着外面风声呼啸，想着家中那漏风的破屋，心里很不踏实。

轮到孟郊吟诗的时候，他随口就吟出了前几天写的一首自嘲诗："秋至老更贫，破屋无门扉。一片月落床，四壁风入衣。"诗友们听了都哈哈大笑，以为他是在开玩笑。

孟郊回家后，先修补了门板，又加厚了屋顶上的稻草。可是，这个徒有四壁的家，却仍旧冷飕飕的。

天快黑时，外边有人敲门。孟郊打开门一看，原来是白天一起谈诗的一位朋友来了。他听了孟郊的诗，觉得放心不下，就专门送了些炭来。孟郊拉着朋友的手，不知道说什么才好。

送走朋友后，孟郊生了炉火。看着明旺旺暖融融的炭火，他百感交集，立即赋诗一首：

青山白屋有仁人，赠炭价重双乌银。
驱却坐上千重寒，烧出炉中一片春。
吹霞弄日光不定，暖得曲身成直身。

有爱，就有希望，就有期待，就有动力。行走在春天里的孟郊，心中的酷寒稍稍被和暖的春风化去了一些，他写下了《长安早春》：

旭日朱楼光，东风不惊尘。
公子醉未起，美人争探春。
探春不为桑，探春不为麦。
日日出西园，只望花柳色。
乃知田家春，不入五侯宅。

这或许是孟郊的早期作品。有羡慕，有期待，更有对这个不平社会的实景记录。

那些不事农桑、不问稼穑的公子哥们，春天之于他们，就是肆无忌惮的猎取，挥霍。他们争先恐后，猎取美艳，饕餮春色，竞风流，斗豪奢。他们的奢侈成了今人的榜样，又被今人演绎得登峰造极。

孟郊终于觉醒，明晓了自己落拓不振的根源。他用诗歌告诉我们——在同一片春色里，永远有各不相同的追求，永远存在着反差巨大的生活。

他的爱源于春风的吹拂，他的恨源于春风里巨大的贫富悬殊。

待孟郊觉醒的时候，他写下了《游终南山》：

南山塞天地，日月石上生。
高峰夜留景，深谷昼未明。
山中人自正，路险心亦平。
长风驱松柏，声拂万壑清。
即此悔读书，朝朝近浮名。

终南山的万壑清风远离长安城里的万丈红尘。在山中，日月灿烂，花木葳蕤，岁月静好，人心美好，因为远避了世间的污浊与险恶。"即此悔读书，朝朝近浮名。"即使穷尽毕生精力，有何用呢？还不是贫寒终身。

　　山中是一个极好的去处，只可惜，一生为浮名所累，孟郊去得太迟！因而，苦寒围困，贫蹇相逼，除了进士及第，就难有展眉舒颜的好事去温暖他苦极寒极的生命。

白居易
春风吹又生
——让诗歌的光芒照亮所有的生命

草民的力量

白居易出生书香门第之家。据说，他六七岁时即能吟诗，一时被传为"神童"，而且越传越神。有一天，有人想考考他的实力，就出了道命题作文，要求以"草"为题赋诗。白居易不假思索，随口即是"离离原上草"。这就是我们现在耳熟能详的《赋得古原草送别》。传说未必真实，却从一个侧面说明白居易确实聪明过人。

这首诗不仅为他博得了极高的声名，还为他成功入仕赢得了便利。

据宋人尤袤《全唐诗话》记载：白居易从江南到长安，带着诗文去拜见当时的大名士顾况，想借名人效应为自己尽早出名上位。顾况看了看白居易，见他年纪轻轻，就开玩笑说：长安米贵，房租又高得离谱，要住下来，站住脚确实不容易。等他读到"野火烧不尽，春风吹又生"这一联时，顾况大惊，连声赞赏说：如此有才，要在长安长期定居下来，又有何难！

他的才能折服了诗坛前辈，这首诗的艺术造诣之高可见一斑。经顾老先生这一番夸耀，白居易立刻名满京城，很快就在长安站稳了脚跟。他不仅顺利及第，而且还当上了校书郎。

这就是人生智慧。善于借助强大的外力来成就自己，为自己拓展发展空间。

白居易虽然在长安站稳了脚跟，仕途却颇有些波折。他曾官至翰林学士、左赞善大夫，眼见前途一片光明，不慎却得罪了权贵。四十四岁被贬为江州司马。晚年干脆参禅拜佛，人称"诗佛"。他长期居住在洛阳郊外的香山，干脆自号香山居士。

白居易发起了新乐府运动，提出了"文章合为时而著，诗歌合为事而作"的主张，亲自身体力行。特别是诗歌，通俗易懂，要求达到"老妪能解"的地步。这个标准看似容易达到，其实要求特高。白居易一生作诗三千来首，除了《琵琶行》《长恨歌》两首有名的叙事长诗外，似乎很难找出代表作了。最有名的，大抵就是前面说的《赋得古原草送别》了：

离离原上草，一岁一枯荣。
野火烧不尽，春风吹又生？
远芳侵古道，晴翠接荒城。
又送王孙去，萋萋满别情。

那是一片极有生命力的野草。年复一年，它们都如期把生命的绿意顽强地写满大地，把蓬勃的生机展示得一望无际。诗人因此对友人说：真正的友谊是不因时间的改变、空间的阻隔而有所更改的，更何况还有友谊相伴，一如那绿满远道的萋萋芳草。

历史何尝不是如此，由一茬茬前赴后继的人顽强地写成！

野草的一岁一荣启发了年轻的诗人，他的芳名因此有了野草般强大的生命力。十六岁的青葱岁月，诗人便携着梦想，执笔而出，远走天涯，直抵目标。他雄心勃勃，期待闯下一片属于自己的天地。追梦途中，他闯进了大唐的诗歌江湖。

作诗之难，难在将寻常景寻常事写出别样的新境，难在用极简易平常的文字写出深刻丰沛的内涵，写出经得起千秋万代的读者千挑万剔的筛选！

白居易的这首《赋得古原草送别》，由"赋得"二字看，是一首科考前的演练习作，属于戴着镣铐的舞蹈——在指定的题目下作诗。十六岁的诗人能如此轻松地得此妙韵，想必是天才与灵感瞬间交汇的产物！

年轻的诗人意识到，"一岁一枯荣"的代谢更替谁也无法逆转！万乘之尊，还是平头百姓，概莫能外。诗句给很多感叹人生苦短者以至理至哲的慰安！"野火烧不尽，春风吹又生"，又给多少经历挫折、不甘沦落的人以无限的期想和莫大的鼓励！

萋萋芳草沿着古道一直漫至天涯，青翠的色彩染绿了远处的荒城。那萋萋不绝、连绵不尽的芳草，正是友人间浓浓密密的离别之情。离则离矣，然情谊却如渐生渐密的春草一般，在不断地延续，不断地丰茂。诗人的别意如绵密的春草伴随着友人走向天涯，走向永恒！

岁月风霜，仕途砥砺，不再年轻的诗人从一个卖炭老人的身上，看到了弱小者生存的艰辛，看到了社会的不平等，看到了一个王朝衰落的背影。

他还从一个男人与一个女人的爱情中，看到了做人的责任。尤其这个男人贵为皇帝，他的眼中只容纳了这一个女人，他忽视了万千百姓的存在，忽视了江山社稷赋予他的神圣使命。爱情的悲剧演变成了王朝的悲剧，人民的惨剧。

落难的白居易，还从一个半老风尘女子的琵琶声中，听到了生命的卑微，听出了自己的命运。他深切地意识到，普天之下，不独自己是个受苦受难的人，还有很多冤屈者和自己一样，沉沦，悲辛。"同是天涯沦落人"，他们在辗转中吞咽艰辛，在艰辛中走向各自的黄昏。

这是一个诗人的警醒，写这首诗时，尽管他还十分年轻，年轻得可以用青涩来描述。但是，他对世事的了悟，对人生的参透，对生命的认识，足以显示他眼光的老到，体悟的深刻。他的灵性，他的智慧，使他成了那个时代诗歌界的三大巨擘之一。

不管"王孙"是如何的伤感不能自胜，现实如此，生命如此。盛衰荣枯都是人力所不能左右的。这一次离别，或许就是下一次欣喜相逢的序曲。人生的聚散亦是人生的常态，我们大可不必为此而"黯然伤神"，为此而悲痛欲绝！

"人事有代谢"，自然的代谢必将催生新境，孵化新生！

推陈出新，不可抗拒。一切逆常理之行必然招致惨痛的损失。违规与出轨都是不可蹈行的背叛。这种背叛都得到了应有的报应。残酷的现实是，悲剧被一些愚妄者疯狂地一再复制。

青涩的诗人，面对枯荣的轮回，生死的常律，灌注了自强不息、奋斗不止的精神，写出了如此惊警的绝句，作为后世读者，自不该停留于文字表面的描述而轻易地翻过这一页。

这一页是一种永恒，自当铭记，警醒。这是我们今天阅读的要旨所在！

王孙已去，乐天诗存。一次平常的送别，因乐天之诗而流芳千古，其中的经警之句给人以无限的启迪，也必将给一茬茬的后来人带去丰沛的哲思！

小草用这种方式告诉我们：春天已经来临，没有什么力量可以阻止它们走进春天的步伐，没有什么力量可以剥夺它们分享春天、享受生命的权利；也没有哪一棵小草自惭形秽，愿意在春天来临时自动缺席。

小草还以这种方式告诉我们：任何弱小的生命，都会在某些时刻表现出异乎寻常的坚韧与强大。我们应从"小草"一样的弱小者身上，提取我们自己尚不具备或不完全具备的品质。

白居易从看似柔弱的小草身上感受到了生命的力量。年轻无敌，生命无畏，更不可忽视弱小者存在的价值！

前些年流行一首叫《小草》的歌，那是对"小草精神"的歌咏。之所以流行，在于肯定了草民们的存在价值。他们因此乐观，豁达，快意。歌曲因此有了广泛的认同率，传唱率。

渺小可以汇聚成浩大，涓涓细流可以集结成不可阻挡之势。这是白居易告诉我们的。当他看透了生命的本质时，他便参禅拜佛，心安理得地做他的香山居士了。

每一个生命都是一段传奇，每一个生命都演绎了一个动人心弦的故事。一大片紧紧密密聚集在一起的小草呢？

我们切不可忽视！

前人对此诗的寓意有一些不同的看法。《唐诗三百首》说："诗以喻小人也。消除不尽，得时即生，干犯正路。文饰鄙陋，却最易感人。"《诗境浅说》道："诵此诗者，皆以为喻小人去之不尽，如草之滋蔓。作者正有此意，亦未可知。然取喻本无确定，以为喻世道，则治乱循环；以为喻天心，则贞元起伏。虽严寒盛雪，而春意已萌。见仁见智，无所不可。"

今天，要把"远芳侵古道，晴翠接荒城"的春草读出小人的喻意来，似乎有些困难。《楚辞·招隐士》说："王孙游兮不归，春草生兮萋萋。"李煜在《清平乐》中说："离恨恰如春草，更行更远还生。"前呼后应，白居易的诗正好是个必要的过渡。

人生既有离别，就有相聚。特别是对待那些可以心灵交流的朋友，就是可以朝夕面对，也还要相期相约。在白居易的生命历程里，刘梦得就是这样一个人。看这首《与梦得沽酒闲饮且约后期》：

> 少时犹不忧生计，老后谁能惜酒钱。
> 共把十千沽一斗，相看七十欠三年。
> 闲征雅令穷经史，醉听清吟胜管弦。
> 更待菊黄家酝熟，共君一醉一陶然。

快乐人生从饮酒开始，诗意人生需闲达开怀，而且要充满念想，有所期待。不是吗？"更待菊黄家酝熟，共君一醉一陶然。"虽然他已是快七十岁的人了，也要爽快地饮一盏，醉一回，也要祈求在灿烂的秋色里坦然地亮出生命的底色。

细酌慢饮，无伤大雅。诗酒唱和，风雅流韵。在半醉半醒之间，让时光随意地流逝，让生命慢慢地走向终极。

因为，绚烂与浮华，炫彩与沉沦，都已尘埃落定，风烟俱净。

心灵沉淀为一条无欲无求的河流，生命得以自在的奔流。穿过绚烂的秋色，让浩阔的生命欣然归于沉寂。

公元837年，白居易和刘禹锡同在洛阳，一对政治上久经风雨、同遭磨难的挚友聚到了一起，"闲饮"中有淡淡的落寞，与世无争的心境沉淀为生命几近黄昏的大气和唯美。

朋友是一生的安慰，朋友是心灵的回音。朋友，年青离别，老来相聚，何其快意，何其圆满。白居易情不自禁地说："共君一醉一陶然。"生命的自然属性呈现得如此曼妙，如此烂漫。

率真的魅力

白居易的"草民"情结很浓，来看看这首《问刘十九》：

绿蚁新醅酒，红泥小火炉。
晚来天欲雪，能饮一杯无？

唐代的大多数诗人思想单纯而明澈，友情质朴而无瑕饰。行诗风格率直而不染世俗杂尘。白居易算得一个。他的这首诗就写了"草民们"的自适与自足。

饮酒的原因十分简单，仅仅因为今天是一个适合对饮的日子，仅仅此刻萌生了浅酌慢饮的愿望。可以不问朋友的来路，可以不管彼此感情的深浅。只想找个人喝酒，就这么简单。

"晚来天欲雪"，真是小酌闲聊的好景致呀！

这是一个令今天的文人都十分羡慕、十分念想的诗境。虽然远去千年，仍能激起我们这些自以为是的文人深深的追缅，暮天欲飞雪，期待在某个这样的时刻，燃炉温新酒，然后抖着嗓子，对着不远处的友人拉着长长的嗓门喊："能饮一杯无？"

于是，这个风雅弥漫的黄昏便走进了我们的记忆，在温暖我们的同时，随了时间的流程，也将温暖传递得更加久远！

今天，精酿的各色美酒，远胜那农家自酿的"绿蚁"酒。对饮的地方除了豪华的酒楼酒店酒廊酒吧，最差也是设施比较周全的农家乐吧。可是，我们却无法从中找到诗意，无福享受到这一份久违的风雅!

我们是什么时候丢失了这份风雅的呢?我们能否重拾这份雅兴、重构这份雅风呢?这是今天的文人们值得思考、值得探究的一个还算沉重的课题。

古人以他们的风雅书写了无数的风雅人生,留下了无数的风流雅韵。他们"三杯两盏淡酒",就着一炉红彤彤明旺旺的小火炉,就着欲来的风雪,要的就是这一点悠闲,这一份韵致。

我们还从这首诗里悟出,真正的友谊不需要"规格",不需要"排场",需要的,就是一份真情。一个小火炉,一壶粗淡酒,一碟花生米,足矣。当今,"规格"越高,"排场"越大,"秀"的成分就越浓。结果是人走茶凉,席散情终。

真正的情谊,其实只需要装在彼此的内心,一想起对方,心里就温暖充盈,激情四溢。能够这样,此身有幸。

刘十九何其幸运,不知他是否欣然接受了白乐天的邀请,不知他是否真正地走入这一难得的诗境,畅快地分享了这一份难得的雅趣。乐天自不必说了,他是当然的性情中人,正是他精心经营了这一份不朽的诗境!

我们只有羡慕的份儿了,只怪自己错过了这个千载难逢的时机。好在,当我们今天捧读这首小诗时,仍能感受到千载以前那个风雪欲来的黄昏里弥漫着的浓浓酒香、浓浓友情、浓浓诗情,以及浓浓的雅韵。

他能寻着旧时的道路如期而来么?

当雪花纷纷扬扬地飘起,这一场酒会肯定很是尽兴!

友善,率真,平和,是这一场酒会的基础。白香山即使身处逆境,他亦能以坦然之心亲切地对待故人。看这首《舟中读元九诗》:

把君诗卷灯前读，诗尽灯残天未明。
眼痛灭灯犹暗坐，逆风吹浪打船声。

宦海沉浮，此刻，友人元九身在何处，何时重逢，这些都是未知数。白香山表达思念的最好方式，就是重温友人的诗卷，既消除思念的疲劳，又慰藉心灵的枯寂，还冲淡了恶劣环境的围困。

乐观，就是要善于把枯燥的日子过得极富诗意。白香山做到了这一点。

生活中的"趣"与"乐"时刻都能见到，或者自己就是画中人。不同的是，能用如此简约的文字记录下来，使之定格为永恒，让千年以降的人们还煞是羡慕，不是谁都做得到的。在有些人看来，这固然有些"小资情调"，但现在的我们却十分愿意生活在那样一个晚雪欲来的黄昏，十分愿意同意气相投的人共享"新醅酒"的醇美。

"能饮一杯无？"千载以后，还让我们怦然心醉！谁能拒绝这样的美意，谁不愿走入这画意流美的诗境？

白居易，撩起的，不仅仅是我们的酒兴，还有对那一份诗意生活的念想。

生活有时会给人意外。在一般人眼里，美好的时光总是来去匆匆。尤其是春天。白居易不经意间发现了春天的踪迹，惊喜之情尽在这首《大林寺桃花》里：

人间四月芳菲尽，山寺桃花始盛开。
长恨春归无觅处，不知转入此中来。

他的率真再一次打动了我们。

很多人为春天的短暂感叹不已，因为生命又少了一岁。火红的青春岁月溜得尤其快捷。于是有人到处寻春，甚至为春的逝去泪流满面。宋朝的黄庭坚就说："春归何处？寂寞无行路。若有人知春去处，唤取归来同住。"要和春天住在一起，何其天真率意。

春天总要离我们而去，只有心里装着一个春天，无论何时，我们才不会感到寂寞。白居易无意间寻得了春的去处，甚喜。即使春天去了，王维也不恼恨："山中相送罢，日暮掩柴扉。春草明年绿，王孙归不归？"因为来年，春天又会如期光临。

何样的态度收获何样的心境。白居易、王维自得其乐。李白就不一样："燕草如碧丝，秦桑低绿枝。当君怀归日，是妾断肠时。春风不相识，何事入罗帏？"好在，诗的主人公并不是李白本人。面对如此美景，女主人只得慢慢地品尝疯长在春天里的怨情。

花草是诗人的伴侣，在你分外寂寞的时候，还有小草无言的陪伴，花朵无言的红。它们的忠诚度无须怀疑。只有吹过四季的风知晓它们的艰辛，真诚与坚持。

在白居易的眼里，花草的生活、经历能折射出人的周遭际遇，花草的荣枯一轮即是人的沧桑一生。他的《紫薇花》这样写道：

紫薇花对紫微翁，名目虽同貌不同。
独占芳菲当夏景，不将颜色托春风。
浔阳官舍双高树，兴善僧庭一大丛。
何似苏州安置处，花堂栏下月明中。

在寂寞的仕途，案牍劳形，宦途频迁。独坐黄昏，唯紫薇相伴。紫薇的生机里，诗人看到了生命的昂扬。有鲜花相伴的日子，应该心畅神怡，毕竟，眼前有一片鲜艳的生机在旺旺地燃烧。

往事只待成追忆。追忆，总令人伤感，总令人苦楚。在渐渐老去的诗人心里，是美丽的重现，温暖的重温。在他的《忆江南》里，"日出江花红胜火，春来江水绿如蓝，能不忆江南"，遗憾被一江春水淘洗得荡然无存。他的目光始终指向浩荡的光明。他的目光穿透厚重阴霾，看到了生活以及生命的明丽。

这样的人，总能化悲苦为乐观，化消极为积极。不像李商隐那样，把自己深埋在无际的悱恻里，囚禁在无望的遗憾里。

浓醇的酒液里，有一份叫豁达的因子，脉脉地畅流于我们永远运行不息的血液里，为我们默默地稀释生活的重负。白居易发现了这个秘密，因而知道该如何消除生活的悲苦。

朦胧的意趣

白居易这个写诗要求老太婆都能听懂的倡导者，也写过《花非花》这样雾里看花的朦胧诗：

花非花，雾非雾。
夜半来，天明去。
来如春梦几多时？
去似朝云无觅处。

这首诗与他的诗路大异其趣。

刹那的惊艳，永久的记忆，瞬间的芳华，伤感的情绪，弥漫，氤氲，挥之不去。

诗的朦胧丝毫不亚于今天的"现代""后现代"。但是，诗的朦胧又给我们以梦幻般的指向。虚虚实实，亦真亦幻，它的美感，它的禅境，在扑朔迷离的诗境中流动，变幻。

我们试图解开谜底，一次次努力之后才发现，都是枉然。

生活中有很多美好的东西，于我们，往往是这样一种情形：当她美艳绚烂地呈现在我们面前时，我们并未察觉到她的存在，明了她存在的意义；更有可能是经过了一番专心地酝酿、储蕴之后，才给我们以惊喜，而我们看到的，恰是这个还不确切的过程。有时，我们有些"木纳"，甚至"愚笨"，当她的耐心——她的极致之美消失殆尽之后，我们才幡然醒悟，豁然开朗。当我们欲举手挽之，她早已离我们而去。

于是，有了这首《花非花》，有了李商隐的《锦瑟》，有了戴望舒的《雨巷》。

伤感、惋惜是这类诗的主旋律，不可复得是其源头，无奈。任其往来，回环往复地徘徊。

美的幻灭，理想的消亡，如花似霞，又如春梦朝云，短暂，无踪迹，不知去处。诗人的情绪沉沦，陷落，全线失守，伤感又不失时机地一阵阵袭来，一轮轮退去，诗人的情感遭受着反复的折磨！

美好，我们不一定能立刻识别；机遇，我们不一定能即时抓住。

于是，有了东坡居士"似花还似非花，也无人惜从教坠"（《水龙吟》）的惋惜，有了他"人似秋鸿来有信，事如春梦了无痕"的暗伤，都是无法控制弥漫于心的愁绪，都触动了我们内心最隐秘、最善感的那一部分。放下诗卷，惆怅还在心头氤氲，伤感依然是不散的烟云。

面对睡眼朦胧的早春，白居易也不是一味地施烟雾弹，搞障眼法。这首《钱塘湖春行》就写得特别明朗、快意：

孤山寺北贾亭西，水面初平云脚低。
几处早莺争暖树，谁家新燕啄春泥。
乱花渐欲迷人眼，浅草才能没马蹄。
最爱湖东行不足，绿杨阴里白沙堤。

公元822年，年过半百的白居易出任杭州刺史。当时，西湖雨时涝患，湖水四溢，旱时干涸，全无温柔妩媚的韵致。白居易号召民众筑堤，把西湖一分为二，堤内是上湖，堤外是下湖，与农田相连。平时蓄水，旱时灌溉，一年四季，城里城外，均得益处。为此写了《钱塘湖石记》，详述筑堤功用，刊刻石碑，立于湖边，定下规矩：破坏白堤者，穷人在湖边种树，富人下湖捞杂草。据说，这篇碑记至今还立于湖边，供人观瞻。

现在说的白堤，在白居易的诗里出现过，在他去那里当官时就已经有了。后来，为纪念白居易的筑堤之功，便将他主持修建的这道堤叫白堤。连西湖这个一叫来就觉得温馨柔媚的命名，都是由白居易亲手所赐。他还写过《西湖晚归望孤山寺赠诸客》《西湖留别》等诗。从此，西湖这个风雅四溢的名字，便一直留存于我们民族的文化记忆。

公元824年，白居易任满离开时，他留下了一湖清水，一道芳堤，还有两百多首诗。杭州人洒泪送别，白居易含泪作《别州民》诗："税重多贫户，农饥足旱田；唯留一湖水，与汝救凶年。"他自己呢，只在天竺山拣了两片石头留存纪念，咏诗说："三年为刺史，饮冰复食檗。唯向天竺山，取得两片石。此抵有千金，无乃伤清白！"这一湖清水，一湖柔媚，一湖诗境就这样于波光潋滟、草长莺飞里留到了现在。正如白居易在《杭州回舫》中写道："欲将此意凭回棹，报与西湖风月知。"西湖之美，让人难以从记忆中抹去。唯西湖的风月可以解释这份难以搁置的挂念，难以割舍的情结。

因而有《钱塘湖春行》的快意与自适。他在诗里为我们轻松怡然地呈现出了钱塘湖春天来临时的弥漫诗意。

这是杭州西湖，苏轼说她"浓妆淡抹总相宜"。白居易眼里，她的春天更加媚人。

从孤山寺的北面到贾公亭的西面，春水初涨，刚刚与长堤平齐。水色山光，再添上重重叠叠的白云，低低的云脚与湖面的鳞波又连成一片。几只黄莺早早地抢占了向阳的枝头，迫不及待地练起了嗓子，试起了歌喉。也不知是谁家新来的燕子，正忙着衔拾春泥去构筑新巢。花儿开始热闹起来，纷纷赶来抢夺行人的眼球；浅浅的春草沿着春天的道路蔓延开来，刚刚能够淹没踏青的马蹄。西湖东边的美景是诗人的最爱，白沙堤掩映于绿杨浓荫之下，辗转流连，流连往返，即使这样，都还意犹未尽。

"乱花"招摇，足以让每一个踏春者迷而忘返；"浅草"欲狂，打算让她们的新绿改写所有的荒凉。

莺歌燕舞，只有这样才能显示她们在春天里不可忽视的地位。她们的强势与高调，是在向人们宣示：春天已经来临，她们绝对是春天的主角！

源于此，诗人的欣喜难以掩饰，当他一一收读春天来临的信息时，钱塘湖的春色里，也留下了他无法抹去的印迹。

钱塘湖的春天，因诗人的踏马纵横而平添生机！诗歌的阳光照进了贫民百姓的内心，直到现在，我们都还能感受到她的光芒，她的温暖，以及她韵味十足的魅力。

白居易最著名的诗章当属《长恨歌》和《琵琶行》。唐宣宗在《吊白居易》中写道："缀玉联珠六十年，谁教冥路作诗仙。浮云不系名居易，造化无为字乐天。童子解吟《长恨》

曲，胡儿能唱《琵琶》篇。文章已满行人耳，一度思卿一怆然。"能让皇帝亲笔赋诗，足见这两首诗在当时的影响力，在白居易诗歌中的重要地位。

《长恨歌》写帝王之爱。谁说帝王只爱江山不爱美人？唐玄宗偏要只爱美人不顾江山，盛唐的衰相始于他的千古奇情。"天长地久有时尽，此恨绵绵无绝期！"此爱此恨突破了天长地久的局限，打理江山社稷自然不再是玄宗的日常事务。从爱的角度看，玄宗没有错。他至少不同于隋炀帝一类的荒淫无度，是个敢爱敢恨的主。从帝王的身份看，不坚守岗位，抛弃本职工作而整天沉溺男欢女爱，就是他的失职。他对不起李唐江山，更有愧于他治下的全国百姓。"安史之乱"既埋葬了他的爱情，又置天下苍生于兵戈血刃，还使大唐江山从此繁华凋零，一蹶不振。他由明君而罪人。

《琵琶行》写的则是落魄士大夫与沦落琵琶女的辛酸奇遇。不同的人生际遇，相似的悲恨结局，唤起了诗人的慨叹："同是天涯沦落人，相逢何必曾相识！"他们的遭遇，他们的悲叹，令一个个旁观者无不催泪动容，也打动了千年以后的我们。

晚年住在洛阳香山的白居易，生活并不清苦。因为还有两个可心如意的美女相伴。唐人孟棨《本事诗》记载："白居易有姬人樊素和小蛮，樊素善歌，小嘴长得艳若樱桃；小蛮善舞，细腰则纤纤似柳。乐天公至爱此二美眉，诗曰：'樱桃樊素口，杨柳小蛮腰。'"

"樱桃樊素口，杨柳小蛮腰。"樱桃小嘴，小蛮腰，留给人的，除了羡慕，还有无尽的遐想！更令人吃惊的是，现代版的"美眉"这个叫法，在一千多年前都已经开始流行。老态龙钟的白居易也从她们身上吸取了足够的生命活力。七十五岁辞世的白居易，想必也该舒心怡然、绝无遗憾地含笑而去了。

元　稹
曾经沧海难为水
——说与做绝对自相矛盾

双面人

　　与同时期的其他诗人相比，元稹是个多情、很有些故事又极有争议的诗人。究其原因，在于其诗格与人格的双重性有着巨大的落差。

　　近代学者陈寅恪先生讥讽元稹为"巧婚""巧宦"。巧取豪夺，投机取巧，总之是费尽心机，机关算尽，谋得的都很不义。元诗人的初恋就上演了一出始乱终弃的爱情悲剧。更可恶的是，他还借《会真记》这部传奇为自己辩护，把自己的劣行说成是一次与妖孽的艳遇，竟还厚颜无耻地说："予之德不足以胜妖孽，是用忍情。"那意思是说，自己的修行不足以胜过妖孽，只有忍情和她分手。把崔莺莺比作妖孽，自己主动诱惑变成被其美貌俘虏，被其妖媚狐获；自己还恋着她，是念着既有的情分。但因其是妖孽，以自己的修为难以驾驭，不得已而分手，自己完完全全成了一个无辜的受害者。而这崔莺莺的原型，有人考证，竟是与元稹两小无猜、青梅竹马的表妹双文。

　　陈寅恪先生分析指出："会真即遇仙或游仙之谓也。"在唐代语境中，"真"或"仙"不仅指美貌女子，而且语含轻佻，甚至"多用作妖艳妇人，或风流放诞之女道士之代称，亦竟有以之目倡妓者"。依此分析，元稹竟把他的表妹说成了妖妇、娼妓之流不说，还把自己始乱终弃的恶行来了一番彻底的"漂白"，将其龌龊之处清洗得干干净净。

之后，为了仕途的顺畅晋升，元稹娶了三品大员韦夏卿的女儿韦丛。但是，这并不能改变元稹"好色""花心"的本性。

有了第一次劣行不说，他居然还将这不耻的劣行重演了一次。这一次的受害者不再是情窦初开的懵懂少女，而是久困风尘的蜀中著名才女薛涛。

公元810年，元稹出任监察御史，到蜀中上任。这一年，元稹才三十岁，正年轻得志。司空严绶为讨好元稹，有意把已经四十一岁又风韵不减的薛涛介绍给元稹。《唐才子传》这样说："府公严司空知之，遣涛往侍。"此时，元稹的妻子韦丛正奄奄一息。他二人一相遇，竟如胶似漆，诗词酬唱，干柴烈火，燃了个正着。用薛涛的话说，就是"双栖绿池上，朝暮共飞还"。一个是逢场作戏，一个还动了真情。可惜，一年后，韦丛病逝，元稹任期已满，回长安复命。临走的时候，他还没忘记再欺骗一回。让沉沦爱河的薛涛好好地等着，等他安顿好以后，就来接她过去，继续他们的爱情之旅。他竟还在《寄赠薛涛》中说："别后相思隔烟水，菖蒲花发五云高。"说自己走得再远、升得再高，你都是我的唯一，谁也无法替代你在我心中的位置！

现实是，韦丛死后，元稹写下了"曾经沧海难为水，除却巫山不是云"的经典诗句，把对亡妻的悼念之情写到了无以复加的地步。结果呢？离开薛涛两年后，就娶了小妾安仙嫔，四年之后，又娶了裴氏；之后还霸占了一个叫刘采春的戏子，竟达七年之久。他故伎重蹈,再一次把薛涛抛在脑后。元稹五十二岁时得病暴亡,又说是雷劈而死。果真如此,算是对这个负情汉的最佳报应。第二年,终身未嫁的薛涛也郁郁而终。

下面来看这首备受争议的《离思》:

曾经沧海难为水,除却巫山不是云。
取次花丛懒回顾,半缘修道半缘君。

如果说《上邪》是渴望真爱信誓旦旦的开始,那么,元稹的这首《离思》便是坚守忠贞爱情的最佳回应!

经历了真爱,品足了爱的蜜汁,获取了爱的丰沛养分的人,自然不再可能心有旁骛。世间美女让人眼花缭乱,诗人心里装着的只有他最初的那一位。这既是自己前世修来的缘分福分,也是因为今生对爱的悉心经营。这样的爱情,即使是冬雷滚滚,夏雪纷纷,山无陵,江水竭,海枯石烂,也不更易。一句话,谁也无法替代她在诗人心中磐石一样的位置!

那位吟过《上邪》的汉代女子,即便她没有如愿以偿地享有甘美的爱情,她地下有知,她的真爱之愿,在异代的元稹身上结出了丰硕的果实,她亦应含笑而眠了。

"曾经沧海难为水",元诗人也真是用情,他的专一难以撼动。语意取于孟子"观于海者难为水"(《孟子·尽心篇》)。看过了浩阔无垠的大海,涓涓细流就再也流不进诗人的视线。表白自己曾经拥有了你这样的绝色美人,其他再美貌如花的女子在自己眼里都成了凡花俗草,因而才会"取次花丛懒回顾"。元诗人害怕表达得不够坚决,于是又引用神话传说表明心迹,纵有倾城倾国的绝代佳人,也不能打动他的心,仿佛在说:我心依旧,坚如磐石。用一句现代歌词,那就是——我的眼里只有你。

元诗人对亡妻的怀念用情极深，一口气竟写成《离思》五首。此为其四，一往情深，炽热动人。此外，他还写过三首《遣悲怀》，情深似海，哀婉缠绵。尤以"今日俸钱过十万，与君营奠复营斋""诚知此恨人人有，贫贱夫妻百事哀""惟将终夜长开眼，报答平生未展眉"最为牵人心魄。特别是第三句，犹言此思绵绵无绝期，唯有夜夜睁大眼睛来报答你——因为你在世的时候生活得一点也不开心，眉头从来都没有舒展过！

没有"乱花渐欲迷人眼"的自我迷失，有的是一分坚决与坚持，有的是一分固守与忠诚。要知道，要修成如此正果是多么的不容易。前世修道，今世修行，都还不行，都还仅仅完成了百分之五十的可能。要成就一段美好的姻缘，必须还要有你的参与，你的努力。

否则，浩浩宇宙，茫茫尘世，匆匆时光，芸芸俗子，两人就不可能在那一刻那一地如此精确地相遇，相识，相知，再相携，相伴，直到彼此都默默地老去。

这是一种至境，同时也是一种机遇。孔子登泰山而小天下，是孔子的造化。为何前赴后继、络绎不绝的登临人，独有孔子有此眼界与胸襟？再有杜子美"荡胸生层云、一览众山下"的广博与大气？元稹也是如此，虽然被定格在个人感情，但丰富了爱情的内涵，形象地阐释了挚爱的要义，生动地诠释了什么是情人眼里出西施。让人更加坚定了自己对爱的判断和肯定，更加确信了"你就是我的唯一"。是海誓山盟、百年执手的另一种表达方式。只有曾经的寻觅与修为，才能修成正果，身登绝顶。

元稹是过来人，他的一阕《离思》拨动了千千万万渴望美好爱情者的心弦。千百年来，在年轻的心中，激起了一浪浪奔腾不息的回声！

元稹至真至切的妙悟，还让今天"不太"注重爱情的人唱了又唱，吟了又吟。不管是蔡幸娟的《曾经沧海》，还是周华健的《曾经沧海都是爱》，都是有限的，而更多的回声，则在更多人的胸中激荡不止。

这是元稹的贡献。让人有些武断或者偏激地想，他这首诗所吟唱的至情至境，远远大于他在文学层面上的贡献。寥寥二十八字，震撼力，丰富内涵，谁敢小觑？

人们对这首诗历来存有争议。关于这首诗的"受众"到底是谁，多有质疑。有些人甚至以为是写给被元诗人抛弃了的初恋情人的。不管是谁，我们都可这样固执地认为，只要存在与崔莺莺（表妹双文）那档子事，我们就有理由怀疑他的人品，有理由鄙弃他的伪善，残忍与无情！

当然，这仅仅是针对他的为人，于诗的人文价值、美学价值，并无损毁。

曾经爱过，爱得坚实，不移不弃不离。有了这样的情怀，这样的诗章，对于诗人的非议，想必可以暂时搁置。即使曾经错过，至少，他已经"改邪归正"，而非执迷不悟，一意孤行到底。

至于元稹与韦丛成婚之前的"劣性"，或可存疑。

元诗人偏偏又导演了一出出风流事，难怪人们要怀疑"诗品即人品"这句话的真实性。元稹的双面性暴露无遗。但他的这首《离思》，千年以来，却激起了无数人的共鸣。人们对坚守爱情的支持，正好鞭挞了元诗人的负情。

元稹的这组《杂忆五首》，似在灵魂忏悔，正好印证了他行动上对爱情的实质性背叛：

今年寒食月无光，夜色才侵已上床。
忆得双文通内里，玉栊深处暗闻香。

花笼微月竹笼烟，百尺丝绳拂地悬。
忆得双文人静后，潜教桃叶送秋千。

寒轻夜浅绕回廊，不辨花丛暗辨香。
忆得双文胧月下，小楼前后捉迷藏。

山榴似火叶相兼，亚拂砖阶半拂檐。
忆得双文独披掩，满头花草倚新帘。

春冰消尽碧波湖，漾影残霞似有无。
忆得双文衫子薄，钿头云映褪红酥。

一幕幕真实的生活碎片多次在诗人的眼前蒙太奇般华丽呈现。

当时只道是寻常，结果是这般的刻骨铭心，深入骨髓。拥有时，我们很容易忽略；失去时，追悔又无力挽回。崔护的艳遇短暂，错失了机缘，或许仅是有些失落。元稹则不同，他们有过朝朝暮暮、卿卿我我的生活。他们早已将爱融化于平常点点滴滴的细节，融化于那一笑一颦的瞬间。执子之手，锦瑟和鸣，相守于朝暮晨昏，倾情于举手投足。对方一朝陡然失去，剩下的一方便天崩地裂，天地失色。才有了这连篇累牍、不可遏止的悲痛与追念。

除了这元稹，李商隐的那些蚀骨的无题诗，想必也是在此种状况下写成的。

当痛苦、感伤溶入血肉，锲入灵魂，他生活的全部色彩一下子囫囵地混为一体，全都化成了无法分辨的晦暗。读这一组诗，我们就不难理解元稹的《离思》和《遣悲怀》了。

真情怀

元稹对自己的负情习以为常，甚至厚颜无耻，颠倒是非。对别人的遭遇，他又大肆的兜售同情。看这首《行宫》：

寥落古行宫，宫花寂寞红。
白头宫女在，闲坐说玄宗。

残酷的时间令当年的红颜寂寞地凋零。青春，活力，乃至对未来的指望，都已寥落。

而更加残酷的，是对生命的幽闭，漠视。任鲜活的生命无奈地寂灭。想当年，她们月貌花容，娇姿百态，艳质超群，年复一年，她们青春消逝，红颜憔悴，白发如雪。这些美丽的宫女被禁闭，被冷落，深锁于破败行宫，她们整天只有百无聊奈地看着太阳朝夕升沉，四季轮回，她们只得无助地目睹着宫花，开了又落，落了又开。更加可悲的是，她们与世隔绝，竟不知宫外的岁月，世态的变化，还一个劲儿地就着那些陈年旧事打发日子，消解寂寞。而眼前，红花正艳，芳华凋零。那些曾经惊艳的美人，她们只得靠堆砌在记忆深处的华丽光影聊慰自己行将枯竭的生命！

四十多年的岁月，满头青丝已成白发，大唐盛世也显出没落之象。四十多年的岁月，改变的不仅仅是人，一个前所未有的煊赫时代也走向了衰颓。

帝国的繁华已经远去。面对昔日的辉煌与荣耀，诗人冷静、理智的文字里，上演着帝国没落的影像。这些红得刺眼的寂寞宫花，白得炫人眼目的宫女的银发，令他无奈到没有过多的言语。仿佛，他心中的那些华丽词句，也随了帝国的没落而凋谢殆尽。娓娓的自语中，将历史的沧桑感注入我们的灵魂。心中泛滥的，只有不能消去的沉重，不能化解的惆怅。

元稹的高明之处就在这里，他不仅表达了对"过时美女"的怜悯，更为这个日趋没落的朝代无奈地叹息。元稹或许是良心发现，他隐忍的叙述方式，使这首短小的五绝有了深邃的意境，隽永的诗味，以及深刻的批判性。

元稹的好友白居易也注意到这一残酷的社会现实，写过一首同题材的《上阳白发人》：

上阳人，红颜暗老白发新。
绿衣监使守宫门，一闭上阳多少春。
玄宗末岁初选入，入时十六今六十。
同时采择百余人，零落年深残此身。
忆昔吞悲别亲族，扶入车中不教哭；
皆云入内便承恩，脸似芙蓉胸似玉。
未容君王得见面，已被杨妃遥侧目。
妒令潜配上阳宫，一生遂向空房宿。
宿空房，秋夜长，夜长无寐天不明。
耿耿残灯背壁影，萧萧暗雨打窗声。
春日迟，日迟独坐天难暮；
宫莺百啭愁厌闻，梁燕双栖老休妒。
莺归燕去长悄然，春往秋来不记年。
唯向深宫望明月，东西四五百回圆。
今日宫中年最老，大家遥赐尚书号。
小头鞋履窄衣裳，青黛点眉眉细长；

外人不见见应笑，天宝末年时世妆。
上阳人，苦最多。
少亦苦，老亦苦，少苦老苦两如何？
君不见昔时吕向《美人赋》；又不见今日上阳白发歌！

读了白居易的"上阳白发人"，我们就能更深一层次地理解元稹的诗了。元稹的诗以少胜多，更为精绝深邃。二十个字，地点、时间、人物、动作，一一呈现出一幅生动的画面。这画面更是引人遐思：宫女如花，却被深深地幽闭在这冷落的古行宫里，寂寞是她们最大的财富；她们看宫花，一枯一荣，年复一年；而今，宫花依旧寂寞红，无奈红颜尽憔悴。满头的白发就是她们悲苦命运的显著标识！生命被冷酷地漠视，任岁月风干了她们残存的性情，她们只得一遍又一遍地回顾那些陈年往事。凄苦身世，悲怨情怀，盛衰感慨，尽在其中。宋洪迈在《容斋随笔》中评价元稹的诗："语少意足，有无穷之味。"明胡应麟在《诗薮·内编》中也说："语意绝妙……不易此二十字也。"

两首同题材的诗放在一起，优劣自现。不过，他们二人的友谊倒是可圈可点。诗书往来，传递的是真挚的情意，无限的关切。看元稹的这首《闻乐天左降江州司马》：

残灯无焰影幢幢，此夕闻君谪九江。
垂死病中惊坐起，暗风吹雨入寒窗。

元稹和白居易不仅诗歌齐名，并称"元白"，他们之间的友谊也非同一般，从这首诗里可知一二。《唐才子传》这样写道："微之（元稹）与白乐天最密，虽骨肉未至，爱慕之情，可欺金石，千里神交，若合符契，唱和之多，无逾二公者。"

公元810年，元稹被贬通州（今四川达县）司马。公元815年，白居易被贬为江州司马。元稹在通州听到白居易被贬的消息时写下了这首诗。

友人的厄运足以令一个"垂死"者顷刻间精神百倍，足见友情之深，再见消息之突然，三见结局之反常。无论哪一种，都是令人不能承受的疼痛。

"暗风吹雨入寒窗"，时势的悖逆是悲剧的根源。一代巨匠也免不了命运的折腾。"居易"居不易，"居易"或许仅是个人的奢望。

再说，人生几十年，沉浮升迁，很多时候是个人的意志和能力所不能掌控的。元稹的吃惊仅是一时的状况，仕场争斗打拼，这样的惊异或许有一些"矫情"，作诗毕竟与现实有一定的差异。

试看，残灯已没了火焰，只留下模糊不清的影子，这时获悉好友被贬九江的消息。在垂死的重病中，自己被这个突来的消息惊得坐了起来。此刻，暗夜的风雨吹进窗户，分外寒冷。

这是身处逆境的元稹对友谊的坚守，也是对另一个不幸诗人最坚强的支持。

友谊是阳光，驱散了笼罩在友人心头的阴霾；友谊是兴奋剂，给困厄的对方以强有力的精神支撑。白居易读后，回信道："此句他人尚不可闻，况仆心哉！至今每吟，犹恻恻耳！"元稹在得到白居易的书信时，竟是："远信入门先有泪，妻惊女哭问何如。寻常不省曾如此，应是江州司马书。"情不自禁，情感决堤，一如"垂死病中惊坐起"。能够这样，需要的是韧性。这种韧性，检验的是友谊的坚实程度，以及情谊的质感！同时也反映了一个人的超常毅力。

如此，友谊更纯，更经得起反复的验证。

白居易还写了首《赠元稹》："自我从宦游，七年在长安。所得惟元君，乃知定交难。"白居易说自己在长安为官七年，就交了元稹这一个朋友；说元稹安恬平静，与世无争，如无波之井水；气节如竹，刚直清高。友谊难得，更见朋友之间相互理解的重要。

欣赏花草，本该心怡神闲，有时，一不小心就掉进了惆怅的陷阱。元稹这首《菊花》里，流露出他关照菊花的内在因由。

秋丛绕舍似陶家，遍绕篱边日渐斜。
不是花中偏爱菊，此花开尽更无花。

花草的色泽并不是人们唯一的喜爱。根本在于花草本身具备的品质、精神，以及由花草所能关照到的人的类似属性。"此花开后更无花！"此生过后呢？敏感的诗人时刻保持高度的敏锐与机警，对纤动尘游都能敏感地知晓它们运行的轨迹。或许，还有一种末世之感突然来袭，使人看不到进入深秋以后的生机，明艳，以及希望，偏爱菊花就成了入秋之后的专属。

避开爱情，我们来看元稹，还真是一位颇有建树的诗人。

杜 牧
赢得青楼薄幸名
——浪子诗人也有梦醒时分

十年一梦

日薄西山，谁也无力让一颗落日返回中天。当它东山再起的时候，已不是大唐的天空。

世象如此，诗坛亦然。

杜牧可谓风流俊杰，但他的吟唱，无论如何都没了盛唐的气象。他与李商隐的联袂演出，才使得大唐诗歌有了一个比较豪华的谢幕。

不过，在众多唐朝才俊中，杜牧是个绝对有故事的主儿。他的故事又绝对地抢人眼球。

杜牧被称着"小杜"，与杜甫仅同姓而已，以示区别。与李商隐合称"小李杜"，这是为了便于与李白、杜甫合称"李杜"的这个绝对的黄金组合区别开来。

杜牧出生于官宦世家。祖父是在三个皇帝治下做过宰相的"三朝元老"杜佑，他写过一部非常重要的学术著作《通典》，逾二百万字。想必是受祖父著书立说的勤奋影响，杜牧实实在在学了不少东西，为日后的文学创作打下了坚实的基础。

青年杜牧踌躇满志，怀揣安邦济世之心。他二十六岁中进士，做了弘文馆校书郎。在他尚未及第之前，还有一段故事。《唐才子传》这样记述道：

初未第，来东都，时主司侍郎为崔郾，太学博士吴武陵策蹇进谒曰："侍郎以峻德伟望，为明君选才，仆敢不薄施尘露。向偶见文士十数辈，扬眉抵掌，共读一卷文书，览之，乃进士杜牧《阿房宫赋》。其人，王佐才也。"因出卷，笏朗诵之。郾大加赏。曰："请公与状头！"郾曰："已得人矣。"曰："不得，即请第五人。更否，则请以赋见还！"辞容激厉。郾曰："诸生多言牧疏旷，不拘细行，然敬依所教，不敢易也。"后又举贤良方正科。

杜牧还是个文学青年的时候，就写了一篇史上特著名的文章《阿房宫赋》，大有左思写《三都赋》的势头。一时间，争相传抄，长安也大有纸贵之势。他准备去参加科考时，太学博士吴武陵非常欣赏他的才华，就拿着杜牧的一大卷诗文为其奔走举荐。吴博士找到当年的主考官崔郾说："你德行高，声望大，为皇帝选拔人才责任重大，又辛苦，我觉得我也应该尽点绵薄之力。前几天，我在大街上偶然看到十几个人捧着一卷文章在围观，神采飞扬，啧啧称奇。我一看，原来是争抢着品读杜牧的《阿房宫赋》。你还别说，这杜牧还真是个人才，应该选拔出来辅佐君王才是。"于是，吴博士当场就高声朗诵起来。听完，崔主考也大加赞赏。吴博士乘势说："那就请你点他为状元吧。"崔主考说："状元已经有了。"没想到，崔郾早把状元卖给了别人。吴博士言辞犀利地说："点不了状元，那就给他个第五名吧。要不然，就把赋还给我。"崔郾辩解道："别的很多学子都说杜牧为人放纵旷达，不拘小节，但我还是要照您的指示办，不敢改变。"崔郾没有食言。后来，杜牧参加应制考，又一次顺利闯关。

杜牧的才华就不说了，科考的内幕之黑，可见一斑。

杜牧刚一当官，就遇到牛李党争，一不小心就陷了进去。好在他平时有点玩世不恭的味道，争斗双方都没把他放在心上。一个特有才的人在一大堆官宦里混是比较难的，你要不就与他们沆瀣一气，同流合污；要不，排挤、打击就少不了你的。杜牧看透了官场的黑暗与险恶，离开了长安，到江西观察使沈传师那里做了个闲职。做了闲职的杜牧从此有了接二连三的桃色故事。

首当其冲闯入杜才子视野的，是个叫张好好的美女，是沈传师俯内的歌女。两人之间的关系发展到了何种程度不好妄加判断，不过，杜牧还专门为她写了一首诗，黑纸白字，杜才子洒脱自如的手迹直到现在都还能见着。据说，这是杜才子传下来的唯一墨迹。这是铁证，谁也别想替他翻案。诗前小序说："牧太和三年，佐故吏部沈公江西幕。好好年十三，始以善歌来乐籍中。后一岁，公移镇宣城，复置好好于宣城籍中。后二岁，为沈著作述师，以双鬟纳之。后二岁，于洛阳东城，重睹好好，感旧伤怀，故题诗赠之。"民间演绎有很多版本，从这一段序看，当时的杜诗人非常失意。致使他到了扬州后就变本加厉，更加恣肆不羁。

杜牧于公元833-835年在淮南节度使牛僧孺幕府任职，任内之事，在杜牧那里都是小菜一碟。当时，扬州何其繁华！《太平广记》里说："每重城向夕，倡楼之上，常有绛纱灯数万，辉罗耀列空中，九里三十步街中，珠翠填咽，邈若仙境。"每一道珠帘背后都有一个令人心旌摇曳的身影，每一盏绛纱灯下都有一双摄人魂魄的眼睛。《唐才子传》说她们"美容姿，好歌舞，风情颇张，不能自遏"。三十一二岁的杜牧如鱼得水，很快摆脱了失恋的痛苦。他诗酒风流，放浪形骸，乐此不疲地往来于此。他的风流蕴藉，也得到了美女们的殷勤回应。

这里有一个大家比较感兴趣的故事。那时，一到晚上，扬州城里的歌楼倡馆万灯齐亮，丝竹齐鸣，蔚为壮观。杜牧岂能闲着？每天下班以后，他就直奔这些风月场所，好不快活。先前失恋的阴影也一扫而光。他的垂直领导牛僧孺听了后，怕他安全方面出啥问题，不好向上级交差，就派人每天晚上暗中护着，防止他酒后惹出什么麻烦来。据说，每晚派出暗中保护他的人就多达三十人。等到杜牧离开扬州时，牛僧孺含沙射影地说："老弟呀，你还是应该注意一下身体哦。"杜牧辩解道："这一点请领导放心，我本来就时时小心，处处注意。"牛僧孺笑了笑，也不反驳，让人打开一只大木箱，里面塞满了纸条。杜牧一看，全是保镖们每天晚上"保护"他回来后写的工作报告，记录着他何年何月何日在某某青楼酒肆的那些花花事。杜牧一时羞愧交加，当场拜谢。多年以后，牛僧孺去世了，杜牧还为他专门写了墓志铭，以感谢老领导的"关照"之恩。

回首这一段桃色经历，杜牧《遣怀》道：

落魄江湖载酒行，楚腰纤细掌中轻。
十年一觉扬州梦，赢得青楼薄幸名。

扬州，才子风流的天堂，名士雅集的胜地。"腰缠十万贯，骑鹤下扬州。"扬州成了自古文人的神往地，他们莫不能以到扬州一游而成为自己骄傲的资本。

杯中乾坤，壶里春风，远胜现实的萧条败象。

珠帘翠幕里，春色洋溢；青楼酒肆中，激情浩荡。这些都远胜于凋敝炎凉的世风。

杜牧这个风流玩家真是玩到了极致，玩到将他的那些花花草草的风流之事都毫不遮掩地写进诗歌的地步。他放浪声色，纵情风月。扬州的瘦马腰姿纤细，体态轻盈，正对了诗人可心的玩性。烟花三月，春风十里，三秋桂子，十里荷花，扬州以她特立独具的丰姿向世人招摇，销人神魂，掠人斗志。如杜牧这般出身名门、生性风流之人，怎不会沉沦声色，久耽花月？正是一觉风流梦，千古薄幸名。

这样的绯梦一做就是十年，难说有伤风雅，更显诗人本色：没有千金一掷的慷慨，没有薄幸落魄的放纵，谁都行么？如果我们硬要从历代诗人中评出个"风流诗人"，这顶桂冠当浪子诗人杜牧莫属。相信其他众多诗人也不会有什么疑议。就在杜郎作古以后，还有人羡慕不已！

后来的姜白石就曾喃喃自语："杜郎俊赏，算而今，重到须惊。纵豆蔻词工，青楼梦好，难赋深情！"还有众多文人跟在后面，时而津津乐道，时而念念有词，羡慕之情，奔流纵溢。

杜郎，我们的风流才子，宵宵莺歌燕舞，夜夜醉花眠月，十年的风流梦，十年的花月事，成就其诗名的同时，也成就了他的"千古芳名"。

杜才子在扬州的那些事儿，在他的诗歌笔记里留下了不少的影迹。这《赠别二首》特有名：

娉娉袅袅十三余，豆蔻梢头二月初。
春风十里扬州路，卷上珠帘总不如。

多情却似总无情，唯觉樽前笑不成。
蜡烛有心还惜别，替人垂泪到天明。

"春风十里扬州路！"美女之美艳压群芳，这也正是诗人风光风雅风神与风流的背景。这样的时刻，这样的名媛姝丽的荟萃之地，浪子诗人风光占尽，风流谁人可比？

诗人是个多情种，他可不愿在一条石榴裙下快活地醉死。即使在他无限得意的时候，即使在他独占花魁的时候，他也没有忘记，那十里扬州路上的珠帘翠幕之下，还掩藏着无数的佳丽！吃着碗里眼还馋着锅里，真不愧天字第一号的"浪漫诗人"！

处处留情实无情，即便美人如云，左拥右抱，在某一个特殊的时刻，诗人也会突然"觉醒"。噫，这如云的美人堆里，自己到底钟情哪一位？或者，到底哪一位佳丽真正地钟情自己？这是一种寂寞，一种阅尽春色、历经沧海之后的大寂寞，更是一个浪子此时此刻的真情告白与深切忏悔。

风月场上的"有心"也是有限度、有所保留的。她看重的无非是你鼓鼓囊囊包袱中的那几两银子。

风月场的"有心"是短暂的，"天明"以后，不知她又该对着何人"垂泪"。

我们当然知道，"浪子诗人"的多情与缠绵只不过是逢场作戏，在今夜烛光的短暂绚烂之后，明晚的烛光里，"垂泪到天明"的不知又该是何人？贪欲总是不能满足的，更何况是温柔乡里的万种风情！

他给同僚的诗《寄扬州韩绰官》同样耐人遐思：

青山隐隐水迢迢，秋尽江南草未凋。
二十四桥明月夜，玉人何处教吹箫。

烟花三月，春风十里，官员们"臭味相投、沆瀣一气"，寻花问柳，依花宿月自不必说了。可是今天，"秋尽江南草未凋"的此刻，他风流成性，全无收敛之意！在秋月凄美的照耀下，他又在哪一座桥上挥霍激情？那十里扬州路上的珠帘翠幕，今夜，哪一家又是他的消遣之地？

只有诗人的不知，才能见出诗人与友人韩判官的风流无度；只有诗人的不知，才能见出扬州的风雅与风流的个中情味！这是一对风月老手的相互揭短。诗句真切地告诉我们，杜郎的"青楼薄幸名"就是这样赢得的，绝不是徒有"虚名"。尤其是末句的彻问，雅和俗，犹水与乳的忘情交融，别有意趣。同样风流至极，叫我们不得不佩服。连他们的风流梦、风流事、风流帐都写得如此鲜活香艳，如此意趣横生！

不知韩判官读后是得意惬笑，还是赧颜自矜？不过，人生没有永久的繁华绚烂，诗人也不会一味地耽于温柔乡里。"明年谁此凭栏杆"就是对过去的了断。往事不堪回首，几多风流，几多荒唐，都已决绝地做了了断，明天呢？诗人只能独饮寂寞，独酌哀愁！

"二十四桥明月夜"，何其摄人心魄。同代诗人徐凝在《忆扬州》里说："天下三分明月夜，二分无赖是扬州。"那一定是如诗如画，如梦如幻，多么地牵人心神啊。

后来，杜牧终于又用情了一次。据说他游览湖州时，见一十余岁的民间女子，眉目清秀，甚是可爱。一个年龄一大把的"老男人"，竟动起了小女孩的歪心思。他与小女孩的母亲约定，十年后一定来迎娶小女孩为妻。可是，宦踪不定，直到十四年后，杜牧才到湖州出任刺史。他一到任，就心急火燎地去寻找当年承诺的那女子。世事弄人，那女子三年前就出嫁了，还生养了两个孩子。此番用情，天意不遂，想必是上天见他以往太过花心，对他施的惩罚吧。杜牧大为遗憾，借题发挥，作《叹花》诗：

自是寻春去校迟，不须惆怅怨芳时。

狂风落尽深红色，绿叶成阴子满枝。

想不到，惯于浪荡的杜牧还真的动了情。

传说不一定可靠，写男女之情倒是一定。惆怅懊丧是他风流之后的后遗症。

相约是无端，失约是背叛。错过，就无法重来；错过，就躲不过追悔的煎熬；错过，就逃不了苦涩的惩罚。这或许是上天的意志吧。

诗人叹花的命运莫不是在悲叹盛唐的凋零？也许，这本身就是一个真实故事的文字再现。自己爽了约就由不得他人了。青春总是短暂的，谁又敢把一个行踪不定的浪荡子的话当真？谁又敢拿一生的幸福做赌注呢？怪只怪自己，十年之期早已付之东流水，惆怅与遗憾都是自己挣来的！

"狂风"之句别有意蕴，稍加审视，寓意即出。从中可见出浪子诗人的无限深恨与无奈惋惜！

"叹花"实则是在叹息自己错过了这场浪漫的约定，叹自己无福消受那春花正开的妍美！

千年之后，小杜的苦涩还泛滥在字里行间。"绿叶成阴子满枝"，对我们，是最好的告诫——机会来了，就不要错过。

古人的错误，今人还在继续。因为任何时候都不缺少"花心汉子薄情郎"。一个重情的人，就得像《庄子》里那个叫尾生的小伙子，誓死也要坚守约定，坚守爱情。

梦醒时分

青楼梦醒后的杜牧,对历史与现实有了自己的独到判断。看这首《赤壁》:

折戟沉沙铁未销,自将磨洗认前朝。
东风不与周郎便,铜雀春深锁二乔。

这是一段深埋在疾水沉沙中的历史,这一段历史因一场偶然的、打破常规的东风而被改写成我们现在知道的样子!因为这一场不可预知的风,曹氏射出的那一支支如蝗的利箭成了射向自己的利器;因为这一场不可预知的风,摧折了曹氏百万雄兵的呼啸利戟;因为这一场不可预知的风,成了曹氏的噩梦,他早已计划千般的"铜雀春深锁二乔"的美梦灰飞烟灭落了空。

由这场不可预知的、乖戾的风写成的历史,当然是悲辛交织。原本是雄心勃勃、气吞山河的枭雄,在这场不可预知的东风之后,锐气戟折,傲气灰灭,不得不仓皇北去,等待下一次的卷土重来,挥戈一击!

其实,偶然中又蕴含着必然。当年骄视一切的曹操陷入智者的设置,却落得个"折戟沉沙"的败局。即使没有这一场偶然的风,曹操也未必能赢!

"东风不与周郎便",诗人写得多么机智,他的想象石破天惊,以"春深锁二乔"的调侃写曹孟德图霸天下的雄心与野心,以"东风不与周郎便"写命运的天平。"东风"的偏私便决定了一场铭刻青史的著名战争的胜负。那曹氏的不幸也正是周郎的大幸,二乔的万幸。不然,才俊周郎除江东不保之外,还得赔上心爱的美人。不幸的二乔就只得深锁铜雀,春华蒙羞,红颜遭辱了。

那将是山河与丽人共蒙羞耻,英雄和策士同饮苦酒了!

是风流给了他独到的眼光,是浪漫给了他睿智——保不了美人的英雄何以保江山社稷!也不是"东风"的格外垂爱,要赢得战争,除了拥有坚船雄兵之外,还要善于假天时地利,善于把握瞬息即纵的机会!

历史终归要接受评说。那一场血肉横飞的战争,因杜牧的评说而轻松快意。任何侥幸都不是制胜的根本,关键在于当事者如何精准地抓住有限的胜机。

小杜对历史成败的归因极其简单。小处落笔,大处立论,他的观点鄙弃了人云亦云的浅见。即使对象是不可一世的英雄,他照样评说不惧。项羽是个悲剧,在杜牧看来,历史不会因某一次的成败而成定数。历史同样有改写的机会,改写的可能。一句话,机会难得,有花堪折直须折;错过机会,花儿就只得凋谢。对于稍纵即逝的机会,只有抓住才是硬道理,不管你采取的是何种手段。

历史的转机存在着偶然的因素,看似天公不赐缘与曹操,但曹操的征伐目的历来不为世人认同。于是,小杜在戏谑、调侃中评说历史,阐释事理,于细微处着墨,写出了与众不同的寓意,巧妙得胜,更见诗味与意趣。也可见其眼光的独到,思维的奇丽。

杜牧告诉我们,在看似绝望的时候,实际上还存在着翻盘的概率。

历史不能重演,这是历史的另一面。

历史不能假设，有时却可以人为地导演。

历史是即时的现场直播，既顺应了一些人的意志，又悖逆了一些人的意愿。历史成全了一些人，让他们在风云际会之际，叱咤风云，笑傲古今，芳名百世；历史又牺牲了一些人，让他们美梦破灭，英名扫地，遗恨万年。

当我们回眸过去，从沉埋千年的泥沙中，捡拾到一件早已不堪岁月磨蚀的冷兵器，凝视，猜测，假设，无论怎样，我们都无法复制当年的峥嵘岁月，无法重放当时的血雨腥风，无法重演那一刻的群雄争锋。

因此，尽管小杜才华横溢，也一样不能免俗，要从一小段沉埋的折戟，去假想那一场著名的战争，去假想残酷背后的绯色孽梦，去假想被视为奸雄的曹氏所谓"花心"得逞的另一种结局。

历史的刀光剑影，早已随了断剑折戟而沉埋江底。历史的风起云涌早已随了江河的日夜奔流而灰飞烟灭。不管是小杜千年前的假想，还是今人的猜读，都无法改变那既成的历史！

这是专属于小杜的浪漫。

当现实粉碎了才子们济国平天下的雄心壮志之后，他们壮怀激荡的心平静了，他们以旁观者的身份评点历史，感怀过往，别有所获。他们的诗给我们别样的趣旨。他们的冷静，平和，凌驾于历史之上，对历史的评说，显现出高屋建瓴、俯瞰一切的把控能力，三言两语，让人茅塞顿开，豁然释怀：纷繁厚重、烟云密布的历史原来竟是如此的简单！

赤壁是个个案。东风是个浪子，不早也不晚，不偏也不倚。那一刻，它抵达了历史的拐点。鼎立的三国由此开始漫长地较劲。胜败，留给了最后的刀客。他辟开历史的新境，盛衰交替仍是历史打不破的困局。

只是，历史让我们认知了那些风流的过客。历史在身后絮叨，他们在前面壮行。当英雄也含恨倒下，晚点的，是我们愚钝的认知。

曹操、周瑜，以及智慧的化身诸葛孔明，都突不破遗憾的困局！

撩开历史的帷幕，历史的教科书清晰地走入我们的内心，平静地审视，成了我们最智慧的选择。

杜牧对项羽那一段历史也有自己的看法，写在了《题乌江亭》：

胜败兵家事不期，包羞忍耻是男儿。
江东子弟多才俊，卷土重来未可知。

杜牧以锐利的目光剖开历史的厚重幔帐，总有他别样的睿智发现。

胜败乃兵家常事。一场战争的胜负决定不了天下的归属。既然如此，大丈夫就当能屈能伸。未来的走向如何？他的回答是："卷土重来未可知！"

东山再起，绝地重生。退一步，不失一种智慧的选择。卧薪尝胆的历史成为最实的铁证。

换一个角度看历史，杜牧的历史观可与刘禹锡比肩。

既成的事实可以"机巧"地评说，可以设置若干个不一样的假想。而对于现实，小杜一改调侃之习，将眼前的败象与历史的教训对举，批判的矛头直指没落的统治者。先看这首颇熟悉的《泊秦淮》：

烟笼寒水月笼沙，夜泊秦淮近酒家。
商女不知亡国恨，隔江犹唱后庭花。

小杜，二十四桥明月夜，十年一觉扬州梦，终于梦醒，才知赢得了青楼薄幸名。他对自己的评判还算理智。瞪大眼睛看现实，他吃惊地发现，一切都已经改变。改变了的现实也改变了小杜。他挣脱声色诱惑，拒绝靡艳围困，与过去彻底决裂。

可是，仍然有很多人同他在扬州那阵子一样，并未觉醒。他们看不到"烟笼寒水月笼沙"的衰颓，他们还以为，秦淮酒家的歌舞声色仍在延续着大唐的强势。当一个社会的大多数人，尤其是精英砥柱都沉迷于此，这个时代就不会有太大的希望了。

小杜梦醒时分，见证了这个时代，并以这个时代最盛行的方式记录下来。这是一个觉醒浪子的不朽贡献。

这位在扬州一觉风流梦、十年才惊醒的浪子诗人，这天黄昏来到了秦淮河。秦淮河的烟月寒水、软歌腻舞，没有唤起他的风月雅兴。文人的良知，官宦的责任，诱发了他的忧患意识。《后庭花》是南朝陈后主灭亡的祸根。这段亡国史，也正是大唐的宝鉴。

忧也好，患也罢，仅是诗人应景而生的一时之叹。他要么拒绝，远距这一场纸醉金迷的贪欢。要么旧梦重温，前梦重续，又加入到这一场末世狂欢！潜藏在诗人内心深处的良知，在这个特定时刻猛然复苏，也是这首诗流传至今的原因！

其实，历史盛衰的责任本不应该由几个歌女红粉来承担，她们同样有不可言说的痛苦。问题的关键在于，那些曾心雄万夫的才子现在都在哪里？这些歌女红粉，她们既没有拔山摧城的力气，也没有震古撼今的势能。她们有的，只是被别人主宰的青春。

隔江的商女弹唱的是不是《后庭花》并不重要，重要的是，过去盛极一时的帝国，现在已经衰颓。商女的靡靡之音并没有过错，有错的是在靡靡之音里狂颠的人。谁有资本去那里消费，谁可能赶在帝国灭亡之前尽情享乐？商女只得如此，她们才能屈辱地活着。

历史的悲剧即将重演，而统治者的突击行乐，必将加速帝国的速朽和凋落。

他把批判的笔锋直指统治阶级最高层——这是盛世沉沦的根本。他一口气写下了《过华清宫》三首：

长安回望绣成堆，山顶千门次第开。
一骑红尘妃子笑，无人知是荔枝来。

新丰绿树起黄埃，数骑渔阳探使回。
霓裳一曲千峰上，舞破中原始下来。

万国笙歌醉太平，倚天楼殿月分明。
云中乱拍禄山舞，风过重峦下笑声。

"谦受益，满招损。"这是《尚书》的告诫。史上最强盛的帝国也摆脱不了衰颓之殇。

杜牧那看破红尘的眼睛也看到了这一点。他从一篮荔枝的传奇履历看出了历史的劫难又将在盛唐重演。

"一骑红尘"踏破官道的空寂，它孤独的飞驰扬起了满驿道的烟尘。那飞驰的"一骑"载着一个惊人的秘密！而"千门"洞开，为的就是迎接那红尘"一骑"。

长安的繁华在美人的望眼里次第打开，帝国的淫威在诗人的回望中逼近迟暮。荒淫的笑容里，一篓荔枝无法保持它应有的鲜度，一个朝代无法延续它煊赫的盛势。

帝国的威仪，在"一骑红尘"的飞扬中幻灭成炫目的尘土。周幽王为博得美人一笑，不惜戏弄诸侯，丢掉的是整个江山社稷。唐玄宗为投得贵妃一好，不惜消耗大量的人力物力，丧失了帝国的威严，丧失了臣民的信服，给奸佞之人以可乘之机。

前人的教训我们必须谨记。重蹈覆辙，噩梦即在那妃子未断的笑声中陡然袭来。"霓裳一曲千峰上，舞破中原始下来。"盛唐之盛从此不复存在，化成了无数才俊无奈的怨曲。

盛唐不是被敌人打垮，盛唐的大厦倾覆于唯我独尊者的狂妄自大。

皇家从来都不缺少奢侈品，天下奇珍恨不得一网打尽。

华清宫绝不例外。秀丽堆砌，奢华累叠。即使这样，杨贵妃还觉得不够豪奢，于是有了杜牧笔下的"壮景"巨现！

纵目骋怀

杜牧的目光掠过扬州的风月之后，山水风物，人情世故，成了他诗性人生的又一个焦点。这首《清明》诗为他赢得了更多的受众：

清明时节雨纷纷，路上行人欲断魂。
借问酒家何处有，牧童遥指杏花村。

在胭脂堆中爬出来的浪子薄幸诗人，写出了这首洗尽铅华、轻快明丽、饶有情趣的诗，足见他的诗才之茂，诗路之广。

此诗之趣，一些注家做过多版本的演绎，足见它引人联想，启人心智，给人以丰沛的美感！

一个人久在旅途，困顿，劳累，在所难免。脚步需要暂歇，心灵需要安顿。

恼人的清明雨纷纷不停，令远行之人几欲"断魂"。好在山重水复，柳暗花明，杏花村的酒家挥手可指，举目可及，内心之喜溢于言表。

让诗人的精神为之一振的当然不仅仅是杏花村的酒家，也许还有那如烟似雾、亦真亦幻的烟雨杏花。

那不仅是一个消愁解乏、遣兴释怀的好去处，那也是一个困顿之人最好的精神氧吧！待"断魂"的诗人养足了精神，获足了灵魂的给养之后，他又会兴致盎然、信心满怀地走向人生的下一个驿站。

以前多次读这首诗，多次挥毫泼墨遣兴，还多次站在讲台为学生津津乐道它的妙处。但都一直停留在文字表面的解读。今天再读，颇多感悟。一是时间与背景、环境的特指；二是"欲断魂"的根源所在。

清明是滋生悲情的时节，阴雨是诗人漂泊的背景。一切漫无目的的行走之人，不胜亲情的牵引，不胜季节的阴晦。"清明"既是一个时令符号，更是一个表情时空。

清明年年光临，擦不干眼角的泪痕；梅雨年年如是，行者年年难堪凄清。小杜顺着牧童的指引，走向杏花春雨的酒香，走向酒香四溢的清明，走向热闹旖旎的江南。小杜在我们的遥望里走向永恒。尽管他曾经是一个浪荡子，尽管他曾经不知人间清味。

小杜渴望走进的，是一个艳阳丽日的红尘俗世。

那里杏花载途，酒香漫道，还有熙来攘往、其乐融融的村民，有他一样的风流才俊。

清明的环境，清明的心灵，清明的政治，谓之"清明"。

而现实的"清明",却令人"断魂"。诗人许是借题发挥,借清明这一节令而欲寻得一"清明"的去处。牧童"遥指"的酒家,或许可以暂解一时之需。

是时势之忧,还是借题发挥?重复,老套,却叫人尊敬!以至今天,我们都还能时时嗅到杏花春酒的味道。

在江南的春天漫游,这种惆怅还在烟雨迷蒙中延续。他的《江南春》既让人神往,更叫人失落:

千里莺啼绿映江,水村山郭酒旗风。
南朝四百八十寺,多少楼台烟雨中。

曾经异常强大的王朝,正走向不可逆转的黄昏。小杜流连江南,浪迹青楼,迷恋声色,纵情犬马,消磨斗志,挥霍青春,浪费激情。尽管如此,他仍然把持守住了一个正直文人的良知底线,对日薄西山的现实仍然持一份清醒的认识。

千里莺啼的江南,桃红柳绿的江南,山村水郭的江南,薰风氤氲、酒旗斜矗的江南,一切都似乎未曾改变。江南的柔媚,江南的丽质,江南的声色,江南的姝韵,一切都牵扯着诗人的眼睛,一切又都无法掩饰大唐衰退的影迹。时势被诗人见证,诗歌折射出了诗人灵魂深处的良知、道义与责任。山村水郭,被着上花团锦簇,江山更加妩媚;山寺楼台,被烟雨笼罩,更见迷离景色难掩的颓势。这一切,令心涵万物的诗人惆怅无比。

仅"烟雨"二字,就将江南春色置于一片朦胧,一派混沌,一派颓靡。江南春天的明丽被标注上了时代的印记。时世衰微,在诗人溢美笔意的纵横下,大唐帝国的进程如一幕章节分明的史诗,大唐的国势走向,已进入了"烟雨"迷离的尾声。帝国的前景如暮春的花朵,暮春的烟雨,暮春的天气,一切人力的繁华都无法减缓衰落的走势。南朝，或者更远的朝代，莫不如此。人们想方设法祈求平安，千方百计祈福盛世永昌，仍然无力改变衰败倾覆的命运，改朝易主的劫难。一旦越过华丽的极致，她的风华就已成昨日的风景。夕阳再妍美，她的跌落谁能阻止？

帝国的惆怅在无尽的漫延，诗人的惆怅被烟雨打湿。人为的装点，看上去尽管繁华富丽，迷人眼眉，但现实逃不过诗人的锐眼。南朝遍筑"四百八十寺"的妄愚之举，没有改变其走向灭亡的命运，现世又将是南朝的翻版，厄运不可逆转。小杜因此叹息：多少楼台烟雨中！他告诉世人，这只是表象。潜台词是：连千里江南这样的富丽繁华之地都已走向凋敝，沦陷衰微，整个大唐繁华尽逝、气数竭枯也是迟早的事——大唐的声威，大唐的显赫，早已风光不再。

这些都源于小杜那一个春天的慨叹，源于一个潦倒文人、正直士子对现实的冷眼注视与理性评判。他不仅仅是一个观众，也不仅仅是一个过客。

杜牧虽一介书生，但他"千首诗轻万户侯"，历史总得需要一些人理直气壮地站出来评说。能够从"十年一觉扬州梦"后清醒地看待现实，他没有被现实的迷雾遮蔽。能够就当朝直截了当地提出异议，他需要百倍的勇气。

时局令人忧戚，一贯以逍遥不羁名世的诗人，他的心里不仅仅只有自己。帝国的落幕并不重要，重要的是烟雨迷漫下的遍地苍生。

这里走着一个觉醒的诗人，他的才情，他的无奈，化成了永恒的绝句，深刻地打动了后人。记住他，不仅仅是因为他为我们写下了流光溢彩的文字！

走出迷惘，走出惆怅，小杜走进了秋日的明丽。这首《山行》脍炙人口，令人畅神：

远上寒山石径斜，白云深处有人家。

停车坐爱枫林晚，霜叶红于二月花。

乐观者自有乐观的心境。即使霜染枫叶，山寒云深，他仍能发现生活的爽兴，仍能找到凋敝中的绚丽，严寒中的暖意。

同样的秋色，不同的心境。乐观者从不缺失乐观的源泉。

没有了暮秋的历练与选择，怎会知晓春的繁华与珍贵。

一个行走在古代的诗人，他的眼光独到而睿智，他发现秋天在走向萧条肃杀之前的明艳与绚烂，给人以异常的明净与温暖。时间虽然短暂，了悟即豁然，抓住即安然，享受即欣然。

小杜徜徉在热烈的秋里，眼光飞扬，心情飞扬，心舒神畅。

当我们置身于这个充满温馨的景致时，可能因快意而忽略了秋天呈现给我们的妩媚。

其实，我们都曾与这样的景致相遇，只是被我们粗心地忽视。

其实，自然的律吕是在以其固有的程式运行，我们不能因自身的好恶而责怪自然的特性。

其实，诗人过早就意识到，秋天的暖意太过短暂，接下来的严寒与冷酷太过长久，诗人不失时机地写下了这首暖意洋溢的诗，让我们在奔波劳顿之余体验到了秋天的明丽与热情，让我们有一个晴朗的心情去眺望那一片高远的天宇，以火热的情怀去抵御严冬即将临袭的苦寒。

这一首《秋夕》里，小杜把目光投向了那些被深锁冷宫的宫女们：

银烛秋光冷画屏，轻罗小扇扑流萤。

天阶夜色凉如水，坐看牵牛织女星。

这是诗人的臆想。他以为,生活在重门叠幕的繁华里没有春意的呈现,没有恣情的表达。他武断地以为,一切绚烂与繁华都只是季节与时势的缀饰。殊不知,天阶夜色尽管凄凉,一样有春来花绽的时候,一样有生机蓬勃的呈现。

我们隔着遥远的距离,主观地猜度别人生活在水深火热之中极不可取。谁曾料想,我们也可能就是别人同情、怜悯的对象。把握现在,把握好自己,才是别人了解的基础。

满腹的幽怨都在那痴痴的"坐看"里,溢满深院,溢满通往"天阶"的道路。

他感到,满世界都充满了寒意。他的心失去了温暖的搏击,他的血失去了激荡的动力。

"坐看"天宇,月光和星光,都是冷的。

这个世界,还有什么值得期待,还有什么值得念想呢?

登上曾经繁华一时的乐游原,小杜写下了《将赴吴兴登乐游原一绝》:

清时有味是无能,闲爱孤云静爱僧。
欲把一麾江海去,乐游原上望昭陵。

登高纵目,西望昭陵,小杜即刻想起眼下衰败的国势,想起自己闲静的处境,即刻深感生不逢时,他的悲叹唤起了千古读者的共鸣。

登上乐游原,不望皇宫城阙,也不望其他皇陵,他独望昭陵(陵唐太宗李世民的陵墓)。唐太宗是我国封建王朝杰出的皇帝。他建立了大唐帝国,文治武功,煊赫一时;他知人善任,唯贤是举,是唐朝走向强盛的关键所在。其心亦忧,其怀至诚。清明盛世,他独享清平;潜流暗涌,他忧国忧民。人间的忧患使他不得安宁,即使此刻登临览胜,亦忘不了"先天下之忧而忧"。

这样的人,永远难有内心的安顿。内心无法安顿,在亲朋好友那里,或许能够找到一些寄托:

江涵秋影雁初飞,与客携壶上翠微。
尘世难逢开口笑,菊花须插满头归。
但将酩酊酬佳节,不用登临恨落晖。
古往今来只如此,牛山何必独沾衣。

——杜牧《九日齐山登高》

山水投影,心灵明净。难得潇洒走一回,就该彻底地投入。

人生有太多的苦难,甚至不可预测。我们要拿得起,放得下。"尘世难逢开口笑",人生在世,苦多乐少,如此困境,很少有人能够自得超脱。

所以,尽管眼前的景色如此明丽,秋色如此爽朗,恰逢佳节,正该登临,诗人的快意很快就被忧困赶尽。

"古往今来只如此,牛山何必独沾衣。"理智终要突破困境的包围。诗人明晰,时光与生死是最公平的,不因身份差异、地位高低而恩泽有异。即使是自命不凡的"天子",亦仍有凡人一样的忧戚。

所以,每逢佳节,与知交登高,与好友对饮,即是人生的乐事,即使出点格,放纵一回,也是情理中事。"菊花须插满头归",丢掉包袱,极尽欢娱,才对得起眼前的景致,才对得起自己,也才是最强硬坚实的道理。

这是唐宋文人的风雅与时尚——拈花一笑,插花满头。可见,对花的钟爱并非女人的专利,对美的追求男女平等。唐宋爷们的洒脱跃然眼前,没有矫情,没有矜持,没有顾忌。他们坦荡而自如地行走于江湖，他们磊落率真地酩酊大醉于山野。他们懂得，该拿起的时候要当机立断，需放下的时候应泰然处之。即使流泪，也要流到该流之处。因为，日之升沉，月之盈亏，不以我们的意志。当一个人的抱负无从实现时，洒脱无碍地活着，就是他们拈花一笑、插花满头的全部理由。

男人亦是自然的一部分，他们不能开出璀璨的花朵，他们的笑却为这个世界增添了自信的色彩，释放了快乐的因子。

现在，当我们为生活所累、为世情所困的时候，又有几人能如他们一般地坦然与豁达，率意与本真？

欢乐的日子总是过得太快，好在诗人早就有所准备，不如就此昼以继夜，欢乐长享。

难得洒脱，现在还有多少人能达如此境界？还有多少人能这样无牵无碍地走进自然，亲近自然呢？"但将酩酊酬佳节"，如此这般，岂能不醉？

杜牧晚年居住在长安南面的樊川别墅，一生故事颇多的他在这里平静地走到了生命的终点站。多少风花雪月的绯色故事也就此打住，而有关他的各色演绎依然在民间里巷蓬勃不断地衍生！

许 浑
满天风雨下西楼
——他的悲情打湿了每一首诗

只有哀歌

许浑不愧晚唐一大家。五言、七言都在行,题材呢,纪游、怀古、赠别都能精到地呈现,而且还颇有些佳句,至今读来,依然韵味绵长,口齿生香。

"书中自有黄金屋,书中自有颜如玉。"父母不知疲倦地在许浑的耳边唠叨,使他过早地就深谙知识改变命运的道理。因而,年少时发奋读书,费心劳神,以至严重地损害了健康,落下"清羸之疾,至是以伏枕免",也严重地影响了他的仕途生活。没办法了,只得辞官退居老家润州丹阳(今江苏丹阳),在丁卯桥住下来,静心凝神,自编诗集,干脆就命名为《丁卯集》。

许浑尽管身体羸弱,不能健步而行,但他的心理并不残损,竟还有些浪漫且非分的想法。

孟棨《本事诗》中说,许浑曾做过一个美梦。在梦里,他登上了一座高山,山上云雾缭绕,楼台殿宇,若隐若现。找人一问,才知这就是昆仑山。许浑特兴奋,嘴里直嘀咕:这不是仙人居住的地方吗？他赶紧往前走，不一会儿，就看到一群仙人正在大摆宴席，好不快活。有个仙人见许浑痴痴地站在一边，很是羡慕，就招手邀他过去，一同分享。宴会一直持续到傍晚。这时，一个美艳的仙女走过来，拿出彩笺，让许浑吟诗一首。看到有仙女求诗，许浑一兴奋，诗没做成就惊醒了。一下子从飘渺的仙境跌落到有些龌龊的现实，许浑很是郁闷，憋了半天，才做成了这首诗：

晓入瑶台露气清，座中惟见许飞琼。
尘心未尽俗缘在，十里下山空月明。

许浑一直闷闷不乐地打发日子。日有所思夜有所梦。这天夜里，他又一次梦游昆仑，再次与那美人相遇。一见面，美女就直问："你怎么把我的名字传到人间去了？"许浑连连道歉说："多有冒犯，那我就改一句吧。"当即把第二句改成了"天风吹下步虚声"。补救已经来不及了，许飞琼的神话故事早在人间流传开来，后来竟演变成了古典文学中的一位知名仙女。

许浑因此拿这子虚乌有的梦来炫耀说："你们看，你们看，我的诗写得多好，连天上的神仙姐姐都在梦里来求我作诗了。"梦里的那些尴尬事被许浑全抛在了九霄云外。

时人喜欢许浑的诗，且从他的诗里找出了一个"显著"特征，评价说："许浑千首湿。"比如这首《秋日赴阙题潼关驿楼》：

红叶晚萧萧，长亭酒一瓢。
残云归太华，疏雨过中条。
树色随关迥，河声入海遥。

帝乡明日到，犹自梦渔樵。

"酒""雨""河""海"等一大堆字都与水相关，在诗句间澎湃不息。看来，即将眼见的京城的繁华并不能打动他，还难以抓住他的心。他颇为惆怅地说：在梦里，我依然还在故乡过着那简单的渔樵生活。

许浑颇有影响力的诗当属这首《金陵怀古》：

玉树歌残王气终，景阳兵合戍楼空。
松楸远近千官冢，禾黍高低六代宫。
石燕拂云晴亦雨，江豚吹浪夜还风。
英雄一去豪华尽，惟有青山似洛中。

英雄一去，繁华落尽。

江山因英雄一去而豪华凋落，盛概不再；山水因诗人的存在而钟灵毓秀，丰仪万种！

唐宋的大家们都爱拿金陵的过往追古喻今，说事抒怀。仿佛，金陵成了一代代诗人的赛诗场。王珪、司空曙、刘禹锡、王安石、周邦彦，他们纷至沓来，不由自主地加入到以"怀古"为话题的诗会。历史的兴废更替，人生的周遭际遇，都成了他们歌吟不竭的主题。

许浑也不例外，虽然自己倒有点身份（做过刺史），声音有些低微，诗名有些黯淡，但诗人仍然毫无怯意地加入到了这场诗歌的盛会中来。

许浑尽管身体孱弱，眼光却比较好使，穿越重重历史烟云，他发现，盛衰都一时，吴、东晋、宋、齐、梁、陈，来了又去，走马灯似的，都在复制同样的命运。这不是，许浑之后，五代的南唐、太平天国，还有近代的民国政府，都在金陵这里上演兴起与覆没的悲剧。而故事的主人呢？同他们苦心经营的朝代一样，都逃不脱沉沦更替的命运。

"英雄一去豪华尽，惟有青山似洛中"。青山依旧在，只是繁华尽。许浑不胜感慨。在他的感慨声中，大唐帝国的煊赫光影正一步步迫近幽暗的黄昏。《唐诗鼓吹》里，明人廖文炳解释说：

此感六朝兴废也。首言陈后主专事游宴，至于国亡，而玉树之歌已残，王气亦已尽矣。隋之韩擒虎将兵入陈，而景阳戍楼，已成空虚，但见松楸生于千官之冢，禾黍满于六代之宫。冢殿荒芜，霸图消灭，良可惜也。自古及今，惟石燕飞翔，江豚出没，景物常存耳。若英雄一去，豪华殆尽，不复再留，岂有能若青山之无恙哉？

青山依旧，而繁华落尽；英雄一去，而王气终结。这正是诗人凭览金陵故城而不胜伤感的根源所在。刘禹锡在此前也有过同样的感慨：

王濬楼船下益州，金陵王气黯然收。
千寻铁锁沉江底，一片降幡出石头。
人世几回伤往事，山形依旧枕寒流。
今逢四海为家日，故垒萧萧芦荻秋。

"山形依旧枕寒流"和"惟有青山似洛中"，"金陵王气黯然收"与"英雄一去豪华尽""英雄"所见，岂止略同。无论是许浑眼里的亦晴亦雨，海浪江风，还是刘禹锡眼前的寒流滚滚，芦荻萧萧，述说的，都是盛衰轮回，人力难阻。

伤逝难已

许浑对历史盛衰过往的伤痛与感慨并未就此打住,他羸弱的生命一直有一股强大的力量在不息地奔流。这就是他对时世的关注与伤逝。

因此,山水故物,时时会激起他的忧国忧民之心。在这首《咸阳城东楼》里,许浑的忧戚感再次在悲风山雨中奔腾而来:

一上高城万里愁,蒹葭杨柳似汀洲。
溪云初起日沉阁,山雨欲来风满楼。
鸟下绿芜秦苑夕,蝉鸣黄叶汉宫秋。
行人莫问当年事,故国东来渭水流。

世事催迫,车轮滚滚,谁也无法阻止。哪怕下一刻就要倾覆。

"古来万事东流水",一切的沧桑变故,都是历史的必由路径。

因而,当许浑登高凭远之际,内心泛起的仍然是江山颓败之忧,家国兴衰之愁。曾经的波澜壮阔,曾经的轰轰烈烈,都寂灭于衰草,湮灭于废墟。

于是,他感叹道:

一登上这高高的咸阳西楼,心中便涌起无边的忧愁;眼前蒹葭苍苍、杨柳堆烟,就像云水迷濛、沙洲萋萋的故乡。磻溪之上暮云渐起，慈福寺边夕阳西落；骤起的凉风满布西楼，一场山雨眼看就要来了。鸟雀仓惶，逃入禁苑的绿丛；寒蝉悲鸣，躲在深宫的枯桐。羁旅于此的人，还是不要追问前朝的往事吧！秦汉故址上，只剩下滚滚渭水还像昔日一样，不息地东流……

自己虽然为过去而惋惜，但历史不可重来。也别太高估了自己的能量，自己也仅仅是万千过客中的一个。

渭水东流，乡路渺杳，自是一种无奈在心头。

公元849年，诗人任监察御史，大唐的锦绣绚烂只给许浑留下了华丽的余辉。这个秋天的傍晚，他信步登上咸阳古城楼，只见太阳西沉，乌云滚滚，疾风阵阵……思乡之愁立刻涌上心头，吊古伤今之慨再一次激荡起无尽浪潮，遂得此诗。

谁能改变历史的盛衰兴废，谁能远阻忧愁的侵袭，谁又能改变沧桑的结局？正是乡愁万里，情系千秋。往事不堪回首，唯见渭水无言东流。咸阳古城楼上的那个孱弱的身影即刻跌入黑暗，却随了这首诗一直高矗至今。

在洛阳，许浑仍然没有忘记要登高一望，他写下了《登洛阳故城》：

禾黍离离半野蒿，昔人城此岂知劳？
水声东去市朝变，山势北来宫殿高。
鸦噪暮云归古堞，雁迷寒雨下空壕。
可怜缑岭登仙子，犹自吹笙醉碧桃。

登上洛阳故城，这一次在许浑眼前招摇不止的是，夹杂在稀稀疏疏禾黍当中的丛丛簇簇的野蒿，还有在凄怆笙歌中无主摇摆的碧桃。暮云横飞，归鸦乱噪于破败的残垣断墙；寒雨迷茫，去雁在废弃的城壕上迷失了方向。

王朝远去,陈迹横亘。俯仰今古,兴废都是寻常事;感慨难已,山河苍凉难掩本已衰败的颓势。

这是一个忧国忧民的诗人,山河陈迹,留给他的总是难遏的悲戚。朝代的衰颓在诗人心里投下了浓重的阴影,友人的别离,同样令他心怀如鲠。《谢亭送别》就是其代表作:

劳歌一曲解行舟,红叶青山水急流。
日暮酒醒人已远,满天风雨下西楼。

当年,前辈诗人李白面对谢公亭时写道:"谢亭离别处,风景每生愁。客散青天月,山空碧水流。"在此反复上演的离别,使当年胜迹染满悲愁。时间走到了许浑这一刻,他依然避不开黯然别离这一难解的课题。

友人已去,留下了无尽的惆怅,"满天风雨"言愁怀难释,对景难排,只能无言独下西楼。好在诗人是在一场酒醉之中挨过了离人别去的难舍时光,不然,就着这"满天风雨"独自怎挨得到天黑!"红叶青山水急流",去者早已远去,留者独对风雨,独饮悲愁。

仅一场小醉的工夫,有情之人已远隔天涯;一场小醉的功夫,主人已不堪离别的滋味。一场小醉的功夫,许浑的离愁就如此这般地弥漫了千年浩瀚的岁月,青山依旧,流水仍急,斯人何在?

西楼也好,南浦也罢,都不是黯然销魂的根源。是那深植彼此心中的那一份真挚的情意,让人难释窜满心头的别恨。

读过许浑的几首诗,才知道,这个身体孱弱的诗人的确没有过上几天舒心的日子。他强大的内心里,翻滚着奔腾不息的潮声——为英雄而叹,为时代而悲!

真是:英雄一去繁华尽,哀歌千首无奈湿!

李商隐
此情可待成追忆
——总难了断一世情

总是背运

李商隐这个迟到者，就着夕阳残照，把唐代诗歌推上了又一个高峰。他跟杜牧是表兄弟，两人合称"小李杜"。他又与李白、李贺合称"三李"。毛泽东闲暇之余喜爱阅读唐诗，他十分喜欢"三李"的作品。据统计，毛泽东圈点过的唐诗约六百首，"三李"的诗就约占三分之一，李商隐的诗被他圈阅过三十余首。他常常拿"三李"的诗作为书法内容不说，自己吟诗的时候，还不由自主地借鉴、化用了他们的诗句。

同与他比肩的小杜相较，李商隐也同样故事多多。不同的是，李商隐的故事没有杜牧那么花，那么艳，那么抢人眼球，更多的是恣肆的悲情。

李商隐生于河南荥阳（今郑州荥阳），到他这里，早已家道衰落。尽管到了晚唐，出于文人的良知或者责任，一般士子的内心依然深藏着一个济世梦。涉世之初，李商隐还算幸运。在他十九岁的时候，因其文采出众，深得太平军节度使令狐楚的赏识，招他为幕府巡官。令狐楚写得一手好骈文，想让李商隐继承其衣钵，就将骈文之法一股脑儿地传授给李商隐。要知道，写骈文可不太容易，文法以外的功夫特别重要。这就是典故的运用，必须博览群书，通古晓今。令狐楚之所以这样卖力地培养李商隐，是打算以后把他推荐给皇上，以便顺利进入宰相的候补梯队。李商隐为表达对令狐楚的感激之情，写诗道："微意何曾有一毫，空携笔砚奉龙韬。自蒙夜半传书后，不羡王祥有佩刀。"踌躇之志，满纸充盈。

有了这一层扎实的铺垫，二十五岁时，李商隐顺利及第，取得了入仕的通行证。李商隐正准备大展宏图的时候，不料，令狐楚去世了，他失去了最坚强的依靠。

令狐楚精心地将作文之法传授给李商隐，却没有教他该如何走上官场，该如何去应对官场上的波诡云谲。结果呢，李商隐一走出令狐家的大门，就掉进了官场的陷阱。这一跤摔得不轻，影响了李商隐的一生。

泾源节度使王茂元爱其才，不仅把李商隐招到自己的幕府做秘书，还把自己的女儿许配给了他。看似好运连连，实是一生厄运的开始。当时，权臣间争权夺利，矛盾十分尖锐，出现了著名的牛李党争。连皇帝都觉得是一件十分棘手的事情。这两派的领军人物分别是李德裕、牛僧儒，他们各自纠集了一大帮实权人物。令狐楚站在牛党一边，王元茂则是李党的干将。李商隐一下子陷入两难境地，两边不是人。牛党指责他忘恩负义，李党看不起他，认为他严重缺失读书人应有的骨气。《唐才子传》这样表述："士流嗤谪商隐，以为诡薄无行，共排摈之。来京都，久不调。"他的选择招来众人叱责。看来，仕途晋级是没有指望了，没办法，李商隐只得灰头土脑地离开长安，到广西等地做了几任小官。

李商隐做官十分廉洁，《唐才子传》说："商隐廉介可畏，出为广州都督，人或袖金以赠，商隐曰：'吾自性分不可易,非畏人知也。'"有人把金子藏在衣袖里要送给他,李商隐断然拒绝。来者以为他害怕外人知晓,就说:"别担心,不会有人知道的。"他说:"我的天性如此,并不是担心他人知晓。"李商隐的耿介如此,料想,他即使不掉进牛李党争的政治漩涡,他既不站队,也不同流合污,在官场也难有大的作为。李商隐见官场没有出路,就主动辞职,去过他的闲居日子。

后来,李德裕当了宰相,得到了武宗的充分信任,几乎大包大揽了朝廷的所有大事。李商隐以为晋升的机会来了,他踌躇满志,积极支持李德裕的政治主张。然而,命运弄人。李商隐重入秘书省不到一年,偏偏在这个节骨眼上,他的母亲去世了。按惯例,他必须离职回家,守孝三年。这就意味着他不得不放弃跻身权力高层的绝佳机会。三年后,武宗去世,李德裕失势,李商隐再次失去政治依凭。之后,他的岳父王元茂在讨伐藩镇叛乱时病故。王元茂身前没有凭借自己的势力为李商隐拓展政治空间,岳父的去世,无疑使李商隐最后的希望化成了泡影。此后,他一直在幕府间游离,做过几年县尉,慢慢耗尽了他的政治热情。再后来,武宁军节度使卢弘止邀请李商隐前往徐州任职,卢弘止是一位极有潜力的官员,李商隐又看到了仕途晋升的一线生机。不到一年,厄运再次降临,卢弘止病故,李商隐不得不另谋生路。

没过多久,李商隐的妻子病逝。仕途坎坷,家庭变故,对李商隐这个才俊来说,无疑是双重打击,痛苦煎熬。

不久,李商隐又带着痛苦上路了。应西川节度使柳仲郢的邀请,到偏僻的西南边地任参军之职。这一时期,李商隐一直身怀歉疚,写下了这首著名的《夜雨寄北》:

君问归期未有期,巴山夜雨涨秋池。
何当共剪西窗烛,却话巴山夜雨时。

这是穿越时空的思念。一个优秀的男人，为了家庭，为了事业，他愿意远走天涯，行走四方；他愿意忍受孤行的寂寞，愿意吞咽创业艰辛的苦果。

但是，他不愿意让自己的妻子独受委屈，不愿意她独对孤灯，独听夜雨到天明。

一则小诗，一声告慰，一怀深情；一则小诗，一份畅想，一份憧憬。

因为，除了事业，家庭依然是一个男人的责任，家庭依然是他另一个肩头需要坚强扛起的担子。

他劝慰妻子，要抛开相思的苦恼，抛开寂寞的袭击，即使暂时不能在一起，也要一起分享相聚的温暖，厮守的甜蜜。一起期待重逢的欣喜，团圆的温馨。

到那时，再同坐西窗，共对夜雨，过去的那些个难耐的苦楚，都成了今天最美好最有滋有味的回忆。分别的艰辛，寂寞，被此刻的温暖抵消，被共处的幸福融解。

这是一封家书。一页尺素，或者一枚彩笺都不重要。那页小小的纸片穿越万水千山，穿越朝风暮雨，终于抵达他的手中。再说，这封家书本身就子虚乌有，仅是诗人怀人寄意的假借而已。

你问归期，归期无期。案牍劳形，公务缠身，仕途坎坷，由不得自己。

眼前，秋雨含愁，在窗外一直悲泣地倾诉。那干涸的池塘也蓄满了秋水，蓄满了悲戚。

"何当共剪西窗烛，却话巴山夜雨时。"用一寸一寸的思念接近你，抵达你，遥想你现在的模样，遥想相逢的情景。那时，虽然不可能有动人心魄的热烈，却有缠绵温馨的持久。

心愿是否已了？诗句太短，情意太长。短短的诗行承载不了思念的分量。

谁不希望"永忆江湖归白发，欲回天地入扁舟"（《安定城楼》），功成名就，然后归隐江湖，过他逍遥自在的日子。却因为一场婚姻，埋葬了他先前的雄心壮志，断送了他的美好前程。这，并未因此减轻他对妻子的爱恋。恰恰相反，正是对爱情坚守的力量使他跨越了生命的苦寒，正是这持久的守望使他可以顺利抵达爱的春天。

思念是每一人的私事，不管这首诗是寄内还是写给友人，那相对话别的温馨、秉烛而谈的意境总是叫人神往。这深切的思念，即使在梦中也让人无法自持。"何当"一语道破了天机，思念难有企求的结局。而奢想，恰巧可以疗治诗人心灵的伤痛。即使思念如猛涨的秋水。

在四川梓州的四年幕府生活里，李商隐无欲无求，在平淡中打发时光。后来回到京城，又做了两三年小官，便辞官回乡。公元858年冬天，总是背运的李商隐病故了，却留下了无数的难解之谜。这就是他写下的众多无题诗，以及围绕着他的那一大堆说不清道不明的爱情悬疑。

此情惘然

李商隐标明《无题》的诗多达十五首，此外，还有一些诗取首句前两字为题的，如果也归入"无题"诗的范畴，多达近百首。最著名、最有争议的莫过于下面这首《锦瑟》：

锦瑟无端五十弦，一弦一柱思华年。

庄生晓梦迷蝴蝶，望帝春心托杜鹃。

沧海月明珠有泪，蓝田日暖玉生烟。
此情可待成追忆，只是当时已惘然。

当花团锦簇成为香艳的残片，当华美的盛典已经曲终人散，只有他独坐寂然，只有他独饮这残存的忆念！

当盛宴已经谢幕，当迷幻已经清醒，当丰艳已经风干，当美好已经幻灭，再怎么追忆都是惘然。

也许诗人所忆正是他在《闺情》中所说的"春窗一觉风流梦"吧。

这挥之不去的记忆残片，如纷坠的花瓣，漂浮的云烟，迷蒙的月色，梦幻的蝴蝶，凄美的杜鹃。诗人迷惘的伤感，无奈的恍惚，是追忆逝水华年？还是回味青春艳遇？我们可以期想，却无法决断。这就是诗人留给我们的"李氏魅力"和"假想空间"。朦胧，迷离，凄美中的不确定，成了这类诗歌共同的风流意蕴。

锦瑟"无端"为什么偏偏是五十弦呢？没有缘由，也无法道出缘由。可是，它的一丝一弦却勾起了诗人莫名的惘怅，恍惚的失落，迷惘的伤感。"锦瑟无端"，伤逝无端；锦瑟流韵，追悔无极。"无端"即偏偏，没有来由。为什么不多不少"五十弦"呢？"五十"这个数字意味着什么？诗人为什么独为"五十弦"而引发感叹，抒发愁怨？"锦瑟"为什么偏偏要在这个时候响起？弹奏的曲子为什么偏偏在不可遏止地怨恨年华流逝？我们隐隐约约感到，盛会远去，诗人也华年已逝，青春不在，情爱成空。一切都已经不可逆转。那令人感动、引人念想的"华年"如庄生梦蝶一般如梦如幻，飘渺如烟。美景迷离，佳事已远，都化着了今天难以释怀的追缅。

这一切，都是这一场不着边际的伤感、追悔的缘起，诗人的寻觅、追悔和无助，由此奠定了伤逝的基调。

可惜，可叹，怪只怪自己没有在那些个美好的时刻痛痛快快地消遣，真真实实地拥有。"惘然"呀，诗人陷入了刻骨铭心的伤感之渊！这种刻骨铭心的伤感，如挥不去的云烟，浓浓地笼罩在读者的心里，幻化成一种无力清除的愁郁，无法解开的郁结！

"华年"的流逝不可逆转，当我们拥有的时候，切不可熟视无睹。待到已"成追忆"的时候，一切都已经晚了。纵你用尽千般之法，也无法力挽狂澜！"惘然"也"枉然"！

"无端"锦瑟为什么偏偏是五十弦呢？回眸来路，原来，锦瑟之上的一弦一柱都有令人难忘的故事，都叫人无限留恋，都叫人牵牵绊绊。多少青春芳华在当年的懵懂与孟浪中错失，走得那样匆忙，那样坚决，那样不留余地。

沧海苍苍，沧海茫茫。明月高悬，指引着人们去追念过去的时光。即便鲛人的眼泪孕育了光洁圆润的明珠，追念的东西却已成过往，只能激起追念人心中更深更浓的哀愁。此情此景，成了消磨岁月、打发流年的唯一。只怨当初的无知，当初的奢华。现在陷入了无助的悔恨，只当是为曾经的幼稚付出了惨痛的代价，交付了终身的遗憾。

青春，爱情，亲情，友情，这些世间的珍宝，在我们曾经拥有的时候，竟不知道如何去珍惜。这是成长的代价，成长的艰辛，以及必经的过程。

人生即是如此，当局者迷。待你发现，早已成过去。要我们把握眼前，把握机会，善待自己，善待他人，善待生活中的一切美好。

追忆是一种彻骨的疼痛，而且无药可救！

一切都已发生，一切又都不可能重新来过。诗人决堤的思绪在自由地奔流，毫无阻滞地泛滥。一连串的幻景如蒙太奇，累牍而至，击打着诗人的心壁，冲决着人们的心宇。

李商隐是朦胧诗的开山鼻祖，《锦瑟》是其代表作。历代注家的解释颇多，以至于越解越让人迷惑。

一首诗的旨髓为何，除了诗人自己，其他人都只能凭借诗歌呈现的蛛丝马迹和读者自身的悟性而思之悟之，一读一获足矣！说得太清楚，讲得太明白，于读者，无异于吞白开水。

小李徘徊于相思的歧路，踟蹰于悔恨的迷径，渴望能找到一把钥匙，却找不到那扇通往豁然的门。这是失路人的哀曲，这是怅惘者的悲歌。情感无寄，相思无依，迷惘的诗句里，只有诗人孤独的影子在不住地徘徊，不住地寻觅。

生命的逝去，爱情的终结，我们都无法掌控，我们都是红尘中的失路人。

他伤感的影子洒满他走过的每一条路径，留下绝望的迹痕，让我们无端地伤神。

"此情"看似"可待"，实则"惘然"。因为，一切都成了定局。"惘然"是一种情绪状态，自失是一种情感体验。"可待"仅是一种被动的选择，一种暂时的心灵慰籍。更多的时候，是陷入无休止的"追忆"。

那些"华年"往事，如锦瑟的奏鸣，华美的音符在弦上灵动地跳跃，那入耳入心的旋律最终都会散去，而留存心底的"华年"往事，又总是一次次地登陆心灵的海岸，潮汐无尽，惘然不止。

这就是李商隐留给我们的"追忆"。

因为情绪无力把握，所以"惘然"；因为情感没有着落，所以自失。人生，命运，爱情，包括没有终点的伤痛，皆是如此。

小李的痛苦无人能知，因而，他的诗隔着重重迷雾，使我们无法长驱直入地抵达"柳暗花明又一村"的意境，无法为他的痛苦找到一个偏方，开出一剂良药。

多情总自伤，无计可消除。风月不谙情，清辉彻夜明。晓看天涯路，幽草独自萋。我辈徒费神，绿意漫征程。一切景语皆情语，一切感伤皆有因。于是有了《锦瑟》，有了那些至今"无解"的无题诗。

小李生活在他自设的世界，我们行走在滚滚漫漫的红尘里。任何阐释都无法直抵谜底，这是一个难堪的结局。

再看这首《暮秋独游曲江》：

荷叶生时春恨生，荷叶枯时秋恨成。
深知身在情长在，怅望江头江水声。

离恨竟笼罩了整个人生，怅望江头，怅听水声，这是"他"唯一能做的。

李商隐在很多诗里施放了迷惘、感伤、无奈的"烟雾"，弥漫得让人心碎，回旋得不能自已，以致于惘然神迷。只有把李商隐理解为一个真爱纯情的追寻者，一个逝爱失恋的凭吊者，我们就不难理解他的"伤逝迷情"了。

"曾因酒醉鞭名马，生怕多情累美人。"（郁达夫）其实已经深陷其中，他还故作浑然不知。

据说，李商隐早年曾苦恋过一个女道士，也还有其他的恋爱经历，都没有结果。他的妻子又在他三十九岁时去世。

爱得深，痛才切。再加上政治上的失意，就有了这种迷惘虚幻的独特诗风，一阵迷惘，李商隐竟成了朦胧诗派的鼻祖。

迷惘到底

李商隐在《无题》的旗帜下,还有很多精彩的吟唱:

相见时难别亦难,东风无力百花残。
春蚕到死丝方尽,蜡炬成灰泪始干。
晓镜但愁云鬓改,夜吟应觉月光寒。
蓬山此去无多路,青鸟殷勤为探看。

李商隐在《北青萝》里说:"世界微尘里,吾宁爱与憎。"这是一个被相思燃烧到极致的苦吟者。他曾这样形容自己:"一寸相思一寸灰!"用这一句诗来诠释前面一首诗,再恰切不过了。

相见时难别亦难,别时再忆相见欢。春蚕亦苦春光短,蜡炬幽幽泪涟涟。

明镜不能留住春光,明镜不能定格春华。月光在寻找她的归路,月光不知道下一步的走向。蓬莱太过虚无,无法解答我们的疑惑。青鸟虽然殷勤,无法预知我们即将走过的道路。

因此,诗人陷入迷离,诗人无能为力,不知何去何从,只得无奈地替自己的诗章命名为《无题》。其实,他根本就无暇也无心去考虑如何命名。他的彷徨可想而知。他在感情的十字路口徘徊,了悟,终于知道,世间不是所有的努力都能走到预期的结局,并获得相应的回报。

他的迷局,他不能消除,不能打破。因而,让千年以来的解读者费尽心力。一如青鸟的殷勤，虽然她很努力，也难找到那人的去处。诗人因此难以坦然地面对别离，相思，还有匆匆的流年。

相见难，别更难。这是包括李商隐在内的众多文人的共同体验。在他们一次又一次的浩叹之后，催生了无数别恨的诗篇，让今天我们这些见易别更易的人，去复习他们曾经的疼痛与坚守。

如果这种离别又恰值东风正暖、百花欲残的暮春时节，则愁绪更浓，别恨更深。

因为，彼此相知，彼此忠贞。爱恨情愁早已根深蒂固地深扎心间。相思如蚕，生命尽，思未尽；相思如烛，肉身损，泪犹在。这是山无陵、江水竭的爱情誓言的唐朝版本。

因为，朝夕更替，春华秋实，青春总是短暂的。对镜自顾，对月沉吟，都抹不掉，止不住流年的逝痕。

为了不辜负青春，不背叛爱情，只有遣青鸟探看，以暂了心愿。

结果呢？结果呢？我们的追问没有答案。

爱而不得，思而不见，是痛苦的根源所在。

爱得彻底，不惜以生命相托。因而"春蚕到死丝方尽"，因而有"一寸相思一寸灰"。

不可逾越，无法抵达，难以遏止，是李商隐无题诗凄美怅惘的根源。我们或许可以从下面这首《无题》诗里寻得一些蛛丝马迹：

昨夜星辰昨夜风，画楼西畔桂堂东。
身无彩凤双飞翼，心有灵犀一点通。
隔座送钩春酒暖，分曹射覆蜡灯红。
嗟余听鼓应官去，走马兰台类转蓬。

这又是一场精神"沦陷",心灵"迷失"。

"来是空言去绝踪"(李商隐《无题》),连诗人自己都找不着北了。伤逝,无奈,成了铁定的主旋律。

昨夜,星光灿烂,夜风和暖。昨夜的爽兴、快意自不待言。以至第二天醒来都还让人留恋。无论是画楼的西畔,还是桂堂的东面,欢乐的足迹还在那里穿梭、流连。

一夜贪欢,早晨醒来,留下的是无以自拔的寂寞。只恨没有驾风长翔的双翅,不能比翼齐飞。万幸,彼此还心有灵犀,一呼一应,心灵共振。

叹只叹,为了功名,或者为了基本的生活,不得不"听鼓应官去"。

别离,不可抗拒。命运,不能自己做主。

悲恨相续,好在有美好的回忆留存心底,是一剂舒心活血的良药,在"走马兰台类转蓬"的日子里,可以疗治悲怆的心痛,温暖苍凉的心境。

这或许是一场"见不得阳光"的错爱,在错误的地点,错误的时间偶遇了他自认为"对"的人——心意相通,心性相随。

昨夜是一场难以忘怀的欢聚,今天不得不"应官"而去。"走马兰台类转蓬"的现实着实令人难堪。

现实没有为小李打开一个通往光明的出口,小李只能行走在没有尽头的隧道里。幽暗,深邃,一如没有终结的忏悔,让人心碎,无以自持;让人失落,似在无底的渊域无休止地飘浮,沉沦。

欢欣多么短暂,也许就是一炷香、一曲瑟、一阕歌的工夫。欢宴散去,相思就没了尽头,追悔就没了边际。

负心更甚,犹如潜逃的罪人。

现实异常残酷,内心格外繁华,酿成了李商隐翻卷不息的苦海情涛,看这一首《无题》:

来是空言去绝踪,月斜楼上五更钟。
梦为远别啼难唤,书被催成墨未浓。
蜡照半笼金翡翠,麝熏微度绣芙蓉。
刘郎已恨蓬山远,更隔蓬山一万重!

还是伤别。

"已恨"已远,"更隔"蓬山万重。有情人已在天涯,佳期渺杳,相会难再。有的,只是绝望;有的,仍是无尽的追悔。读他下面这首《风雨》诗,距我们直抵谜底或许又缩短了一大段距离:

凄凉宝剑篇,羁泊欲穷年。
黄叶仍风雨,青楼自管弦。
新知遭薄俗,旧好隔良缘。
心断新丰酒,销愁又几千。

"新知遭薄俗,旧好隔良缘。"小李的悲愁根源,这或许就是答案。"春心莫共花争发,一寸相思一寸灰。"(李商隐《无题》)相思难已,与春共生,随花同灭。那些灿烂的诗章乃心血所凝,生命所聚。

懂得面向未来,懂得将来该怎样生活,幸福就像穿透黑夜的太阳,明天照常升起!李商隐愿用一生的时光去坚守,去等待,显见诗人对爱的尊重。这样付出,看似没有结果,他认为值得!

小李之诗虽不及其他诗人的诗易解,但他创设的语境却让人钦羡不已，其诗主题的"多解"性，不确定性，正是小李之诗的魅力所在。

千载之下，我们今天的朦胧诗人能不能谦虚一点，去向我们的前辈淘金呢？而现实却偏偏不令人乐观，有的人甚至自生反骨，要将那些声名卓著的前辈彻底颠覆，先是李白，后是杜甫。

壮怀难泯

在我们的印象里，李商隐一直都是个"迷惘人"，为爱所困，为情所苦；一直都是一个倒霉鬼，落魄人。但是，他仍然有铮铮傲骨，仍然有一颗不甘寂寞的壮士心。且看《安定城楼》：

迢递高城百尺楼，绿杨枝外尽汀洲。
贾生年少虚垂涕，王粲春来更远游。
永忆江湖归白发，欲回天地入扁舟。
不知腐鼠成滋味，猜忌鹓雏竟未休。

字里行间，缠绵温情难掩壮怀奇志。

一个怀才不遇、整天闷闷不乐、郁郁寡欢者，他单薄的皮肉下竟包藏着钢筋铁骨。一想起功业，一想起报国，他柔弱的躯体就会迸发出巨大的能量。贾谊、王粲这些史上著名的少年才子，成了他追慕的精神偶像，只待功成，就"永忆江湖归白发，欲回天地入扁舟"，像李白所期求的一样，以天下为己任，惠泽苍生，造福万民，然后功成身退。

可惜，现实残酷，"忍剪凌云一寸心"（李商隐《初食笋呈座中》）！本来期待自己能够像新笋那样，以白云的高度自许，不料，刚刚破土，就成了显贵们的口中鲜！一个渴望挺立的生命，命运何其残酷。但"我心依旧"，坚持依旧。

对待历史，李商隐有他自己的见解。在《马嵬二首》里，他说："冀马燕犀动地来，自埋红粉自成灰。君王若道能倾国，玉辇何由过马嵬。"美貌不是恒久的依凭。李商隐对过去的"定论"提出了挑战，对统治者的本质提出了质疑。

他的《贾生》独辟蹊径，特意选取贾谊自长沙召回、宣室夜对的情节为诗的选材。汉文帝当年郑重求贤，虚心垂询，推重叹服，乃至"夜半前席"，不是为了询求治国安民之道，却是为了"问鬼神"：

宣室求贤访逐臣，贾生才调更无伦。
可怜夜半虚前席，不问苍生问鬼神。

李商隐借题发挥，贾谊成了怀才不遇者的首选。李白当年也曾吟叹，总有说不尽的冤屈和忧愤。小李也有愁怨，曾说"贾生年少虚垂泪"，替贾生叫屈，更为自己鸣冤。不过，他没有在这里唠叨。他把犀利的笔锋指向了最高统治者。他们不好好地替天下苍生做点实事，却把暴涨的妄想寄托在了邪门歪道。把江山社稷交给鬼神，这样的皇帝不灭，就失去了天道；不灭，恐怕连鬼神都过意不去。

读这首诗，我们知道了世态炎凉、民不聊生的根源。李商隐还写过两首《隋宫》，"春风举国裁宫锦""锦帆应是到天涯"，讽刺了隋炀帝的骄奢淫逸，荒淫误国，批判的矛头直指没落的大唐帝国。

大地诗境（景）是诗人永恒吟咏的主题。李商隐的这首《宿骆氏亭寄怀崔雍崔衮》颇有审美意趣：

竹坞无尘水槛清，相思迢递隔重城。
秋阴不散霜飞晚，留得枯荷听雨声。

崔雍、崔衮是何许人，身世如何，与诗人的关系怎样，我们没有兴致去耐心地一探究竟。"留得枯荷听雨声"，千百年来，这种令诗人怦然心动的景致从我们的视野中渐渐消逝，我们已很难读到这绝美的胜景与妙境。即使是人工制造的所谓画屏，也难以诱发文人墨客为诗著文的雅兴。故而，今天有人埋怨诗人们写不出好诗，有些为难我们的诗人。

再看他的《花下醉》：

寻芳不觉醉流霞，倚树沉眠日已斜。
客散酒醒深夜后，更持红烛赏残花。

小李迷花至极，由白天而日斜而深夜。独赏"残花"，不是诗人心里"畸形""病态"，而是一种别样的关爱。"留得残荷听雨声"，孤寂的雨夜，同样孤寂的心，寂寞比雨声还要绵密，孤心比残荷还要枯寂。

贾岛说："荆棘满亭君自知！"只有李商隐知道"残花""枯荷"生存的艰辛，存在的悲苦。只有李商隐知道"残花""枯荷"在他心中的情味。清人马位在《秋窗随笔》中说："李义山诗'客散酒醒深夜后，更持红烛赏残花'，有雅人深致；苏子瞻'只恐夜深花睡去，高烧银烛照红妆'，有富贵气象。二子爱花兴复不浅。"夜深更寂，心中放不下的仍是那一份难以释怀的"缺失"。

李商隐还在《乐游原》里为我们留下了一枚凄美而永恒的夕阳：

向晚意不适，驱车登古原。
夕阳无限好，只是近黄昏。

再壮美的夕阳，它都要准点落去。

或许，这是一幅大唐帝国的落日夕照图。诗人的此番登临，为大唐帝国的煌煌巨日奏响了沉没的哀曲！

浮华虽然炫目，却接近寂灭。表面的华丽即将谢幕。一个时代的衰落，犹如一个繁盛季节的逝去。历史就是这样的无情，不管你是否愿意，谁都阻止不了它的兴衰更替。

惋惜，悲情，遗憾的情绪油然而生。帝国的哀歌里，也有个人的失落在古原的黄昏里肆意地膨胀、弥漫。或许，这就是诗人回眸历史、洞悉现实、穷究人生、探源事理后，最终得出的这一番结论，或者是一声叹惋！

这一声叹惋里，融入了诗人的几多欣喜，几多流连，几多辛酸和几多无奈！谁不愿美景常设、青春常驻呢？在众里寻她千百度、蓦然回首之后，在千万里、千万次的追寻之后，在经历千山万水、千磨万击之后，"无限好"的夕阳（美好的愿景，理想的达成）就这般辉煌，这般炫目，这般美艳地出现在了诗人面前，这份欣喜来得实在太晚。其中甘苦，只有亲历其境的诗人自知。

这份欣喜，简直就是李商隐的一场人生盛宴。可是，来得如此地晚，如此的短暂，怎不让人扼腕长叹？把诗人一下子又推入留恋与遗憾的深渊！

诗人还告诉我们，一切美好的东西，既有惊心动魄的开始，也有寂寂无闻的结束；兴衰更替，远未完结；人行于世，有圆满，也有遗憾。

一首简单的诗，一个熟视无睹的意向，承载了丰沛的内涵。千载之下，那枚"无限好"的夕阳，总悬停在我们想象的黄昏，那份惋惜，那份遗憾，怎么也挥之不去。

李商隐的《嫦娥》可谓诗人的内心独白：

云母屏风烛影深，长河渐落晓星沉。
嫦娥应悔偷灵药，碧海青天夜夜心。

嫦娥的传说古老，神奇，但却凄美。

"嫦娥孤栖与谁邻？"这是李白在《把酒问月》里的问询。

这是两位诗人相隔百年的呼应。他们都是孤独的。他们的寂寞无人能解，因而，他们共同把目光投向了深邃的太空，共同把焦点对准了明月。

他们试图从明月那里找到答案，结果却大失所望。

因为嫦娥实在不能忍受人间的孤独，才轻率地奔月。她的寂寞充盈每一个夜晚，她的寂寞穿越了洪荒亘古。

明月依然寂寞地徘徊于"碧海青天"，她的寂寞启悟了两位诗人。一个把明月作为心灵的憩所，了悟到"古人今人若流水，共看明月皆如此"，于是"唯愿当歌对酒时，月光长照金樽里"。晚辈小李，过分地追求孤高，则远离欢乐，远离平和，离群寡居，这样的日子源于他当初那次错误的选择。

这是个两难的选择，你选择了孤傲，就选择了孤独；你选择了自赏，就再难从俗。内心的高洁就难以抵消难耐的寂寞！

清高不是坏事，应有一个被大众和清高者共同认可的尺度。

否则，就会嫦娥这般，夜夜追悔地走过长天，如此千年万年。在这样的境况下，内心的孤寂与独绝，或许就是他盛产"无题"诗的"沃土"。

李商隐并不是纯粹的"情歌王子",他也并非有意要跟人玩朦胧。其艰难曲折的经历、不懈不怠的抗争,令人仰止。崔珏的评价最为恰切:"虚负凌云万丈才,一生襟抱未曾开。"一生壮志凌云,却年华虚掷。每遇关键时刻,命运总是背道而驰。"碧海青天夜夜心",李商隐深藏内心的疼痛谁解其味呢?

温庭筠
山月不知心里事
——一个丑鬼的花间艳情

丑无罪

温庭筠有一个显赫的家世。初唐宰相温彦博是他的先辈。可是，这一份显赫与荣耀到温庭筠这一辈，早已荣光不再，繁华落尽。

不过，在温庭筠身上，先祖的才气依然香火以继，光焰瞩目。他有个绰号叫"温八叉"，说的就是他作诗的才华。温庭筠文思敏捷，才华了得。据说，他每次参加科举考试，只需要手叉腰间八次，就能写成八韵十六句，因此得名"温八叉"。如此敏捷的诗才，考场里，他不就有了大量的空闲时间。"温八叉"乐于助人，就为考场上的困难户大施仁爱之心，结果是自己名落孙山，被他热心帮扶过的那些困难主儿反倒金榜题名。诗歌枪手、考场代笔的恶名满京城疯窜，以至于他后来参加考试时，主考官就直接把他叫到距自己最近的位置，防止他故伎重演，坏了考场的规矩，驳了科举的威严。

大凡才子，都有点行为放浪，恃才不羁。他们身上的那几根傲骨，藏不住，掖不着，一不小心，就冒出来兴风作浪，四处招摇。自然会说风凉话，犯忌讳事，得罪权臣，搞僵关系。

"温枪手"在宰相令狐绹那里当秘书，说白了就是替主子当"诗歌枪手"。要知道，这位无才宰相的帽子靠的就是他老子令狐楚苦心经营的强大势力体系才混得的。令狐绹别无长物，作诗更是低能。每当皇帝出题要他作诗填词时，他都只得拿回去让"温八叉"代笔。令狐绹要"温八叉"替他保守这个"惊天"秘密，不曾想，这"温八叉"既不顾及主人的面子，也不顾及自己的前途，硬是把这个"天机"泄了出去。令当朝宰相颜面尽失。这样一来，自然就没有他"温八叉"的好果子吃。于是，他屡试不第，长期被贬抑压制。

直到公元859年，"温八叉"才当了个县尉。后来又当了些芝麻官，终是恃才不羁，该上班的时候，他却跑出去与普通百姓混在一起，喝酒闲侃，只图自己爽兴。这样的人，领导用他心怎么会踏实？"温八叉"不被重用自在情理之中。

"温八叉"有文采，人却生得鬼斧神工，奇丑无比。既对不起祖宗，又对不起观众，因而又得了个"温钟馗"的绰号。好在，人长得丑，却不影响诗词创作。温庭筠的诗歌水平可与李商隐比肩，时称"温李"。这"温钟馗"的心却生得温柔，吟风弄月，叹花说柳，一不小心，竟成了"花间派"的首席词人。他在词里多写离愁别恨，情深意远，读来感人伤怀。他的词秾艳精致，辞藻华丽，与韦庄齐名，并称"温韦"，有《温飞卿集》《金奁集》传世。

温庭筠的诗歌代表作就是下面这首《商山早行》：

晨起动征铎，客行悲故乡。
鸡声茅店月，人迹板桥霜。
槲叶落山路，枳花明驿墙。
因思杜陵梦，凫雁满回塘。

号角已经吹响，标志最后不得不上路的时刻已经来临，催促的铃声也鸣个不停。行客的悲伤不可遏止。尽管此刻，严霜覆没了所有的道路，鸡啼不能回避西天的霜月。茅店不能留住悲伤的行客，石板铺就的短桥，严霜也无法抹去离者的行迹。

槲叶特别顽强，它要到来年的早春才心甘情愿地归为尘土，密密地洒满行者远去的道路。枳花已经开放，它的明艳逼退了严冬的晦色，行者没有退路。希望的色彩照耀着他前进的道路，他唯有不知疲倦地把行踪覆满山路。

杜陵美好的景色昨夜入梦，野雁壮飞，它们自得其乐的样子，令人心旌摇曳，我们如果有幸成为早行的征者，就应当庆幸：我们走在了别人的前面！

为了某个必须的目的，征者不得不舍弃对家园的留恋。

早行，虽然艰苦，何尝不是改变命运的有效尝试。

早行，虽然难以被世人所知，走在前面，没有别人的足迹供自己参照借鉴，未尝不是一个智者的选择。

诗人不是在叹惋命运的艰辛，诗人是在感叹生命的幸运。

温庭筠呈现的是生命顽强的个体，为改变困塞，在路上，成为生命的常态。因为有这样的坚持，才有了诗意的体验，诗意的发现。

是诗人的妙手偶得，还是诗人的艺术修为，我们都不必去考据。总之，那个早晨在温庭筠的笔下定格为永恒，令千年以后的我们遐思不已。

面对历史，善感的诗人总有很多话要说。走过建安七子之一的陈琳墓，面对这位远去的才子，温庭筠的"霸才无主"之感油然而生，写下了《过陈琳墓》：

曾于青史见遗文，今日飘蓬过此坟。
词客有灵应识我，霸才无主独怜君。

石麟埋没藏春草,铜雀荒凉对暮云。
莫怪临风倍惆怅,欲将书剑学从军。

怀才不遇,身埋蒿里,这是很多诗人都歌咏过的主题。

风流才子的沙场梦,想来,也仅是他的"戏说"而已,"不遇"之感才是诗人真实心迹的自我独白!陈琳仅是这位在脂粉堆里打滚惯了的"花间"词人拿来遣兴寄意的道具!自己沦为"飘蓬""埋没"荒草的处境,想来应是诗人自我作践的咎由自取。试想,一个夜夜青楼寻欢、日日花中求乐的人,在无数个春风沉醉的时刻,他交付了全部的激情之后,他又有多强大的斗志去砥砺人生种种不幸的周遭折损!当他男人的本色,男人的锋芒在腻粉柔月中消磨殆尽,他哪还有"书剑学从军"的锐气?难怪他只有"临风倍惆怅"的分了。

丑无罪,风流累。

温庭筠这个首席花间派词人,从励志立身的角度来讲,应是后世文人反面教材中的典型。行为放荡,纵情酒色应是所有"欲将书剑学从军"者的禁区!"温钟馗"尽管生得奇丑,却丝毫不影响他对风流的追逐,对情色的猎取。声色犬马这枚无形的利器,让很多自恃为才子、梦想建功立业的人在其温柔一击之后,都成了风月场上风流无度的牺牲品。他们还常常用"宁在花下死,做鬼也风流"来调侃自己!

花间醉

温庭筠用自己的行动证实,虽然我长得丑,但是我很风流；虽然我长得丑，但是我从不缺少温柔。

温庭筠出入令狐馆时，唐宣宗非常喜欢《菩萨蛮》曲子词，令狐绹就暗自请温庭筠代自己填《菩萨蛮》词，以取悦皇上。嘴巴不牢的温庭筠却把这件事传了开来，叫令狐绹颜面尽失，大为不满。有一天，唐宣宗赋诗，上句有"金步摇"，一时没有对出下句，就叫未第进士来对，温庭筠以"玉条脱"相对，宣宗一高兴，"温钟馗"就得到了一大把丰厚的奖励。令狐绹不知"玉条脱"的来由，问温庭筠。"温钟馗"慢悠悠地说：出自《南华经》。顿了顿，又说，《南华经》并非冷僻书，相国公务繁忙之余，还是该看点书。言外之意是说令狐绹不读书，心中无货。他还逢人就说"中书省内坐将军"，讥讽令狐绹没有才学。令狐绹一气之下，奏他有才无行，不宜与第。这"温钟馗"就此一直没有高中不说，反而还落下了品行不好的坏名声。

温庭筠替令狐绹当"枪手"时，填过一组《菩萨蛮》，下面这阕最有名：

小山重叠金明灭，鬓云欲度香腮雪。懒起画娥眉，弄妆梳洗迟。

照花前后镜，花面交相映，新帖绣罗襦，双双金鹧鸪。

有人用白话诗这样演绎了一把：

眉妆漫染
叠盖了部分额黄
鬓边发丝飘过
洁白的香腮似雪
懒得起来

画一画蛾眉

整一整衣裳

梳洗打扮

慢吞吞

意迟迟

照一照新插的花朵

对了前镜

又对后镜

红花与容颜

交相辉映

刚穿上的绫罗裙襦

绣着一双双的金鹧鸪

写的是整个一觉没睡好的慵懒女。"温钟馗"真还写得极其繁复耐心。这是一帧美女的生活实录。他用镜头为我们平静地呈现了那些深藏在珠帘翠幕之后的佳丽们。她们的万种风情由她们自己来展示。仿佛，温词人就站在一旁，把自己设定为一台忠实的摄像机，不紧不慢，不急不躁，不喜不忧地记录了美女们的私密空间和隐秘生活。所以，美女尽管美得惊心，美得摄魂，温词人却气静神闲，淡定如初，始终把自己置于词的意境之外。这还真是一分难得的定力。

对这首词的第一句，一直存有争议，似也没有定论，见仁见智，不如任由百家演绎，这样来得更有魅力。如此细腻传神又精到的描写，让人不由得与他的风流任性联系起来，令人顿生疑惑：瞧得这般仔细，写得这般精到，整个过程，难道这"温钟馗"就一直待在美人身旁不成？

下面这一阕《菩萨蛮》里，这"温钟馗"仿佛在美女的香闺里赖了一整天，否则，怎写得如此微妙传神？

南园满地堆轻絮，愁闻一霎清明雨。雨后却斜阳，杏花零落香。

无言匀睡脸，枕上屏山掩。时节欲黄昏，无聊独倚门。

一阵清明雨，打落杨花满地堆积，不胜寥落。这一阵清明雨，打落的堆堆杨花，溅起了闺中午睡少妇的轻愁。

雨后夕照，时光悠悠。杏花零落，满地香魂不散。少妇倚门，仍是无聊的愁。愁得莫名，愁得无端，愁得不知如何消遣。

唯美的意境，淡淡的轻愁，时光在无聊无奈中无言地流逝，如一幅感伤的画，如一阕哀愁轻溢的歌。合上书页，一个虚掷时光、满面愁绪的少女仍在我们的眼前晃悠，或睡，或站，或倚门，或碎步游走，看满院风絮，数悠悠落花。

合上书页，一丝清愁爬上心头，如一滴浓墨游走于一缸清水，慢慢地回旋，浸洇，濡染。那样的韵味一直渗透到现在。

最是这两阕《梦江南》，尤其牵人心神：

千万恨，恨极在天涯。山月不知心里事，水风空落眼前花，摇曳碧云斜。

梳洗罢，独倚望江楼。过尽千帆皆不是，斜晖脉脉水悠悠，肠断白蘋洲。

又是一个深情女子，又是一个被相思煎熬苦了的深闺怨妇。

多少次了，她都是这样的整装以待；多少次了，为思慕的那人，她费尽心思地将自己装扮得一丝不苟。

"独倚望江楼。"相思莫凭高，登高更添愁！即使女主人已经深刻地体验到这一点，她仍然要独上江楼。从春到夏，经夏至秋。山光水色一页页翻去，叶叶征帆来来去去，难计其数。可是，花开花落之后，千帆过尽之后，她所期盼的那一叶征帆仍不见踪影，她满怀的希望一次次地落空。眼前，斜晖脉脉，无言地伴着她一起无奈；流水悠悠，多少时光就这样在她无望的凭眺中悄悄溜走！最是那白萍盛开的地方，更让人伤心断肠！

一天的时光就这样无言地虚掷，到头来，还弄得自己伤心欲绝。

这是一场无望的等待，有起点，没有终点。女主人的执着成就了她的忠贞，即使到了肝肠寸断的时候，也不改初衷！

千帆过尽是一种坚守的境界，"曾经沧海"则是一种历练的修为。前者是始终如一的专注，后者是阅尽春色后的固守。两者有着天壤之别。

"温钟馗"不仅不缺少温柔，而且还温柔泛滥，肆无忌惮。有了这时刻泛滥的温柔，就有了这花间词的绚烂，就有了《花间词》里他六十六首花间词的灼目姝丽，就有了"温钟馗"花间词鼻祖的桂冠。

中国词坛的蔚为大观里，有"温钟馗"的杰出贡献。王拯在《龙壁山房文集忏庵词序》中说，词体乃李白、王建、温庭筠所创，"其文窈深幽约，善达贤人君子恺恻怨悱不能自言之情，论者以庭筠为独至。"周济在《介存斋论词杂著》中也说："词有高下之别，有轻重之别。飞卿下语镇纸，端已揭响入云，可谓极两者之能事。"清代的张惠言说："飞卿之词，深美闳约，信然。飞卿蕴酿最深，故其言不怒不慑，备刚柔之气。""针缕之密，南宋人始露痕迹，花间极有浑厚气象。如飞卿则神理超越，不复可以迹象求矣。然细绎之，正字字有脉络。"刘熙载《艺概》更是情不自禁："温飞卿词，精妙绝人。"前人给予"温钟馗"的荣誉，春花般繁复烂漫，看得我们都有些目眩。

　　温庭筠的诗文史料亡佚颇多，但这并不影响他在词史上的奠基地位，也不影响我们重温他的花间艳词和锦绣心境。

韦 庄
画人心逐世人情
——做了宰相一样抠门

悲情跨越

韦庄是个皇城根儿人,家住长安南郊杜陵,想必沾了伟大首都的不少荣光。就像今天的首都人民,都会在政策上享受到特别的惠顾一样。不过,那时要是战乱突临,那就可能遭遇灭顶之灾。韦庄正好赶上了黄巢起义。黄巢义军杀进长安的时候,皇帝老儿带着他的一大群臣子一溜烟跑得没了踪影。

这时,韦庄还是个一钱不名的秀才,又住在皇城远郊,义军的眼睛死死盯着皇宫大臣府邸内的珠光宝器,美色艳物,他们自然没有心思光顾这荒郊僻野。韦庄也自然不会有性命之忧。京城里刀光剑影,鸡飞狗跳,平日找乐的地方都去不成了,韦才子只好躲在自家院子里写诗度日。时间一长,竟写成了长诗《秦妇吟》。洋洋洒洒二百三十八句,一不小心成了唐诗之最。

黄巢兵败,皇帝又杀了回来。韦庄因此一举成名,还得了个"秦妇吟秀才"的绰号。富贵人家都把这首煌煌巨制抄写在自家的幔帐上,别指望他们会拿来提升自身的文学素养,装点门面,附庸风雅,那倒是铁定的心迹。

出了名的韦秀才心里并不踏实。在《秦妇吟》中，他不光大肆渲染了黄巢义军烧杀抢掠的暴行，一不小心，还顺带曝了政府军乘火打劫的光。正好印证了"匪过如梳，兵过如篦"这句民间俚语。怕官府追究他污损政府军光辉形象的恶行，自己吃不消，因而他一直保持低调，更怕别人叫他"秦妇吟秀才"这个特别响亮却又十分剌耳的绰号。这成了韦秀才难除的心病，只有慢慢的时间可以消减他内心的隐痛。

一路辗转，年近六十的韦秀才才应试及第。及第后，韦秀才仍然仕途不畅，奉诏入蜀，在王建的手下任左、右补阙等职。

公元907年，朱全忠灭唐建梁，韦庄就势劝王建称帝。王建顺其意，表面上看是要与其他乱臣贼子对抗，实质上是要过一把皇帝瘾。年迈的韦秀才助王建称帝建国有功，王建也把他当心腹，很快委以宰相重任。君臣之间，投桃报李，很圆满地演了一出各得其所的好戏。

当了宰相后的韦秀才并没有因此就华丽转身，因此就摆阔摆谱，因此就极尽奢华，为富不仁。他仍然没有甩脱秀才身上的那股子酸腐气。《唐才子传》说他"性俭，秤薪而爨，数米而饮，达人鄙之"。意思是说，韦宰相特别节俭，节俭到何等程度呢？到他家的厨房转一转就知道了。每天做饭，厨房管事的就拿杆秤称量了柴禾的重量以后再叫下人生火作饭。厨娘更显麻烦，她要根据吃饭人的数量，一粒米一粒米的计数每一个人的饭量。就是这样，韦宰相还觉得太过奢华，于是，跑到浣花溪畔当年杜甫住过的茅草房，稍微修整了一下，就住了下来。直到七十五岁，这个送走唐朝、迎来新政的诗人才在成都终结了他的生命。韦秀才怂恿王建称帝有点乘火打劫的味道，可他在那时就身体力行地构建节约型社会，实在不易。国家虽然小了点，但他依然有显赫的身份，有足够的资本供他无度地奢侈，肆意地挥霍。虽身居要职，韦秀才硬是固守本色，将这过分的"节俭"坚持了下来。他这样吝啬，还招来了一些"达人"显贵的鄙弃。

当年，韦诗人写完《秦妇吟》，见唐军又杀了回来，唐朝政府也迁回了长安，他就赶紧跑到江南，借口避战乱，实则怕因诗获罪。在金陵转悠时，他写过一首《台城》诗，感叹六朝故都王气黯然、沦为废都的现实：

江雨霏霏江草齐，六朝如梦鸟空啼。
无情最是台城柳，依旧烟笼十里堤。

这是韦庄眼里的暮春。
这是大唐衰落的余韵。
韦庄在惋叹六朝如梦般湮灭的时候，有悲切的鸟儿在傍晚空自哀鸣！这时，江雨霏霏，江草萋萋，都在真真切切地远去，远成一种如烟的迷蒙，远成一怀怅然的忧伤，远成诗人心底无法抚平的疼痛！

台城之柳年年如期而绿，她们全然不知这是对世事沧桑的嘲讽。杨柳可以遗忘历史的伤痛，可以无视现实的颓败，但诗人岂能无动于衷？

金陵的六朝旧事，王谢华堂，金陵的风月烟柳，繁华街巷，是一代代文人吟之不竭的风华旧梦，吟成我们这个民族浩繁史册与文化长卷中永远也无法删去的痛！

无情之柳年年如是，轮到我们走过它烟霞变幻的长堤时，但愿我们不要漠视它的"无情"与无意！

时间之书一页页地翻去，它的读者一茬茬地远去。历史之轮一圈圈地转过，它的驭者一波波地作古。鸟空啼，柳仍绿，春江无言空自流……美景不理会世势的走向，依然故我地枯荣盛衰，繁华轮回。"万户千门成野草"，衰败总是免不了。当年的繁华虽说早成过去，十里长提，十里烟柳，十里花鸟竞春，它们"无情"，是因为它们无需记住那些"无情"的历史。它们只管准点把春意呈现，准点把山河装饰。

韦庄也早已站在了时间的那头！

与《台城》呼应，《金陵图》算得它的姊妹篇：

谁谓伤心画不成？画人心逐世人情。
君看六幅南朝事，老木寒云满故城。

杜牧有诗云："六朝文物草连空，天淡云闲古今同。"人事代谢，朝代兴废，而"天淡云闲"终古如斯。台城烟柳年年如斯，金陵故城老木寒云如故。

韦庄充满智慧的眼光掠过山水，掠过六朝故城，多少沧桑故事满含血泪。尽管早已熄灭了刀光与剑影，早已褪去了凶悍与杀气。他的心灵依然无法回避与充满苦难、横溢血腥的历史相遇。

这时，再美的山水也无法愉悦智慧的灵魂！良知无法粉饰，良知是伤感的理由。眼前的欢愉不能抹去昨天的创伤。

韦庄之前，诗人高蟾写过一首《金陵晚望》：

曾伴浮云归晚翠，犹陪落日泛秋声。
世间无限丹青手，一片伤心画不成。

韦诗人就此纠正说，荒颓故国的那"一片伤心"，不是画家的笔无法表达，而是为了粉饰现实而不愿呈现罢了。唐王朝危机四伏，无可挽回的大崩溃就要来临，因而"老木寒云满故城"。不管怎么说，两诗人的心是相通的——繁华不再，盛世已去，身处末世，亡国之忧，满怀纵横。

唐末诗坛，韦庄的名字抹不去，也绕不过。清代翁方纲称他"胜于咸通十哲（指方干、罗隐、杜荀鹤等人）多矣"（《石洲诗话》），郑方坤把他与韩偓、罗隐并称为"华岳三峰"（《五代诗话·例言》）。能被列为"华岳三峰"，足见韦庄的诗歌地位在当时的海拔高度。

花间流连

继温庭筠之后，韦庄是花间派中成就颇高的词人，并称"温韦"。虽同为花间派词人，却又有别。温词人始终把自己置于词外，是冷眼旁观的看客；韦词人却不管这些，是处处有"我"，"我"是其中的主角。

丑哥"温钟馗"整天泡在女人堆里，不是男欢女爱，就是要死不活的离愁别恨，每得新曲，就拿给歌伎们去演唱。韦哥则流连美景，乐不思蜀，诗兴一来，就在花间词里特泛滥的表达。比如他写《菩萨蛮》，借鉴白居易、刘禹锡《忆江南》的写法，"人人尽说江南好"，一口气就来了五阕，追忆江南游历，回顾洛阳旧游，漂泊之感、离乱之痛和怀旧之情一气融注，情蕴深至，感人肺腑。

人人尽说江南好，游人只合江南老。春水碧于天，画船听雨眠。

垆边人似月，皓腕凝霜雪。未老莫还乡，还乡须断肠。

烟花三月的江南，十里荷花的江南，无数风流才子神往的江南，万千佳丽云集的江南，令帝王心动，引外族入侵，江南，怎一个好字了得？

那些在烟雨中浸淫、在熏风中流连的游子，那些在风月柔怀中消磨青春的浪子，在风雅唱和中挥霍才情的士子，他们岂可轻言就此离去！

不是他们太过贪欢，不是他们没有牵挂，不是他们不愿去求取功名，猎取金钱，实在是江南太美，实在是江南的魅力所在。于是，他们都异口同声地说：愿与江南同老！

岁月在无言地流逝，江南永远不会老去。待他们散尽腰间最后那一锭可怜的银子，待他们耗尽自己的青春年华，耗尽他们的风雅与热情，待他们两鬓如云并慢慢地老去，江南也依然年轻。

江南的春水如此碧蓝，赛过了那一片滢蓝剔透的天，赛过了被斜飞的燕子用她剪刀般的羽翼裁破的那一片广远宁静的天。

江南好呀，最有情趣、最有韵致的还是在画船里就着一盏清茶、一杯淡酒，听雨打船篷的声音，听雨洗碧柳的声音，在春雨演奏的天籁声中慢慢地睡去！

景美境美情趣更美，叫人何不奢求到终老！

江南好，而人更美，那沽酒的女子娇容似月，皓腕如雪。品着农家美酒，赏着小家碧玉，这样的日子多么惬意，不把青春的灯芯、年华的精油燃尽，他们怎可轻易言归。除非有一天，是江南有意要负人，让人肝肠寸断；除非有一天，是江南有意让人彻底失望，有意让人彻底颠覆他当初的誓言。

只有江南，让他们魂殒异乡！

只有江南，让他们尸骨不还！

江南，让我们这些不曾涉足半步的钟情者梦绕魂牵！

江南，韦庄肉身未至，神思早已在秀山丽水间流连！

韦庄这个唐末的乱世文人，能有这一份心境来欣赏这江南的美景，足见江南的销魂魅力。

那酒缸边沽酒的女子，消去了韦词人漂泊的倦意，除去了长途奔波的羁旅之感。尽管韦哥后来做了五代蜀国的宰相，也不会忘记这一段曾经有过的经历——怦然心动，流连忘返。尤其是那沽酒女子如雪的皓腕，一直在他记忆的深处晃来晃去，令韦词人心潮难平。

韦哥最终还是离开了江南，因为他的心不可能栖居在这诗意弥漫的地方。换句话说：江南的景色再美，他都不可能真正地融入这一片胜景，不可能成为那个小酒店里永久的客人。

心恋红尘，而江南在红尘之外。

心系功名，而江南再美，也无法将韦哥羁留。他的心不属于这一片乐山圣水。

可是，命运并没有特别眷顾他。韦庄59岁才中了个进士，六十六岁蜀中入仕，七十二岁助王建称帝，七十五岁熄灭了生命的残灯。

久别江南之后，韦哥还说："如今却忆江南乐，当时年少春衫薄。骑马倚斜桥，满楼红袖招。"春衫年少难回，翩翩风度不再，再来想那垆边的沽酒人，或许只能为他枯竭衰老的心注入一缕温情的活水。"满楼红袖招"的风光毕竟已经太过遥远，真的到了"洛阳才子他乡老"的时候，"凝恨对残晖"，江南早已留在了记忆的深处。

"如今俱是异乡人，相见更无因。"（韦庄《荷叶杯》）江南永远年轻，而词人却敌不过时光的风蚀。那沽酒的女子已经老去，而记忆里的她永远年轻，在韦哥的词里依然妩媚得要命，妩媚得有些让人难以自禁。"未老莫还乡，还乡须断肠"，也未必就是被那沽酒的美人所迷，其中应有时移世易之悲，家破国亡之痛，说自己沉迷于江南的美景美色与美人，那仅仅是个托词。家乡的风华不再，韦哥也不必为此赌咒发誓地说自己不愿归去：

如今却忆江南乐，当时年少春衫薄。骑马倚斜桥，满楼红袖招。

翠屏金屈曲，醉入花丛宿。此度见花枝，白头誓不归。

洛阳呢？那是他青春走马、年少志满的故地。

洛阳城里春光好，洛阳才子他乡老。柳暗魏王堤，此时心转迷。

桃花春水渌，水上鸳鸯浴。凝恨对残晖，忆君君不知。

韦庄，到底是洛阳的春光好呢，还是江南的风光美？到底是"绿窗人似花"更令人牵挂，催人"早还家"呢，还是江南的"垆边人似月"更令人留恋，叫人誓死"莫还乡"？这样的让人意乱情迷，我们搜肠刮肚，费尽心思，也难猜度，只好用"除却天边月，没人知"来搪塞一下了。

洛阳自古繁华，洛阳自古富丽，这是毋庸置疑的事实。有那么多自命天子者定都洛阳，就足以证明洛阳是一块天赐的风水宝地。而洛阳最初刻进他记忆的则是那一则与才子与华章相关的"洛阳纸贵"的故事。因为，不论古今，能把文章写到"纸贵"的程度，着实不易。

洛阳是唐朝的陪都，是词人生活的那个时代的政治、文化中心，自然少不了才子云集，他们犹如过江之鲫，不是来寻找机会，就是来展示他们的文采，看能不能超越他们的前辈。当然，这里更少不了显贵，显贵之多如春草之盛。

也许现在，洛阳城内春光正好，华车宝辇，络绎不绝；也许现在，赏春踏青之人无不颜如桃花，春色浩荡！也许，这是留存在他记忆深处的洛阳。现在的洛阳，早已面目全非。因为那里，早已是天翻地覆，才令词人不得不流落江湖，远走天涯。

结果，这个自忖有贾谊之才的落魄文人命如漂萍类转蓬，生命的残阳，即将跌入幽暗的渊域。

此刻，魏王堤上，或许杨柳堆烟，浓荫匝地，正当春光明媚，香艳撩人。韦哥的心转向迷惑，陷入迷离。为那迷人的春光，还是为那可心的丽人，颓败的老城？

此时，桃花夭夭，浓艳灼人，春水柔腻，绿波映影；岸上行人，成双成队；水中鸳鸯，双嬉双戏又双栖。而他，只是这一切的局外人，遥隔远山远水；只能怨恨满腹，独向孤寂，独自吞咽这残阳余晖抛掷而来的忧恨与苦楚。这时，韦哥想起了留在记忆深处的那人。只可惜，关山阻隔，万水倾覆，那人怎可知晓韦词人的心意？

那人，韦哥的骨肉亲人？挚友故人？是大唐日趋没落的帝君？或者是，早就被改了天换了地易了主的洛阳故都？

战乱中的日落帝国，让我们还想到了很多很多！

即便韦哥有挽大厦于既倒的才能，恐怕也难以挽回大唐走向覆没的命运！只是，我们从这阕小词中，读到了一个落魄文人的伟大诗心：连自身命运都无法掌控，却能心关国事，情定民生。

年华已经老去，他的故国之情不老！

年华已经老去，他的建功立业之心不死！

不管是已经作古的大唐，还是韦哥后来供职的五代蜀国。因这阕词写作时间上的不确定，我们只能作此演绎。

读韦庄的花间词，总觉得他是温婉文雅、弱不禁风的一介书生！读韦哥的词，全没了《思帝乡》中"谁家年少，足风流"的帅气与率意，那种空前的自信与自负，只有那位"妾拟将身嫁与"的妙龄女子的慧眼与慧心才如此倾情。

王国维在人间词话中说："'弦上黄莺语'（《菩萨蛮》），端己语也，其词品亦似之。"称其词"骨秀"，他还说："端己词情深语秀，虽规模不及后主、正中，要在飞卿之上。"

韦庄的一生走得跌跌撞撞，颇为不易，不想，一不小心，就跨越了两个朝代。他的诗词呢，远比他的肉身更有生命力，直到今天，都还活在我们的文化记忆当中。

△

○

百般红紫斗芳菲

▼

●

张若虚
江月何年初照人
——仅凭一首诗也可名贯古今

就诗的数量而言,把张若虚列为唐代诗人,实在有些勉强。《全唐诗》仅收录了他两首诗,当然,实际的创作数量或许不止这点。在灿若群星的唐代诗人堆里,实在是毫不起眼。然而,他的《春江花月夜》,以"孤篇横绝全唐",使他跻身于"著名诗人"的行列。有张若虚的"春江"一吟,呼应"初唐四杰",合力把唐诗推向了全盛。

在唐朝,他的影响力非同寻常,与贺知章、张旭、包融并称"吴中四士",与贺知章、贺朝、万齐融、邢巨、包融等一群士子,都是以文词俊秀而名驰京城的主儿。

张若虚是扬州人,有了这得天独厚的生活底子,江南春江花月夜的独特景致皆收入了他的锦绣诗章——《春江花月夜》:

春江潮水连海平,海上明月共潮生。
滟滟随波千万里,何处春江无月明。
江流宛转绕芳甸,月照花林皆似霰。
空里流霜不觉飞,汀上白沙看不见。
江天一色无纤尘,皎皎空中孤月轮。
江畔何人初见月?江月何年初照人?

人生代代无穷已，江月年年只相似。
不知江月待何人，但见长江送流水。
白云一片去悠悠，青枫浦上不胜愁。
谁家今夜扁舟子？何处相思明月楼？
可怜楼上月徘徊，应照离人妆镜台。
玉户帘中卷不去，捣衣砧上拂还来。
此时相望不相闻，愿逐月华流照君。
鸿雁长飞光不度，鱼龙潜跃水成文。
昨夜闲潭梦落花，可怜春半不还家。
江水流春去欲尽，江潭落月复西斜。
斜月沉沉藏海雾，碣石潇湘无限路。
不知乘月几人归，落月摇情满江树。

这首诗里，天地大美，被华丽繁复地呈现；人间绮情，被朦胧凄美地演绎。

春江花月夜，既是几个丈量时间的元素，亦是几个标识季节的标签，还是自然风物的显著标志。

春江，江花，花月，月夜，在春天的舞台上，共同演奏出一曲盛大的交响乐。

她们于宇宙洪荒而来，盛衰轮回，无休无止。

诗人站在这个春天的月夜，睹江水恒流，赏江花明艳，看明月朗照。花月相映，夜月徘徊，一个恒久的命题再次闯进他的内心。"人生代代无穷已，江月年年只相似。"无尽轮回的时光里，生命之花，一茬茬，一轮轮，开了又败，败了又开。对于我们这些肉身凡胎，属于我们的时间虽然短暂有限，但是，人们知道该如何安排这有限的短暂。生命的精彩生生不息，文明之路延续不止。不管自己会有怎样的未来，他们都会一如既往地把生之绚烂呈现给这无垠的空间。当春之画图明艳至极时，人的生命演绎出的惊艳更为之锦上添花。丰富了自然的色彩，更添了春之瑰丽。

张诗人站在大唐的前沿，他的绝唱不亚于那个时代众声部合力演唱的气势。因为，他解开了众人欲解的情结。他孤独地一鸣，有了穿透时空的伟力，进退得失，悲欢离合，皆在花月春风中上演，无论他们的结局如何，皆凋谢为往事。或湮灭无迹，或成为典籍中一行行积满尘埃的文字。

明月的升落之际，春花的荣谢之间，人世的走向往往就在不经意的瞬间，待你回过神来，一切都成了定数。

我们只有把握当下，再心向明天！

当古老的月亮再一次从薄雾飘渺的江流上升起，时间又是一个轮回，我们是否依然保持了当初的兴致？

当春花再一次在江岸竞放，属于我们的岁月又减少了一轮，我们是否依然有勃勃的兴致去欣赏眼前的风景？

当春光成为我们每一个人心向往之的图景，所有的烦恼都是消散了的烟云。

自然是恒久浩阔的奇迹，生命是短暂绚烂的传奇。

探寻时空轨迹，人生只是一个近乎没有痕迹的点，如宇宙的尘埃，飘浮无际，无依无凭。因为，长江送走的不只是"流水"，送走的，还有我们这些"过客"的生命。白云悠悠，聚散无常，生命来往，没有定数，"不胜愁"自在情理之中。

面对亘古如常的景色，张诗人同一般的草根一样，难以免俗。不过，他的欣喜、怡然很短暂。因为，他毕竟是一位诗人，他有一颗易动的心，同其他的诗人一样，他会用自己的方式去面对这些永恒如斯的美景。

眼前的景色，明丽中交织着朦胧，真切中夹杂着迷幻。诗人那颗驿动的心亦随着景色的变幻而飞越千年，穿越万古，驰翔浩宇。诗人陷入了同样的谜局：我从何来？我将何去？时从何起？又将何终？宇宙鸿蒙，何边何际？由现实的美景生发出时间的虚无之感，由空间的浩阔生发出不可捉摸的迷离之惑。时空的无限张力让人不由得陡生人生短暂之叹，人生的卑微之怨。如眼前绮丽梦幻般的景色一样，缥缈，游移，没有着落，无法掌控。"不知乘月几人归"，昔人已去，去者已矣。生命不可能如眼前的景色一样，可以自如地轮回。"人生代代无穷已，江月年年只相似。"人生是单程车，不可逆转，不可复制，这就是人类"悲剧"情结的根源。

文人的悲剧意识由他们的诗歌引领着人类在悲欣交织中前行。一千多年过去了，文明的进程在这个世纪一日千里，突飞猛进，人类却仍然无法抵达时空的边际，无法穷尽宇宙的奥秘。自然面前，人类仍然无法突破时空的限制，仍然为生老病死而忧戚。灾难面前，仍然是那么的渺小无助，仍然是那样的力不从心。

这首诗是张若虚生命意识、悲剧意识、时空观相交织作用下的产物，我们从中分享了自然的美妙馈赠，也从中深深感染到了渺小生命的悲情。

月光赋予万物以生机。诗人的眼睛因此明亮无比，明亮了心境，明亮了这纯净的诗章。在刹那的瞬间与永恒的存在相轮回的时刻，诗人抓住了飞纵的灵感，成就了永恒的诗行。朦胧，飘渺，不可触摸的华丽以及魅力，凝固下来，定格为不朽的文字。

春、江、花、月、夜，这五种永恒的自然元素，如五种活力无限的原色，再勾兑以伤感、迷离、怅惘、惊疑、欣喜五种情绪，相互渗透，交融，张扬，补充，在一个巨匠的大手笔下，呈现出一幅清新扑面、华彩满眼的画图。意识流，宇宙观，生命感，诸多要件，顷刻毕现。生命的觉醒，意识的憬悟，思绪的沉淀，呈现为华美澄澈的景观，展示出生命的富丽与奇美,让我们读出了自然的明艳、少年的惆怅、青春的伤感,以及年华的流逝,幻想的破灭,生命的缺失。在这里,有限与无限相遇,有情与无情对峙,矛盾碰撞,火花飞溅,灵感高速运转,穿越于五种元素之间,穿越于宏阔的宇宙,穿越于生命兴衰的遥遥征途。

当我们面对自然的嬗变、轮回,不可掌控时,惊疑,迷惘,体悟,再伴着伤感,追缅,探询,纠结在我们的内心,始终无法了然透悟。当我们每一次将问询的目光投向春江花月夜时,我们的内心始终无法得到满意的答案。无数的未知仍然叩击着我们的灵魂,灵魂依然找不到满意的安顿之所。生命漂浮,灵魂失去归宿,在茫茫的宇宙,在无尽的时间长河。

不管怎样,我们最终被诗歌无限的魅力征服。一茬茬流逝的生命又将它反复地诵读。

《春江花月夜》被闻一多先生誉为"诗中的诗,顶峰上的顶峰"(《宫体诗的自赎》)。据说,这个题目还是那个"全无心肝"的陈后主陈叔宝"发明"的,在如此美丽绚烂的题目下,那个荒淫无度的亡国之君会写什么呢?现在已不得而知。暴君杨广也赶过来凑热闹,他写道:

暮江平不动,春花满正开。
流波将月去,潮水带星来。

有人评价此诗"意境壮美,语言清丽",不艳不淫,尚有正言之风,雅语之气,江月胜景,时空变换,尽在其间。暴君的荒淫本性尚未污染这美妙的景致。后来也还有人在"春江花月夜"下写过同题诗,不是格局小,就是脂粉气,均无法与张诗相匹。

诗人名垂青史者,或以数多为胜,或以质优独立。张若虚属于后者。现如今，很多文人动辄就标榜自己写了多少多少文字，出了多少多少本书。实际，能如张若虚孤篇压全唐而传诸后世的，不知有几言几语几人。浮躁，成为我们这个时代文人间的流行病，欲穷"语不惊人死不休"者，有几？要写出"洛阳纸贵""孤篇横绝"的作品，实在有些难为。

《春江花月夜》亦如皓月一轮，照亮了盛唐之路，催发了唐诗的灿烂。江月依旧，诗篇不朽。张若虚从春江花月夜的美景中一步步向我们走来，走向令他困惑难解的浩瀚时空，留下一江春水的徘徊和吟叹，留下一片花月夜雾的迷离和绚烂。

张 旭

山光物态弄春晖

——寻求心灵的最佳表达方式

唐文宗当政时，盛唐的炫目光影早已暗淡，那曾经的辉煌令他惊叹，叫他追忆、回味。有一天，他突发奇想，下了一道诏书，追认李白诗歌、裴旻剑舞、张旭草书为唐代"三绝"。典型的"马后炮"，三位高人早已远去，他们的在天之灵不知能否领受到这份迟到的荣誉。他的这种做法，套用阿Q逢人便说的那句话，即是"吾朝也曾阔过"。

张旭好饮，而且上了大唐海量排行榜。杜甫在《饮中八仙歌》中说："张旭三杯草圣传，脱帽露顶王公前，挥毫落纸如云烟。"酒助英雄胆不是酒唯一的妙用，对文人墨客而言，还是特效兴奋剂。在酒的驱使下，他常常一边呼叫一边狂奔，然后，挥毫恣肆，落笔成书，满纸烟霞。有时甚至用头发蘸墨狂书，于是，人们就把他唤着"张颠"。后来，怀素继承并发展了张旭的笔法，再次让草书的光芒辉耀了大唐艺术的星空。他们二人又并称"颠张醉素"。

张旭是个多面手，不只书法了得，诗歌创作同样是高手，只是书名的万丈光芒远远盖过了他诗名的星光。他的这首《桃花溪》写得画意流美，意趣盎然。

隐隐飞桥隔野烟，石矶西畔问渔船。

桃花尽日随流水，洞在清溪何处边？

一座长桥时隐时现，中间隔着飘渺的野烟；站在石堆西畔，问那正在河中撒网的渔夫：桃花随着流水，终日漂流不尽，那桃花源的洞口，又在清溪的哪一段哪一边？

这是张颠书法以外的诗画风景。写的是不是陶渊明笔下的桃花源，倒不一定，但我们分明看到了那一幅远绝嚣尘的图景。清人蘅塘退士在编选《唐诗三百首》时评论这首诗说："四句抵得上一篇《桃花源记》。"

当挥惯了椽笔，将笔墨挥舞得龙飞凤翔时，将自己挥舞得又癫又狂时，他搁下长毫，行吟在陶翁的世外桃源，放下任侠嗜酒、恃才不羁的"恶习"，收敛颠狂，放弃恣纵，斯文理性的读山读水读人，写下了如此清丽隽永的诗句。

当我们的思绪行走在诗人笔下的山水画卷时，不由自主地为他笔下的山水感染。只是如此妙境，谁人才可以如陶翁一般，作心灵的憩所，真正走进那超越风尘的世外桃源？

"洞在清溪何处边？"这一问问得入心。想到最理想的去处，却找不到通向那里的路径。向往美好，走向美好，在这个过程中，狂颠的张旭也有过清醒，有过深思，有过追寻，有过迷惘。谁又能给出确切的答案呢？

张旭的这首《山中留客》继续保持了他的清醒，将生活小事写得细微有致，景中寓情，情中入理，理中见趣。

山光物态弄春晖，莫为轻阴便拟归。
纵使晴明无雨色，入云深处亦沾衣。

距美丽只差一步，我们可能永远与她失之交臂。
距成功只差一步，我们可能永远失去成功的机会。

自然的变化气象万千，魅力无限；万物的姿态争奇斗艳，瑰丽无比。我们要览得其中的精彩，必然要付出相应的努力，甚至遭受皮肉之苦。我们只有坚持，只有深入，自然的胜景，人生的佳境属于那些持之以恒的人。

"张颠"的精细使他的草书臻至化境，登临极顶。"留客"诗所写，也许就是他的成功感言，形象，深刻，有丰富的意蕴。

能够读懂自然的人，他同样能够读懂人生。张旭尽管嗜酒如命，常常处于颠狂之境，等他清醒的时候，却实实在在地干好了清醒时应该干的事。因此，张旭饮酒被列入了大唐帝国的排行榜，被誉为"饮中八仙"。他的草书更是出神入化，精绝无比，进入了大唐"三绝"之列。

书法既已成"绝"，张旭嗜酒，也算没有白喝。他酒醒以后所得诗歌，清绝隽永，情理相生，给人以别样的意趣。

那时，书法与诗歌有相同之处，都要通过笔墨的挥洒将人的心灵轨迹行印在一页页空白的纸上。于是，这一页页洒满墨迹的纸就有了永恒的生命，艺术的光芒。现在呢，书法依然在顽强地坚守它残存的阵地，诗歌则追风般迁徙到了冷冷的键盘，把自己的行踪隐匿到了浩茫的电子世界，再难寻得它墨香四溢的迹痕。张旭在这两个领域都留下了他心神飞扬的印迹，这就是我们现在还对其心生敬意的原因。

张九龄
何求美人折
——坚守生命的真

张九龄是唐开元丞相,罢相后,贬为荆州长史。他是一位有胆识、有远见的著名政治家,史上少有的名相。为官,他忠耿尽职,秉公守则。他直言敢谏,选贤任能,不徇私枉法,不趋炎附势,敢与恶势力较劲,"开元之治"有他一份不可磨灭的功劳。

他同时还是一位文学家、诗人。为诗,诗风清淡。他的五言古诗以质朴的语言寄托深远的意蕴,对扫除唐初所沿习的六朝绮靡诗风,贡献巨大。因此被誉为"岭南第一人"。

这"岭南第一人"的桂冠戴在张九龄头上,他承得住,也接得起。单这首《望月怀远》足以叫人信服:

海上生明月,天涯共此时。
情人怨遥夜,竟夕起相思。
灭烛怜光满,披衣觉露滋。
不堪盈手赠,还寝梦佳期。

指向未来的心是青春的,充满了活力。他知道,美丽和芳华需要用年轻的心去感应。他还知道,离别的折磨只是暂时的考验,长久的幸福还等着他去享用。

热恋中的人，离别者的心，被思念缠绕，他能释然而睡吗？

望月怀人，整夜相思，都不是应对离别的良策。埋怨，只能增加思念的浓度。思念，只会令人更觉孤独。心在，梦想在，佳期还远吗？与其被相思折损，不如乐观地面对未来，不如好好想想如何去迎接未来的幸福相守。

懂得乐观的益处，因为乐观带给人的总是温暖，总是豁达，总是幸福。

不然，遗憾无尽头，悲苦无彼岸。再加之岁月倏忽，生命苦短，活着，还有什么意义。

"天涯共此时！"远隔千山万水、被相思烧灼的两颗心，此刻，被月光照亮，被希望温暖。

"照之有余辉，揽之不盈手。""隔千里兮共明月。"不仅陆机懂得，谢庄懂得，张九龄也深得其中况味。他知道，月光虽然难以盛满双手，也要掬一抔，握一缕，赠给思念中的那人，聊表寸心，方能释怀。眼中有明月，心中有月光，就心怀敞亮，生活明媚。

心，才会幸福地为"佳期"而跳，为相守而动！

"海上生明月，天涯共此时。"好诗总经得起时间的筛选，不同的时代，又会生发出全新的内容。从对情人的相思到凝聚人心、民族团结，两句儿女情长的诗承载了如此大任，这是张九龄写这首诗时没有想到的。这两句诗在重要传统节日的引用频率特别高，可以和同代诗人王维的"每逢佳节倍思亲"、宋朝苏东坡的"但愿人长久，千里共婵娟"竞美。以至于，这两句诗远比作者出名。

读这首诗，我们不得不重温那些被明月照耀得华光四射的诗句。陆机《拟明月何皎皎》："安寝北堂上，明月入我牖。照之有余辉，揽之不盈手。"李白："床前明月光，疑是地上霜，举头望明月，低头思故乡。"（《静夜思》）杜甫"今夜鄜州月，闺中只独看"（《月夜》），一路下来，启承照应，情韵连绵，感动了无数双月下望眼，叫人仰天眺望，珠泪涟涟。

月亮作为一种取之不竭的资源，慰藉了无数文人、情人、离人们伤感的心灵。月亮以她无私的光亮在温暖人们的同时，也为自古以来的诗文增添了夺目的光彩。尤以李白、苏轼为表，将书写月亮的诗词发挥到了极致。千年以来，竟无人可及。后继者不绝，依然要乐此不疲地坚持下去。相信，只要月球的光亮不灭，人们的歌吟比拼、诗歌接龙也就一刻也不停止，超前盖古的华章定会有诞生之日。

在明月的照耀下，那些在相思煎熬下的离人，引得诗人格外关注。照应前人佳作，张九龄把《赋得自君之出矣》写得字字珠玑，一往情深：

自君之出矣，不复理残机。
思君如满月，夜夜减清辉。

自然的一草一木令诗人们心旌摇曳，他们总能从眼前的事物中读出深刻的内容，不易的哲理。兰草的幽香、丹桂的高洁不因外界环境而改变，诗人感叹她们的坚持。人物两照，使诗人更加坚信：自己的坚持是值得的。不为取悦于人，只为守住自己的那一份本真。他的《感遇》系列，总是心有所感，情有所寄：

兰叶春葳蕤，桂华秋皎洁。
欣欣此生意，自尔为佳节。
谁知林栖者，闻风坐相悦。

草木有本心，何求美人折？

诗人告诉我们：自己的价值自己知道，何必一定要求得别人的认可呢？

花草的心事，唯张九龄知。

世界是芬芳的，绚烂的，生动的。兰叶桂花，走过屈子时代，已不再是美人的专属。她们欣欣向荣，随风而舞，主宰自我，乐我所乐。生命之美，自在流华，又何必非要求得美人的欢悦与攀折？

守着本心，守着本真。这或许就是张九龄的处事态度。

唐朝全盛时期，同样潜伏着种种危机。针对时弊，张九龄坚持以"王道"替代"霸道"，保民育人，反对穷兵黩武；主张省刑罚，薄征徭，扶持农桑；坚持革新吏治，选贤择能，把那些德才兼备之士委任为地方官吏。让广大的草民布衣都感受到了时代的惠顾，盛世的泽润。如此以来，缓解了社会矛盾，巩固了中央集权，维护了"开元盛世"，被后世誉为"开元之世清贞任宰相"的三杰之一。

张九龄主理朝政时，敢于向皇帝直言进谏，多次规劝玄宗居安思危，整顿朝纲。玄宗的宠妃武惠妃，暗自谋划废太子李瑛，打算立自己的儿子，就派遣宫中官奴到张九龄处游说。他毫不理会，叱退来者。又在皇帝老儿那里据理力争，很快平息了宫廷内乱，稳定了政局。对安禄山、李林甫等奸佞所为，张九龄痛斥其非，竭力挫败了他们的阴谋。

玄宗打算重用范阳（今北京）节度使张守珪为宰相，以朔方（今宁夏灵武南）节度使牛仙客为尚书，张九龄坚决反对。玄宗很不高兴，又被李林甫的谗言所惑，玄宗于开元二十四年把张九龄降职为尚书右丞相。罢相后，又因他荐举的监察御史周子谅弹劾了牛仙客，触怒了玄宗，遂被贬为荆州长史。

这就是坚守的代价。这也是草木的本心与本真。正如他在另一首《感遇》中吟咏的那样："江南有丹橘……自有岁寒心。"有了这样的节操和坚守，成就了他的名相美名。于那个恢宏的时代，他的坚守价值倍增。因为，在盛唐绚烂的光影里，他完全可以同其他的权宦显达一样，尽情地享受盛世的果实；他完全可以同其他的诗人一样，诗酒唱和，恣情地燃烧生命的激情。我们从他的《感遇》系列里，读出了一个高洁的灵魂，以及这个灵魂同这个时代忧乐与共的存在价值。

回望盛唐，那灼目的光影里，行走着一个傲岸的身影——他就是张九龄。

李 颀
应将性命逐轻车
——说放弃真不容易

李颀的出生地一直存有争议，一说赵郡（今河北赵县）人，一说东川（今四川三台一带）人。他是个富家公子。年少时，交友不慎，尽结识了一些富豪轻薄子弟，没把前辈辛辛苦苦积累下来的银两当回事，花钱如流水，很快就荡尽了万贯家产。为了生活，最后只得走读书这条路。虽然苦，但李颀还是咬咬牙坚持了下来。在颍阳（今河南许昌）隐居苦读，一读就是十年。功夫不负有心人，公元735年，李颀如愿考取进士，任新乡县尉，一直原地踏步，多年没有晋职。掩耳不闻窗外事，不如图个耳根清净，到晚年，李颀干脆撂下摊子，过起了隐居生活，落得个自在清心。

李颀的诗名颇高，与王维、高适、王昌龄等著名诗人都有来往。他的边塞诗成就最大，著名的有《古从军行》《古意》《塞下曲》等，奔放豪迈，慷慨悲凉。其中，《古从军行》最有影响力：

白日登山望烽火，黄昏饮马傍交河。
行人刁斗风沙暗，公主琵琶幽怨多。
野云万里无城郭，雨雪纷纷连大漠。
胡雁哀鸣夜夜飞，胡儿眼泪双双落。

闻道玉门犹被遮，应将性命逐轻车。

年年战骨埋荒外，空见蒲桃入汉家。

边关，古男儿的生死线。多少年轻的生命在那里被化为孤魂野鬼，多少未酬的壮志在冷兵器的横飞中纷纷凋零，多少思念被突如其来的血光涂抹得天昏地暗，多少未曾实现的美梦化为惨烈的荒芜。

边塞诗，自战争的废墟中长出的一片悲壮的风景，让历朝历代的铁血男儿读之不已，无奈地复蹈着前人的兵车之辙，被统治者渲染得壮烈，粉饰得壮美，让人不得不提着性命舍身以赴。

"应将性命逐轻车！"李颀的态度多么坚决。他认为，这是亘古男儿的天职，义不容辞，没有犹豫的必要，没有选择的余地。

因为，战事十分紧迫，行军异常艰苦。极地风沙，昏天黑地。他们在妻子幽怨的目光中远行，在妻子忐忑的思念里奔赴边疆，在焦灼的梦里驰骋于血肉横飞的战场，走上了不归的长路。

这样的惨事年年发生，这样的残酷时刻威胁，无情地掠夺着年轻的生命。尽管时时传来得胜的消息，时时传来凯旋的鼓角争鸣。但是，仍不见丈夫的消息，一抔抔产自西域的葡萄，谁也咽不下去。谁还有心情去品尝那些昂贵的葡萄呢——无数年轻的生命折损于葡萄生长的大野，浇灌它们的是那些年轻生命的沸腾鲜血。

料想，那苍茫的黄沙中，奔风在不住的嘶鸣，犹如死者的魂魄在四处哀号，他们找不到回家的道路。

赢得了战争，却折损了无数年轻的生命，损毁了无数个原本可以幸福圆满的家庭。这样的胜利，于普通的百姓还有什么意义。

正义与否都不重要，重要的是谁能交还那些鲜活的生命？谁能抚慰那些饱受折磨的心？谁能梦圆那些残损的家庭？

这是谁发动的战争？再辽阔的疆土也不够贪婪者的野心，再辽阔的疆土又有什么意义，还需要耗损多少年轻的生命去守护它漫长的边境？

诗人没有替统治者歌功颂德，诗人的目光多么锐利，他的批判多么犀利。累累的白骨，无辜的生命，无谓的牺牲，是统治者的伟业，老百姓的灾难！

无论战争的性质怎样，都一样的残酷，都一样以屠戮年轻鲜活的生命为代价。李颀所写，实是一切非正义之战，其残酷惨烈的程度可见一斑。

李颀放弃了浪漫的臆想，放弃了豪迈的颂扬。李颀力求再现边塞的真实生活，力求让那些鲜活的生命站出来告诉世人，告诉历史：从军，戍边，战争……从来都不浪漫，从来都是血腥飞溅，尸骨盈野。不管出征的战鼓多么雄壮，也不管凯旋的歌吹多么嘹亮。只有那些真正把生命置于刀光剑影的战士，才知道征战的真相。

战争是把双刃剑，两败俱伤是不二的结局。敌方是"胡儿眼泪双双落"，自己呢？"应将性命逐轻车，年年战骨埋荒外，空见蒲桃入汉家。"一茬茬年轻的生命一去不回。

再看这首《古意》：

男儿事长征，少小幽燕客。
赌胜马蹄下，由来轻七尺。
杀人莫敢前，鬚如猬毛磔。
黄云陇底白云飞，未得报恩不得归。
辽东小妇年十五，惯弹琵琶能歌舞。

今为羌笛出塞声，使我三军泪如雨。

诗人把"小妇""美人情"的柔美凄艳拿来写铮铮男儿"英雄泪"的慷慨悲壮，自有一种催人泪下的感染力。

美人的歌舞，征士的血泪，临别的悲催，态度的决绝，感人肺腑。而赴沙场，报龙恩，那里又恰恰是英雄施展绝技、力图抱负的绝佳舞台，千百年来，无数须眉男儿在此摧眉折腰，抛尸荒野。

"男儿有泪不轻弹，只是未到伤心时。"再刚强的男人也有心软的时候。美人的琵琶，凄美的歌舞，都是铿锵男儿躲不过的利器，威力胜过了卷土来袭的万马千军。

《古意》为我们写出了一个英雄侠客的逼人豪气。李颀笔下，侠客锐不可当，侠客具有无限魅力。这，或许是不能施展才能的诗人的一种自我设计！"心轻万事如鸿毛。"旷达，需要主动争取。李颀深知这一点，这首《送陈章甫》就写得明白无误：

四月南风大麦黄，枣花未落桐叶长。
青山朝别暮还见，嘶马出门思旧乡。
陈侯立身何坦荡，虬须虎眉仍大颡。
腹中贮书一万卷，不肯低头在草莽。
东门沽酒饮我曹，心轻万事皆鸿毛。
醉卧不知白日暮，有时空望孤云高。
长河浪头连天黑，津口停舟渡不得。
郑国游人未及家，洛阳行子空叹息。
闻道故林相识多，罢官昨日今如何？

"腹中贮书一万卷，不肯低头在草莽。"书斋锁不住唐代文人的心胸，草莽也限制不了他们的视野。他们的用世之心比任何一个朝代都来得强烈。像陈章甫这样饱读诗书的人，就更是壮心凌云，志在千里。

一旦想走出书斋去做点事，就得接受失败的考验。书生终归是书生，现实又毕竟太现实，总会有许多的不如意，又无法适应官场的那些花样百出的潜规则，于是就想着法子麻醉自己。喝酒是首选，醉得昏天黑地。一旦这样，所有的烦恼，所有的不能承受之重，都轻如鸿毛了。不喝酒，闲得没事就昂着头望天上的白云。白云是孤高的，孤高得遥不可及。于是，心生去意。

"心轻万事皆鸿毛。"能超脱，即快乐。尤其是能主动打碎仕场的枷锁。

行者与送者，罢官者与为官者，两个人都走到了渡口，都在等候，都在选择。"停舟渡不得"，又都陷入了惆怅：一个"未及家"，一个"空叹息"。"长河浪头连天黑"，险恶的环境，他们都得面对。行者已了，送者未绝。陈章甫有了归宿，而自己，也到了该作出决断的时候了。

昨日罢官，今日如何？化羽成蝶虽然艰难，结果却异常美丽。不久，李颀也作出了陈章甫一样的选择。彻底地放弃，就真的"心轻万事皆鸿毛"了。

这就是解脱。关键在于自己。

常　建
万籁此俱寂
——给心灵放一个大假

常建，字号不祥，出生在邢台还是长安，至今都没有定论。可以肯定的是，与王昌龄一起同榜进士及第。和我们知晓的大多数唐代诗人一样，及第后的常建仕途并不顺畅，只得流连山水名胜，把生活中的那些不如意，走一路抛一路，偶尔从山水胜迹那里获得灵感，收获顿悟。他沉醉自然，寄情山水，那些阅水览山之获，就写入了自己的诗歌日记。这就是我们至今还记得他的原因。

有了这样的经历，常建的山水田园诗写得特出色，风格甚至接近了以山水诗名世的大腕王维、孟浩然。诗中那清寂幽邃的意境，常令人神清气爽。那种与世无争的淡泊襟怀，给人以超然出尘之感。尽管如此，现实、功名依然是他放不下的牵挂。他身在江湖，行走山水，有所展望，有所期待，同唐朝的绝大多数文人一样，始终割不掉他的用世情怀。因而，在书写山水的清净怡然时，也没忘了要批判现实的不公，鞭挞官场的污浊。

这天，仕途失意的常建来到江苏常熟虞山北岭下的破山寺，漫步其间，竹径通幽，花木掩映，天光、山色、澄波，还有鸟儿的欢悦，清越的寺钟令他杂念顿消，就有了这首《题破山寺后禅院》，清境沁心，叫人过目不忘：

清晨入古寺，初日照高林。
曲径通幽处，禅房花木深。
山光悦鸟性，潭影空人心。
万籁此俱寂，惟余钟磬音。

那里禅意氤氲，超然脱俗。

破山寺的幽静是山寺众僧们日积月累修炼出来的。高僧们的造化之功提升了一座深山老寺的境界。

这个境界也影响了眼前这个仕途失意的诗人。他的了悟让山寺百世留名，让破山寺的钟声与寒山寺的钟声一样，千古齐鸣，相互照应。

那是一个不朽的早晨，从那个早晨起，破山寺便因了常建的诗句走入人们的视野，走进人们的遐思，唤起人们心向高洁的期待。

破山寺的钟声更显幽静，破山寺的钟声极具蝉意。旭日甫升，幽林初染，修竹夹道，曲径蜿蜒，指引诗人走向更深的幽处。蝉房前，花木葱郁，更显幽深。扑朔的山光物态使鸟儿愉悦地争鸣，沉静如璧的潭水把人的心灵浸润得空灵如洗。

诗人是幸运的，在这样的时辰，他欣赏到了破山寺赐予的禅境；破山寺是幸运的，尽管境况宜人是她一贯的常态，但只有这个早晨才被心有灵犀的诗人领悟了她千古不灭的意境！

常建的诗境，破山寺的禅境，俱是千古不谢的人文风景。千年之后的我们，也随之杂念尽去，俗意尽洗。

通向禅境净土的道路是曲折的，那里的意境是亘古的。且不说那些寻幽悟禅者，就是我们这些成天在红尘中摸爬滚打的俗人，也欣赏得要紧。只是我们这些匆匆过客，耐不得山寺那幽绝千古的寂寞，一炷香尚未燃尽，我们早已绝尘而去。

这首诗还给人以别样的启示：只有穿越眼前的困境，才能赢得一片崭新的天地。当我们心有所属的时候，我们都应当坚信，应当朝着既定的目标义无反顾地前行。期待，前行，我们尽管付出了太多的努力，一切都是值得的。

当我们欣然接纳破山寺的静的时候，我们越发排斥今天的不宁静，越发感到尘世的喧嚣纷争。

当我们为破山寺禅院的幽静而心清神爽的时候，我们越是觉得今天的自然已被我们弄得面目俱非：臭氧层迅速洞穿，地球越发"赤裸"暴露，来自太阳、宇宙的有害辐射长驱直入，更加肆无忌惮；北极冰川不断消融，地球的空调逐渐失去自我调控能力，它以新的常态，吸引着人类向地球发起新一轮的"改造"；海平面上升，人类赖以生存的土地、家园被苦涩的海水肆虐地吞去……直到这时，我们才渴望重回自然。可是，我们对地球的负影响正处于加速度，我们已经无法紧急刹车。

今天，当我们趋之若鹜地寻求这一份宁静的时候，又进一步加速了对我们生存环境的影响，把我们的贪欲与惬意写满了世界的每一个角落。地球的隐私与隐秘被"晒得"一览无余。

人类还不曾胜天，人类就已经把自己逼上了险境！

我们更渴望破山寺赠予唐人的那一份宁静。那份宁静的赢得是唐人的自我争取与觉醒！

人的内心原本宁静，所以说"人之初，性本善"。

但是，世俗的追求，欲念，纷争，往往轻易地就冲决了人们的心理防线。世俗的喧嚣、沸腾，时时刻刻澎湃于我们的内心，原有的定力纷纷击溃。熙熙而来，嚷嚷而去，为争名，为夺利，把自己弄得疲惫不堪，苦不堪言。于是，有人渴望回归，渴望喧闹的内心复归起初的宁静。隐——是一种选择，对一些人，却是一种逃避。

其实，要复归宁静，又何必要遁迹于深山老林，何必要枯守千年的古刹，独伴晚年的孤灯？

其实，行走于闹市，仍能拾取人生的怡然与爽兴，还能分享人间的光明与亲情的暖意。

走进破山寺后，自然的力量可以让一个身染凡尘的人挣脱羁绊，洗尽俗欲。只是，有一个艰难的过程："竹径通幽处！"每一个身染红尘的人，他的内心不是随随便便就可以复归宁静，就可以直达无欲无求的上善至美。清心寡欲的煎熬，青灯黄卷的寂寞，都是绕不过的羁绊和历练。很多信誓旦旦要隐逸的人，待不了几天，就又匆匆忙忙地迈向"苦海"，沉浮喧嚣！

现在，红尘的嚣叫，世俗的纷扰，都被一一地滤去，沉淀为一种心静神凝的妙境，心灵在此得到安息。

"曲径通幽处！"这是一种为文、修身的过程与渴望抵达的境界。古往今来的那些个才子、士子的人生目标与追求过程，似乎可以用此语来概而括之。

这就是常建的顿悟。有了这顿悟，他行走山水的脚步或许要轻捷一些，目阅山水的心情或许要怡悦一些。这首《宿王昌龄隐居》诗里，他又悟得了什么呢？

清溪深不测，隐处唯孤云。
松际露微月，清光犹为君。
茅亭宿花影，药院滋苔纹。
余亦谢时去，西山鸾鹤群。

两位同科进士及第的宦人，没有成为政敌，最终成了友人，又都成了幽人，心存山野，迹留云水。

仕途不顺的常建，"放浪琴酒"，不履俗尘，遂遁逃山野。时不时还要友人互访，交流心得。

这首诗就是他造访王昌龄后的真实感言。

并不是所有的人都能立刻割断与红尘凡世千丝万缕的牵连，都能立刻了断对功名利禄的牵绊。王昌龄能如此这般地遁入山水，幽居僻壤，饮青溪，吮朝露，伴孤云，宿花影，以致于苔痕满阶，清光照人。

常建就未必不能！尽管寄情山水、放浪琴酒历为大多数诗人梦寐以求，当一些人身在郊野，他的心却仍留在滚滚红尘、喧喧闹市，又做着一般士子的官仕梦，仍然希望有一天能走过终南捷径，"仰天大笑"着高调入仕。

"余亦谢时去，西山鸾鹤群。"从王昌龄处出来，他的遁世决心得到了进一步巩固。

隐居的西山有鸾鹤相伴，隐逸之路带他抵达了一个个幽雅的去处。常建是个生活的享受者，他善于发现平常生活中的乐事。友人雅居，自己前往造访，实在是雅事一件。再说，要去的地方风景实在优美：渡口，轻舟，桃花，明媚的阳光，蜿蜒的小河，潺潺的流水，幽静简朴的农家小院……还有友人的热情款待，彼此间的惬意交谈——虽然诗人没有写明，但字里行间却透着一个"乐"字。可谓乘兴而去，快意而归。在《三日寻李九庄》里，这种"乐"还在延续。诗人卸去心灵重负，褪尽羁绊，滤除了一切尘嚣，一切杂念，自然之景如那一溪穿越列阵桃花、承载逐波轻舟的春水一般，引人畅快地神游：

雨歇杨林东渡头，永和三日荡轻舟。
故人家在桃花岸，直到门前溪水流。

"故人家在桃花岸，直到门前溪水流"，如此田园、农家、友人，怎么不叫人神往？

这一路走来，常建没有辜负山水的赐予。只可惜，那是一个盛产大师的时代，还有李白、王维等一干人的盛装出席，常建的光芒就黯淡了许多。在诗歌大接龙的舞台上，他只是个配角。

这是没法改变的事实，自信又自在的常建在众人的唱和声中一路踏歌远去。

张 继
夜半钟声到客船
——等待千年的知音

张继是襄州（今湖北襄阳）人，公元753年中进士。初到长安时，张继还颇为矜持，保持着应有的气节。他在《感怀》中写道："调与时人背，心将静者论。终年帝城里，不识五侯门。"自己的言论总是与人相背，就把自己的心锁起来，远离喧嚣，闹中取静。自己整年在皇城里转悠，却不识权贵人家。及第后的张继仍然高洁廉正，不谀不媚，不卑不亢。

在大家扎堆的唐代，张继算不得大家，但他的诗"诗情爽激，多金玉音"（《唐才子传》）。别的诗都不咋的，要不是下面这首《枫桥夜泊》，恐怕早见不着张继的名字。

他是一个失意的才子，本来可能永远都寂寂无名。但是，这个偶然的契机，却让他脱颖而出，流芳百世。

寒山寺的钟声不期而至，悠远，绵长。倏忽间，困顿的才子于瑟瑟秋风中陡然清醒，眼前的景色瞬间明亮起来：

月落乌啼霜满天，江枫渔火对愁眠。
姑苏城外寒山寺，夜半钟声到客船。

一阵钟声，自萧瑟幽暗的夜色深处清悦而来，穿透黑暗，穿透迷茫，穿透清寒，一直抵达困顿旅者的心底，激起满怀的波澜。它的悠远，它的清越，把不眠者的思绪引向遥远。

寒山寺的钟声绵延而来，千年不绝，得幸于张继千年前的那一个不眠之夜，在寒山寺的钟声里，他获得了走向永恒的灵感。

寒山寺的钟声从什么时候响起，已不太重要，难计其数的过客与迁者，对寒山寺的钟声一派漠然。也许是寺钟一直在等待，在坚守：是知音，迟早都会到来。

霜天寒月，枫桥渔火，诗人对愁而眠却又难以入眠。他愁绪弥漫，犹如江上寒烟。一叶小小的扁舟，不能承载诗人之愁。当众生都寂然而眠的时候，张诗人独睁双眸，穿越千秋不解的失落，与远寺而来的钟声相遇。他灵魂震颤，诗花若锦。我们从他灿烂的诗句里，收读了这个永恒的时刻：幽静，古雅，庄严，充满禅意的呼唤。

这钟声，引来了古今文人的几多遐思，几多惆怅！

这是一次了不起的邂逅，将偶遇化为不朽。在这样一个清寂难眠的夜晚，悠然的钟声唤起了他沉睡的灵感。诗情如泉，汩然流淌成今天的神往，流淌成朝圣者心中不凋的风景！

钟声的魅力跨越千年，破空而来，清悦依然，响亮依然。钟声化为一种强大的磁力，绵绵不绝，吸引着一切爱美者的心灵。它穿越时空，唤起了不同朝代者的情感共鸣，进而成就了这首诗恒久的艺术魅力。

自此以后，寒山寺的钟声不再是一种自然的声籁，不再是诗行间的一个简单的意象，而是一个极具生命力的美学元素，是一个极富吸力的文化磁场。

诗者已矣，钟声依旧，一如那淌过枫桥的脉脉流水。它穿透岁月的风尘，穿透世事的晦涩，召唤着一切爱美之人，让集结在钟声里的人们，完成一次灵魂的洗礼——在钟声中沉淀为纯净，沉淀为真实的个体。艺术的力量犹如寒山寺的钟声，有了强大而不朽的引力。

而这一切，源于姑苏城外那一夜的清悦钟声，源于一个灵魂的兀然清醒。

钟声夜夜响起，只有那个落魄的书生注定在那一夜要与它偶遇。

这是一帧千古不凋的风景，诞生于那一个钟声清越的霜夜。

一次钟声，是一次时间的宣示，时间在此时激起波浪，激起回声。钟声敲击着诗人的内心，诗人的灵魂得到荡涤。因时间的流逝又在一条条心河激起一轮轮回声——生命一直在不驻地行进，而生命价值的体现却没有找到恰切的载体。这个载体就是济世理想的践行途径。那时，入仕，是他唯一可以选择的路径。

空灵的钟声里，或许能让他跃动不止的忧心可以暂时得以安歇，他沿着钟声的道路或许瞭望到了明天的一丝曙色，生命的一线闪光。生命的硬度需要挫折来锻打，没有悲秋的寒意就没有心向暖阳的激进。而钟声，在这一刻适时地将他唤醒。上路，这就是钟声的警示，钟声的催迫。这一刻，张继听懂了钟声的意义。钟声激越千年，找到了它的知音。看似偶遇，实是缘分。

一个游子，他的灵魂曾在钟声里驻足，他心灵的回声清越千古。我们侧耳静聆，苍古的时间里，无数的灵魂为之倾身引颈。

寒山寺听钟，既成一种时尚，更是一种追缅。追缅古典的情怀，追缅先贤的无限失意，追缅诗人的伟大诗心！28个字造就了一个不朽而独特的风景。我们都是钟声以外的匆匆过客，被悠远的钟声牢牢地吸引。

寒山寺的钟声绵绵不绝，似在发出一种永恒的召唤，去者已矣,来者不断!

　　自张继以来,寒山寺的钟声经久不息,从未寂灭。但细细想来,唯太白笔下的三峡、天门山、庐山瀑布、桃花潭水等堪与之比。考据的必要性暂且不论,但是,诗歌产生的这一番深远的、持久的影响,不由得让人对张继的孤诗铭记在心。

　　传说他因不第而漫游,而散心解闷。这一日夜宿姑苏,偶得此诗。因此,现代有人称这是一个"伟大而不朽的不眠之夜",产生了如此经久不衰的伟大诗作。我们说,张继没有辜负这伟大而不朽的诗境,直到今天,寒山寺的钟声都还是我们无限神往的一部分。

卢 纶
大雪满弓刀
——空有满腹豪情

写过一组《塞下曲》的卢纶，心怀壮志，却一生都不如意。

少年卢纶，家境贫寒，他在给别人的诗中说自己："八岁始读书，四方遂有兵……禀命孤且贱，少为病所婴。"（卢纶《纶与吉侍郎中孚司空郎中曙苗员外发崔补阙峒》）又在《赴池州拜觐舅氏留上考功郎中舅》诗中说："孤贱易磋跎，其如酷似何。衰荣同族少，生长外家多。别国桑榆在，沾衣血泪和。应怜失行雁，霜霰寄烟波。"父母去世早，自己体弱多病，寄居在舅舅家，少年境遇与美好愿想相去甚远。

卢纶的才智不容怀疑，是大历十才子之一。天宝末年去参加科考，不料恰逢乱世，没有及第。后来多次参考，又屡考不中。在《落第后归终南别业》诗中说："久为名所误，春尽始归山。落羽羞言命，逢人强破颜。"又在《纶与吉侍郎中孚司空郎中曙苗员外发崔补阙峒》中说："方逢粟比金，未识公与卿。十上不可待，三年竟无成。"落第之羞，情何以堪。后来由宰相举荐，才做了个乡尉。那个时候的乡干部，不知是否拥有今天这些乡镇干部一样的特权和优厚的待遇。如果这样，每天风风光光忙于各种应酬，酒肉穿肠过，名利啥都有，倒也潇洒快活。后来又经举荐，他还当过集贤学士、秘书省校书郎、监察御史等职。再后来，仕途坎坷，沉浮不定，终不如意。

不过，卢纶似乎从来都不寂寞，称得一位名副其实的社交家。所交之人，不乏权贵，除了对他有提携之恩的宰相元载、王缙外，其他任过实职的宰相常衮、李勉、齐映、陆赞、贾耽、裴均、令狐楚，以及王咸、马燧、韦皋虽未任过宰相，但也大权在握的人物，都有过交往。此外，还有封疆大吏、重要朝官和掌握着入仕、升迁大权的人物，如皇浦温、鲍防、黎干、卢甚等一干人，其他朝臣、各级官员和名门子弟更多。这也是他成功入仕的依凭。他与一些著名诗人的交往不胜枚举，因而多唱和赠答之作。这卢纶有如此广博的人脉资源，要是生在今天，开个私人会所什么的，肯定不缺钱花；有了这些不太阳光的亲密接触，也少不了官做。

他的军旅组诗《塞下曲》，风格雄浑，情调慷慨。

林暗草惊风，将军夜引弓。
平明寻白羽，没在石棱中。

——卢纶《塞下曲六首》其二

那一枚白羽破空而来，挟带着一股呼啸凌厉的英雄之气，挟带着一个剽悍骁将的壮志雄心，向我们疾飞而来。他们把射向来犯之敌的利箭劲镞射向苍茫的夜色，射向那一支臆想中的强敌，完成了一次快意的情感宣泄，完成了一次迅捷的夜间防御。所有的随从都惊叹不已的时候，也让我们通过这简约的文字，领略了古代英雄的骁勇。利箭穿石，不仅威慑了敌人，也令我们敬佩不已！

古时的军人，他们不仅要出生入死，接受来至敌人的挑战，而且还要有过人的武艺、超群的谋略，才能征服众人而成为运筹帷幄、勇率三军之人！能与汉将李广比肩的人极少。所以，尽管历史的车轮即将抵达煌煌大唐的终点站，也还让那时的军人、诗人追念不已。

一将定乾坤，是那个冷兵器时代军人们至高无上的追求，也是他们能够被万世景仰的原因！今天是一个缺乏英雄的时代，因而，那些古代英雄，走入荧屏，频频现身，来稍稍安慰一下缺乏英雄却又渴望英雄的我们！

其实，英雄是潜在的，需要一个诱因，在某个特殊的时刻，他就会以特有的方式震撼现身！他也不一定必须要力扛九鼎，声遏行云。但他肯定能打动人心，激人斗志。

大智者，至多可以做个军师。大勇者，可以凭借他的威名而威震一方。只有大智大勇、智勇双全之人，才可能执掌帅旗，号令三军！

边塞无疑是诗人们角逐笔力、展示诗才的又一战场。至于他们舞枪使刀的真功夫怎样，谁也不曾见识过、领教过。不过，他们写起边塞诗来，倒还像那么回事。纸上的豪情，笔下的功夫，丝毫不逊色于驰骋疆场的赳赳武夫。他们开疆拓土的雄心，驱除外虏的壮志，尽可让皇帝老儿夜夜睡得安稳，日日玩得开心！他们在纸上纵横的杀气，用文字经营的氛围，足可让一切入侵者魂飞魄散，胆战心惊，足可让今天的我们在文字的意境里感受一幕幕惊心动魄的英雄壮举。

再看《塞下曲》其三：

月黑雁飞高，单于夜遁逃。
欲将轻骑逐，大雪满弓刀。

这是一个令英雄无限自豪的时刻。

此前所有的梦想和奢望，此刻变成了现实，且就在眼前。离功成名就仅一步之遥！

他的英武令敌人胆寒。他深知不战而屈人之兵，乃是领军者最上乘的境界。那个"月黑雁飞高"的夜晚,一个古代将军的豪迈在纷飞的大雪中,纵横驰骋,壮怀无碍,雄心无涯。

这也是一个书生的平生所愿!

卢纶曾任幕府中的元帅判官,对行伍生活有过亲身体验,他才把将军雪夜准备率兵追敌的壮举写得如此豪迈。再看其他几首:

其四
野幕敞琼筵,羌戎贺劳旋。
醉和金甲舞,雷鼓动山川。

其五
调箭又呼鹰,俱闻出世能。
奔狐将迸雉,扫尽古丘陵。

其六
亭亭七叶贵,荡荡一隅清。
他日题麟阁,唯应独不名。

这个仕场不得意的卢纶,能把这组军旅诗写得如此雄浑浩荡,慷慨激昂,源于他内心奔腾不息的用世理想。

卢纶孱弱的皮肉里,裹着一颗强大的心脏。这颗强大的心脏无时无刻不在为那个走向衰颓的时代而激烈地搏动。

张 籍
恨不相逢未嫁时
——做官也要有智慧

张籍，世称"张水部""张司业"，和州乌江（今安徽和县乌江镇）人。他的乐府诗与王建齐名，并称"张王乐府"。

公元798年，经孟郊介绍，张籍在汴州认识了他生命里的恩人韩愈。当时，韩愈为汴州进士考官，推荐张籍，使他到长安顺利进士及第。公元806年，张籍被调补为太常寺太祝，结识了另一位大诗人白居易，互相切磋，诗技猛进。任太祝十年，张籍患了眼疾，几乎失明。因此，明朝有人称他"穷瞎张太祝"。后来，他又转做了国子监助教，眼病稍微好了一些。公元821年，经韩愈举荐，张籍做了国子博士，多少也有了些地位和权力。

张籍是杜甫的铁杆粉丝，痴迷、疯狂的劲头丝毫不亚于今天的某些行为乖张的追星族。他竟然幼稚地想把物质的东西通过肠胃的消化而直接转化为精神的东西。他把杜甫的名诗抄写在纸上，又一页一页地烧掉，再把纸灰拌上蜂蜜，每天早晨吃三勺。如此坚持不辍，期求能借得一两勺诗圣的灵气，把自己羞于出手的诗写得稍微见得观众一些。一天，朋友来访，见他正在拌纸灰，不解地问："你这是干啥？"张籍说："吃了杜甫的诗，我便能写出和杜甫一样的好诗了！"好友哈哈大笑，见其迂腐如此，哭笑不得。张籍最终未能如愿不说，在时人眼里，还落得个迂腐怪癖的印象。

张籍喜欢杜诗，无可厚非。可是，他还要不时贬抑李白的诗。表达好恶，无可厚非，仅凭一己之好，而有意贬损他人，就实在有些过分。扬杜抑李渐成风气，影响颇大，韩愈再也看不过去了，挺身而出，专门写了首诗给张籍，名曰《调张籍》，调侃中，明观点，辨是非。诗歌开门见山就说："李杜文章在，光焰万丈长。不知群儿愚，那用故谤伤！蚍蜉撼大树，可笑不自量。伊我生其后，举颈遥相望。"一语定乾坤，张籍自然没了话说。见文坛盟主都发话了，其他的追风者也集体失语，从此悄无声息。

不过，张籍的这首《节妇吟》有些故事不说，写得还颇有些技术含量：

君知妾有夫，赠妾双明珠。
感君缠绵意，系在红罗襦。
妾家高楼连苑起，良人执戟明光里。
知君用心如日月，事夫誓拟同生死。
还君明珠双泪垂，恨不相逢未嫁时。

世界上最遥远的距离是彼此面对却又无法真正感受到对方的存在，无法真正感受到彼此间心灵的呼应。这句当下颇时髦的话，可以恰切地表达读完这首诗后的最初印象。不过，诗的标题下还有一句注释："寄东平李司空师道。"由此可知，这首诗的主旨就不单单是写节妇抵御第三者插足、坚守爱情、从一而终那么简单了。

字面看，这是一首情诗，凄美，哀婉，迟来的爱却不能如愿地顺势发展。

"还君明珠双泪垂,恨不相逢未嫁时。"遗憾,即使对方送的信物再珍贵,她也不可能接受。事与愿违,只得忍痛委婉地拒绝。

"恨不相逢未嫁时!"这是一场错爱,发生在错的时候,错的人身上。即使一方多么地专注,多么地用情,那也是枉然。

在对的时间遇到了对的人,这就是天意,就是浪漫,就是美满,就是我们常说的心想事成,天赐姻缘!

在看不到边际的原野,密布着纵横交错的道路,没有早一步也没有晚一步,于千万人之中,两个人准点邂逅,一见倾心,缘定终身,相濡以沫,直至地老天荒!这样的机缘,这样的美事,概率太低,低得难以准确地表述。

如果有,那就是前世的修为,再加上神灵的指引。

而绝大多数时候,绝大多数人都是在不断地错过。错过,错过,一再错过。错过桃红柳绿的春,错过骄阳似火的夏,再错过霜枫流丹的秋,直到皑皑白雪,垂垂老矣。爱情,或者人生,祈求圆满,却总是亏缺。

因此,人们就挣脱羁绊,主动争取。在错的时候去找对的人,结果是在错的时候找错了人。因为人们总是在不对的时间里出现,尽管你爱得浓烈,爱得深刻,却有缘无分,情深缘浅,错误在所难免,悲情不可避免。想想那些广为流传的爱情故事,历时千年,依然悲情不减。对此,我们往往只得无奈地归咎于缘分。

因此,缘分成了我们解释错爱的唯一原因,悲剧的主角也往往叹息命运不济!他们的爱情虽如流星,短暂,却绚烂了我们的眼睛。

其实,当我们行走在交错的道路,一个小小的变数,就完全可能改变我们的去向,左右爱情的结局。一个转身,或者一个短暂的犹豫，结果就是天壤之异。

于是叹息，我们都敌不过命运！

这是一首政治讽刺诗，借爱情（其实是一场第三者插足的抵御战）而表明自己的政治立场。守"妇道"即是守"礼法"，守"礼法"即是忠孝守节，节妇对爱情的坚守即是诗人对朝廷的忠诚。依当时标准，这的确是一个封建文人、一个朝廷命官应该死死守住的底线。而守"妇道"就是一个最佳的托词，最有力的婉拒。坚决，没有回旋的余地。

我们终于明白，诗人的所谓爱情，原来是一场见不得阳光的交易。委婉地拒绝，既见出诗人的智慧，又见出诗人的品格和道义。

唐人的高傲人所共知。但是，强权面前，身家性命受到威胁，又不肯屈从就范时，诗人的智慧就是他们应对险境的最好利器。

张籍对敌对势力的婉拒，表现出一种高超的斗争艺术。这种艺术力量何其强大，既坚守了自己的尊严，也给了对手尊严，令同样强大的敌方不得不就此罢手。在这一场看不见硝烟，却充满杀机、暗藏血腥的较量中，让强大的对手放弃了妄想，放弃了他们屡试不爽的强势胁迫，乃至更为残酷的手段。

高傲有依凭，同时还有尺度，有底线。否则就会走向反面，这就是古人的自我总结：满招损！

事实若果真如此，张籍巧妙地对心怀叵测、专权弄权者说了"不"，而且还显示出敏锐的洞察力，以及誓死忠于朝廷的意志。这说明，张籍同时还是一个懂得政治、明了时局的人。从他的从政经历看，左右逢源，步步高升，也有力地证明了这一点。

如果真是政治诗，诗歌就还别有妙用，可以化凶险诡异的政治局势为平夷安宁的自我生存环境，甚至可以为我所用，风生水起,顺势为自己构筑起坚固的政治堡垒。

诗歌不仅给人以美的体验,消遣之余,还可以用来玩玩政治。张籍算是切切实实地体验了一回。

张籍还写过一首《酬朱庆馀》,与《节妇吟》相比,怎一个"妙"字了得:

越女新妆出镜心,自知明艳更沉吟。
齐纨未足人间贵,一曲菱歌敌万金。

唐代科考前非常时兴"行卷",犹如现在的公招考试,考前想法子到主考官那里走走后门。不过,那时很时兴,谁也无可厚非。现在,如果谁要是无路可走,无门可投,有礼难送,烧香找不到庙门,他一样会感到莫大的悲哀。那时的"行卷"大多是拿自己的诗文探路,今天的公招考试之类的提前拜访,可真的是"提钱"来说,两者之间有着本质的差异。

这年,有个叫朱庆馀的准备科考,张籍正好是主考。考前几天,朱庆馀写了《近试上张水部》这首诗,裹在一大卷诗文中找人递给张籍:

洞房昨夜停红烛,待晓堂前拜舅姑。
妆罢低声问夫婿,画眉深浅入时无?

从诗的题目看,这纯粹是一首临时报佛脚的"急就章"。

当然,这也是一个凸显人文"智慧"的典型案例。在严肃甚至严酷的科考前,一个临考的"糊涂虫"导演了一个浪漫的迎考序曲,使古代仕场的不正之风着上了喜剧色彩。

之所以行得通,在于他采用了当时惯常的"香草美人法",近似于今天的暗语。一语双关,彼此心照不宣,却又屡试不爽，根本就在于时风如此。

一首诗是否具有永久的生命力，有很多因素。朱庆馀是不是专业诗人，恐怕少有人知了，但他这首《近试（闺意）上张水部》却经历了岁月的淘洗，历代选家注家的挑剔，沙去珠存。这首诗之所以打动了千百年来的万千读者，其根源就在于他写出了瞬间生活的妙趣。像当今技艺超群、眼光独到的摄影师，朱庆馀抓拍到了那个瞬间的永恒！他是一个生活的有心人，想必也是一个善于享受的人，否则，那就只能归结为灵感突发，偶然得之！不管怎样，这的确是一首好诗，足可让人把玩不已，品评不尽，趣味横溢！

所以，当张大官人收到朱才子的试探诗时，也顺水推舟、不着痕迹地回了首诗，将这种"潜规则"不声不响地续了下去。朱才子问："画眉深浅人时无?"张主考答："一曲菱歌敌万金。"悬在朱才子心中的石头瞬间落地。朱庆馀的赠诗写得好，张籍答得妙，珠联璧合，硬是将一场阴暗的交易演绎成了一则千秋佳话。

张籍的这首《逢故人》颇有些沧桑感：

山东一十余年别，今日相逢在上都。
说尽向来无限事，相看摩挲白髭须。

对故人的亲切友善，其实就是亲切友善地对待自己。

在这首诗里，老朋友一别十年，有说不尽的沧桑。然而，他们很快就打结，相互摩挲着对方的花白胡子，尽显孩童的天真。快乐充盈了他们相逢的时刻，面对挫折的淡然，让他们收获了重逢的幸福。

唐人的亲切随和源于那个时代的浸润和滋养。一个开明浪漫的时代，养育了一大批开明豁达的诗人。挫折，灾难，离乱，他们都能付之一笑。这种举重若轻、视苦难为磨砺的态度，在他们的诗中得到了真切的再现。

他在《秋思》里，借一个小小的片段书写对亲人的思念：

洛阳城里见秋风，欲作家书意万重。
复恐匆匆说不尽，行人临发又开封。

"马上相逢无纸笔，凭君传语报平安。"（岑参《逢入京使》）极言漂泊者与家人生死两茫茫的无奈，想说的太多，既无从言起，又不知写于何处，漂泊无寄之感，生死难测之忧，都在意外相逢的这一瞬间澎湃而出。而自己悲喜交加、喜不自胜之况又难以言语表述。

"复恐匆匆说不尽，行人临发又开封。"虽见面的地点不同，亦与岑参之诗的境况有异，但诗句所表达的诗人的心境却是异曲同工。"见秋风""意万重"，而后"复恐匆匆说不尽"，以至"临发又开封"，一连串的细节，展露了一连串的复杂心思。所以，张籍的"秋思"以心理胜出，以细节感人。王安石评张籍的诗说："看似寻常最奇崛，成如容易却艰辛。"（《题张司业诗》）两诗在语言上均以平常言写平常事，却感人至深，成了千古不朽的诗词风景。张籍和岑参不约而同地告诉我们：家书的珍贵何止万金！其实质是对亲情的万分珍视。

张籍说：唯有家园，才是漂泊无寄之心最可靠的安顿。

崔 护
桃花依旧笑春风
—— 艳遇不会想有就有

落第不是坏事。比如崔护，懵懵懂懂，毫无心理准备，一场摧心蚀骨的艳遇就迎面撞来。

她面如桃花，为我们留下一道触目的红艳，惊心的丽影。

邂逅，没有预期，只因缘分。有了这一场邂逅，就有了《题都城南庄》这首惊心动魄的诗：

去年今日此门中，人面桃花相映红。
人面不知何处去，桃花依旧笑春风。

不是所有的邂逅都有圆满的结局，邂逅往往又成为新一轮痛苦的开始。

两性的邂逅，没有彩排，没有征兆，没有暗示，往往让人不知所从。邂逅之后，留下的又是无法遏止的相思。愈是难忘，愈要品味；愈是无法割断，愈是要透支奢望。

桃花依旧年年红，美人未必岁岁遇。问题的关键还在于即使相遇，也未必就是先前的那一位。桃花运谁都可能碰上一两回，却难得回回都发生在同一个地方，由尤其是同一个人。

错过，就难以挽回。所以，人生没有预演！

悲剧，不需要剧本。所以，悲剧更加感人至深！

当崔诗人企求第二次踏入同一个剧情，想再享受一回去年邂逅的待遇时，剧情却已经逆转。他仍然是主角，却没了那个与他搭戏的人。

春风依旧，物是人非。这是崔才子的吟叹，也是人们共同的关注，共同的慨惋。

这是一个令人怅惘的艳遇，偶然中孕育着必然！旧时文人大抵都期待有这样一场销魂蚀骨的艳遇。这机会让崔护逮了个正着！无意的一声轻叩，成就了这一场不朽的艳遇。只是当事人碍于羞赧，或许当局者迷，或许没有意识到这是一次无法再版的相遇，在惊魂一瞥之间，美好的情节戛然而止，美妙的旋律弦定而终！

世间的美好总是令人难忘，总是在某个时刻又从他记忆的深渊浮出水面，激荡不止。于是，一个美好的艳遇故事便有了这个无言的结局，便有了诗人的惘然与追悔，便成了我们莫名的失落与无限的惋惜！

命运如今春的桃花，当你恰好赶上并一把将她逮住，也许就是另一番结局。

崔哥的命运多舛，今年的桃花已不是去年的桃花，尽管一样妖艳，一样耀眼。天意弄人，崔哥无法在他最如意之时再次见到他最牵挂的那人。那人在桃花笑得最灿烂的时候，错过了粲然一笑的机会。于是，崔哥只好题诗遣怀。于是，人们又有了很多浪漫的期许。不管桃花开不开，他心仪的那人都在等待；不管崔哥要不要题诗柴扉，他心有所期的那人也心有所待。只是，在这个阳春三月，他们注定将永远地错过。倘若情节恰好按崔诗人的预设发展，世间就没有艳遇的惊喜，邂逅的诗意了。更重要的是，就不可能发生后来的悲剧。

其实，那就是一个平常的春天的某个上午，因为一首诗而不朽，因为一首诗而牵出了那么多美丽的猜想。

崔护去矣，故事留存；崔护去矣，他用诗歌为我们记下的这一段传奇让人时时追忆！这个故事或者是崔诗人的主观臆想，或者就是他的一段真实经历，我们自不必去考证，我们需要注意的是，唐朝留给我们的那些诗意生活，以及诗意弥漫下文人与普通百姓的面对面亲密接触，就足以令我们这些现代人神往不已！

短暂的美丽也是美丽，我们更要加倍珍视这昙花一现的惊喜。

这一场"错误"的后来传说还印证了爱的力量能够起死回生。于爱情，人们向往圆满，向往皆大欢喜的结局。实际呢，残酷的现实催生出了这样绚烂、虚幻、飘渺的章节，人们更愿意接受这虚假的满足。

"缘"来如此，美好中有遗憾，而遗憾、曲折更见出"缘"的价值。波折之美在于有"味"，细品，方见其中奥妙。

这是一场惊艳的情缘，更是一段诗意的生活！我们现在就缺这个，网络相亲，电视速配，除了一场无趣的调侃，一阵暧昧的爆笑，还有什么呢？

机缘不可复制。由相见到相识，分外珍贵。

就是这短暂的一瞥，亦弥足珍贵，可能是终身的财富，终身的念想，或者终身的悔恨。崔护因这惊心的偶遇成就了这首桃花般璀璨的诗，留下一段桃花般美艳的故事。

机缘不可复制，也不必为失去过分伤悲。佛讲因缘。不能成全，即说明因缘尚浅。

李翱《赠药山高僧惟俨（其一）》一诗这样写道："练得身形似鹤形，千株松下两函经。我来问道无馀说，云在青天水在瓶。"这"云在青天水在瓶"，说的就是要我们顺应自然。理性要战胜感性，智慧地审视、放弃，一味地沉沦于事无补，反伤自己。

我们与天斗，与地斗，与人斗，历万难而不逢时，历千辛而苦难备尝，此时，我们何不放下，再无为而为呢？如果我们一意孤行，坚信人定胜天而做出违逆自然之事，就无怪天遣了。

自然如此，爱情亦然。爱情舞台上的很多不幸悲剧都是由一方的执迷不悟酿成。

"云在青天水在瓶"，我们要正视生活的真实。专注固然可贵，但不要把固执的情感变作走向幸福的羁绊！

崔护的故事催生了后世文人的几多期许，几多遐想。晏几道在《御街行》中说："落花犹在，香屏空掩，人面知何处？"为崔护的错过不胜惋惜。"纵收香藏镜，他年重到，人面桃花在否？"（袁去华《瑞鹤仙》）袁去华说，即使崔护收下了信物，留下了线索，待他故地重游，人面桃花是否依旧地红，也一样难说。一切都归为缘分。

崔护为我们留下的诗并不多（《全唐诗》仅收六首），但他留下了一个不朽的故事，留下了一个历时千年依然魅力不减的悬念。

杜秋娘
花开堪折直须折
——把握机会才能在男人堆里混

唐朝的开明名副其实。着实令人羡慕，好些人把它直接当成了天堂。以至于现在的好些人，直嚷着挤着要回到唐朝去。

在一个男权主宰一切的社会，竟能容忍一个身份卑微的烟花女子跑到大庭广众抛头露面，竟还对她的才气、她的胆识赞赏有加，着实令人佩服。这个时代令人神往，这个时代胜似天堂。虽然它仍不够完美，但很多人撰文著述宣称：要回到唐朝去活一回！

如果能够穿越，我愿意回去看看，愿意领略那个伟大时代的盛世风采，愿意和李白没有节制地喝一回，看看他老人家的酒量是不是如他说的那样海量；愿意和杜甫站在秋风中无奈又无助地看着那一场暴戾的风雨是如何地肆意妄为，是如何地施展它强盗般的淫威；愿意和王昌龄一起壮怀激烈地踏马边庭，亲历边塞的浪漫战事……更愿意打马江南，去领略烟花氤氲、翠帘珠幕下飘出的吴侬软语，或许，正好巧遇风靡江南的当红歌姬——杜秋娘，亲耳静聆她在急管繁弦中激情演绎一曲《金缕衣》。

这是一朵盛开在唐代的女人花。她的开放折射出时代的光芒。虽然，她生活的那个时代已不再是煊赫的盛世。她的光芒依然不输盛唐的华丽。

意识瞬间穿越千年，肉身仍在书案前接受现实的"锤炼"。这时，杜秋娘向我们走来。

她说，她的原名叫杜丽，公元791年生于润州（今江苏镇江）。母亲是金陵城里的普通官妓，与一个官员相好，一不小心有了身孕（也许是真心相许）。谁料，这个官员一升官就翻脸不认人，把相好的情人无情地抛弃。她娘只好含恨忍辱生下她。找不到寄养之处，只得带回妓院，一边经营生意，一边抚养孩子。

耳染目濡，公元806年，杜丽十五岁时已经色艺双全，镇海节度使李锜重金将她买入府中作歌舞妓，名曰秋娘。杜秋娘不满于现有的曲目，自己动手谱写了一曲《金缕衣》：

劝君莫惜金缕衣，劝君惜取少年时。
花开堪折直须折，莫待无花空折枝。

人生有涯，时光无尽。

锦衣玉容，青春年少美艳时，到底哪一样更值得珍视？

早在一千多年前，这位生活在唐代的名妓就如此清晰、如此肯定地告诉我们：时装炫目，何其华贵，为何秋娘要"劝君莫惜"？

也许，在她的风月生涯中，在她如花似玉正当春的时候，遇上了个可心的人。可是，他不知是有些木讷，或是装作懵懂无知，让她如花的时光在痴痴的等待中流逝。她实在不能忍受自己的花样青春白白谢去。于是，她壮着胆子包办了一回须眉男子才该做的事情。

当然，即使是久历风月，阅人无数，她也不可能直白地表明心迹。矜持？或者是担心可心的人拒绝？于是，有了"花开堪折直须折"的暗示，或者鼓励；有了"莫待无花空折枝"的提醒，或者警示。

也许，是某个多情的男子，在他的偶然一瞥或是多次光顾之后，终于被秋娘的色艺打动。于是，他心生爱意。可是，他毕竟是有点身份的人，或者是从未涉足爱情的楞头小子。他是那般的情痴意蜜。他迟疑，犹豫，始终不敢往前再迈进一步，始终不愿主动说出她最想听到的那个字！男人需要女人的鼓劲。因为担心他不知青春的短暂，不知美好的事情容易稍纵即逝。于是，她以诗为媒，以喻启智。他有些木纳的脑袋最终开窍了吗？他终于向前迈出了那关键的一步，说出了她最想听到的那句话了吗？

秋娘如愿了吗？我们不得而知，这于我们，却是一笔财富。我们为她的良苦用心而深深感佩。我们知道，这是她的韶华，她的幸福，她的血泪写成的遗训，或者是一个唐朝名妓写成的"光阴故事"。尽管早已被那些声名显赫的人写过了无数次，但这却是最特别的！

少年郎空有青春意气，既无法赢得秋娘的芳心，更无法得到真正属于自己的那份爱情！

秋娘说，立足现实，把握当下，才不至于"无花空折枝"；如果那枝惊心夺魄的花已经开在眼前，请不要犹豫。获取幸福的机会需要自己把握，才不至于"往事只待成追忆"，惘然叹息，徒劳伤悲。这方面，李商隐最为典型，最为悲催，以至于"一寸相思一寸灰"。

在男权盛行、绝对垄断的古代，一个女人一旦有了政治野心，她就犯了最致命的"错误"。武则天这样的成功者，在中国历史上，毕竟还只有她一人。慈禧虽然专权，把持着朝纲，她毕竟还立了一个个傀儡。其他的"贪心"女人，善终者屈指可数。

秋娘后来的命运如何，网络搜索"杜秋娘"词条里有这样的表述：

唐德宗驾崩，李诵继位为顺宗，在位仅八个月就禅位给儿子李纯，是为唐宪宗。唐宪宗试图削减节度使的权利，李锜不满，举兵反叛，在战乱中被杀，杜秋娘入宫为奴，仍旧当歌舞姬。有一次杜秋娘为宪宗表演了"金缕衣"，宪宗被深深地感染两人马上陷入爱河，杜秋娘被封为秋妃。 杜秋娘不仅是宪宗的爱妃，还是他的机要秘书，杜秋娘以女人的柔情和宽容弥补了宪宗年轻气盛、性情浮躁的缺点，宪宗常常与她讨论治国大事，二人过了十几年同心协力的日子。不料元和十五年，宪宗突然不明不白地死在宫中，有人传言是内侍弘志蓄意谋弑，但当时宦官专权，此事不了了之。

二十四岁的太子李恒嗣位为唐穆宗，杜秋娘则负责皇子李凑。李恒好色荒淫，沉迷于声色犬马，不满三十岁一命呜呼。十五的太子李湛继位为唐敬宗，他只知道打猎游玩，不理国事，不久又在宫中被刺身亡。这时，李凑已被封为漳王，所以其弟李昂继位，为唐文宗。杜秋娘眼见三位帝王连续暴死，必为宦官所弑。文宗大和元年（公元828年）发生宦官王守澄与宰相宋申锡派的矛盾。于是与宰相宋申锡密谋，决心除掉宦官王守澄，立李凑为帝。岂知宦官的耳目众多，计划被王守澄所知，结果是李凑贬为庶民，宋申锡则谪为江州司马，而杜秋娘也削籍为民，返回乡里，结束了她的"折花"岁月。

公元833年，杜牧在南京重逢杜秋娘，赢得了风流诗人杜牧的钦赏，见她红颜老去，面容憔悴，"因倾一樽酒"，不惜笔墨，一气洋洋洒洒下来，得《杜秋娘诗》，整整110句。

公元835年冬，南京发生军变，全城遭殃，四十四岁的杜秋娘离家躲避，冻死在玄武湖畔。

杜秋娘去了,这首盛传于中唐时期的流行歌词,今天读来,依然意味深长。由诗及人,不由得令人生出了无限的遐想。

　　青春短暂,生命宝贵。叫人珍惜时光,把握机会,这是今人读《金缕衣》后获得的启迪。是否关乎爱情,因人而异。是否关乎感情的纯洁度,今天已没有多少人去关心。闪婚,电视速配,是否能培育出真正的爱情,似乎已不太重要,能不能构筑一个长久和谐的家庭,经过了,才有答案,有待今人用行动去慢慢论证。这个答案是不是秋娘想要的呢?

　　杜秋娘这首《金缕衣》成了《唐诗三百首》的压卷之作,正好拿来作这次唐诗之旅的收结之章,不是巧合,只为纪念——纪念那个空前强盛的伟大时代,纪念那个时代孕育的沸腾火热的生活,纪念那一群为生活在那个伟大时代而引吭高歌的人。杜秋娘的演唱在众多声音中分外美丽凄艳,我们因此记住了她。

　　秋娘有知,亦当释然九泉。